チョンジン（憧憬（あこがれ））

――花王双樹と沙羅双樹――

中巻

坂口麻里亜
SAKAGUCHI Maria

文芸社

目次

主な登場人物

湯川沙羅（さら）　双児の姉。三十七歳。障害のある柊、樅の母。再来教団を頼る。

湯川薊羅（そら）　双児の妹。沙羅と「二人で一人」の生活をしている。

水森紅（べに）　二十六歳。真山（さなやま）建設秘書課。翡桜（ひお）を何より大切に思っている。

井沢翡（みどり）　二十六歳。バー「摩耶」のバーテンダー。元の名は山崎美咲。

高沢敏之　真山建設の現社長。子供の六花（むつか）と敏一から嫌われている。

吉岡勝男（まさお）　高沢、藤代と旧い仲間。妻の花野（かの）は藤代勇介と長年の不倫関係がある。

ダニエル・アブラハム　凄惨な過去を持つ。亡くなった母はマリア。紅を愛す。

太白光降　再来教団の教祖。サタンの化身。沙羅、花野を操り、紅や翡を狙っている。

沢野晶子　水晶球占い師。沙羅と薊羅が勤め、高沢が定宿にしているホテルで仕事している。

チルチル（クリスティーヌ）　「さくら歌」を歌い続ける。昔は「さくらの民」の奥巫女長（娘長（むすめおさ））。

唐沢榀子（しなこ）　（エメラルドの瞳のクリスチナ）　二十年前に十八歳で、森で行方不明になり、森の力で不死となる。

三　（引き潮）ルチア・アイスカメリア（沙羅）

美しい乙女よ
あなたはどこに行ったのか

わたしの恋しい人は
どこに行ってしまったの
昼は呼び求めても
答えて下さらない
夜は
黙る事をお許しにならない
わたしの恋しい人は
どこに行ってしまったの
一生愛し続けると
誓ってくれた筈なのに……

美しい乙女よ
あなたはどこに行ったのか……

歯車は廻って、船は等しく進んで行っていた。

「さくら歌」が、夢水面（みなも）に揺れて。優しく、そして切なく流れていく海には、懐かしいラプンツェルとパトロと、ローザとジョセがいて、翡桜を泣かせて止まなかった。ラプンツェルは、呼んでいる。

ああ。ラプンツェル。ラプンツェル……。翡桜の愛の言葉は、夜の海を渡っていって、「チルチルの館」の部屋の片隅で、小さなソファに丸くなって眠っているチルチルの、夢の船にそっと滑り込んで行く。チルチルは、夢に見る。ムーン・ブラウニ・デイジーの、ラプンツェルと呼ばれた時の、幸福と涙と祈りを、夢に見る。ラプンツェルは、休まない。眠りの中ですらも。娘長（むすめおさ）としての誇りを失おうとし始めている、今でも。長としての愛と責任感が、ラプンツェルにあの「さくら歌」を歌い続けさせているのだった。

ラプンツェルが歌うさくらの歌は、遥かに遠く山脈を越えていき、荒ぶる山に眠っている知世とその愛猫の花の、目覚める事の無い「眠り」の中に、夢に、届いていった。知世と花は、さくらの精とさくら歌に抱かれ、「龍の石」と晶子とルナと、霧子の夢を見る。御屋敷（みやしき）幸男と咲也、奈加の夢も見る。けれども。今もまだ知世は優しい夢の中にいて、悲しかった生の想い出を忘れたがっていた……。さくらの精は、緑（あお）い花嵐を水晶球に宿る龍精に降らせ続け、龍の石はその碧の中に、一人の美しくて邪悪な男の姿を映し出しては、消して、映すのだった。

水晶球の碧が冷たくなってゆく毎に、晶子の夢の中の海には、暗い死の船の影が過っていくようになった。その死の船には、後ろ姿だけの黒い天使が乗っていて、哄笑（こうしょう）しているのが常となってきている。

「準備は良いかね？　諸君。準備は出来ているのかね。ショーが、始まる。死の踊りを踊るのは、誰と誰かな？」

さあ。楽しみたまえ。黒くて暗い、闇の踊りを。逃がしはしないぞ。狙った獲物は必ず手に入れるのが、わたしの流儀なのでな。蛇がどのようにして人を踊らせ、岩の上で咬むのかを見て、楽しんでくれたまえ。邪魔立ては、するなよ。このわたしの前に出る者は皆、恐れ戦いて額衝くのだからな……。そこのお前！　そう、お前だ。龍め。水神の分際で、このわたしの前に立ちはだかる積りかね？　愚か者！　天の神の子ですらも、わたしに逆らった所為で、殺されたのだぞ！

「嘘吐（つ）きの蛇よ。偽り者の口が吐く、その毒よ……」

気を付けていなさい。水精の娘。あなたの愛する者が、泣かないように。あなたの愛する者の心と魂が、傷付いて血を流す事の無いように。その若者の愛が引き裂かれて、死ぬ事の無いようにあなたは、若者を守りなさい。あの娘の名付け親は、わたしのフランシスコ。その若者の親族であった彼に免じて、わたしは忠告をしよう。藤代咲也を守りなさい。

咲也が愛し初めている娘は既に、わたしのものである。娘に近付けてはならない。その事で傷付くのはその娘ばかりでは無い。あなたの年若い家族、咲也の心も血を流す。彼は、心を酷く焼かれてしまうだろう。嘘吐きの蛇が、彼を利用するからだ。娘にも蛇にも、近付けないようにしなさい。そして、わたしの母への祈願文に頼って生きなさい……。

「待って下さい！　待って！」

あなたは、どなたなのでしょうか。白く輝く衣を着ていられる、銀の鷲よりも美しいお方！　聴く者の、心の扉をも擦り抜けて来られて、その霊魂の隅々迄照らし、洗うような、そのお声……。ああ。「あれ」は、誰だったのかしら。

晶子は目覚めている夢の中で、泣き続けていた。「それ」は、生まれて初めて晶子が聴いた声だった。そして、その声は、愛と情けに満ちていた。満ちていた……。晶子は繰り返し、その「声」を恋うた。晶子はもう、黒い翼を持っている闇の天使や、暗い海の中を漂う死の船の事等、考えてはいなかった。晶子の心は満たされていて、あの夜「生きている夢」の中で自分に話し掛けてきてくれた、美しく、純白の光のような人の御姿だけを見ていた。その、美しい人の語ってくれた言葉だけを晶子は聴き続けながらも尚、泣いているのだった。夢の中で。

ああ。美しい方！　あなたのお母様への祈願文とは、あのきれいな千代紙に記されていた、祈りの言葉の事なのでしょうか。それなら、あなたは。それなら、あなたは……。

その言葉の先を言うのが、晶子は怖かった。それでは晶子は、神を見た事になってしまうのだから。キリスト教徒でも何でもない晶子が、神を見る？　そんな事は、起こり得ないし、信じられもしない事だった。

けれど。晶子は「その人」の忠告に従ったのである。すなわち「咲也を守れ」と言われた、その言葉になのだけれど。「蛇」とは、でも、誰の事なのだろうか。「アレ」の事。「悪いモノ」であると、緑の瞳の少女が告げ、ヒオが言っていたモノの事だとしても。フランシスコとは、咲也の身内の一人で消息を絶っているままの、あの藤代勇輝さんの事なのですか？　解らない。だって「彼」は、いつでも桜の樹の下に立っていた。いつ覗ても、満開の桜の下に立っていたのですもの……。場所すらも特定出来ない程沢山の、桜の樹々の花の下にいて、人波に紛れて只、花と空を見上げてばかりいたものだった。そして、彼の傍にはいつでも大勢の、異国の人達の「亡霊」がいたのであった。「想い出」という名の亡き人達の姿と、彼はいたのよ。わたしは、彼を覗ているのが辛くなっていったわ。亡き人達とだけしか生きていないような、あの人を覗るのが、辛くて。痛くて。それで、止めてしまったの……。藤代の涼さんと、わたしの従姉で咲也の母親の桂に、それからも何度か依頼はされたのだけど。だけど、「亡霊達」とだけしか生きられない男の人の心なんて。例えて言うならば、半分はもう「彼等」と同じになっている、という事でしょう？　この世界からは離れて。「亡き人」としてしか生きて行けないその人を、探し出せたとしても、それだけでは誰一人、幸せにはなれない。わたしと龍精はそのように思ったから、二度と「彼」を見なかったし、映し出されるという事さえもその男は、無くなってゆくようになってしまったのよ。その「彼」が、あの美しい方のものになっていて。「フランシスコ」なんていう名前迄、頂いているのだとするならば。やはりもう、彼はこの世には……。

いつも晶子はそこで、目頭を押さえてしまうのだった。藤代勇輝という人はもう、神の国に、天国に還っていってしまったのに違い無いのだろう、と……。

その事を、それでも晶子は「石」に尋ねて覗たのだった。水晶球が映して見せてくれたのは、いつか遠い昔か、つい先日なのかは判らないのだが、何処かのガード下や公園に置かれている、空のダンボールハウスだった。そして何かの木の下陰に放置されていたダンボール箱等を回収している、警察官達の姿だったのだ。

とても寒い夜のようだった。ポリス達は、酷く寒そうにしている。そして、とても暗い夜のようでもあった。辺りを照らしているサーチライトの光はすぐに、夜の闇の中にと吸われて消えていってしまい、見えなくなるから……。

「通報者は見付かったか」

「嫌。まだだ。奴さん、報せるだけ報せて、逃げたようだな」

「それも、そうか。ホームレスの凍死になんて、一々関わってはいられねえものな」

「凍死かどうか解りゃしねえよ。こいつ、やけに痩せ細っちまっているからな。飢え死にかも知れねえぞ」

「この年の瀬に飢え死にだとか凍死だとか、縁起でもねえなあ。おう、俺達は帰るぞ。後は任せたからな……」

物々しいというよりは、淡々としたポリス達の様子だったが、晶子はそれ以上もう覗ていられなくて、龍の石の前から離れる気持になってしまった。だから、フランシスコ・藤代勇輝が、山田千太郎が警察官達の手によって無事に「回収」されていくのを見届けてから、そっと夜の闇の中に消えていった姿を見ていたのは、白い猫のルナだけだという事になってしまったのであった。

晶子は勇輝の死を、藤代の涼や桂に報せるべきかどうなのか、と迷いはしたけれど、止める事にした。身内の者がホームレスの身の上に迄零落（れいらく）し、末に「飢え死に」と嘆くよりは、「何処かの空の下で、生きているのではないか」と思っている方が、まだしも救われるのではないだろうか、という、晶子なりの思い遣りからだったのだけれども……。

晶子の誤りは、直接、勇輝の「今」を龍の石に尋ねてみなかったために、起きた事だった。晶子は「彼」は本当に、あの美しい方（かた）のもので「あるのかどうか」という事から、龍の石に尋ねた事である。その答えは、言う迄も無く「イエス」だったから……。

龍精はその証拠である近い将来の、あるホームレスの死を晶子に見せておいてから、フランシスコをも映したのだけれども。けれども、その順序が逆だったならば！　ああ。そうだったなら、と龍精は怒り狂っていた。晶子が、早とちりをしてしまった。水精の邪魔をして、石の守り女(め)を上手に騙した「モノ」がいたのだ。その「モノ」は、クルスと聖母への祈願と、聖ミカエルの守護の下(もと)にあるこのアパートの、部屋の中に入っては来られなくなってしまった。無理に入ろうとすれば入れはするのかも知れないのだろうが。「ソレ」は、此処では非道い悪さはもう、出来ないのだろう。そうする代りに「アレ」は、龍の邪魔をしたのだ。龍精は、晶子の問い掛けに応じて順序に拘らず、「いつものように」、その男に関する事を無秩序に映し出してゆく積りでいたのだった。それ等の「絵」の中から、晶子の取り出す物こそが、真の答えに近い「有り様」なのだから。そのようにしてゆく事こそが、龍精と晶子との親密な関係であり、仕事でも、あったのに。

　それなのに「アレ」は、龍の守り女の「質問」を誤らせ、その上「全て」を映し出し終る前に、蒼の石から立たせて行かせてしまったのである。

　誘(いざな)うモノめ！　誘惑し、欺き、目を眩ませる「アレ」は、暗黒の、闇に潜み棲んでいる、忌わしいモノだ……。

　龍精の怒りに呼応して、水晶球の碧は暗く燃えてゆき、凄愴な、湖沼のような色に変わっていく。

「それだけかね！　文句はそれだけかね？　小生意気な水神め。お前の女に気を付けろ！　あの娘には、近付けないようにするんだな。お前の坊やに気を付けろ！　あの娘に近付けて、わたしの下に来させるようにしろ。坊やは、役に立つからな。そうとも。そのためにはまず、あの娘をわたしの坊やにくれてやれ」

「抜かしていろ！」

と、龍精は嘲笑(わら)った。

「お前の坊やだと？　此処にはお前のもの等、何も無い。此処では、お前のものに等、誰もなりはしないのだ。お前こそ、十字架に気を付けろ。天を往く鷲の瞳と道に、気を付けるのだな。悪しきモノ、闇よ！　鷲の御母の足に、気を付けろ」

龍精の嘲笑には、冷笑が返ってきたのだった。冷酷で、ゾッとするような冷笑と哄笑の後で「ソレ」は言って、消えたのだ。

「あの坊やは、役に立つ。それを忘れるな。娘を与えろ！　あの娘を、坊やにくれてやるんだな……」

「ソレ」は、咲也を自分のものにして利用する積りで。まず「生け贄」としての娘が必要なのだ、とでも言っているかのようだった。その「生け贄」を与えられた後に咲也は、どうなるのだろうか？

龍精は、水晶球に「未来」を映し出して行く。

娘は、何処にもいない。「可能性としての未来」の何処にも、娘はいなくて。代りに、美しい少年のような、ゲイのような姿をしている、緑が立っているのだった。咲也はすげなく彼に拒絶をされて傷付き、呻いている。その呻きを利用して、「アレ」が、数え切れない程大勢の人間の心を誘発し、暴発させて、喰い尽くそうと企んでいるのだ。より多くを！　より容易く、より酷(むご)い方法で！

咲也は、他人の感情を、暴発させられるのだったから……。

晶子は龍の石が夜中に、早朝に、昼に、夕映えの最中に、脈絡も無く映し出して見せている「絵」の意味を、摑み兼ねて困惑していた。

晶子に判ったのは只、咲也が緑と名乗っていたヒオに惹かれているらしいという事と、ヒオが咲也を撥ね付ける（当り前よね、と晶子は考えた。男は男を好きにはなら無いし、例え緑のヒオがゲイでも、咲也を受け入れるとは限らないのだから）、という事で……。その結果として咲也は、再来教の教祖に「付け込まれる」のだか、何だかして……。

とにかく、そのヒオが名指しをし、エメラルドの瞳の少女が警告をし、あの美しい方(かた)が忠告をしていて下さった「モノ」、蛇に、その力を利用されて。

そうして。そうして……と、晶子は固く瞳を瞑ってしまうのだった。そうして咲也は、廃人になるよりも非道い目に遭わされて、捨てられ、死ぬ？

丁度、あの、内気で愛らしかった知世のように。無惨な恋をして、その恋に、破れて……。

でも。何でなの？　と晶子は、今度は胸を押さえて、龍精にともなく、自分にともなく、ルナにともなく尋いてしまいたくなるのだった。

咲也には今、心優しい恋人が既にいるというのに。それなのにどうして咲也はその恋人ではなくて、ヒオ（のように、晶子には見えた）のような男の人に、走らなくてはならないのかしら、と。

それに。それに、あの美しい方は言っていたのよ。咲也が惹かれている「娘」は、あの人のものだ、と。

だから、いけないのだと、そう言っていた筈よね。それでは、この変な「絵」は一体、どういう事なのかしら。あの美しい人のものだという娘とは、霧ちゃんの事だというの？　霧ちゃんが、クリスチャンだった？

いいえ。わたしはそんな事は、何も聞いてはいなかった。それなのに霧ちゃんは、いつの間にかキリスト教徒の一人になっていた？　それで。それで、あの「フランシスコ」と呼ばれていた勇輝さんのように、じきに、あの方の下へと逝ってしまうとでもいうのかしら。理由？　それなら、有るわ。心を許した恋人同士であった筈の咲也に、捨てられてしまうという理由。その咲也の新しい想い人が、選りにも選って「ゲイのバーテン」のようだった、緑と名乗っていたヒオであるという理由が、有るじゃない。ゲイである男に心を移されて……。でも。でも、それも辻褄が合わないわ。クリスチャンなら簡単には死なない。それなら霧ちゃんは、どこかが悪いとでもいうの？

かつて一度も無かった様な晶子の「迷走」が、「アレ」の所為であるという事は、龍精をかつて無かった程に怒らせ、悲しませてしまったのだった。「水神」の怒りと悲しみは、「ソレ」を喜ばせて、エスカレートをさせるばかりだったのであるが……。

では、船人達の航路を空の高みから、天を往く鷲の双眸で見てみる事にしてみたら？ 運命というよりは、定められている「時」を迎えた「旅人」達の糸車の糸は、そのような高みから見られる時には、どのように見えるものなのだろうか？ その糸は煌めく光に包まれ、導かれている……。

「時間」という名前の縦糸は、過去から未来へと遥かに遠く見通され、心や愛という横糸は、何一つ隠される事も無く鷲の瞳に映る、という事になるのだろう。その美しい、銀の月のような鷲の双眸に映っている大海は、地平線を越えて日輪から月輪に迄も連なり、その眸の下の海原を航く船の道筋も又、一本の線のように鮮やかに、鷲には見て取れる筈だった。

まるで、時間も空間も、何一つ其処には存在等していないかのようにして。在るがままに。

かつて在り、現在も在り、これから先も「在る」と言われる方の瞳には、このようにして何一つ隠されている事が無い、という事になるのであると思われる……。それではこの半月の間に船人達を運んできた、波と風と船の道は、一体どうなっているのかを、他に知る術は無いものなのだろうか？　答えは唯、神だけが知っておられる事柄だった。鷲に憧れ、飛び立つ小鳥達にもそのくらいの航行図は、読み取れる筈ではないか、とは思うのだけれど……。人も、時として心を、愛を、遥かな高みへと、飛翔させる事の出来る生き物なのだから。そう。丁度今、一昨夜の半月の光を恋うて、真冬の森の空高く、楓の巨木の上高く、その愛の想い出を昇らせていった、一人の慎ましやかな娘のようにして……。

それでは、娘の「祈り」という名前のその小さな白い鳥は、月の光の中で同じような、白い翼の小鳥達に会い、集うという事は、出来るのだろうか？　確かに。小鳥達は、互いの存在を知っている。ソウルがお互いに恋い慕っている「その人」が、輝く銀の鷲お一人だけなのだから、当然に。互いの祈りが愛から出てきて、愛に還っていく時に、ソウル達は集う。神の中で「愛」に。

その一方で、小鳥達を胸に飼い、夜毎慕い、天に向かって天翔けさせている、憧れに満ちた人魚達同士は、現し身（うつしみ）のお互いの名と姿を知るという事は出来ないのであった。会えるのは、共に愛の中で名も知らぬ小鳥としての魂同士が歌う時だけ……。

「祈り」と「愛」という名前の小鳥達が集い、謳っている高みでは、お互いの間に何の隔たりも無い。だが。この地上という名の大海の中では、ソウル達の間には、潮と風の道の他に、「秘密」という名前の重荷と宝があって。互いを互いに、隔ててしまっているのだった。余りにも過酷な人生という「壁」が、神の愛の中では一つである、小鳥達の飼い主をお互いから隔て、隠すのだ。

そうではあっても……。

天海の底がこの世界で、空なのだ、と知っているソウル達は謳う。世界の空が蒼いのも、地上界の海の水が碧いのも、それは、この世界そのものが、天の海の底に存在するからなのだという、喜びを。

大空の下の人魚達は知っていて、天を恋う歌をおおどかに、或いは密やかに歌い続けて、祈りを捧げるのだった。人魚達は、信じている。自分達の胸の中には、白い翼を持った「憧れ」という名の小鳥が住むという事を。

その小鳥が恋の心に満たされて歌う時、天空を往く鷲の耳にはどれ程に小さな歌声であっても、必ず届いていてくれるのだというその事も又、信じ切っていた。例えこの世では仲間に会えずとも。

「船よ航(い)け」

白い衣の「その方」は、憧憬(あこがれ)の鳥を胸に住まわせている船人達の心に、耳に、優しく言われている。あの港を目指して、船よ航け。わたしという光の住む国の岸辺にと、船よ航け。わたしの小さな娘と息子達よ。道に迷ったならば、このわたしの言葉と愛を思い起こし、其処に留まっていなさい。そうすれば、見付かる。あなた方が忘れてきてしまったものと、探していた筈の道標となる、愛に頼る翼と光とが。

北風よ目覚めよ
南風よ吹け
わたしの恋しい人に港の灯りが
より美しく輝き、瞬いて導くように

わたしはあなたのもの
あなたはわたしのもの
愛に惑って泣くその時でさえも
光よ　もっと強く瞬いて導いて下さい……
北風よ　目覚めよ
南風よ　吹け
わたしの園を吹き抜けて
愛する人の乗る船に伝えておくれ
わたしの木の実は生命そのもの
この木の実の香りは、愛そのものだと……

天を往く鷲と小鳥達が歌う声は、甘やかで軽い。

「船よ航け」

白い衣の「その人」の祈りに応えて、一つの歌と、一羽の小鳥が舞い上がっていくのだった。幾億の中から、一つの歌が……。

さくら　さくら
弥生の空は　見渡す限り
かすみか雲か　匂いぞいずる
いざや　いざや　見にゆかん

恋しいあの人は　わたしのもの
わたしはあの人のもの
ゆりの中で
群れを飼っている人のもの

どうかわたしを刻み付けて下さい

あなたの腕に　印章として
わたしの心に　印章として……

その歌は、恋の歌。その詩(うた)は、愛の詩。春に咲く桜の樹の根が地下深く、水を求めていくような。水は、命の詩を謳っているからだ……。

わたしは　あなたのもの
あなたは　わたしのもの
愛に傷付いて立たれている方よ……

わたしはまことのぶどうの樹
わたしに繫がっている者は　永遠に生きる
どうかわたしを刻み付けて下さい
あなたの腕に　印章として
わたしの心に　印章として……

小鳥達が求めて止まない願いは、唯「その人」に繫がれているという事だけだった。愛する人の愛の中が、彼等の本当の巣箱なのだから……。

鷲の愛の心の中には、幾億千の魂達の憧れと祈り歌が、ぴたりと彼に寄り添い、憩っていた。その幾億の幸福な魂達は天の宮に住み、愛する鷲の住んでいるぶどう畑に咲いて、天使達の歌う声に囲まれ、今も息づき、生かされて、謳う。

鷲はその幸福な魂達が地上に残してきた愛する人魚と船人達のために嘆願し、手を差し伸べようとしている祈りの声と、愛を聴く。

そして、又。鷲は同時に、地上界に残されている船人達の多くと人魚達が、天上界に昇って来て住んでいる筈の、心から愛した人達の平安と幸福を願い、その執り成しを願って祈っている声も、同時に聴いていて下さる……。

白い衣の「その人」の傍には、同じように美しく輝くばかりに青い衣を着けた御母が立って、寄り添われていた。御母は、「憧れの子供達」全ての母であるから。

聖母は、微笑み。そして、痛みと共に泣いて下さってもいられた。「その人」の、苦痛と愛は、聖母のものだから。

御子と御母は天上にいながら尚、このようにして、地上の小鳥達と全ての船人達の、愛と苦役を共に担い、歩んで下さっているのだった。

青い衣の貴婦人はしかし、白い衣の「その人」の、影のようにして進んで行かれている。御母はそのようにして、御子の心と愛の内に在り続けながらも、御子の心の、どこ迄も深い痛みと憐れみと一つになって。神の小鳥を静かに、暖かく、黙って受け止め、抱き締められているからだ。丁度、御母が御子を、ナザレの村で抱いていたように。

天の国では栄光の君である方とその母とが、地上の「子供達」のためには十字架の君となり、その悲しみの母で在り続けて下さっているのは全て、神の大いなる愛の故にである事を、「彼」の小鳥達は知っていて。そこに、慰めと励ましと、胸に宿る光を見い出して頼り切る。「彼」とその御母が、光で道を照らし出してくれなければ、彼等は一歩も先に進む事が出来ない。「彼」とその御母が、重荷を共に担ってくれないのなら、彼等は苦役に押し潰されてしまうだろう。そして。「彼」と御母と義父ヨセフとが、船人達の先に立ち、進んでくれなかったならば……。

人は皆、夜の海の中を灯り無しで漂う、哀れな難破船でしか、無くなってしまう事になるのだから。真実の愛に小鳥達は縋(すが)っていて「愛」である方の愛を、見失わないように、と願うのだった。

見失えば……。船人達の魂は道に迷い。美しい方(かた)の子供達の白い小鳥も、歌と声を失い、翼を捥ぎ取られてしまうのだから。「祈り」と「愛」と。「自由」と「喜び」。「希望」と、「熱望」から織り成された白い翼は、小さくてか弱く、それでいながら死をも恐れない鷲に似せられていて、強くて眩かった……。

天から墜とされてしまった黒い魔物は、いつの世も人魚達が鷲を恋うて織り成している、白い小さな翼が欲しいのだった。限り無く……。全ての小鳥達の鷲への、愛と忠誠が欲しくて堪らないのだ。

「ソレ」は貪り、喰い尽くそうとするのだが、獲物は何でも良いというわけなのでは、決して無かったのだった……。「ソレ」にとっての獲物とは、鷲を恋い慕い、白い翼の小鳥を胸に飼う者達だけが、無上の物なのだ。後は屑同然の、価値の無い物体でしかなく、貪欲を満たす餌でしかない。

天を往く鷲はその事を、「ソレ」自身よりも良く知っている故に、「ソレ」を厭われて止まない。御自身は、「ソレ」に打ち勝っている。けれど彼の愛する「子供達」を襲い、傷付け、殺して。地の底深くに迄も奪い去ろうと企て、咬み付こうとしている「ソレ」を忌わしいと定めて見張り、警告をしている。

夜も、昼も。休む事無く。永遠に。鷲は、蛇を見張り続ける。岩の上を行く蛇が、邪まな企み事によって人を、特に彼の愛する「小鳥達」を咬み、深く傷を負わせた時にも救けになれるようにと、自らの光をより慎ましく明(あか)く翳(かざ)して……。

鷲は、見張っていた。そして、祈り歌と愛歌を捧げる小鳥達の魂に、寄り添っていた。

今もその「美しい方(かた)」は、白い御衣を着て天の道にいながら、海の道を航(い)く旅人達の歌を聴き、白い小鳥達の愛と祈りに応えて胸に抱かれる。「美しい方(かた)」である鷲は、その空の高みから、下界の、時間と空間から成る「海」とその海を行く船人達の、この半月間の航路の跡を瞬きもしない内に、唯の一瞬で見て取る事が出来る、とわたしはあなたに言った。嘘では無い。

　銀の鷺であり、白い月より白く輝いていられる「その人」は、幾億千の祈り歌と愛歌の中から、「さくら恋歌」と「夜の歌」を聴き、弓張月への「祈り歌」と、落葉松の林の中で彼を見上げていた四人の娘達の歌っている、「哀歌」を聴いて、見ていられたのだ。

　クリスマスの準備に皆が心を鎮めて、あるいは心を騒がせ、ときめかせて生きていた、その一日一日、一刻一刻の、愛しい小鳥達の船道も。

　クリスマス・イブを彼等がどのようにして過ごし、新しい年を迎えるための「停泊地」を探し。又、新しい糸車の糸を、どれ程濃やかに紡ごうとしたかや、思い出車に飾る花に、どれ程の想いを込めて祈りを添えたのかをも、鷺は見留められていた。その一方で、どれ程無用心に船を進め、どれ程無神経に、強引に、他人と自分の船を扱う者がいるかという事も、鷺は見ていた。

　或る海路では、美しい娘占い師チルチルが、「民寄せ」のための準備の歌を歌っているのを、鷺は見た。その歌に惹かれて、船の行く先を変えた女もいれば、鷺の「息」に因って、航路の変更をせざるを得なかった者達も、出るようになっている。

　鷺の愛と祈りも空しく、無防備に、熱く乾いた砂や岩の上に、船を進めていくかに見える者達の姿が、後を絶たなかった事も、事実だった。

鷲は、ひと際高く「彼等」の中に居る小鳥達に呼び掛け、満月よりも強く美しい光をもって、船を進めるべきその道を、照らし出して見せもするのだったが。砂の道で迷った者達の耳は、もう聴こえなくなっていた。

「荒れ地」と「荒れ野」は、異うのだ。「荒れ地」では良い麦は育たず、蛇が待ち構えていて襲おうとするから、危なかった。「荒れ野」にも、蛇はいる。けれども「荒れ野」には、蛇よりも強い鷲がいて、大空の上から蛇を見張っていてくれるのだ……。

鷲は、小鳥達の上にその翼を拡げて、灼熱から「彼等」を守り、渇きと飢えと、寒さと孤独からも、自分の小鳥達を守ってやる事が出来るのである。小鳥達の心も自分の守り手であり、導き手である鷲を知っているので「荒れ野」に進んでいたとしても、恐れる事は無い。「見上げれば……」と、小さな白い鳥達は、胸の中で言えるからなのだった。

「昼も夜も、あの方が天にいて見守っていて下さるので、わたしは怖くないのです」と……。

けれども。「荒れ地」には蛇がいて、小さな鳥達の翼を咬んで殺そうとしている。けれども「荒れ地」では、麦も水も無い。小鳥達は、生存の可能性さえも、危くされてしまうのである……。

今、その「荒れ地」である一つの新興宗教の教団では、蛇が装いを凝らして、擬物の白い羽を広げて見せていた。まるで、孔雀かフェニックス（不死鳥）の華美に、自らを見立ているかのような装いで。蛇が王者のように振る舞って見せているのが、鷲には見て取れた……。それは、悍ましい見せ物であった。

鷲は、蛇の作り出した「荒れ地」に迷い込み、誘い込まれてしまった多くの者達を嘆き、悲しんで見守る。人は皆、神によって与えられた自由意志をもって、例え罠の中にであっても進んで行けるのだから。神は「荒れ地」の中に取り込まれ、迷った、自分の哀れな小鳥達には、励ましと憐れみの御声を、掛け続けるのだった。

「目を覚ましていなさい。そして聞きなさい。わたしの言葉と、愛の呼ぶ声を……」と。

そして、又……。

「恐れてはならない。わたしだ。唯、わたしだけを思い、光を目指して進みなさい。船は動き、再び澄んだ水の中に、戻れるようにされるから……」とも。

惑い、迷った船は再び海に戻れるのだろうか？　小鳥達は翼を取り返し、再び歌えるようになるのだろうか？　小鳥達には自由な意志と選択権の二つが与えられているので、「その人」は涙して、請うかのように、呼び続けるしか無い。

「帰っておいで。帰っておいで。わたしの十字架が立っている、あの愛の丘の上に帰りなさい」と……。

「その人」は決して怒らず、諦めたりもしなかった。けれども。「その人」が愛のために受けた傷の御跡からは、憐れみの、涙のように熱い血潮が滴り続けて、痛ましかった。

美しい「その人」は憎しみの無い、平和の道と道標（みちしるべ）になられたので、憎悪とは無縁の方なのだ。それだからこそ「その方」の血潮は、流され続けているのだから……。二千年以上もの間ずっと、絶える事無く。鷲である方は、御自身が痛む事によって、小鳥と船人達全てのための、篝火（かがりび）になって燃やされ、立っていた……。唯、愛のためだけに。

愛。それは、命の火。それは、熱くて酷（むご）い炎で灼かれている涙。永遠に「帰れ」と叫び続ける、神からの熱愛の証し火なのだった。失われた「子供達」を求めて叫び続ける父として、母としての愛心の、絶える事の無い神からの呼び声であるのだと、鷲は御傷を示されて立っている。「子供達」を取り戻すために受けた、その両の手足の御傷の跡は、今も燃えていて……。

それは、愛。それは、愛……。その御傷の跡が示して下さっている事だけが真実の、唯一つの愛なのだと知っていて鷲を慕う小鳥達は、この地上にいながらにして既に、「彼」のものになっている。

地上にいながら、天を往く鷲のものになるという事はそのまま、鷲が地上で辿っていった道を、その小鳥達も辿るという事になるのだが……。

小鳥であり、人魚であり、船人でもある娘と息子達は、歌い続けて進むのだった。唯一筋に、「美しい方（かた）」への愛と憧れだけを胸に抱いて進む。

恋しいあの人はわたしのもの
わたしは　あの人のもの
ゆりの中で
群れを飼っている人のもの

どうかわたしを刻み付けて下さい
あなたの腕に　印章として
わたしの心に　印章として……

このようにして謳われる歌が、その夜も聴こえていた。

凡そ半月前、午後十時過ぎ頃の事だった。鷲であり、美しい方（かた）である方の瞳には一瞬である内の一日に……。

つい先日の夜に、愛の衣の裳裾に触れられた男が一人、高級クラブ「摩耶」の奥まった席に近いカウンターに席って、ノンアルコールのビール飲料を飲んでいた。彼の横を通り抜けなければ、一番奥に有るボックス席には行けない。従ってその席の奥の壁に隠されている扉を開けて、「摩耶」の特別室である柳の部屋にも、誰も入れないようになっているのであった。特別室とは言っても。何も其処が本当に特別の、秘密の部屋であるとか、本物の「特別客」だけに設けられた部屋であるとかいう意味で、そう呼ばれている訳では無い事は、店の者なら誰でも知っている事だった。はっきりと言ってしまえばその部屋は、柳の私室なのである。経営者である真奈に言わせれば、「社長」である自分の部屋なのだ、という事になるのだが……。生憎真奈は、週に一度だけ（しかも開店前）ぐらいにしか、「摩耶」の方には顔を出さなかったし、自分の店に来ても「社長室」に入って長居をして行く等という事も、した事は無かったのである。真奈にとってのその部屋は、自分よりも三十歳以上も年上であり、二十年もの間の長きに渡って彼女を束縛し続けてきた、スポンサー（という名前の愛人）の高瀬芳一の、匂いに染められている場所だったのだから。その匂いは「金」に塗れていて、嫌らしかった。二十六歳に成ったばかりだった真奈はその部屋で、芳一と「愛人契約」を結んでしまっていたのであったから。つまり、

「結婚はしない。しかし一生、金には困らせない。バー・摩耶と摩奈（その頃はまだ、ほんの小さなホステス派遣会社だった）を真奈に任せる代りに、君はわたしのものになるという事で、どうかね」

「それは、雇われママにするからという事ですの。それとも、名義から何から全て、わたしの物にして下さるから、という事なのかしら」

妾になれと言うのなら、それでも足りないぐらいだわ。二号になって、大人しくそこに

納まれと言われているのなら、それでも間尺に合わないわよ……。

高瀬芳一は、薄くなり始めていた頭髪に、いつもムスクの香りのヘアベーラムを付けていた。彼の妻の良子が、フランスだかイギリスだかの化粧品会社から仕入れてくる品物なのだという事を、真奈は知っていて、知らない振りをしていたものである。芳一は、机の上に数葉の書類を広げてから、真奈を其処の椅子に席らせて言った。

「わたしを見損なって貰っては困るな。グレース。ミューズの売れっ子である君を、安物扱いするような男では無い。籍を入れての結婚ではないが、君とは一生添い遂げる夫婦のようでありたいと思っているのだ。第二夫人という呼び名では、不足かね？」

言葉なんて、とグレースであった真奈は思ったものだった。物は言い様というじゃないの。「第二夫人」も「妾」も、「二号」も「三号」も、「情人（いろ）」も、何だって同じ事だわよ。何処かの国へ行った誰かさんじゃあるまいし、「第二夫人」だなんて、止してよ。気色が悪い。こんな男に一生金で縛られて「愛人」と呼ばれるのなんて、わたしは御免よ。わたしは嫌よ……。

そうは思った真奈ではあったが、彼女は結局高瀬芳一の、金に買われた女になってしまったのだった。副都心に近い超高級マンションの一室と、バー「摩耶」と、「摩奈」という会社と引き換えにして。真奈は女としての一生を、芳一に売る事に同意し、「契約書」にサイン迄してしまったのである。

その結果、真奈は若くして成功したかのように見られ、そのように自分でも振る舞って来はしたのだったけれども。真奈の心はいつも、呟いていた。

もう、うんざりよ。あんなお爺ちゃん。ケチで独占欲が強くて、疑い深くって。特にこの頃の執っこさといったら。ああ、クソ。もう嫌。逃げちゃいたい。どれ程強くそう思っても、真奈は逃げられないし、一歩も先へは進めないのだった。

今年で七十八歳になり、もうじき下寿(かじゅ)八十歳になろうとしている芳一は、自分の失った若さを取り戻そうとするかのように真奈の精気に縋り付き、吸い尽くそうとでも、思っているかのようなのだ。真奈が逃げたくても逃げられないのは、権利証を預けてある銀行の貸金庫の鍵の内の一つを、芳一がどうしても彼女に渡してくれないからだった。初めから、そういう約束事というのか、仕組みになっていたのだから、仕方の無い事では有ったのだけれども。真奈が敏之と「浮気」をしたり、翡桜に迫ってみたりしたのは結局のところ、自分の人生に対しての怒りと悲しみによる、八つ当りの様なものだった、と言えるのだろう。だからこそ真奈は、全ての「始まり」になったその部屋に入りたい等とは決して思わなかったし、実際に入ろうとも、しはしなかったのである。

その部屋にはまだ芳一の、ヘアベーラムのムスクの匂いが残っているようで、真奈は嫌なのだった。その部屋にならば、専用階段を使って店の誰とも顔を合わせる事も無く、自由に出入りが出来るようになっているのも、芳一の意向だった。それ等が尚更の様に、真奈には嫌らしく思われてきてしまっているのだから、仕方の無い事ではあったのだが……。

　取りも直さず金で売ってしまった物は、金で買い戻すしか無いのだろう。けれども。それでは、その間の時間と若さと、愛や喜びは、一体どうすれば返ってくるというのだろうか。真奈には、取り返せないその全てが、遣り直す事の出来ない人生が口惜しく、哀しかった。けれど。そんな事は、他人には一切知られたくは無い。本当の事程人は、隠しておきたいものなのよ、と真奈は自嘲して、昂然と船を進めていくのだった。降りたくなったら降りれば良いのに、と囁いてくれている、夜の海で泣く人魚の声を、胸の中に聴きながらも……。

　真奈は、折れようとはしていない。折れたなら、もう元には戻れないと知っていたから。折れたなら、もう何処でも生きられないのだ、と思い込んでしまっていたからなのだった。

　その真奈と翡桜は、二十二日の夕方になってから、一年有余の再会をしたのだった。真奈には、「摩耶」に勤める以上は、いつかは会う事になるのだから、と翡桜の方では良く承知をしていて、その時のための心構えも出来ていた。紅が、真奈に関する「知る限り」の全てを、翡桜に教えてくれていたからだったのだが……。

　だが、当の真奈にとってのその「再会」は、不意打ちに近いものだった。真奈は、柳が新しく雇ったバーテンダーの名前が、「井沢ミドリ」だと葉（よう）から聞かされて、急いで店に駆け付けて来たのだったから……。その葉は、ミドリに仕事を引き継いだその日の夜から、

「摩奈」の方に出勤をして来ていたのである。「摩奈」のような会社にとっては、世間が休暇に入るクリスマスと年末・年始から、新入社員と転職、退職社員が大量に「移動」をする桜の季節迄は、稼ぎ時なのであった。要するに葉は、一刻も早く「摩奈」での仕事である派遣ホステス（それも、高級な）業に「馴らされる」必要があった所為で、移籍がスムーズに進んだのである。

　葉は、姉の柳のように美しく着飾って化粧をし、夜毎酒の席で男達と馬鹿笑いをしていたかった。本音を言ってしまうなら、男達にチヤホヤとされて酒を飲み、歌って踊って、人生の夏を過ごしたかったのだ。

　それなのに、と葉は唇を尖らせて言ったものだった。過ぎた日に……。

「ママ。あたしの方が若くてきれいだからって、焼いているんじゃない？」

「寝呆けなさんな、葉。あんたみたいな勘違い女を、ホステスなんかに出来る程あたしは甘くない」

「あたしのどこが気に入らないって言うのよ。何で女のあたしが男の装(な)りをして、カウンターの中なんかにいなけりゃいけないの？　それこそ姉さんのイケズの証拠じゃない。ミューズに居たっていう事が、そんなに偉い事なの？　ミューズのオリビアなんて言われて、姉さんだけが良い目をみるなんて許せない」

「許せないなら、もっと大人になって。良い女になってみせて頂戴よ。葉、言っておくけれどね。ホステスが色と若さで務まると思っているのなら、あんたこそが歩く馬鹿女の見本になるのよ」

　歩く馬鹿女は、そっちじゃないの。何よ。自分一人だけ。毎晩男にチヤホヤとされて、良い気になってさ。その上、あんな話の分かる愛人迄もちゃっかりと作って、楽しくやっている癖に。自分の妹には、男の一人も寄せ付けさせないなんて。何だっていうのよ。ああ、嫌だ。嫌だ。嫌だ……。

　葉の不満は一瞬で紅に伝わり、読み取られてしまっていたのである。一度だけ高沢に「連行」されていっただけの、何歳も年下の水森紅に……。

　ともあれ、「ひょっこりと」腕の良いバーテンダーの井沢ミドリが「摩耶」に求職に来てくれて。幸いな事に、そのミドリを姉でありママである柳が気に入り、雇うと決めてくれたので、葉はさっさと自分の職場を放棄してしまう事に決めたのだ。そして、その足で「摩奈」に向かっていったのである。今度こそ、夜の蝶と呼ばれて、遊ぶ積りで。

　柳は諦めたのか、呆れたのか、止めもしなかった。

　どの道、真奈の監視の下に入るのだから、と高を括っていた所為もあったのだろうが。けれども真奈は、葉の教育係になる積り等は、爪の先程も無かったのである……。馬鹿でいたければ、馬鹿でいれば良いのよ。痛い目を見て泣くのも笑うのも、自分なのだから。好きにしなさいよ。あたしは、あんたが保(も)つだけ保ってくれれば、それで良いの。あたしの良い人（敏之の事）を譲ってあげた（盗られたなんて、誰にも言わせない）、オリビアの妹の事なんて、どうなろうと知った事ですか。人はね。なるようにしか、なっていかないものなのよ、と……。

高沢敏之が真奈の秘密の愛人であったという事は、それこそ柳と妹の葉にも、知らされてはいない事だった。芳一の耳に入れてはならない事柄は、このようにして誰の目からも耳からも匿（かく）されて、汚い物のように溝の中へと捨てられていったのだ。時間という名前の、帯の中に。世間体とか家庭だとか、生活と呼ばれてもいる、遠い河の澱みにと……。

真奈の恋は捨てられ、埋められてしまった。もう、取り戻せない。光射す場所の在り処を知っている人にはもう、きっと死んでも会う事は出来ない。真奈の恋は、恋人であった筈の当の男からも、軽んじられていたものだったのだから……。

「だから、どうなの」

と真奈は頭を上げるのだった。下は、向かない。振り向くのも、泣くのも嫌よ。わたしは、平気……。

駆け付けていった真奈が見たのは、一年前よりも更に少し細っそりとしていて、一年前よりも更に翳りを宿した瞳をした、翡桜の姿だった。

翡桜は、息を弾ませてカウンターの前に立った真奈を見ると、優しい眼差しをして、ニッコリと笑ってみせたのである……。

「アレ。二宮社長さん。こんな時間に、こんな所にいらして、どうかしたんですか」

「その台詞を、そっくりそのままそっちに返してやるわよ。緑。あんた、良くも図々しくわたしの店に勤められたものだわね」

言ってしまってから真奈は「遣ってしまった！」と気が付いて、唇を噛んでいた。「摩耶」には既に早出のホステス達が何人か出ていて、ボーイとバーテンダー達の方は無論の事、全員がもう出勤して来ている事に、遅蒔きながらも気が付いたからだったのだが……。

緑は、困った顔をしていた。

「わたしの店っていう事は、ですねえ。社長さん。もしかしたら摩耶も、社長さんの会社だったという事なんですか？　ヤだな。僕ってば。ちっとも知らなかったんですよ。そうだったのかあ……」

「何が、そうだったのかあ、よ。あんた。まさか、惚けているんじゃないでしょうね」

皆が、見ている。皆が、聞いている。皆が、皆が……。

真奈は、気が遠くなりそうだった。もしもこの緑が「あの事」を、誰かに話しでもする事になってしまったら。いいえ。もう、皆に得意気に、吹聴でもしてしまっていたりしたら、わたしはどうなるの？　と。

けれども緑は、困った顔のままで言ったのだった。

「だったら、まさかだけど。もう、首って事になるんですかねえ。勘弁して下さいよ、社長さん」

「真奈よ。解っている癖に」

「……真奈さん。済みません。あの時は、僕、酔っ払っていたもので」

何を言い出す積りなのよ。緑の馬鹿ったれ。皆が見ているのが、聴いているのが、解らないの！

「真奈さんに迫って打っ叩かれる迄、頭がカルバドスになっちゃっていたみたいで。社長さんに迫ってど突かれたなんて、格好悪くてさ。勘弁してくれませんかね、社長さん。もう二度と、変な真似はしませんから。首にだけは、しないで下さいよ……」

笑っているわ。笑っている。緑の嘘に、皆、馬鹿みたいになって笑っている。嘘吐きなのね、緑。でも。許してあげる。その嘘はもう、取り消せはしないものだから。その嘘で、あんたはわたしの傷を、拭ってくれたから……。

真奈は、緑を睨んでいる振りをしていた。そして、言った。自分でも思い掛け無い程の、柔らかい声で。

「幾ら酔っていて格好悪かったからっていっても、黙って会社を辞めちゃったのは、許せないわね。良い？　緑。今度はきちんと、勤めて頂戴よ」

まだ笑い転げている皆を無視したまま、真奈は緑に念を押してから、軽やかに店から出ていってしまったのだった。

第一関門はパスしたみたいだけど。と、翡桜は思って、肩を落としてしまっていた。首にされた方がマシだったのかも知れない、と……。

真奈が、此処では「翡」である翡桜に、叶わない夢をもう一度見るようになるかも知れない、と気が付いたからなのだ。

藤代咲也の心の中の海の辛(から)さと寂しさに、翡桜は思わず泣いてしまいそうになってしまったものだった。けれど。けれど、真奈の中の海の闇(くら)さと冷たさも、翡桜の胸を締め付けて、泣かせるのである。翡桜は咳き込み、胸を押さえて皆には戯(おど)けてみせてから、こっそりと水で薬を飲み下していた。真奈が、有らぬ夢を見ないようにと聖母子の名を呼び、祈り仰いで、夕べに……。

その「ミドリ」の姿を今、じっと見詰めている三人の男と、一人の女がいたのであった。店内はもう、空席が少し出てきている時間帯で、次の波が来る迄にはまだ、一時間程の間が有る時の事である。

女は柳で、新入りバーテンダーのミドリが真奈に迫って「ど突かれた」という話を、ホステスのジョーンから面白可笑しく聞かされて、腐っていたのであった。真面目で、純情そうに見えたから雇ったのに、と柳はつい、きつくなりそうな瞳をミドリに向けてしまう。

自分の母親みたいな年のグレースに、迫っただなんて。本当なのかしらね。それも、酔っ払って。あの、細い身体で？　グレースのどこに、そんな魅力がまだ残っていたというの。そりゃねえ。ミューズに居た頃からグレースは、「おじ様殺し」と言われては、いたものだそうだけど。だけど、ミドリはお爺じゃない。それどころかグレースに比べたら、まだほんのネンネみたいなベイビーじゃないの。グレースに「年下殺し」の才能迄あったとは、信じられないわ。何かが、変なのよね。この話が逆だったというのなら、有りそうな事だとは、思うけど。グレースのパパさんはもう年なんだし。パパに隠れて「摘み喰い」をするのには、ベイビーみたいな若い男の子が、一番良さそうだしね。世間に擦れていないみたいだから、余計な心配はしなくて良いもの。そりゃ、少しぐらいの出費は要るだろうけど、それだけの事でしょう？　パパに言い付けるだとか、マンションを買ってくれなんてごねられる心配は、マア無いものね。？　やっぱり変ね。こっちの方があたしには、ピンとくるもの。嘘っぽくなくて、しっくりくるわ……。

それじゃ、ミドリは嘘を吐いたとでもいうの。でも、何で？　あの子がグレースを庇う理由なんてどこにも無いじゃない。んー。けど、面白い。さっきのジョーンの話を、あのパパさんに話してやったらどうなるのかが、見物だわよ。勿論、「ちょっとだけ」、色を付けてやるの。グレースの方が、ミドリに迫った事にしたって良いのだけど。余り遣り過ぎたら、元も子も無くなるものね。あたしだってね、いつ迄も雇われママのままではいたく無いのよ。「花の生命は短くて……」とは、本当に良く言ったものだわよね。あたしも、今の内に自分の店を手に入れておかないと。いつ、誰に取って代られるかなんて、知れたものじゃ無いんだし。葉をバーテンに仕立てていたのは、結局はあたし達姉妹のためだったというのに。あの、馬鹿娘。人の気も知らないで、選りに選って「摩奈」に移るとは、言ってくれたものだわよ。二人で内と外とを固めてきたからこその「摩耶」だったのに、何も解っていなかったなんて。それこそガッカリよ。あのパパさんは上手に持ち掛ければ、あたしの言うなりになってくれるのじゃないかしらね。この店の一つぐらいは、あたしの物にしたいじゃないの。敏之？　駄目よ、この人は。この人は只、火遊びをしたいだけの、馬鹿だった。月々のお手当やホテル代ぐらいでは、あたしクラスの女は買えないって事さえも解らない、阿呆の「お坊ったま社長」でしか無かったなんて。夜の花や蝶を飼う資格も、肝っ玉も無いのよ。財産なら、ごまんと有る癖に、何だか、情け無い。グレースのパパさんは敏之の年頃にはもう、この「摩耶」より前に、「花梨」をメリルに持たせて遣っていたものだって、聞いているわ。もっともそのメリルも十年程で、グレースに取って代られてしまったというのだから、油断も隙も無いけれど。それでもメリルはラッキーだった。男なんて、何処にでもいるけど。自分の店は滅多に、手に入れられるものでは無いのだもの ね。メリルはグレースよりも、ほんの少し年上なだけだったそうだけど。今では「花梨」を売り払って、ハワイだかタヒチだかで優雅なマイライフを楽しんでいるっていう、噂だわ。それもこれも、自前で店を持たせてくれるような、男が居てこその話なんだわ。雇われママの身では、そうはいかない。高いノルマを抱えて、毎日着物やドレスに身銭を切っていたりしたら。いつ迄経っても、店なんか持てやしないもの。あーあ。いっその事本当に、グレースのパパさんに「有る事、無い事」言っちゃおうかしらん。自分で言う程、あたしは馬鹿じゃないけどね。ジョーンやミドリよりも、メグか葉に、「楽しい噂話」を吹き込んでやれば良い事よ。たっぷりと。砂糖と毒を入れて、たっぷりとね……。

メグというのは、葉よりも先に「摩奈」に移った、金髪のお馬鹿だった。今はドリスと名乗っている葉も、メグに負けず劣らずの茶髪のお馬鹿なのだ。あの二人なら、と柳は秘かにほくそ笑んでいた。きっと、柳の思っている以上に上手く遣ってくれるのに、違いないだろう、と。

高沢敏之が柳に飽き掛けているように、柳の方でも敏之のけじめの無さに、苛立ってき始めていたのである。夜の花には花の、化身した蝶には蝶の、誇りと自負のある事を、「愛人」ならばせめて知っていて欲しい、と柳は焦がれるようにして願ってもいたのに……。

敏之の機嫌が、悪かった。柳はそれとなく敏之の腿に手を置き、そっとその指先を滑らせて、暗に「二人切りになりましょうよ。あたしの部屋で」と誘っているのに。敏之は、それを無視しているのだから。

二人切りになるからといって、特別室で「何か」をしよう等と、柳は誘っているのでは無いのだ。それこそ「摩耶」のママとしての、柳の沽券に関わる事なのだから……。只、柳は敏之は「特別」なのだ、と皆に示しておきたかったし、敏之自身にも、自分は柳の「特別な男」なのであると、自覚をして欲しかっただけなのだけれども。

けれども、柳の隣に席っている敏之は、別の女の事を考えていたのだった。馴染んだ柳とは、別の女。

馴染んでいる柳とは全く別の、未知の娘占い師であるチルチルの事を、敏之は考えて憮然としていたのである。「チルチルの館」の娘主、チルチルに門前払いを喰わされたのは、今回で連続して、四夜目になってしまっている。一度目は、チルチルは、ダニエルの停めた車を見ただけで店の扉に「休業中」の札を掛け、三度目は此れ見よがしに、店のシャッター迄も下ろしてしまったのだから。

黒塗りの高級車からダニエルが、高沢を降ろす間も、相手に与えないままに。美しいクリスティーヌが、その身体を翻すようにして飛んできて、ピシャリと相手を閉め出す様子は、見事と言うよりは他に無く……。敏之は怒るどころかより一層、クリスティーヌだったチルチルに心をそそられて、今夜こそはと、わざわざ「チルチルの館」の閉店時刻に合わせて、出掛けていったのであった。ミューズの売れっ子ホステスだったクリスティーヌならば、大抵の所は珍しくも無いのだろうが、と敏之は軽く考えていた。Tホテルの特別スイートルームでの「ディナーを予約してある」と言わせれば、どんな女でも嫌とは言わない筈だろう、と敏之は計算をしていったのだ。愚かにも敏之は、どんなに豪勢な食事でも、どんなに金の匂いを嗅がせてやったとしても、その社会的な身分によっても、決して靡かない女が世の中には居るのだという事を、知らないままに生きてきてしまった口だった。

この世という広い海原には、幾千億の船が往き来していて。その行き先も航き方も、全く異なる種族である「船人がいる」、という事さえも解らなくなる程に、敏之の中の或る種の感覚は麻痺をしてしまっていたのだから。余りにも長い間「唯我独尊」という名前の船に乗り続けてきた船乗りは、しばしばそのように感覚と、感情の麻痺に陥ってしまうもののようだった。そうで無ければ知覚であるとか、知的な「精神」という名前の大切な、船の構造部に欠陥が有る事に気が付かない筈は無い、と思われはするのだけれども……。

とにかくその夜、「チルチルの館」の閉店時間（夜の八時という事に決まってはいたが、チルチルは独自のルールでそれを守ったり、破ったりしていた）直前に、高沢は口実を設けて、チルチルに会いに行ったのである。その口実とは「妻の不倫問題」という、笑えないものであったのだけれど。その位の事を言わないと、チルチルには会えないと助言をしてくれたのは、吉岡勝男であったのだ。

吉岡勝男。高沢敏之と藤代勇介の「友人」であり、今では二人の顧問弁護士でもあり、ハイソサエティー（上流社会）客だけを専門に顧客としている、かつてからの三人組の内の一人の、あの男だった。

辣腕弁護士というよりは、悪徳弁護士に限り無く近い吉岡は、銀座の老舗高級クラブ「ミューズ」にも当然のように出入りをしていて、ママであるマリリンの上得意客の一人になっていたのである。だから吉岡は「クリスティーヌ」であったチルチルの事も、かなり詳しく知っていたのだ。マリリンから聞き出していた「情報」によって……。

三日続きの「敗退」によってクサクサとしていた敏之は、勝男が経理部長の長浜の所に来ていると知ると、チルチルをどうにか出来ないものか相談してみようと思い付き、彼を待ち構えていたのだった。勝男が必ず敏之の部屋に寄って、ヨタ話をして帰るという事は、社内の上層部の者達ならば今では誰でも知っている、詰まらない事の内の一つなのだ。

勝男は退社時刻近くなってから、敏之の部屋に入って来た。税務関連の問題で、

「思いの他手間取ってしまったが、何、上手く遣っつけてきてやったからな」

というのが、敏之への挨拶代りの言葉だった。

「そいつはどうも」

待ち疲れていた敏之の気のない返事の原因が、チルチルだと判ると、勝男は笑い出していた。

「あの、じゃじゃ馬のクリスティーヌを摘み喰いしたなんていう事がオリビアにバレたら、お家騒動に迄発展してしまうんじゃないのかな」

「馬鹿を言え。柳とは、そんな間柄じゃないんだからな。お互いにさ。只の遊びなんだぜ」

「お前が、そう思っているだけじゃないのか。女は恐いぞ」

勝男の言葉に敏之は、薄く笑ってみせていた。

「俺が言ったんじゃないよ。あいつの方が最初にそう言ったんだ。お互いに大人なんだから、きれいに遊んで終りにしましょうね、とか何とかさ……」

それこそ怪しい、と勝男は言ったのだが、柳ならば言いそうな事だとも一方では考えて、納得してしまったのだった。チルチルに就いて勝男は、敏之に知恵と言うよりは悪知恵を授ける。

「あいつは自分では十八だか九だかと、皆には言っていたらしいがな。本当は十六か、七ぐらいじゃなかったのかと、ママは言っていたよ」

「二年前に十六か、七だったって？　それなら今は、十八か十九かそこらの小娘だというのかよ。嘘だろう、勝男。そんな小娘が一体どうやって、一丁前に独立なんかが出来た、というんだよ。パトロンがいたなんていう話は、聞いていないぞ」

「旦那という意味でなら、パトロンはいなかったらしいがね。とにかくあいつは、男なんて屁とも思っていなかったらしいからな。だがな、敏之。パトロン擬きになっていた奴がいた事はいたんだろう。ママは、カトリーヌがそうだったんじゃないのか、と言っていたものだよ」
敏之は驚いて、勝男に瞳を向けた。それ迄の彼は夜空に浮かんでいる窓の中から、街を行く豆粒みたいな人々や、コバルトブルー一色に染められたイルミネーションで輝く、街路樹を見るともなく見ていたのだったから。街中に、人が溢れていた。車のヘッドライトは赤く、明るく、クリスマス・イブ直前の副都心の広い道路に、犇(ひしめ)いてでもいるかのように多くて、美しかったのだ。

ダニエル・アブラハムは、秘書課長の弓原が紅に淹れさせ、持たせて寄こしたブランデー入りの紅茶を、二人の前に置いていった後もずっと、紅の柔らかく、真っ直ぐな、あの黒い瞳を見続けていた。紅はダニエルのためにも熱い紅茶を淹れて、置いていってくれたのである。ブランデーだけは、運転手でもあるダニエルのカップには、垂らしてはなかったのだけれども。けれど、ダニエルにはブランデー等は、要らなかったのだった。ダニエルは、紅の姿と、その暖かな深い眼差しを見ただけで、今ではもう酔い痴れたようになってしまう程迄に、成ってしまっていたのだから……。紅の瞳と、その姿と声は、ダニエルを酔わせた。「面倒な事になっていくだけだ」、という自制の思いが強く働く一方で、ダニエルの紅への傾き方は、想いの他に早かったのだ……。

車の運転と待機の他には、「これ」と言える程の仕事が無いダニエルには、時間だけが只、たっぷりと与えられていたのだったから。だから、彼はその時間を、自分の心の中の海に居るマリアと、現実という大海の中に居る紅という、二人の女のためだけに使っていられたのである。

そのような理由でダニエルは、四夜連続の「占いの館」通いには何の興味も持っていなかったし、今、敏之と勝男が何やら熱っぽく話し合っている事柄に対しても、通常の業務以上の聴き方はしていなかった。つまり、必要最低限の事である「今夜も社長は、自宅には直帰しない」、という事だけを聴き、「それでは自分は今夜も、紅の町（家ではない）には行かれない」という事実のみを、重く受け止めていただけに過ぎなかったのであった。

ダニエルの心は、マリアと紅との間で行き来している、闇夜の海の中の小舟のようだった。

ダニエル・アブラハムが、高沢と吉岡の声高な「密談」に興味を持っていないように、その二人の方でも長髪で黒い瞳の長身の男に対しては、何の興味も警戒心も、持ってはいなかったのだった。

運転手兼ボディガード兼秘書（その逆の順序ではない）の異国の男なんかには、日本語等は通じていないかのようにして、敏之と勝男は話を続けていた。いつもの様に……。

「カトリーヌが？　あいつは、クリスティーヌの姉貴分だというだけじゃ無かったと言うのか、勝男。じゃあ、アレかい？　女同士で何とかいう、アレ。どうりでカトリーヌの奴、俺を絶対に、クリスティーヌには近付けなかったわけだよな。クソ……」

「止せよ、敏之。俺は別に、あの二人がレズっていたなんて事は、言ったりしちゃいないよ。ただな。あのクリスティーヌは実は大の男嫌いで、そいつをカトリーヌの奴が上手くカバーしていたという話だけは、確かな事みたいなんだ。それで、だがなあ。マリリンは、カトリーヌが資金を出して遣って早いところ、ミューズからも出して、独立させてやったんじゃないか、と言っていた」

「何でマリリンはあの二人の事に就いて、そんなに詳しく知っているんだろうな」

「盗られたからだろう。ママはあの娘を、自分のヘルプ（妹）にしたかったそうだよ。だが、カトリーヌの奴が、横から攫っていったんだ。あいつは、何だか最初から、クリスティーヌに対してだけは特別で、それこそ骨迄抜かれていたそうだからな」

へえ、と敏之は間伸びのした声になってしまうのを、抑えられなかった。

「あの、遣り手で怖い物無しのカトリーヌがメロメロになっていただなんて。信じられないな。あいつも男嫌いなのか女嫌いなのか、正体不明の女だったけど。妙なところで、気が合ってでもいたのかな……」

「大方、そんなところなんだろうぜよ。あの二人は二人共、男を男とも思っていなかったし、客を客とも思っていなかったのは、確かな事だけど。あの二人はあれで、店の者には好かれていたそうなんだよ」

「どうしてだ?」

「二人共、困っている奴には親切だったんだとさ。カトリーヌは涙脆くて、すぐに泣いてやっていたそうだし。あの娘の方は情に厚くて、何かと助言をしたり、手助けをしたりして遣っていたりしたそうなんだよ。だからな、敏之。あいつを物にしたければ、泣いちまえば良いのさ」

泣けと言われれば、幾らでも泣いて見せるけれどな……と、敏之は思って苦笑した。

「泣いて見せたくても、門前払い続きじゃやな。そもそも、何と言って泣けば良いんだ?勝男。俺には泣く程悲しい事なんて、無いぞ」

勝男は、自分の頭を指先で突ついて見せて、笑ったものだった。

「ここを使えよ。ここを、さ……。良い年をした男の泣く理由なんて、決まっているじゃないか。仕事か、家庭か。リストラだとか、奥方に男がいるだとか。どう見たってお前は、病気を苦にして死にそうな奴には、見えないからなあ」

敏之も、ニヤリとして言い返す。

「リストラに遭うようにも、見えないだろうが」

「由布さんに、男はいないのか?」

「いるものか、そんなもの。そんな物好きな奴がいてくれる内は、まだマシだと思うがな。あいつは未だに家付き親付き、婆や付きの、お嬢だよ。四十六歳にも成っているのに、良い気なものさ」

「そう言ってしまっては、身も蓋も無いだろうが。よし。一丁、男を作ろうじゃないか。おい、敏之。藤代なんかでは、どうだ？　それとも、其処にいるノッポでも俺でも良いぞ。由布さんに男がいる、と言って泣け」

敏之は、「ノッポ」と言われたダニエルの、背中を睨んで首を振った。あいつは駄目だよ、勝男。あいつだけは、例え口実にしたって嘘八百にしたって、それだけは駄目だ……。何でだ？　命の恩人なんだろうがよ……。

勝男の悪意のある眼差しを、敏之はぐっと睨んだ。それとこれとは、話は別だろうが。馬鹿野郎。

これ等の無言の遣り取りを、ダニエルはやはり、後ろ姿で聴いていたのだった。善意には善意の温度があり、悪意には悪意の「絶対温度」というものが、備わっているのだ。瞳なんか無くてもな、とダニエルは、カールをした長髪に縁取られた、痩せていて美しい背筋を伸ばしたままで、ぼんやりと思っていた。背中でだって「温度」は感じられるし、行く風の音ぐらいは、聴ける。ましてや、人の心の善し悪しは判る、と。

「そういう場合は勇介の奴か、弓原辺りの方が無難じゃないのか。なあ、勝男」

「旦那の親友と、切れ者の部下の秘書課長か。悪くはない線だが、俺では駄目な理由を知りたいね」

敏之は、瞳でダニエルを指してみせていた。

あいつじゃ、駄目だった。あいつの顔を見た途端に、チルチルの奴は跳び上がっていたみたいだからな。

「言い出しっぺは、お前だからさ。勝男。今夜はお前が付き合ってくれよ。銀座の外れだとは言っても、やっぱり銀座は銀座だよ。歩いている女達は全員垢抜けしていて、見事なものだぞ」

「お前の付き添いか、お先走りでも遣らせようと言うのなら、俺は真っ平御免だよ」

そう言う勝男の唇は、赤く乾いていて熱っぽかった。勝男の秘密を、敏之は知っている。吉岡勝男の暗い秘密は、決して陽の光の下には出られないからこそ、より黒くて深く、濁っているのだ、と敏之は思う。その勝男の澱みに比べたら、俺の女遊びなんて、海辺の岩みたいにきれいなものじゃないかよ、と。自分勝手な理屈の上に咲く花も又、重く濃く、濁った色彩をしている事も、知らないで……。

その夜、ダニエルは「占いの館」からは少し離れた場所に、車を停めていた。副都心の賑わいとは、異う街が其処には在った。冬枯れて葉を落とした、槻(つき)の木の巨木の見事な枝々には、白一色の電飾が幾重にも巻かれていて。広いサイドウォークを明るく、冷たく、それでいて艶やかに照らし出しているのだった。影さえも明るい、夜の並木道。

サクラメントのクリスマスは、とダニエルはそれを見て思う。常緑樹の椿の枝にオーナメントが飾られ、色取り取りのイルミネーションが灯されていて、鮮やかで美しいものだった、と。その、美しい椿の都での、マリアと過ごした日々と最後の別れとを、ダニエルは想った。何よりも穏やかで、いつも儚気だったマリアの、その懐かしい声を……。

「立派な人になってね」

「お父様のような、人になってね」

それは、取りも直さずダニエルに、父親のような人格者であってくれという事だったのか。父親と同じように、父祖達と同じように、医師であり、宗教的にも優れた指導者になってくれ、という事だったのか……。ダニエルには、今でも解らない。

ユダヤ教徒達だけを救出に飛来して来た航空機には拒絶され、難民キャンプからも閉め出されてしまったダニエル達の、数少なくなってしまった一行は、海を、港を目指すしか他には、方法が無かった。アジスアベバからの鉄道沿いの森や草原、砂漠地帯を抜けて、ジブチ港にじりじりと忍び寄っていこうと、苦闘をするしか他には……。

「其処」でなら、何とかして助かるチャンスがまだ有ったのだから。「其処」からだったら何とかして、地獄絵のようだった祖国「アビシニア」からも、脱出出来る可能性が、まだ残されていたからなのだった。

港町の夜は暗く、波の色はもっと闇かった。僅か二十数人に迄減ってしまっていた一行の中にはもう、幼い子供達の姿は無い。若い女も、マリアと、マリアの姉のナオミだけになってしまっていたのである……。それに、二人の叔母のシェバとその年頃の五十代の女達と。年老いてはいても、知恵が有った老女達。彼女達が連れて来た、又は途中の廃墟の中から拾ってきた、更に年老いていたり、逆に乳離れしたばかりのような幼児達。そしてダニエルと同じ年頃の少女が数人と、サミーという名の少年が一人だけ、いた。只、それだけ。唯、それだけ……。ダニエルの幼かった二人の妹の、エリーザとミモザは体力が弱く、過酷な逃避行には耐えられずに、高地山岳地帯の森の奥で、生命を落としてしまった。ナオミの二人だけの娘達は髪を切られて男装をさせられ、略奪者の手からは、逃げ延びられたのだが。戦闘に巻き込まれていた町から逃げていった湿地地帯で、力が尽きてしまったのである。砂塗れになり、泥塗れになってしまった身体と衣服を、アファール・イッサ（現・ジブチ）の海岸で闇に紛れて洗い、マリアとナオミ、それに少女達は万一に備えて髪を切り、男装に変わった。ソマリランドの内の港湾都市ジブチでは、アビシニアの通貨がそのまま使えた事が、幸運だったのだ。彼等は其処で何日も過ごすような、愚かな真似はしなかった。アファール・イッサは昔からイスラム教徒の国で、キリスト教徒とユダヤ教徒の国アビシニアを、幾度でも苦しめてきたという、歴史があったからなのだ。アビシニアからエチオピアへと変わっていった革命と動乱、混乱の中から、漸くジブチ港に辿り着いたダニエルの率いていた一行は、其処でとうとうバラバラに散る事になってしまったのだった。寄港している外洋船や、塩や皮革、コーヒー等を積んで出航して行く貨物船、精油所に「寄った」小型船舶等に、弱っている者達から先に乗せるしか他に、無かったからなのだ。「幾ら何でも。二十人以上も一つの船に乗せるなんて、無理だぜ」と、タグボートを操る男達は言ったのだが。実際に、密出入国者を監視するための警備は厳しかったので、他に選択肢は無かった。

紅海の色と、その向こうの深い藍の海の色を、ダニエル達は見ないままにアフリカを発っていった。陽が落ちる直前から、月の出に掛けての短い間に。月が沈み、陽が昇り切る前迄の、短い間に……。

慌ただしく、密やかな「出港」には、別れの挨拶のための言葉も、抱擁も無かった。三、四人ずつのグループ毎に別れた仲間達は、タグボートの低い船底や積荷の間に身を潜め、それこそ「荷物」そのものに化したように息を殺して、夜の中へと消えて行ってしまったのだから……。唯一つの例外は、マリアの姉のナオミとの別れ方だった。先に行かせた一行の無事を神に祈りながら、月の入りを待っていた倉庫街の隅の暗がりでの事である。ナオミが、サミーと一緒に行く事になっていたフリージャという少女に「付いて行きたい」、と望んだために……。

「駄目よ、姉さん。姉さんは、わたし達と一緒に行かなくては。わたし達、別れ別れになったら駄目なのよ」

マリアの言葉に首を振ったナオミの瞳には、闇の中でもそうと解る程に、涙が溢れていた。ナオミはフリージャの中に、亡くした二人の娘達の面影を見ていたのだろう。「フリージャと離れたくない」と言うナオミにしがみ付くようにして、フリージャの方でも「ナオミと離れたくない」と言って、声を忍んで泣いていたのだ。サミーはその二人を見兼ねて、提案した。

「俺達のと、お前達の乗る筈だった船を交換したら、どうかな。二人と三人とだけは決まっているが、誰と誰というふうに迄は決めなかったんだからさ。大丈夫だよ、ダニー。ナオミとフリージャは、俺が守るから。何が有っても、俺が守るから。ね、マリア」

マリアは、頷くしか他に方法が無かった。自分自身もエリーザとミモザという幼い二人の娘を亡くしているマリアは、「それでも、何が何でも一緒に来て」とナオミに言える程、酷（むご）くはなれなかったのだ。例え姉とのその別れが、マリアの生涯の深い傷の一つになると、解り過ぎる程に良く解っていたとしても……。マリアは、承知した。そして承諾した以上は姉のナオミのために、フリージャとサミーのために、出来る限りの事をしてあげたい、と願ったのだった。

「それでは姉さん。これを持っていって」

マリアが手渡したのはアブラハム家のヨハナ（ダニエルの祖母だった）の形見で、コプト語の典礼文を彫り込んだ、見事な金製のクルスだった。マリアはその金のクルスを、胸にきつく巻いた男性用の胴着の下に、ずっと忍ばせていたのである。アビシニアの通貨は港の両替商で既に、フランス、イギリス、スペイン等の通貨やアメリカのドル等に両替を全て済ませ、各自に等分に分けてしまった後での、出来事だった。出港していった仲間達もそれぞれに、彼等の町からはそう遠くない鉱山で採掘された純プラチナの小さな塊や、各自の想い出の品や、最低限の身の廻り品等を持って行けた筈だった。それだけでどの位の間、彼等が生き延び、生き残ってゆかれるのかは、神のみが知っておられる事なのだと、マリアは思っていたのだったが……。それでもマリアは、ダニエルとナオミとの「これから」のためにと、ヨハナのクルスだけは手放さずに、大切に守り抜いて「行きたい」と望んでいたのだ。

ナオミとマリアの叔母であるシェバは、一足先にもう仲間達と船に乗って行ってしまっていたのだから……。

マリアにとってヨハナのクルスは、どれ程大切な品だったのかを知っているナオミは、涙を落としながらもそれを、受け取っていた。そして、言った。静かな声で、

「ありがとう、マリア。わたしの妹。大切にすると、約束をするわ。大丈夫よ。わたしはフリージャとサミーと一緒だから、大丈夫。船を替える事になってしまったけど、許してね」

「そんな事……」

マリアは堪え切れなくなって大粒の涙を落とし始め、フリージャとサミーがマリアを支えて、慰めていた。ナオミはその間にダニエルの胴着の下に、コプト織りの厚い胴巻きをしっかりと巻き付けて隠してから、言ったのである。

「これを大切にしてね、ダニー。伯母さん（ナオミ）と伯父さん（マルコム）の形見だと思って、大切にしてね。誰にも言わないし、見せないと誓って。良い？　誰にもよ……」

「母さんにもなの？」

ダニエルが尋くと、ナオミは彼を抱き寄せた。

「そう。母さんにも。あなた達は二人切りになってしまうのだから、秘密を持つのは嫌でしょうけれど。それでも、マリアにも何も言わないでいてね。ずっとでなくて良いのよ、ダニー。あなた達の船が無事に港に着いて、住む所が決まってからか、あなたが十歳に成った時のどちらかになら、話しても良い。伯母さんは、あなたが十歳に成る時迄待っていてくれると、助かるのだけれど……」

ナオミを助けられるのなら、と八歳のダニエルはその時考えたのだった。十歳迄の一年と数ヶ月の間ぐらいは、母のマリアに「胴巻き」の事は黙っていてあげても良いのではないか、と。大好きだったナオミの、最後の頼みなのだから。それに、何だかは解らないけれども、大人の男性用の胴巻きを締めているのって、気分が良い。ナオミと別れるのは、辛いけれど。ナオミはそうしたいのだし、「形見」迄くれると言うのだから。そうだよ。「これ」は、大切にしよう。マリアに見せても良い時が来る迄、大切にしよう。

八歳のダニエルには、それはどういう事なのか、と深く考える疑問と知恵は無かったし、そうするだけの時間も、無かったのである。

ダニエルは、承知した。ナオミの腰に腕を回して。

「解ったよ、ナオミ。伯母さんに約束する。これは大事にして、誰にも見せないって。母さんにも言わない。十歳に成る時迄はね。それでオーケー？」

「オーケーよ」

ナオミは、永遠に忘れられないような優しい瞳をして、そう言ったのだった。マリアに良く似た、眼差しで。

「オーケーよ。ダニー。良い子ね。あなたは、わたしの誇りよ。ダニエル・アブラハム。あなたはわたし達を、最後迄守ってくれたわ。フリージャとサミーをわたしに贈ってくれて、ありがとう。さあ、もうマリアの所に行ってあげて。これからは母さんは、あなただけが頼りなのだから、助けてあげてね」

「解っているよ。ナオミ。良く解っているよ……」

八歳のダニエル・アブラハムは、ナオミにそう言ったのだったが……。

ダニエルは、伯母との「約束」を思い出してしまって、目頭を押さえていた。

「だが、俺は」だが、俺は、ナオミとの約束を守ったと言えるのだろうか。確かに、あの「胴巻き」の事ならば、俺は十歳に成る日迄、マリアにもそれに就いては隠し通したのだから。だから、半分はナオミとの約束は、守られた事にはなった。けれども。けれども、その事が逆に、傷んでいたマリアの心をより酷く痛め付けてしまう事になる等とは、俺は考えていなかった。「あれ」をくれたナオミにしても、心からの好意でしてくれた事であって、決して大切な妹の心を傷付けよう等とは、思っていなかった筈なのだ。「それなのに。嫌、それだからこそ」、とダニエルは、この時ばかりは恋しい紅の眼差しを忘れて、マリアを想っていたのだった。

マリアは、深い所で静かに壊れていってしまった。深く。静かに。音も無く。マリアは、壊れていってしまっていたのに。俺は、その事に気が付いてさえ遣れないでいたのだ。マリアの「壊れ方」が、余りにも早くから（それは、エリーザとミモザを亡くした時からだったのか。それとも、俺が十歳に成ったあの日の夜からだったのか。それとも。いつかは「帰れる」と信じていた故郷の町に、アメリカのテレビ局のクルー達が潜入し……。「住民全員が死に絶えた後の、戦渦の町の廃墟」としての、あの懐かしかった家々と町並みが、無惨に破壊され、荒れ果てて。無人のゴーストタウンとなった映像が、いきなり二人の瞳の中に飛び込んできた、あの時からだったのか。そうでは無くて、夫と義兄、祖父達が、まず「見せしめ」のためと称して、暴徒達に殺されてしまう事になった、始まりからだったのか）、始まっていたので。余りにも静かに、進んで行っていたので。俺は、その事を見逃してしまっていたのだった。医者の卵の癖に。母親の変調に気が付くのが遅過ぎて、手遅れにしてしまう事に、なるなんて……。それでは俺は、ナオミとの約束を守った事には、ならなかったのだ。マリアが、壊れていった事に就いての責任はだから、全部がこの俺に……。

車の窓ガラスが、忙しく乱暴にノックされていた。

「良い加減にしなさいよ。グチャグチャと。言っておいてあげるけどね。マリアは、壊れてなんかいなかった。マリアは真面（まとも）だったわ。狂ってなんか、いなかったの！　解った？　解ったら、そのグチャグチャを止める事。良いわね!!」

白くて薄い桜色の頬に、大きく、強い光の黒い瞳。ダニエルよりももっと癖の強い、カールした髪を腰に迄伸ばして、夜のように黒いドレスを見に纏ったチルチルは、叫ぶだけ叫ぶと、クルリと身を翻して、走り出そうとし掛けて、止まった。

「ねえ、あんた。あんたはさくらの一族なの？　あたしは知らないけど。あんたのハートからは、桜の花の香りがしたみたい」

いきなり「マリア」の名前を告げられたダニエルは、呆けたようになってしまっていたのだった。そうでは無かったらダニエルは、「桜の花」と聴いた瞬間に、紅を想い出していた筈なのに！　それなのに、この時ダニエルが反射的に思い出したのは、マリアの想い出に繋がっている、藤代勇二の事だった。五日前の深夜に、桜並木の裸木の下に震えながら立っていた、あの藤代勇二の姿と、彼との間の「経緯」の数々だけを、ダニエルは思い起こしてしまっていたのである……。だが、それはダニエルだけの所為では無かったのだった。ダニエルに、紅を思われては困るモノが、彼に勇二を思わせたのだから……。紅は、さくらの一族とチルチルを繋げられる、唯一の鍵だったのだ。この時は、チルチルは、その輝き、煌(きら)めいている双眸で、ダニエルの心と想いとを、正確に読み取っていっていた。

ああ。あたしの間違いだったのね！　悲しいわ。口惜しいわ。こんな大切な事で、思い違いをするなんて。桜の花の香りが、この人のハートに満ちていたと感じてしまうなんて……。それもこれも、あたしの「力」が衰え掛けてきている証拠だわ。皆を呼ぶためのあたしの歌も、何所迄届いているのかすらも、今はもう解らない。答えてよ！　応えてよ！　さくらの歌に。あたしの声に。応えて、ロバの皮。応えてよ、皆。応えてよ。

チルチルの瞳には、はっきりと哀しみの影が射す。

ダニエルの思いを逸らせたモノにチルチルが気付く前に、吉岡がムーン・チルチルの思考を遮っていた。

「おい、クリスティーヌ。非道いじゃないか。ママの得意客の紹介を蹴り飛ばしておいて、こんな所でこんな奴と……」

　息を弾ませて詰る吉岡の背後には、高沢の姿が有るのを、ダニエルは見た。チルチルは、言う。

「もう、クリスティーヌじゃ無いわ。あたしはチルチルよ。あたしはね、嘘吐きとヤクザと、金持ち面した奴は、嫌いなの」

「嘘吐きとヤクザ？　そいつは両方共、言い掛かりだよ。それに、こちらは超優良企業の社長さんなんだと、初めに言っておいただろうが。お前は、困っている奴の味方だと聞いて来たんだぞ。せめて、離婚問題の相談に乗って遣ってくれても、良いじゃないか」

　吉岡の言葉にチルチルは、嫌味な程に、ニッコリとして見せていた。夜風に巻毛が揺れて、輝いている。

「離婚問題だと言うのなら、あんたの方が専門でしょ。あんたが聞いてやれば良いじゃないの。本当に、困っているって言うのならね、弁護士さん」

「わたしは彼の友人だよ。弁護士なんかじゃ無くて……」

「ふうん。なら、そのポケットの中に入っているのは、偽物のバッジなのかな。それとも、あんたは偽弁護士なの？　離婚の心配なら、今のところは無いよ。それよりも、女遊びは早く止める事だね。そうでないと……」

　そうでないと、と言い掛けたチルチルは、首を傾けてしまっていた。さくらの歌が、聴こえている?

　さくら　さくら
　弥生の空は　見渡す限り……

ああ。異う。又、間違えているみたい。これは、あの双児が歌っていた声だわ。金髪とプラチナブロンドの双児が、遠い昔に歌っていた声……。ああ。それに。それに、桜の花の精と、石の精も歌、謡っている?　ああ。クソ。馬鹿ったれのあたし!　あんまりにもあの子が恋しくて。あたしのシステレが恋しくて。あたしは、在りもしないものを見て、その声を聴いている……。

チルチルの瞳には、もう何も見えない。黒いサングラスを素早く掛けてしまった、そのチルチルの瞳をもう、ダニエルも吉岡も、高沢も見られなかった。

チルチルは、高沢敏之を真っ直ぐに見て言った。

「あんたは、奥さんの事もだけど。もっと、子供の心配をした方が良いわよ。四人も子供が居るんじゃないの。その内の二人は殻に籠もっていて、後の二人は家に閉じ込められている。しっかりしていないと、四人共駄目にしちゃうかも知れないんだからね。嘘吐きのパパ」

俺には、四人も子供なんかいないぞ。クソ……。このイカレ女め。どんなに美人でも、若くても、こんなに飛んでいる女なんて、こちらから願い下げだ。真冬の、しかもクリスマス・イブ間近の銀座で、夜にサングラス？　一体、何を考えているんだかな……。だけど、待てよ。あいつ、何で吉岡の奴のポケットの中に、弁護士バッジが入っている事なんかを、知っていたんだろう。マリリンの席にいた吉岡の傍には、近寄りもしなかったからバレっこないと、勝男は自信満々だったというのに、変じゃあないか。あいつは「透視術」とかいうものでも使っていたのか？　それとも本物のイカサマ師で、口から出任せが、偶然に当っていた、というだけだったのかな。どちらにしても無駄足だった事には、変わりは無いんだ。最低の気分だよ。あいつが見惚れるように美しかった分だけ余計に、あのイカレ振りがどうにも我慢が出来ないし、許せない。畜生め……。

「摩耶」に寄る事にしたのは、「今夜も遅くなる。もしかすると深夜になるかも知れないから、先に寝ていて良い」、と出勤する前に由布に告げて来てしまったからだった。Tホテルでの「ディナー」は流してしまったが、スイートルームは一晩押さえてあるのだから。だから、高沢はこの後どうすれば良いか、とそれを今になってから考え始める。

柳を連れていくのも良いが、何か今ひとつ、気が乗らない。真奈を誘えば喜んで飛んで来る、と解ってはいるのだが。それでは事が、余計に面倒になってしまうだろう。何といっても、場所が場所なのだから。Tホテルの特別スイートに真奈を連れ込んだりしたら、真奈は今度こそ本気で「高瀬芳一とは、切れるから」なんていう、馬鹿げた事を言い出し兼ねない、と思うと引いてしまうしかない。

柳は諦めたような、醒めたような眼差しと仕草で、ブランデーのグラスを口に運んでいた。

「おい。敏之。あいつ、いつからこの店に出ているのかな？　何処かで見た事が、有るような気がする」

どうせ、そうだろうさ、と敏之は思った。勝男の「男好き」は、今始まった事では無いのだから……。

敏之は黙って、吉岡の言うところの「あいつ」を見た。そして、首を傾げてしまっていたのだった。

確かに。俺も、何処かで見たような気がするな。男にしては、やけに線が細くて。嫌、男というよりは、手弱女のように美しい。そう。髪さえ長ければ。あいつは、男というよりは女そのもので、バーテンダーよりもホステスの方が、相応しい。それも、超一流のクラブか何かの。例えば、ミューズのような。そう。例えば祇園の「八坂」のような……。

「ああ。あの子の事ですか。それならばねえ。惚れても無駄ですわよ、吉岡先生。あの子は葉とは違って、れっきとした益荒男なんですから」

吉岡の「男色趣味」の事を知らない柳は、それでも意味あり気に「マスラオ」等という古語を使ってみせるのだった。吉岡は、完全な同性愛者であるという訳では無かった。けれども。それはそれで罪深く、残酷な仕打ちの一つである事に、変わりは無いのだ。妻である花野にとって。その時々に吉岡の相手になる、ひと時だけの「愛人」の、若い男達にとっても。吉岡の秘密が暗く、重いのはそのためであったし、彼の社会的な立場を考えに入れると、それは、一層淫靡な色彩を帯びた闇い物になる事を、敏之は知っているだけだ……。

それでも。それでも、カウンターの中にいる少年は、美しかった。

「益荒男とは、凡そ程遠く見えるけどな。何か遣らかしでもしたのか、柳。あいつはどう見たってゲイか女装趣味者ぐらいにしか、見えないじゃないか。男というよりも着せ替え人形だ……」

敏之の不審そうな口調に、柳はヒラヒラと手を振って薄く笑った。そうよ。こうなったら、何も遠慮なんかする事は、無いじゃないの。メグや葉のようなお馬鹿さん達に、話をさせるなんていう、遠回りな事をしなくても。要は「チャンス」をどうするか、ですものね。敏之も吉岡先生も、グレースのパパさんとは、何処かで繋がりが有る筈なのだし。噂話なんて、何処をどう巡っていったって、届く所に届けばそれで良い。「果報」を寝て待つだけの女なんて、もう御免なのよ。あたしは、オリビア。「おじ様殺し」と言われたグレースなんかとは、異うのよ。あたしはミューズ（詩神）の申し子の、音楽の神ムーサの申し子の、歌姫の名を持つようにと望まれて、ミューズに入ったオリビアなんだもの……。実際に柳は、音大の声楽コースを出ていながらも夜の世界に入ったという、変わり種だった。

柳の歌う声は豊かで甘く、歌っている時の柳は艶めいていて、別人のような光を身に纏う事を知っていたのが、マリリンだったのだ。だが、柳のその輝きも艶めきも、敏之は知らない。ましてや高瀬芳一が、そんな事を知っている筈は無かったのだった。が、それでも、柳は「目」はある、と考えていたのだった。高瀬が、グレースに嫌気が差してきた丁度その時に、甘く美しく、切ない声で歌う女が、コメット（彗星）のように彼の前に現れたならば、もしかして、と……。

柳の隣には敏之が席り、吉岡の隣にはサンドラが大人しく控えていた。柔らかな、ゆったりとした黒い革張りのソファに、淡い色調の艶消しの大理石のテーブル。大理石のテーブルの上には今は、季節に合わせてノルウェーの美しい織敷物が置かれ、その上の暖かな色合いの花瓶には、深紅のバラの花とかすみ草の白い花が、盛られて咲いている。照明を落とした「摩耶」の店内には、クリスマスを迎える準備の飾り付けがあちこちに成されていて、華やかだった。静かに、抑えたボリュームで流されている音楽も、クリスマス・ソングが中心の曲ばかり選ばれている。

「かすみ草なんて、今時時代遅れですよう。仕入れるのだって大変だって、幸花の健ちゃんも零していましたもん」

ジョーンの言葉に、柳はぴしゃりと言ったものだった。

「流行なんて、関係ないのよ。要はね、ジョーン。美しさとバランス。品格と姿なの。紅いバラをより美しく、豪華に見せるためならば、小さく儚いかすみ草が良い。そうではないかしら。ね？　翡」

「そうですね」

と、その時翡は、答えて言ったのだ。

「僕は男だから、花の事は良く解りませんけど。ママが言われている事なら、解る気がしますね。美しさとバランス。品格と姿だなんてイカしている言葉は、なかなか聞けないものですよ」

ミドリの言葉に、ベテランのバーテンである市川が口を挟んでチャチャを入れたのも、思い出される。

「お若いの。今度はオリビアママに迫って、何とかしようとでもしているのかい？　それなら、駄目だよ。ママにはね。お前さんよりも頼り甲斐のある良い人が、ちゃんとござるでござるからねえ」

「アレ。そうなんでござったのですか。それは残念。ママのような大輪の花には、滅多にお目には掛かれないのに」

「あらあ。それじゃああたし達は、あのかすみ草っていう事なの？　酷いわあ」

「いいえ。サンドラさんやジョーンさん達は皆さん、スカーレッド・リリだとか、ロザリオサでしょうね。かすみ草だのポトスだのは、僕や市川さんや布田さん（マネージャー）なんですよ。きっと」

翡は筋が良い、とその時柳は思った。店の女の子達の気を逸らさない男ならば、客の気も逸らさないのに違い無いから、と。その上、翡は、女にしてみたいような優男なのだ。きっと、翡目当ての客も、その内に付くのに違い無かった。その翡を「ど突く」だなんて、グレースも馬鹿ね。どうせ、若い男の気紛れだったのよ。適当に上手くあしらっておけば、逃げられたりする事も無かったでしょうに。馬鹿よ……。

「やっぱり、何処かで会ったような気がするな。オリビアママ。あのバーテン君、何ていう名前なんだい？　それにさ。何を遣らかせば益荒男なんていう、弁慶みたいな名が付くの？　あいつはどう見たって、牛若丸か静御前かというところじゃないか」

「あら。嫌ですわ、先生。牛若丸はともかくとしても、あの人は静御前にはなれませんわよ。男が女に成れるのなら、男も女も要らなくなって、この世は平和になるんでしょうけど……」

何を言っているのよ、サンドラの馬鹿。そんな事は良いから、早くあの話をしなさいよ。

ホラ、あの話よ。あの子がグレースに迫りまくったっていう、あの話！　程良く色を付けて。うんと沢山、尾ヒレも付けて。

「俺もやっぱり何処かで会ったような気がするな。柳。あいつは何という名前で、いつからこの店に出ているんだ」

敏之は勝男のためばかりにでは無くて、自分自身もそのバーテンダーに惹かれてしまっていたので、多少後ろめたさも手伝って、少し声が掠れてしまう。

確かに「彼」は、美しい。けれども俺には、勝男のような趣味は無い。嫌、無かった筈だと思っていたのだが、この変な気持は一体、何なのだろうか、と……。

「ママ。ちょっとあいつを呼んでくれないかな。長くとは言わないよ。少しだけで良いんだ。何処で会ったのかを思い出さないと、寝覚めが悪いものでね」

吉岡の瞳は潤んでいて、熱が有るかのように赤かった。柳は素早く計算をしてみたが、答えは出なかった。翡を呼ぶのが吉と出るのか、凶と出るのか判らない。それでも渋々と柳は、翡を呼ぶように、と黒服の布田を呼んで命じたのだったが……。

翡は、カウンター席の端に席っているダニエルの傍を通る時だけ、そのはしばみ色の瞳を上げて彼を見た。怒れる男、ダニエル。怒っていて寂しい男、ダニエルよ。僕は君を知っている。君の怒りと寂しさと、哀しみの幾らかを僕は知っていて、君のために紅と祈っている。祈っている……。

チルチルの叫んだ言葉によって、想い出の海の中に沈み込み、その海の中で溺れていたダニエルは、翡の眼差しの中に、紅を見付けた。紅と似ていて、紅とは異うのに、紅と同じ心根をしている、真っ直ぐで優しく、深い共感のような、愛のような瞳をして自分を見ていった、若い男を見た。その若い男の右の耳朶(みみたぶ)には、ポッツリと赤い血のような、花の蕾のような、小さな痣が有るのも見た。

翡は想っていた。ラプンツェルと呼ばれた時の、妹の声を。甘やかな声の、夢に見る妹。

「可愛いあたしのロバの皮。ロバの皮の耳には、何があるの？　桜か、アーモンドか。アーモンドの赤い蕾には恋の想い出が……。桜の蕾には、恋の予感が……」

ああ。ラプンツェル。ラプンツェル。恋しい妹。今はもういない、ラプンツェル。本名は、ムーン。夢の中で君は、笑って泣いている……。

ダニエルは、たった今自分の見たものに就いて、心を乱されていた。自分の見間違いで無かったのなら、「あれ」は、一体何だったというのだろうか。あのような痣は、遺伝するのか、それともしないのか。あんな形の特殊な痣が、耳朶の同じ場所に、全く同じ色で出来るという確率は、どのぐらいのものになるのだろうか。偶然にも「それ」を見るという、確率も。

だが、そんな事はこの世では起こり得ない事だ、とダニエルは知っていた。例えその二人が、血の繋がっている姉弟(きょうだい)で在ったとしても、そんな事は起こらない。

それとも起きるのだろうか？　姉と弟の二人に、全く同じ色と形の痣が全く同じ場所に作られて、この世界に生まれてくる等という事が……。

その若い男の眼差しの深さと自然さが、ダニエルに連想させてしまった娘の耳朶にも、桜の蕾のような、アーモンドの蕾か血のような、赤い印が押されていたのを、ダニエルははっきりと思い出せた。

何故ならばその娘は、彼の水森紅と同じ様に長く美しい髪を、無造作に束ねていたからなのだ。そして、もし話をするような距離にいたか、そのような間柄であったとしたならば……。水森紅が彼を見てくれたように、ごく近しい、友人のような眼差しと心をもって、自分を見てくれていたかも知れなかったという事も。その娘は、その頃でさえも紅に似ていた、とダニエルは思い出す事が出来た。その娘の名前迄は、知らない。けれども、彼女は「ミー」と呼ばれていた。そして。彼女と紅とは、顔位はお互いに見知っていた筈だったのだ。紅はその頃、高沢からの「選挙運動応援資金」を持って、藤代勇介の選対事務所に、何度も行かされていたものだったから。その内の二度か三度ぐらいは、高沢自身と吉岡を乗せて、ダニエルもそういった場所に「お供」をしていった事があったのだ……。

無駄口は利かないで、クルクルと良く働いていた娘だった。良く動く大きなはしばみ色の瞳で、相手の瞳を真っ直ぐに見ながら話していた時の様子は、紅にそっくりなものだった。紅は、彼女と特別に親し気では無かったし、知人でも友人でも無かったようだが……。

それでも、紅と、その娘の眼差しと物腰は、良く似ていたものだ。

「姓が同じならば、姉妹みたいに似ていたな」

「髪の長さが同じで、髪形も同じ。誰にでも愛想が良さそうでいて、そうでは無いのも、同じだよ」

「全くだ。お前の所のお姫様（その頃はまだ紅は中臈ではなく、揶揄も手伝って、姫と呼ばれていた。余りにも時代離れをしたその物言いと仕草と、栗色の長い髪の所為で）も喰えないが、あのミーとかいう女も摑み所が無いものな。惚けているんだか、世慣れているんだかが、まるきり判らない。まるで、ぬらりひょんみたいだ」

「ぬらりひょんは、無いだろう、勝男。ああいう娘やウチの水森君なんかが、夜のお蝶様になったりすると皮を脱いで、たちまち店一番の売れっ子ホステスに変身したりするんだよ」

「止せよ。お前が幾ら蝶好きだからって。自分の会社の娘達迄、そんな目で見ているのかよ」

「例えば、の話さ。だけど、これは嘘じゃない。賭けても良いが、あのミーとかも水森君も、今はまだ蛹なんだ。あの二人は、何かを隠して抱いている。そうで無ければ根っからの天然ボケなんだろうが。どちらにしても、ナンバーワンホステスには欠かせない物さ」

「あれから、二年」とダニエルは思っていた。そして、もう一度、通り過ぎていった、若い男の右の耳朶に、瞳を遣ってみる。その痣を持っていた娘は、今ではもういないのだ。三年前の晩秋だか冬だかに倒れて、コーマ（昏睡）の末に死んだ、と聞いた。「心不全だった」と、藤代勇介が敏之に言っていたのを、確かに俺は聞いていたのだ。そして、その席には丁度紅が、コーヒーだか紅茶だかを運んで来ていた所でもあったのだった。紅は格別酷く驚いたというふうでも無かったと思う。いつものように物静かに、飲み物を皆の前に置いていった。淑やかな仕草で。高沢が、藤代の話を再度紅に伝えると、紅は唯、静かに言っただけだった。たったひと言、「お気の毒に……」と。紅は、ミーを知らなかったのか……。

ダニエルはミドリの横顔を見ていて、ふいに泣きたくなってしまっていた。チルチルの言葉は、別にして……。

翳りのある、その若い男の瞳は静かで、紅に似ている。曇りの無い紅の眼差しと声と同じように、マリアにも似ている……。マリア。マリア。今はもういない、マリア……。あんたの息子は未だに、夜の海で船の底にいるよ。あの、バルク船（小型貨物船）の窓の無い、船底の暗い小部屋の中で、震えているみたいな感じがするよ。俺は一人ぽっちで、人が恋しい。紅という名前を持っている、美しくて嫋やかな心と瞳の、娘が恋しい。

だけど、遅過ぎた。俺よりも先に、紅に告白をした奴がいたのだそうだからね。青木とかという、人事部の奴だそうだよ。そうだ。遅過ぎた。俺のような「クロ」に、紅が優しくしてくれたぐらいで逆上せるなんて、どうかしていたと気が付くのが、遅過ぎた。何もかも、遅かった。マリア。マリア。あんたに、あの「胴巻き」の事を告げたのが、遅かったように。俺の恋心は行き場を失くして、マリア。あんたの心のように、壊れてしまいそうだ。「壊れる」という事が、こんなに痛いなんて……。ごめんよ、マリア。俺は、知らなかった。俺は何にも知らないで、あんたが唯「静かに」壊れていっただけだ、と思っていたけれど。壊れていくという事は、痛いんだな。切られているように。刺されているように。焼かれているように。死んで行くように……。

翡はダニエルの心と瞳とが、自分の耳朶の痣に、それもほんの小さな、ポッツリと血の花のように赤い痣に注がれているのを、痛いように感じていた。これは、取ってしまおう、と翡は考える。今度あの家に帰った時に。今度、水穂医院に帰った時に。父さんのワイドと母さんのナルドに話して、薬で焼き切るか何とかして取ってしまって貰うしか無い、と翡は考える。「それ」は、在ってはならないものだから。「小さいから」と言って、決して馬鹿にしてはいけないものだから……。そうして翡桜は実際に、そのようにしてしまう事になるのだった。その冬の暮れの、嵐の前触れのような、寒くて凍える夜の中で、決然と……。

「何を考えているの」

サンドラの言葉に、翡は首を振って見せていた。

「別に、何も。ただね。水は小さな穴から洩れるって言うだろう？　だからさ。穴が有ったら塞がないとね。そうでないと、こうしてお呼びが掛かって、お叱りを受ける羽目になるって事だろ。ところで、ママ。僕はどうして呼ばれたんでしょうかね。何かやらかしでもしたんでしょうか。ブランデーのボトルを間違えるだとか、お冷やとウォッカを間違えた、だとか……」

翡の声は静かだったし、低く掠れていてハスキーである所も、いつもと少しも変わっていなかった。口ではそうは言ってはいるが、怖れてはいないようだったし、物怯じをしているという、口調でも無いのだ。それよりはいっそ「陽気で浮かれている」と言った方が当っているのではないかしらん、と柳は感じた。

「駄目じゃないの、ミドリ。あんた又、酔っているんじゃないの？」

「そんな顔をして睨まないで下さいよ、ママ。きれいな人が怒るとますますきれいになって、凄みが出ちゃって怖いですからね。お客様から勧められて、シェリーを二本。アレ。三本だったかな。きっちりと売り上げには、貢献した積りですけど。不味かったですか」

「馬鹿ねえ、ミドリ。馬鹿正直に言われるままに飲んだりしていたら、たちまち酔い潰れちゃう。又、前の二の舞いになったりしたら、どうするのよォ」

「前の二の舞いとは、何の事かね」

吉岡の赤く、熱を帯びたような唇が、やっと動いた。美しい。女にしたいように、美しい。嫌、逆だな。女を男にしたように。男であるよりも、永遠に少年のままのアポロンか、双児の妹のアルテミスのように美しい。つまり、中性的なんだよな。もしかすると、本物のゲイなのかも知れない。それなら尚の事、好都合だ。俺にとっては、棚からボタ餅。今夜は敏之には気の毒だが、俺に目が出た……。

「ミドリはですねえ、先生。酔っ払うと見掛けによらず、トラになるんですのよ。それも、大物狙いの大トラになっちゃってですねえ。そのために……アワ……」

アワ、じゃないわよ。サンドラのトンチキ。その先を早く言いなさい、ってば。もっと思わせ振りにして、もっと色を付けて。この二人のトンマにも、良く解るようにね。グレースのパパさんに、嫌でも伝わるように、話すのよ。もたもたしていないで、話しなさいよ！

「大物を狙うとは、良い度胸に思えなくもないがね。何を遣らかしたのかは知らないが、俺は君を何処かで見たような気がして仕方が無いんだ。前に、何処かで会っている筈だと思うんだけど。何処でだったのかな。君、名前は何ていうの。年は？」

「アレ。ヤだな。酔っているのは僕では無くて、社長さん達の方だったんですか。やっぱり僕、ウォッカをお冷や代りにでもして、お出ししてしまったのですかねえ。僕の名前や年なんかだったら、ママさんに訊けばすぐ解る事でしょう？　それなのに、何処かで会ったかだなんて、決まり文句で釣るなんて。ヤだな。僕、葉さんとは異って、本物の男なんですよ。ヤだな」

「ヤだな、じゃ無いでしょうに！　ミドリの馬鹿ったれ。失礼な子でごめんなさいね、先生。敏之さん。この通り、この子は酔うと、お馬鹿で間抜けなトラになってしまうんですよ。それでねえ……。それでミドリってば事もあろうに、真奈さんに言い寄って、良い仲になろうとしたみたいなの。本当よ……」

敏之と勝男は驚いて、ミドリを見た。年は二十歳か、二十二か。そんな若い男が、母親みたいな真奈に？　こんな女みたいな男が、男勝りの真奈に？

「嘘だろう、柳。こいつはどう見たって、オカマだよ」

「あらん。本当の事ですよう、社長さん。だって。あの。あの、真奈社長さんが、自分でそう言っていたんですもの。ミドリに迫られて、どうとかこうとか、って」

柳の口調の底に潜んでいたものを、翡は感じ取っていた。サンドラが感じていないものを、翡は感じていた。それで翡は、ニッコリと笑って言ったのだった。

「どうとかこうとか、じゃないよ。サンドラちゃん。僕が押し倒そうと仕掛けて、嫌という程真奈さんにど突かれたんだよ。それこそ、嫌という程酷く張られてね。次の日迄片目が開かなかった。この頃の女の人って、強くてヤだね。僕は只、カルバドス漬けになって、良い気分でいただけなのにさ。アレ。失礼。此処にも、女の人達がいたんでしたっけね。今夜の僕は、シェリーの気分なの。襲って欲しい人は、いないよね」

「シェリーの気分とは、何なのかねえ、君」

敏之よりも先に、失望した吉岡が呟いていた。

「シェリーといえば、フランケンシュタインですよ。死体を継ぎ接ぎして造られた、悲しい人造人間で、花嫁を求めてさ迷って歩くの。死体の花嫁になる気は有る？　サンドラちゃん。アレ。ママは、駄目なんでしたよね。ママには良い人が居るって、誰かが言っていたもの。アレ。アレ？　もしかしたら、こちらの社長さんか先生が、ママのスイートハートじゃないんですかね。それだったら、失礼致しましたでござります。僕は井沢ミドリ。二十六歳のペエペエなんですが、宜しくう……」

全くもう！　ミドリの能無し！　馬鹿ったれ！　誰がそんな事を言えと言ったのよ！ああ、嫌だ。そういえば。グレースが昨夜、電話で言っていたあの話は、どうなっているのかしらん。ホラ。あの話よ……。

「変な言葉を使うんじゃないわよ。ミドリの馬鹿。それよりもあなた。本名はどっちなの。緑なの。翡なの？　グレースの話だと、あなたは緑の筈なんだけど。ウチに出した履歴書には、翡と書いているじゃない。変な小細工をするような子は、困るのよね」

翡は、柳の棘にも、ニコリとしてみせただけだった。

「本名は、翡なんですけどね。羽は非ずのミドリと言っても、誰にも通じないもので。面倒臭いから、草原の緑にしちゃったんですけど。これは、自分にはピンと来なくって。それで元に戻したんですけどね。いけませんでしたか？　ママ」

柳は呆れて溜め息を吐き。サンドラは瞳を丸くして、ミドリを見ていた。

「羽は非ずう？　何でそんなので、ミドリと読めるの」

「普通はね、羽に卒と書いて、ミドリと呼ぶんだよ。サンドラちゃん。カワセミの羽の色のように美しくて艶やかな、長い髪の女の子になあれ、と願って、翠。だけど僕は、男の子だったからね。親が無精をして、雄の方の翡にしちゃったの。カワセミは、雄と雌の対で翡翠と書くんだよ。続けて読むと、ヒスイ。緑色の美しい宝石。翡の石には、羽が無い。だから、羽は非ずでミドリなんですけど。ねえ、ママ」

緑。緑。ミドリ。ミドリに近いのは、赤。若葉のような緑に、咲く花の紅。紅。紅。赤い花の、紅……。

ダニエルは、気が遠くなってしまいそうだった。

この男は、少なくとも藤代勇介の事務所にいた「ミー」の、弟か何かでは無いのだろうか。そして、やはり少なくともその姉弟と紅との間には、何かしらの繋がりが在るか、在ったのでは無いのか？　紅と緑。余りにも、近過ぎていて。余りにも、似ている。だが、それならば。紅の「ミー」への態度のあの素気無さは、一体どうしてだったのか？　紅に対しての「ミー」の白々しさは一体、何故だったのだろうか……。嫌、馬鹿な事を。俺は今、何を考えているのだろうか。紅に、秘密が有るとでもいうのか？　まさか！　紅には、俺が恋しく思う紅には、そんなものは無い……筈だ。有るとしたら。「秘密」なんていうものがもしも有るとしたら、こっちの方なのだろう。ミドリと名乗っている、赤い血のような痣を耳に押されているこの男の方になら、何が有っても可笑しくはないが……。紅には、無い。あの、深と静かに美しい紅には、そんな物が在ってはならないし、有る筈が無い……。

「ねえ、ママじゃないだろう。可笑しな奴だなあ。柳。こいつ、身元は確かなのかい？　保証人とかは……」

柳は、その美しい形の眉を上げて、肩を竦めて見せていた。

「身元は、知らない。でも、腕は確かよ。あたしが自分で確かめたし、ウチの市川にも確かめさせたもの。保証人なら居るわ。摩奈の社長のグレースよ。翡は、元は摩奈の社員だったのですって。だからね、敏之さん。僕ちゃんの身元を知りたいのなら、グレースに尋(き)いてよ。あたしなんかじゃ、無くてね。グレースったら、未だに彼に未練たっぷりのタラタラで。絶対に辞めさせるな、というお達しですからね」

「アレ。酷(ひど)いな、ママ。真奈さんは、僕の元社長。今の雇い主は柳ママさんなのに。身元は、ちゃんと書いてあったでしょう？　生まれも育ちも下総中山。今でもお馬さんで有名な、中山競馬場のすぐ近くですよ。両親は下町の花木町に、ボロアパートを一軒持っていて、僕は其処のドラ息子ですってば……」

「自分で言っていれば世話は無いわね。本当は、トラなんだか、ドラなんだか。ああ、もう良いわ。ミドリ。あんたと話していると、こっち迄頭が変になりそうよ」

花木町にある「久留里荘」の大家一家に、翡桜に似た年頃の息子がいるらしいという事は、紅が偶々金子美代子の大きな声を聴いていて、判った事だった。大家の下村は、本当に市川市に住んでいる。

「そりゃねえ。幾ら息子さん夫婦達と住んでいるとは言ってもさ。可愛い内孫が大学を出た途端に、いきなり海外に赴任だなんてね。気の毒を絵に描いたみたいで、見ていられなかったわよォ」

それはまだ、翡桜が二十二歳の頃の事だった。紅も二十二歳で、真山建設工業に入社をしてしばらく経った頃。その時には久留里荘にはまだ、「変人クラブ」は誕生していなかった。今年二十歳を迎えたという、藤代咲也と園山奈加もまだ、あのボロアパートに移って来てはいなかったのだ。だから沙羅は、その若い二人の男女と柊と樅の「幸福」を、比べてみたりする事は無く、その二人と柊と樅との「異い」に就いて思い悩んだりする事も無くて済んでいたものだったのに……。

「幸福なんて」、と翡桜は思う。他の誰とも比べられないものだし、比べてはいけないものなのだ、と。他人との「差異」に就いても同じ事が言える、と翡桜と紅は考えていた。人とは、異っていて当然なのだ、と翡桜と紅は信じ、その想いを潔く受け止めてきたのである。人は、誰一人として同じようには、成れないのだから。例えどんなに、誰かと同じように成りたかったとしても。それだけは、出来ない。何故と訊かれたら、翡桜と紅は言うのだろう。

神が、そのように望まれたからです。人は皆異っているからこそ、「あの方」の瞳には愛おしい。わたしがわたしで在るように、と神は望まれて。わたしがわたしとしての人生の中で、喜びと幸福を見付けて生きるように、と「あの方」は言われていますから。他人と比べて、何になるのでしょうか。他人には他人の、わたしにはわたしの、生き方と幸福が有るのです。哀しみ？　悲しみの無い人生なんて、聞いた事がありません。悲しみと幸せとは、別のものではないのでしょう。哀しみの中でも幸福の実は成り、幸せの中でも痛みの種は生まれます。どうしてそうなるのかは、わたし達には解りませんけれど。

「あの方」が全てを知っていて下さるので、わたしは安心しています。わたしの悲しみも、痛みも幸せも、全て「あの方」のもの。わたしの秘密と愛も、「あの方」のものです。他人とは比べられないし、取り替える事も出来ないもの。それが、わたしで。そして、あなたでもあって……。その事実こそが、この世界に生かされている意味であり、祝福なのでは、ないのでしょうか。愛は、時として厳しく見えも、する事でしょう。けれども愛は、厳しくは成り切れないのです。愛は憐れみ深くて、情け深い。愛が望んで下さるのは、わたし達の平和な心と、わたし達からの愛と信頼です。愛が望んで下さるのは、わたしがわたし自身として生きる事。自由な心で、愛をもって生きる事なのではないのでしょうか、と。

その事は、沙羅と薊羅も良く理解をして、受け入れ、愛に従って生きてきた筈だったのに。それなのに。それなのに、「アレ」が。「アレ」が、あの、若い咲也君と奈加ちゃんを際立たせ……。見せ付ける事によって、沙羅の心に「不幸」の種を植え付けた。他人と比べてはならない、という垣根を跳び越えさせて、残酷な希望を沙羅の心に植え付けてしまったのだ。

希望が、悪いのでは無い。けれど。もしもそれが、神の愛から贈られてきた物では無かったとしたら？　もしもそれが、他人と自分（この場合は柊と樅なのだけれども）を比較したり、させられたりする事で芽吹かせられたものだ、としたなら？　それはもう希望では無くて、全然別の「何か」になってしまうのでは、ないのだろうか……。「欠乏感」という名前の、ゴースト船。

「欠乏感」はいつか、失望という名の海域の奥へと入り込み、絶望という名の荒海や渦の中へ、底無しの暗い淵の中へと、その犠牲者の乗る船を運んで行ってしまうのでは、ないのだろうか。「それ」こそが、悪。「それ」こそが、堕ちた天使が持っていて、只一つ人に与えられるもの。彼の蛇が持っている毒とは、飢餓感と欠乏感で、その二つの毒は人を内側から蝕んで行ってしまう、恐ろしいモノであり、悪の正体なのだった。その二つの悪が、暁の天使と迄呼ばれていたルシフェルを蝕み、駆り立てて、止まなく……。神に対して反逆をさせるようになってしまった、毒有る牙の本性であり、本体であると思われた。ああ！　そんなモノに、沙羅が捕らえられたりしてしまった、と言うのなら！　今なら、まだ間に合うのに、と翡桜は祈って止まないのだ。今の内であるならば、まだ沙羅は「アレ」の近くに行き過ぎただけに、違いないのだから。今の内ならばまだ沙羅は、間違った希望（つまりは、不幸の種）を、植え付けられただけに、過ぎないのだろうから。まだ、間に合う。まだ、大丈夫。沙羅の愛心に付け入った「アレ」から、離れさえしたならば。沙羅の親心に取り入った「アレ」から、離してあげさえしたならば。唯一つの愛、生命であり、光である「あの方」が、沙羅の受けた傷を癒やして下さる事だろうから。そして、昔のように強く優しい、沙羅の「道」に戻しても、下さる事だろうから！　沙羅の愛の強さと優しさを利用している「アレ」も、沙羅の自由な心で言う「いいえ」には、勝てない筈だから……。

「本当にそうかね？　エスメラルダ。翠の石のお前の秘密を、わたしは知っているのだぞ。引っ込んでいたまえ。皆に、バラされたくなかったらな！」

頭を割るようにして響いてきたその冷笑と脅しの両方を、翡桜は祈って遣り過ごした。

わたしの神よ。わたしの神よ。どうかあなたの娘達を守って下さい。沙羅と蒯羅と、二人の桜であった、あなたの娘達を。娘達が愛し、守っている柊と樅とを、救って下さい。そして、どうかわたしには言って下さい。恐れるな、と。そうすればわたしは恐れません。どうかわたし達に言って下さい。いつも共にいる、と。そうすればわたし達は、あなたの御腕に縋って、この潮も渡って航けるでしょう。神の御子でありながら、人となって下さった方よ。

愛する方よ。あなたの御名は、イエスです……。

「その名を言うな！　馬鹿者め！　その名を言うな!!　愚かな虫ケラめ!!」

そのお方の名前は、ナザレのイエス
恋しい方の御足は、
されこうべの丘の上に今も立っている
この世の力に勝たれた方が
わたしのソウル（魂）の救い主です

恋しいあの人は　わたしのもの

わたしは　あの人のもの
ゆりの中で
群れを飼っている人のもの

どうかわたしを刻み付けて下さい
あなたの腕に　印章として
わたしの心に　印章として……

恋しい人よ
わたしは知っているのです
あなたがわたしに刻み付けられたから

愛は死のように強く
熱情は陰府（よみ）のように酷（むご）い
火花を散らして燃える炎だと……

ああ。愛よ！　愛は、

愛によってだけ償えるものだという事も……
あの方に、あの方に。
この水をせめて、あの方に
わたしの愛するあのお方、
ナザレのイエスである、あの方に！

翡桜の祈りの言葉を、遮る声は割れていた。
「その名前を言うな！　言うな！　言う……な……」
翡桜は、続けて祈る。一心に。「その人」だけを心に刻んで。

恋しいあの方は　わたしのもの
わたしは　あの人のもの
ゆりの中で
群れを飼っている人のもの

どうかわたしを刻み付けて下さい
あなたの腕に　印章として

わたしの心に　印章として……

ああ。愛する方、イエス
あなたにせめて、あの水を
あの水をせめて、差し上げたいと願ったのに

そんな瞳をして
わたしを見ないで下さい
恋しい方
そんなに　優しい眼差しで
そんなに　傷付いた眼差しで……

姉弟達が心配でわたしは
ぶどう畑の見張りをしていたのです
自分の畑の見張りも出来ないで……

どうかわたしを刻み付けて下さい

あなたの腕に　印章として
わたしの心に　印章として……

恋しい方。わたしのために、わたし達のために、打たれた方……。ああ。ごめんなさい。ごめんなさい。美しい方。

「済みません。お水を落としてしまいました」

「まだ酔っ払っているのね。ドラネコミドリ。聞いていなかったの？　あんたに似ている娘さんが、敏之さんの会社に勤めているのですってよ。あんたには、生き別れた妹さんでも居るんじゃないか、って尋かれていたのに。水を落としただなんて言って。惚けちゃって……」

「妹？　いませんよ。僕にはそんな洒落たものなんて。生き別れって、でも何だかイケていますよね。今の時代に、生き別れの妹が……。なんて言ったら、皆に受けちゃいそう。それ、こちらの社長さんの会社の人なんですか？　その人、何て言うんですかね。年は幾つ？　美人ですよね、きっと。僕に似ているって言うのなら。僕、会ってみたいな。口説いても良いでしょう？　ね、ママ」

「何でそんな事を、あたしに尋いたりするのよ。馬鹿ミドリ」

「アレ。いけなかったですか？　ママのスイートハートさんの所の社員さんなのに。でも、何でなのかなあ。何でこちらの先生とママのスイートハートは、僕とその人が似ているなんて、思ったんでしょうかね。それよりも何で僕は、此処に呼ばれたんでしたっけ？トラがいけなかったんですか。それとも、ドラがいけなかったとか……」

「その。スイートハートというのは、止めてくれないかな、君」

敏之は、驚くように美しいその若い男の髪が「長かったら……」と、つい想像してしまった事を、後悔していた。もしも、翡の髪が。栗色の美しいその髪が、チルチルのように、紅のように長かったならば。さぞ美しく婀やかな女のようになるのに違いない、と自分の心の中で囁いた「声」を、確かに聴いたように思ってしまった自分を、悔いていたのだった。

もしも、この翡が女だったならば……。その女は、正しくチルチルのようでもあり。水森紅の傍気で、夢見ているような面(おもて)のようでもあり。紅に似ていた藤代勇介の所の「ミー」という娘の、後ろ姿のようでもあって。それでいて、その三人の誰とも違うような。その三人の誰であっても、可笑しくは無いような……。そんな事を考えていた敏之の耳元で、勝男が言っていたのであった。

「おい。敏之。こいつ、お前の所のお中臈様に、良く似ているような気がしないか？ホラさ。勇介の所にいた、あのミーとかっていう娘のように。こいつとお前の所の水森君は、似ている気がする。まるでさ。兄妹か恋人同士のように、何かが似ているんだよな」

「恋人同士が、似たりするものか」

「それじゃ、兄妹かも、だな。ドラ息子のドラが過ぎて、勘当されてしまっただとかして……」

「姓が異うだろうが。こいつは井沢で、紅君は水森なんだぞ。出身地だってまるきり違うよ」

「グレースを喰おうとする程の大トラなら、井沢とかいうお魚を喰っていたとしても、不思議じゃないだろうが。お前も、気を付けた方が良いぞ。オリビアに喰い付かれてから泣いても、遅いんだからな」

勝男の心の中にも自分と同じように、「もしもこの翡が女だったならば……。さぞや美しい、手弱女（たおやめ）のような女になるのに違いない。例えば、あのお中臈様のような。例えば、あのミーと呼ばれていた女のような……」と、囁いていた「声」が有った事を、敏之は知らなかった。二人の男がヒソヒソとやっている間も柳は、何とかして翡を餌にして、グレースの「パパ」である高瀬に喰い付けないものかしらん、と思いを巡らせていたのである。サンドラは「化粧を直しに行く」と席を立ち、カウンターの近くにいたレスリーを瞳で誘って、二人で控え室に入って行ってしまっていた。勿論、バーテンの翡が「アパート持ち」の息子だったという話をレスリーに教えてやって、翡にお熱になり掛けているレスリーを、喜ばせてやる積りであったのだけれど……。

そういう理由もあって、ダニエルの背中のテーブル席は、静かだった。それに、ダニエルの耳は、良く訓練をされていたのである。故郷の森の中で。逃避行のための、長い道中で。マリアと共に隠れていたバルク船の底の、狭くて暗い小部屋で。そして、高沢のボディガードを務めるようになってからの、長い間の習慣によってでも、ダニエルの耳は鍛えられていたからなのだ。聴力も、その気にさえなれば鍛えられるものだという事を、ダニエルは知った。聴く力と言って悪いのなら、感じ取る力と言い換えても、一向に差し障りは無いのだけれども。

とにかく。ダニエルは、高沢と吉岡の抑えた声をはっきりと聴き取っていて、二人の女の事を思っていたのだった。愛するマリアと恋しい紅が似ているように、恋しい紅と良く似ていた、ある一人の女の事を……。その娘の右の耳朶に刻印されていた、あの赤い血の印。その娘の耳朶に刻印されてしまっていた、あの小さくて赤い、花の蕾のようだった可憐な痣……。

ああ。そうだ。やっぱりあれは。やっぱりあれは、ミドリと名乗っているあの男のものと、全く同じ痣のようにさえ、俺には思われる……。全く同じだって？　嫌、異うのに決まっているじゃないか。馬鹿だな、俺も……。

「本当は、同じ物だったのさ。良く考えろ、ダニー」

せせら笑うような男の「声」を打ち消すようにして、涙が溢れてくるような、懐かしい声も聴こえてきた。

「考えては駄目よ。その恐ろしい声を聴いても、駄目。ああ。わたしのダニー。人には、それぞれに事情が有るのよ。わたしとあなたが、そうだったように。あなたとナオミが、そうだったように。疑いも怖れも、愛に反するの。愛に反する事だけはしない、と誓って頂戴。ダニー。ダニー。今でもあなたを愛しているわ。永遠にあなたを、愛しているわ……」

ああ！　マリア。マリア！　マリア。マリア……。

ダニエルは戦（おのの）いて、危く持っていたタンブラーを床に落としそうになってしまっていた。それは、逝ってしまった筈の、マリアの声だった。そんな幻聴が聴こえるように、とうとう俺はなってしまったのだろうか。マリアの声の前に、俺を「縛り上げようとしていた」あの声も、幻聴だったのに違いないのだが……。

それなら俺は。それなら、俺も。俺も、とうとうマリアのように、壊れ掛けてしまい始めたとでも、いうのだろうか。人恋しさに。紅、恋しさに……。

チルチルとかいう占い娘は「マリアは狂ってなんかいなかった」、とか何とか叫んでいたけれどもな。けれどマリアは、確かに狂っていっていたのだ。俺が、あの胴巻きをマリアに見せたあの夜からか、いつからか……。

「あれ」は、ナオミの命のようなものだった。今生の別れになると思い定めたナオミの、愛する妹マリアと俺への、惜別の命か、血潮のようなものだったのだ。そうとも知らずに俺はナオミの願いを守って、マリアに「あれ」を隠し続けた。一年と、半年近くもの間、「あれ」の中に何が在るのかも知らずに俺は、ナオミの心に従い続けたのだった。胴巻きの中にはナオミの言っていた通り、確かにマルコムとナオミの、形見が入れられていたのである。誰かが触ったりしてもそれと解らないように、しっかりと丹念に縫い込まれているマルコム家の全財産と、高価な宝石の幾つかが、「あれ」には隠されていたのだから。マルコムとナオミのマリッジリングも、揃って胴巻きに隠され、幾重にも縫い込まれた布地の中で、滑るように光っていたものだった。それ等の貴重な、マルコムとナオミの「血形見」のような胴巻きのお陰で、マリアとダニエルは何とか無事に、異郷の地に根付く事が出来たのであった。多分、アメリカに迄渡った者達は、マリアとダニエルの他には、誰もいない筈だった。他の者達は全員（シェバとナオミも含めて）、スエズを渡って、近郊のエウロパ大陸かアジア大陸の何処かに到達し、其処に根を下ろしている筈だったから。年少で健康なサミーとフリージャだけが、長旅になると判っていたあのバルク船に乗る事に決まっていたのは、それより他の船は無かったためでもあったが。年若い二人なら、その旅に耐えて、遥か彼方の異郷の地であるアメリカの何処ででも、何とか生き抜いていけるのでは無いかという、希みを託しての事でも、あったのである。けれどもそれを、ナオミが変えてしまう事になった。ナオミの、亡くした娘達への思慕とフリージャへの想いとが重なって、運命の針が大きく振れてしまったのだ。ナオミにはその事が耐え難いような呵責になってしまったのだろう、とダニエルはマリアに言ったものだった。繰り返し。繰り返し。繰り返し……。

「大丈夫だよ。マリア。ナオミには、伯母さんには、フリージャとサミーが付いているのだから。サミーはプラチナの塊を、幾つも持っていたんだ。死んだ皆の分も、ね……。フリージャも、死んだママのサロメの首飾りや腕輪を、袋の中に入れて持っていた筈だよ。それに、ナオミはヨハナのクルスを持っているんだし。お金も持っていた筈だって、知っているだろう？　大丈夫だよ。マリア。マリア。泣かないで。大丈夫だから。大丈夫……」

いいえ。ダニー。わたしの可愛い子。「これ」は、わたし達が貰ってしまって良いものでは、無かったのよ。ねえ、ダニー。「これ」は、マルコムとナオミの、愛の形見なの。義兄さんと姉さんの、愛の証の品だったのよ。故郷も、家族も失くした姉さんには、何よりも「これ」が必要だった筈だわ。他の何よりも「これ」が、大切だった筈なのよ。それなのに。それなのに……。

「でも。マリア。その代りにナオミは、フリージャとサミーを手に入れたんだよ。何よりも、誰よりもフリージャが欲しかったナオミは、後悔なんかしていないと思うよ。きっと、後悔なんて、していないと思うよ」

そうかも知れないわね。ダニー。でも。そうでは無いかも知れないわ。だってね、ダニー。わたし、見るのよ。ナオミとフリージャとサミーが泣いている顔を、夢に見るの。

「夢に見るの」、とマリアが言っていた内に、気付いて遣るべきだったのだ。ダニエルは思って、唇を噛み締める。

マリアはいつの頃からか、夢の話はしなくなっていた。その代りにマリアは。その代りに、マリアは……。

「お客さん。それ、泡が抜けて、微温くなってしまっていますね。取り替えましょうか。それとも、別の物にしますか」

「ああ。そうして貰おうか。何か、別の奴が良い」

答えながらもダニエルは、バーテンの市川の手許を見ていて、ふいに気持が楽になっていくのを感じていた。

紅？　そう思い掛けて、ダニエルは瞳を瞑る。紅では無い。紅は、此処にはいないのだから。では、「これ」は何なのだろうか？「これ」は、誰が送ってくれているのか。

ダニエルは数日前の深夜に、車の中で紅が送ってくれていた、あの暖かさを思い出していた。それと全く同じ温もりを今、ダニエルは背中で、身体中で、心で感じ、包まれているのを悟っていたのであった。紅と同じ眼差しをしていた、あの、若い男の翡。真っ直ぐな、優しい深い眼差しで俺を見て行った、あの赤い痣を持つバーテンの、嘘吐きの翡なのだろうか？　その暖かさと心地良さを彼にそっと送り、差し出してくれているのが翡だと考えるのは、ダニエルにとっては笑える事だった。

何故ならば、彼は知っていたから。五十代のバーテンの市川と並んでカウンターの中に立っていた翡が、二人で組んでこっそりとしていた事を、ダニエルは片目で見ていたのだったから。二人は、イカサマ手品師のようだったという事を……。あの嘘吐きめ、とダニエルは思い。新しい液体で満たしたタンブラーを彼の前に置いてくれる市川を見て、この狸め、とダニエルは思っていたのだった。市川が狸なら、翡は狐という事になるのだろうか。

それも、美しい白狐？　嫌。あいつは自分で自分を羽の無い、ミドリの石だと言っていたのだから。青狐。緑狐。翡色をしている、飲まない狐の翡。

翡が飲んでいたのは、ダニエルの物と同じウーロン茶だった。シェリーだなんて、抜けとして良く言うよ、とダニエルは改めて呆れたり感心したりをして、自分の前にあるウーロン茶の色をしげしげと見てしまっていたのである。確かにな、とダニエルは得心をした。ブランデーを加えられてトパーズ色に変わったドライシェリーの色は、モルトウイスキー等と同じで、ウーロン茶の「液体」と双児のように良く似ていたものだったから……。その絡繰りを考え出したのは翡で、市川に頼みでもしたのか。それとも、この様なバーやクラブでは、ホステス達やバーテンダーは自分の身（内臓）を守る手段にいつも、あのようなペテンを行いでもしているものなのだろうか？　ダニエルには解らなかったのだが、今夜、翡と市川のしていた事ならば、彼にも手に取るように判っていたのだった。

　目が覚めるように美しい中性的な新入りが、意外に教養が有り、日本の古典の話や歌舞伎の世話物の話等々の、「お相手」が務まるのを知った常連の紳士が、彼に「乾杯」のお相手も勤めさせたのが、事の始まりのようだった。

「乾杯」

「乾杯」

「カンパイ」

「カンパイ!!」

　客は上機嫌で「乾杯」と叫び続け、翡はその度にひと口だけ飲んだカップをカウンターの上か下に置いた。市川が素早くそのカップを、誰にも見えない手品でウーロン茶入りのカップに替えて遣っていて。二時間もしない内に、客の紳士の方は完全に出来上がってしまっていたのだが、翡の方は客に合わせて、上手に出来上がった「振り」をしていただけであったのだ。最後に二人は、「なよ竹」がどうしたとか、月からの使者がこうした、とかと話はしていたのだったが。ダニエルには二人の話の内容は初めから終り迄、殆ど全てがフランス語か中国語を聞いているようにしか理解し難く、付いていけないものばかりでしか、無かったのだった。

「カンパイ!!」と陽気に、それでも辺りを憚って、抑えた低い声で言っていた、ミドリに「カンパイ」。翡は全部合わせても、せいぜいがドライシェリーをカップに一杯か二杯分しか、飲んではいない筈なのに。酔っ払っている振りが上手で、嘘が上手で。普段は取り澄ましているママの柳と、吉岡や高沢さえも煙に巻いて、手玉に取っているかのような翡。大嘘吐(つ)きの、翡に「カンパイ」。スイートハートだって？　高沢にとっては、それこそ痛烈な、皮肉のパンチじゃないか。女なら誰でも構わない、ドラ息子の成れの果てだって？「間(あわ)よくばこいつと」、とでも考えて欲情していた筈の吉岡へのジャブも、良く効いていたものだった。それに、紅への。それに、紅との関連に就いて尋かれた時の惚(とぼ)け方ときたら、どうだ。「水を落としてしまいました」だなんていう寝言のひと言で、あいつは上手にその質問からも、逃げてしまったのだからな……。だがな、翡。俺にはその手は通じないぞ。俺はお前が素面(しらふ)で、しかも大嘘吐きのペテン師だという事を、知っているのだからな。他の事なんかは、どうだって良い。だが、紅との事だけは、別なんだよ翡。君は、本当は一体、誰なんだ？　あの「ミー」の弟か？　そうなのかい？　それとも。それとも……。君は、「ミー」の恋人か何かで、亡くした女と同じ場所に同じような「痣」を、タトゥーで入れでもして貰ったのか？　どちらにしても。お前は、紅を知っているんじゃないのかな。紅も、お前を知っているんじゃないのか？　それとも紅は、本当に何も知らないのだろうか。あの、赤い蕾の有った「ミー」の事も。その赤い印が在る、お前の事も……。ストップ。ダニエル・アブラハム。どちらにしても、俺には同じ事なんだ。紅には、求婚者が出来てしまっているのだから。「又もや」、新しい求婚者が、現れてきてしまっていて。しかも、今度の奴は有望だ、と社内では噂になっている……。

ダニエルは素知らぬ振りで、自分に送られてきている「温もり」、あるいは懐かしい愛のような、熱のようなものの源を見てみた。そして、胸を衝かれて、息が詰まった。

何という哀しい瞳をしているのだろうか。何という、深くて優しく、慎ましくて儚い眼差しをして、嘘を吐いているのだろうか。まるで。まるで。そう、まるで、嘘を吐くのが、痛いみたいに。まるで嘘を吐くのが、血を吐くよりも辛いようにして、君は嘘の続きを言っているんだな。巫山戯て。戯けて。精一杯の芝居をして見せているけれども。君にはそれが、重荷なんだ。そうだな。マリアが信じていた、イエスとかいう男と同じように。君は、重い十字架を担ってでもいるかのようにして、嘘を言っているんだな……。その癖君は、俺のためには何かを願ってくれでもしているようだ。あの、美しい紅のように。あの、真っ直ぐな紅のように、君も俺の瞳を見ていったよな。君の瞳には俺は、どう映ったんだい？　哀れな「クロ」か。それとも、馬鹿なボディガードの能無しのノッポか……。両方とも、俺だよ。翡。だから、同情なら要らない。それでも一応はサンクスと言っておこうか。マリアのような瞳をして俺を見ていた、紅のような瞳をして俺を見てくれていた、さっきの君の瞳に、サンクスと……。

高沢の席にはサンドラが、瞳が大きくて髪にストレートパーマを掛けている、減り張りボディのレスリーを連れて戻って来ていた。レスリーはミドリの隣に席ろうとし掛けて、柳に瞳で叱られていたのだった。

其処じゃないでしょ。馬鹿。先生の隣に席って、御機嫌を取るのよ。ミドリのアホなんて、放っといて……。

柳の不機嫌は、敏之にも向けられていた。

スイートハートの、どこがいけないのよ。店一軒持たせてくれる訳では無く、遊ぶだけの愛人にせめて、優しい言葉の一つぐらいは言ってくれても良いじゃないの。それとも、それも駄目なの。それも、嫌なの？　敏之。ああ、もう！　敏之のしみったれ。もう知らない。

翡は、柳の怒りと悲哀も感じ取っていた。ダニエルの誇りと哀しさと、疑問を感じ、知っていたように。柳の計算高さと切なさも感じ、知ってしまっていたのである。翡は柳に、柔らかな声で、告げていた。

「スイートハートでないのなら、ハニーでしょうか。オー・マイ・ハニーの柳ママさんは、今夜は一段とおきれいですよね。オー・マイ・ダーリンの社長さん。今夜はこれからママと、おデートなのでござるでしょうね。それなら僕は遠慮をしまして、今宵はもう、バーテンに戻らせて頂いても、宜しいでしょうかね」

翡桜は、もちろん全てを知っていた。全てを知っていたからこその、備えも出来ていたのだった。高沢と吉岡が揃って、今夜、摩耶に来ると迄は、紅にも翡桜にも、予測は付かなかったのだが……。それでも必ずこのような日が、夜が、来る事を知っていて、心構えと準備をしてはいたのだった。けれども。けれどもダニエルが、翡の耳朶の痣に瞳を留めた。吉岡という男の暗い秘密とその闇い欲望が、翡を打ちのめした。高沢の席に着いただけでも辛いのに、紅に似ていると、二人が変な風に絡み付いてくるように仕向けた「モノ」との間での、見えない力の戦い迄、あった。

そのために、僕は。その所為で僕は、力を使い果たしてしまった。嘘を吐いてはいけないと戒められている「あの方」の御心に背くのは、火傷のように痛いのに。それでも僕は、嘘を言い続けるしか他には、方法は無いのだから。自分自身のためにでは無くて、愛する妹と弟のために。安美と一寿のために嘘を言い続けるより他には、生きていかれる方法はもう無いのだから。養親になってくれたワイドとナルドを守るためにも、僕は嘘を言うしか無くて。

紅を見守るためには、もっと嘘を言うしか無いのだから。だから僕は「愛のために」、嘘を言い続けるしか無い。愛する「あの人」の御心に反すると解っているのに。愛する「あの人」が悲しまれると、知っているのに。嘘を言うのは、重過ぎて。いっそこのまま本当に、死んでしまえたら、と願う時もある。けれども僕はそうしないし、出来もしない。「あの人」の御心をもっと酷く痛ませるような事は、僕は出来ない。「あの人」をこれ以上悲しませるよりは、僕は、死ぬよりも辛い生を生きる事の方を、選ぶ。永遠に。愛のために逃げた僕が、今度はもう一度、「愛のためだけに」生きる。愛する者のために、愛する方のために生きる僕が、涙して吐き通す嘘なら、「あの人」は決して責めたりはなさらない、と知っているから。悲しまれて。憐れまれて。涙して下さりはしても、責めたりはなさらない事を、良く知っているのだから。「それでも生きよ」、とあのお方が望んで下さる限りの間は、僕は生きる。他の誰のためにしよりも、「あの人」の望みと御心に従えるように、僕は生きる。生ある限り。

「誰も、お前の事等気にしているものか。わたし程にはな……。わたしに、従え。そうすれば奴とわたしのどちらが勝っているかが、すぐに判るぞ」

黙れ。誘惑者。「あなたの神である主を拝み、ただ主に仕えよ」と書いてある、とあの方に言われた事を、忘れたの！　わたしは主のもの。主は、わたしのもの。ナザレのイエスと呼ばれた方のもの。されこうべの丘に今も立って、わたし達を見守り、寄り添っていて下さる方のもの。その方の名は、イエス。そのお方の名は、ナザレのイエス……。

「愚か者!!　その名を言うな！　言うな！　言うな……」

何度でも。幾千万回でも。この命の、尽きる迄。

その方の御名は、イエス。ゆりの中で群れを飼っている方の名は、イエス。わたしの恋しい人の名は、イエス。ナザレのイエスと呼ばれていた、神の御子の、美しいお方イエス。力ある方の御名は、イエス……。

「どうかしたのかい？　ミドリ。顔色が悪いよ。まだ酔っているのでござるかね。ママさん。ミドリに電話が入っておりますですが、宜しゅうございますかね」

黒服の布田ではなくてバーテン頭の市川が、カウンターの隅に来て柳に呼び掛けていた。まだ、次の客の波迄には少し、時間がある。それに。市川は、ミドリを囲んでのテーブル席での「追求」だか「糾弾」だかの行方が、クソ面白くも無かったのだった。

こんな商売に、あんな気の利いた若いのが入るのには理由が有る事ぐらいは、ママだって百も承知の筈ではないか。「見ざる、聞かざる、言わざる」の鉄則を、ママ本人が破っていてどうする気かね。そりゃね。あの先生や社長殿が、ミドリに興味を引かれるのは御尤もだとしてもだよ。そこは、それ。ママの腕の見せ所で、上手く捌いてくれないとねえ。そうでないと、こっちが困るのでござるよ。こんなに客受けが良くて腕の良い「若いの」は、今時捜そうったって、ござりはしないと、解っているのかね……。

市川にはミドリは、息子のような弟のような、それでいて、生に行き暮れた道連れのような、無くてはならない存在になってしまっていたのだった。たったの数夜で翡は、市川の中の孤独に寄り添うように、なってしまっていたのだったから。その、多くを語り掛けてくる眼差しによって、何気ないひと言や仕草によって、翡は市川の心に寄り添った。

「翡に電話、って……。誰からなの？」

グレースだと言ってよ。皆に聞こえるように、大きな声で。グレースが翡を呼んでいる、と叫んでよ……。

「クラブ花王の桜だと言って下さい、と言っていますがね。ミドリ。花王の桜ちゃんからだ。出てお遣りよ」

「花王」と聞いただけで、翡の顔の色が紙のように白く、かすみ草の花のように白く変わったのを、ダニエルは見ていた。そして次の瞬間には、その白い頬の上に青味が増してきて。それこそ忘れな草かヴェロニカの花のような、そうでなければ青い桜のような、幻の花が翡の顔の上で散るのも、見たと思った。

「それでは、僕はこれで。失礼致しますでござります。オー・マイ・ダーリンの社長さん。オー・マイ・ハニーのママさんに、お熱いハグを贈ってあげて下さいね……」

誰もが呆気に取られている間に、翡はカウンターの隅にいる市川から、受話器を受け取ってしまっていた。その翡の指の色も、透ける程に青く白い。

「さくら？　どうかしたのかい。こんな時間に」

「ごめんね、翡桜。ごめんなさい。そこに掛けてはいけないと解っているのに。ごめん……。ごめん……なさい」

「そんな事は無いよ。花王。さくら。何が有ったの。言って」

「沙羅が。沙羅が、わたしの家の前で待ち伏せをしていたの。薊羅からの手紙を預かってきたと言っていたけど、それはルルドのマリア様への祈願文だった。理由が解らなくて。帰って、柊と樅を見てあげていなくちゃ駄目でしょ、と言ったのよ」

「うん。それで？　それで沙羅は何と言ったの」

「柊と樅なら、もう眠っているから、って言って。それで。それで。車で来たから一緒に行きましょう、って言ったの。誰の車で来たの？　って尋いたのよ。そうしたら。そうしたら！　ああ。そうしたら！」

「落ち着いて。さくら。僕が、此処にいる。僕が付いていているからね。息を吸って。そう。大きく息を吸って。吐いて。そう。それで良い。それで？　そうしたら、どうしたの。沙羅に無理矢理、何かをされでもしたのかい。もしかして、その車に連れ込まれちゃったとかして……」

「ううん。そうじゃ無い。そうじゃ無かった。そうじゃ無かったのよ、翡桜。その車から、女の人が一人、降りて来たの。吉岡花野です、って、挨拶をされたわ」

翡桜は驚いて、思わずテーブル席の吉岡の方を振り返って見てしまっていた。吉岡はまだ未練たらし気に翡の方を見ていて、高沢は、何かを、何処かを見ているような、曖昧な顔付きをしていたのである。何かを思い出したいけれども、思い出せないというような。

何かを思い出し掛けたような気はするけれども、「それ」はトカゲの尻尾で、後には何も残っていなかったとでも、いうような……。柳は翡への電話が、グレースである真奈からでは無いと判って気落ちをするどころか、ホッとしている自分に気が付いて、狼狽えてしまっているところだった。本来ならば、狙いが外れてカッカときている筈なのに。それなのに、どこかで安心している、自分がいる……。それでいながらも、「花王」の桜とはどんな娘なのかしらん、と気を揉んでもいる自分に気が付いて、呆然とし掛けてしまっていたのである。サンドラとレスリーには、そんな馬鹿げている思惑は無かった。それだからこそ、より一層露わに、翡への電話の主と、翡との間で交わされている「会話」の内容を知りたくて、瞳も耳もダンボのように大きくしているのが解った。客席は静かで、音楽も抑えられている……。翡の一番近くにいたダニエルは、彼の口調と声に滲むようにして出て来ている苦悩と、濃やかな愛情と、それに反するような「怒り」の感情とに接して、酷く驚かされてしまっていたのであった。低くて掠れていて。それでいて細いその声には、言葉には尽くせない、どこか奥深い所からの哀切で、切実な想いが滲み出て来ていたからなのだ。

けれど……。そうでありながらも、翡の声は、静かであった。そうでありながらもその若い男の眼差しは、どこまでも澄んでいた。全てを見通してでも、いるかのように。まるで、この世の初めと終りを、同時に見てでもいるかのように。深く、遠く、静けく。そうして、哀しい程に何かに、耐えているのだ。

その声はダニエルに、又してもマリアを思い起こさせてしまっていた。そして。その声は同じように、静かな声の紅をも、思い出させた。もっとも、翡の低く掠れている声とは異って、紅の声は嫋やかで匂やかな、若い娘のものではあったのだけれども。けれども、とダニエルは、其処だけは明るめの照明の中に、辛うじて立っているかのような、翡を見て思う。

あの細い身体を見ろよ。ダニエル・アブラハム。あいつの細くて華奢な身体の線と、小さくて白い顔の造りを良く見てみろよ。誰かに似ていないか？　そうだ。誰かに、とても良く似ているよな。とても……。

それは、数日前の深夜に小さな玄関灯の明かりの下で、彼の車を見送ってくれていた娘の、白い小造りな顔と、少年のように細くて頼りな気だった身体のシルエットに、とても、とても良く似ていた。ダニエルの視線を翡は上手に躱して、手の中に隠して持っていたらしい薬のような物を、口の中にそっと入れているのも、ダニエルは見逃さなかった。

何の薬なのかは、判らない。だが、キャンディドロップやガム等では無い事だけは、確かだったのだ。水無しで飲む薬、イコール舌下錠？　心臓病の発作と痛みを緩和する薬が、舌下錠で。もしもそれと塩酸アミオダロン等も一緒に飲んでいるのだとすると、とダニエルは考えて頭を振った。それであるならば。このミドリは、何らかの重大な心疾患を抱えていながら、酒とバラの日々を送っているという事に、なってしまうのではないのか？　それは、余りにも無謀な、自殺行為と言うより他には無いような「生き方」でしかない事を、翡は知っているのだろうか？　待て。ちょっと、待てよ、ダニエル。お前は、忘れてしまってはいないか？　あの、可憐な痣を持っていた「ミー」とかいう娘も、心不全だか何だかで、逝ったのだという事を。赤い痣だけなら、タトゥーでも何でも真似は出来るだろうが。だがな、ダニエル。ハートトラブル（心臓病）迄をも、赤の他人が真似られるというものでは無い、とお前は知っている筈だ。余程の偶然か、神の冗談でも無い限りは。同じ痣を持っている二人に、同じようなハートトラブルが在るという事ならば、「それ」は、必然なのでしか無い。「家族遺伝」という名前の悲劇でもある、必然でしか無いのだ、と……。

だが、それならどうなる？　と、ダニエルは宇宙酔いを起こしてしまったような頭で、考えていた。答えならば、イエスだ。初めに戻るのさ。あの「ミー」とこのミドリは、姉弟（きょうだい）だったのか、否か。それならば、この翡と俺の恋した紅とは、どんな風に繋がっているのか？　いないのか……。ああ。紅。紅。君は、今頃あの古い家に、一人でいるのだろうな。そして安らかに眠っていてくれる。そうで無いのならば、一人で静かに音楽でも聴いているか、熱いティーでも飲んでいてくれるよな……。不思議な事にダニエルには、紅がテレビの画面に釘付けになって、お笑い番組やコマンドムービー等に見入っている姿は、想像出来なかった。けれども。けれども、紅が誰かと電話で話をしている姿ならば、簡単に思い浮かべられるのが切ない……。会社の人事部に所属している、青木豊とでは無く。摩耶のカウンターの中で受話器を握り締めている、井沢翡という謎めいた、「ミー」とも紅とも姉弟のように良く似ている男と話している、紅の姿ならば想像が出来るのだから。簡単に……。

「考えては駄目よ。ダニー。人にはそれぞれ、事情が有るの。人にはそれぞれ、重荷が在るのよ。それを無理矢理知ろうとしては、いけないわ。そんな事をしたら、あなたはもう二度と眠れない。誇り高く生きていく事も、出来なくなってしまうのよ。愛を思い出して。ダニー。愛していた事の全てを、思い出して頂戴。その人が好きなら、唯、愛して……」

マリアの声は、ダニエルの胸に堪えた。マリアは今、「人にはそれぞれ重荷が在る」と彼に告げたのだ。彼女は「人にはそれぞれ秘密が有る」と言えば、それで良かったのに。それなのに何故マリアは、「重荷」等という言葉を使ったりしたのだろうか？　それでは、マリアは本当に、今でも何処かで生きていて、この世界を見ているような気持になってしまうではないか……。マリアの中の一部が、今でも「此処」にいて、俺達を見ているような錯覚に捕らわれてしまうではないか、とダニエルは思った。そして、恐れた。マリアのように、壊れていく事を……。マリアは「夢を見る」と言わなくなった代りに幻を見、幻聴を聞くようになっていったのだったから……。マリアは、逝ってしまったヨハナや、ソロモン（ダニエルの父）の姿を見、叔母のシェバだけでは無くて、亡くした娘達であるエリーザとミモザの姿迄、見るようになっていってしまったのである。それからマリアは、ナオミとフリージャとサミーが辿った「運命」を見、聴いて、泣いてばかりいるようになったのだ。闇く深い嘆きの後で、天使達の姿や、白い衣を着けた、眩いばかりに美しい「その人」の姿迄をも見た、とダニエルに告げるようにさえ、なってしまった。マリアは、歌うように、泣くようにして言い続けた。

「本当なのよ。ダニー。本当なの。嘘では無いのよ、信じて頂戴。神様はいらっしゃったわ。わたし、見たのよ。あの方のお声も、聴いた。あの方は、愛そのもので、憐れみそのものの方だったの。心配しないで良いのよ、ダニー。お父様達もナオミ達も、今ではあの方の御国にいる。わたしも、その国に行くのよ、ダニー、とても美しい方が住む所に……」

だから、お願い。悲しまないで。泣いても良いけど、泣き過ぎないで。涙はいつか、愛に変わるから。わたしとお父様達とナオミが、あなたの天使になるわ。あの方もいつかはきっと、あなたに会って下さるでしょう。「愛しているか……」と、尋いて下さるようになるの。あなたは一人になるのね。でもそれは、見掛けだけなのよ。ああ。ダニー。わたしの愛する子。あなたに、神の祝福を。あなたの生に、神の祝福を……。愛だけが、全てなのよ、ダニー。愛だけが、価値ある唯一つのものなの。愛しているわ。愛しているわ。ダニー。あなたこそが、宝物だった……。

止めてくれ！　止めてくれ。マリア……。俺は、狂いたくないんだ。俺は、壊れたくない。正気のままで生きて、正気のままで死んで行きたい。幻の国に行くのでは無くて、燃やされて煙になって、水に還るよ……。

翡は、二度目の薬を口に含んでいた。心臓を締め上げている巨大な力も痛みも、今では翡桜を傷付ける事は無い。痛むのは心だから……と、翡桜は思った。花野の姿をひと目見た時から恐れていた事が、現実に起きてしまっているのだから。翡桜は、花野を見ている。けれども紅は未だ一度も、花野に会った事が無かったのである……。

それが良いのかどうかは、翡桜には解らない事だった。けれども……。けれども翡桜は祈ったし、願ってもきたのだ。出来るものならば紅が、吉岡花野に会う時には、神の情け有れ、と。せめて、紅の心の用意が出来る日迄は。せめて、紅に父母を恋う気持が失くなる時迄は、と翡桜は願った。吉岡花野にも、その愛人だった男にも、不用意に紅を会わせる訳にはいかないのです……と。

それを、「アレ」が。それなのに、「アレ」が。「アレ」が、沙羅と花野とを組ませて、紅の家に向かわせた。何も知らないでいる、罪の無い紅の心に向かわせて、傷付けようとしたのだ、と翡桜には解った。

「それで？　それでどうなったの。さくら？　さくら。大丈夫？」

「わたしは大丈夫。わたしは平気よ、翡桜。でも、花野……奥さんが。花野……奥さんが、わたしを見て。わたしを見ていて、言ったの。『ああ。お母様……』って。それから、倒れてしまった。気を失ったのよ。それで。沙羅も驚いてしまったらしくて。早く車の所に花野さんを運んで、って言った。わたしに運転させて、教団に連れて帰る、って言ったの。わたしは嫌だと言ったわ。家で介抱してあげて、って言って。鍵を開けてから、逃げてきてしまったのよ。だって。恐かった。恐かったわ。翡桜。『お母様……』って叫んだ時の、花野奥さんの声といったら……」

「それは、そうだろうね。恐くて当り前だよ、さくら。その人、きっと、どうかしていたんだ。逃げて良かったんだよ。そうで無ければ、きっと……。アレ。それじゃあ、さくら。君、今何処にいるのかな」

「ごめんね。翡桜。あなたのお店の近くにいるの。だって……。わたし、帰れない。あの家には、今夜はもう帰れないし。怖くて薊羅の所にも行けなかったの。柊と樅が心配だったけど、あそこにも行かれない。ごめん。ごめんね……。わたし、どうかしていた」

「そんな事は無いよ。さくら。聞いているね。良い子だ。泣かないで。僕はすぐに此処を出るから。其の儘じっとしているんだよ。良いね？　一歩も動かないで。何も考えたりしないで。そうだ。僕の事だけ考えて。それと、あの方(かた)の事だけを……」

翡は市川に、瞳だけで早退の許可を求めていた。市川の向こう側にはもう一人、中堅のバーテンダーである船木が立っていて、マイペースで仕事をしている姿が見えるので。自分が居なくなっても今夜はもう、と翡は市川に訴える。市川さんと船木さんだけで、大丈夫でしょう？　と……。

市川は頷いて、柳にだけは「断ってから行け」というサインに、陽気な声で言うのだった。

「何だか、ドラマみたいな話をしているでござるね、ミドリ。可愛い桜ちゃんが泣いているのならさ。行ってお遣りよ。ママはこういう時には、太っ腹だからね。いけないなんて不人情な事は、言いたくても言わない方でござるよ」

翡は、パッと柳の瞳を捕らえて、言っていた。

「知り合いの子なんですけど。嫌なお爺二人に待ち伏せをされて、車に連れ込まれてしまったんですって。隙を見て逃げはしたんだけど、足に怪我をしてしまって動けないそうなんです。オー・マイ・ママさん。僕、すぐに行って遣りたいんですけど。ウイ？　ノン？」

ノーに決まっているじゃないの。翡のウスラボケ。誰がどうなっているにしても、あたしは嫌よ。嘘っぽい嘘を抜け抜けと言われて、イエスと言う程あたしはお人好しでは無いんだから。花王でも桜でも、放っとけば良いのよ。あんたは、あたしの傍にいて。あたしの傍に来て、ハニーと言ってよ。敏之の代りに、ひと夜の優しい嘘で、華を持たせてよ……。

「知り合いというよりは、恋人なんだろう？　柳。行かせてやれよ。何なら、俺の車を貸して遣っても良いよ。動けないと言うのなら、車が要るだろう」

「ありがたいお言葉で、涙が出るわね。翡。聞いていた通りよ。御親切な敏之さんが特別に、あなたのハニーに車を貸してあげても良いんですって」

敏之は、柳の声の中の棘に今更のように気が付いて白け、うんざりとし掛けたのだが。途中でふいに気が変わったのだった。何といっても柳は、今のところ敏之がキープ出来ている、唯一の女である事に変わりは無いのだったから。チルチルには良い様にあしらわれて、逃げられてしまい。真奈を呼び出すのには、今夜は危険が多過ぎる。それならば、せめて。馴染み過ぎた気（け）は有るけれども、柳の機嫌の一つも取っておく事にした方が、身のためかも知れないな、というふうに……。敏之は、言った。

「嫌、そうしてやりたいところだがね、君。悪いな。車は、要るんだった。柳（と、敏之は声を低くして柳の耳元で囁いたのだった）。少しだけ、抜け出せないかな。Tホテルのスイートを取ってあるんだ。久し振りに夜景を見ながら軽く何か食べる、というのはどうだろう」

それを言うのなら、先に言ってよ。敏之のスカタン。柳は艶然と笑いながらも、敏之の態度に怒っていた。

「御親切は忘れませんよ。オー・マイ・ダーリンの社長さん。それでは、僕はこれで。失礼致しますです。ハニー・ママ」

「市川さん、ありがとう。お陰で帰れるよ。この埋め合わせは、するからね。船木さんにも、ごめんと言っといて」

「良いって事でござるよ。気にしなさんな。それよりも、気を付けてな。船木の奴なら、心配無いさ。昨夜も言っただろう？　独立したくて、スポンサー捜し以外に今は、興味は無いんだからな。長年の友よりは、新しいスポンサー。人の心は、変わるでござるよ」

ダニエル・アブラハムは、飛び立つようにして行ってしまった、翡桜を惜しんでいた。飛び出して行く前に彼を振り返り、「さようなら」とでも言うように、今生の名残りを惜しむかのようにダニエルの瞳を見ていった、紅を思い出させる翡の眼差しを、惜しんでいたのである……。高沢に「行け」と命じられない限りは、その若い男と「桜」とを助けにも行かれない立場の自分を、今初めてダニエルは、もどかしいと思った。スローポケ（何て奴だ）、と自分で自分に向かって毒づいてみたりもしていたのだが……。

「花王なんていうクラブが、この辺りに有ったのかね」

吉岡の不満気な言葉に、レスリーとサンドラが同調して話していた。彼女達も、翡を惜しんでいるのだ。

「シャンプーとか、化粧品の会社みたいな名前よね。カオウクラブ？　クラブカオウ？　どっちかしらね。変なのォ」

「カオウというのはですねえ。花の王様だとか、女王だとかいう意味なのでござるのですよ。皆々様。昔々のその昔から、花と言ったら桜でござる。春の女神は佐保の姫。花の姫なら花王姫。つまりでござりますですね。翡の好いた人は、クラブ・花王の桜という名の、姫君に、間違いござりませんですよ」

桜姫……。その名に相応しい人は、紅？　紅。紅……。

ダニエルの心は、又もや紅の上にとさ迷っていき。マリアの上にも、さ迷っていき。翡を軸にして果てしのない夜を行く小舟のように、同じ所をグルグルと回って止め処が無く。寄る辺も無くて、流されていった……。

そして、彼は又しても、泣きたくなった。泣きたくなる程に紅を求めている自分に気が付いて、ダニエルは本当に泣いてしまえたら、と願っていたのだ……。

月は行き、陽が昇り。陽は沈み、月が渡っていく。大空には、海の底のように蒼く、黒く波が揺れ動き。空の下に生きる者達の心も、いつしか染め上げていった。

「迷わずに」と、天の鷲は密やかに呼んでいるのに。

「真っ直ぐに」と、白く輝く鷲が、先導して往くのに。

船は、航く。そうで無くても迷路のような、「生」という名の海の只中を。羅針盤と舵とオールを持っているのに、持たない者のようにして、頼り無く。あるいは、それ等の物の一切を、とうの昔に失くしているのに、「無い」とは知らないままで無防備に。確かに「在る」と知っている、少数の者達の船には、特別に強い風が吹き付けてきたりする事も……。「有る」物を失くさせようとするか、奪い取るために、蛇が。そうではない時には、より多くを与え、彼等を強めるために、神からの風が吹く時もあった。鷲は、自分の子供達を鍛えるために、高い山々の頂に住処を設け、獅子は子落としをして迄も、子供達の力を強くしようとする時のある事を、思い起こさせるかのようにして、風は吹く。誰からとも、何からとも判らない風の吹いて来る中を、船人達は航くしか無いのであった。

その夜、水森紅の家の小さなキッチンの床で、沙羅に介抱されていて意識を取り戻した花野は、沙羅の質問に答えて言った。冷めたひと言を、吐き出すように。

「幽霊を、見ただけなのよ……」

「幽霊なんて、この世界にはいないのよ。ねえ、吉岡さん。あなた、本当は一体何を見たの？　あたしの紅を見て、倒れるなんて……」

「あなたの紅？　あの娘さんは、あなたの何だと言うの」

「妹よ。姓は違うし、年も離れてはいるけれどね。だからあたしには、本当の事を言って欲しいの」

「妹さん、って言われても……。あなた達、全然似ていないじゃないの。良い加減な事を、言わないでよ」

「嘘じゃ無いわよ。血は、繋がってはいないけれどね。紅とあたしは、姉妹として育てられたんですもの……」

「血が……繋がっていない、って……。それ、どういう事？」

「さあね。何とでも、お好きなように思って頂戴。吉岡さんこそ、下手な嘘を言わないでよ。あなたは紅を見て、お母様とか何とかと、叫んでいたのよ」

「……。だから、母の幽霊を見たと言っているでしょう。執っこいのね、湯川さんも。執こい人は、嫌いだわ」

「あたしも嘘吐きは、嫌いなの。幽霊を見ただなんて、見え透いた嘘を言っているけど……。本当は、あなた。本当は、紅を知っていたんじゃ、ない……の……」

沙羅は、その後の言葉を続けられなかった。素早く身を起こした花野の手が、テーブルの上に置かれていた果物皿の上から鈍く光っているナイフを取って、握り締めているのを見たからなのだ。

「それ以上言ったら、あなたを刺して、わたしも死ぬ。幽霊が、いたのよ。わたしの母の幽……霊……が……」

押し殺していた花野の声が、闇の中にと、消えて。

花野の見ているものを、沙羅も見た。「それ」は、三体のゴーストのような、天使のような姿をした者達だった。幼い子供を抱いているプラチナブロンドとブロンドの髪の、幻のように美しくて儚く、影のようにも見える、哀しい瞳と瞳の双児のような者……。

「喧嘩なら、他所で遣っておくれでないか。そうでないと、おチビが泣いて困るからね」

「ナイフなんて、放しなさいよ。オタンチン。あんた達、自分で解らないの？　あんた達が殺し合うのは勝手だけどね。それで喜ぶのはヤツで、泣いて悲しむのは天使達と神様だ、っておチビが泣くのよ……」

かつてはダークとドールの名で、今では白菊と黄菊と呼ばれている美しい双児の胸に、交互に抱かれていた幼女の紺碧の瞳に、涙が光っていた。

「天使達が悲しむと、あの方は泣くの。天使達が歌うと、あの方は笑むのよ。愛し合うために生まれてきたのに、憎み合うの？　助け合うように生かされているのに、啀み合うの？　死んでは、駄目よ……」

死んだら、駄目。定められた時と、日が来る迄は……。

幼女の呟く澄んだ細い声は弱々しかったが。幼い娘の言う言葉とは思われないような、真摯な内容が、沙羅の心に触れたのだった。

「そうだったわね……。諍いなんかをしている場合じゃ無かったわ。紅を探さないと。あの子、真っ青な顔色をして、何処かに行ってしまったんですもの。ねえ、吉岡さん。あなたがお母さんの幽霊を見たと言うのなら、あたしは、今はそれを信じるわ。だからお願い。車に戻って。あの子を一緒に、探してくれない？　そんなに遠くには行かれない筈なの。あの子、心臓が悪いのよ……」

「心臓が？　そうじゃ無いでしょう！　あの子が悪いのは、心臓なんかでは無い！　もしもあれが幽霊では無いと言えるのならね！　あれは、足がある幽霊だった」

「呆れたわ。吉岡さん。あなた、紅が幽霊に見えたと言うの？　それも、あなたの母親の幽……霊……に……？」

そんなの、どこかが可笑しいわ。そんなの、どこかが変じゃない。沙羅は考えていて、ハッとなってしまった。

「ちょっと訊くけど。吉岡さん。あなたにはもしかして、年がずっと離れた妹さんか誰か、いたんじゃないの？　そして。その妹さんを、お母さんが何処かに遣ってしまったという事が昔、有ったのでは無いのかしらね」

花野は滾（たぎ）るような瞳をして、沙羅を睨んだ。その花野の手の中にはまだ、小振りのナイフが握り締められているままであったのだ。

「変な言い掛かりをするのは、止してよ。その大した想像力で、わたしを脅す気なの？

それとも、初めから強請(ゆす)る積りででもいたの。変だとは、思ったのよ。湯川さんがわたしを誘うなんて……」

「あなたを誘えと言われたのは、太白先生のお弟子の大門さんなのよ。わたし達は似た者同士だから、仲良くしなさいと言われたの。でも、異っていたみたいね。あなた、狂っている。何もかも悪く取って、被害妄想の塊になっていて……。あなたとわたしに似ている所なんて、一つも無いじゃないの」

「似ていなくて良かったのは、お互い様でしょう。わたしが沢山献金をして、先生のお気に入りだからといってやっかむなんて、下の下だわ。財産が無いだけじゃなくて、心迄も醜悪だったなんて、最低よ……」

「最低なのは、そっちの方でしょうに。訳の解らない事を言って、一人で勝手に沸騰して。ナイフなんか持ち出したりして。その上、献金の高迄も鼻に掛けて、人を見下そうというの？　笑わせないでよ。あたしにだって、あなたぐらいの献金は出来るわ。たった一度切りになるだろうけど。それは、命の価みたいなものなのよ。あたしは命を差し出してでも、柊と樅のためになら惜しくは無いの。子供のいないあなたには、それこそ一生解らない事でしょうけれどね！」

「良い加減にしないと、怒るからね。全くもう!!　良い大人の癖して二人共、おチビの泣いているのが解らないの!!　おチビの言葉も通じない？　パッパラパー!!」

「そう牙を剝いてはいけないよ、妹。勝手にやらせておけば良い。化け物の親玉が、おチビを狙ったりしない内に、帰ろうではないかね。あの娘はきっと今夜はもう、此処には帰って来ないだろうよ」

「そうかもね。こんな所よりは、ヒオの傍に行きたい、居たいと思うのは、当り前でしょう。帰ろうね、おチビ。あたし達が出る幕じゃ無いもの。放っておけば勝手に、殺し合いでも何でもするでしょうよ」

「アレの思い通りにさせるの？　白菊。黄菊。そんなの、駄目よ。そんなのは、駄目。せめて、消していってあげて。啀み合って、傷付け合ったという記憶だけでも、せめて。ねえ、お願いよ。黄菊。白菊……」

この人達のために。柊と樅のために。何よりも、あたしのあの子の、紅のために。お願いよ……。

あんたのためにするのよ、おチビ。

君のためにするのだからね、おチビ……。

三体のもの達が消えていってしまった後には、淡くて青い、霧か靄のような物が漂っているばかりだった。遠く、微かに桜歌が聴こえていて……。

それも、やがて消えていこうとしているのだった。

愛しているよ。おチビ。愛しているわ、おチビ……。

「あたしもよ。あたしも愛しているわ。白菊。黄菊」

遠い海鳴りのような、木霊のような、幼子の声が哀調を帯びて囁くと、「彼等」は消えて、帰っていった……。

水森紅には完璧な催眠術を掛け、翡桜の瞳からは、完全に姿を隠し通す事を守ってきた彼等が、沙羅と花野に掛けていった「暗示」は、すぐに破られてしまう事になる。花野と沙羅の眠らされている「記憶」に、「ソレ」は言う。

「目を覚ませ。そして、思い出せ。思い出して、糺し合い。思い出して、競い合え。どうすれば、より我等の先生のお気に召すのかを、考えろ……」

「あの、小生意気な反逆者達の事なんかは、どうでも良い。あいつ等の所為で、我等の仲間が何人も消されてしまいはしたけどな。何、代りは幾らでも後に控えているものだ……。奴等は、放っておいて良い。奴等は自滅するのさ。ロクに喰っても、喰えてもいない。喰い物は大事だぞ、お前達。餌の種類に気を付けろ！　偽物のパン種に、気を付けろ！」

「ソレ」は、大門の声に似ていて悪意に満ちていたのだったが。モンスター達はいつでも人の心を惑わすものだ、と相場は決まっていた。花野ばかりでは無くて、「彼の人」のものである沙羅の心さえをも、闇の中へと誘い込んで欺いたのである。沙羅の、柊と樅への愛と、神の再来と信じている「アレ」への忠誠心を、巧妙に利用して……。

その夜から沙羅は、吉岡花野に勝るとも劣らない額の献金をしたい、と前にも増して望むようになった。それは、只「願う」というような生易しい想いでは、無くなっていた。思い詰めた沙羅が夢に見るのは、その献金によって柊と樅のための「特別祈禱会」を、太白光降自身の手で執り行って貰えて。その結果、柊の知能は正常に成り、樅の身体と知能も癒やされて奇跡的に回復をする、という場面だけに、なってしまっていたのだった。

その「願い」こそ、何処から来たものであるのかを確かめたり、識別をしなければならない、という事さえも、沙羅の心からは消えてしまっていた。消えてしまっていたのでは無くて、「消されてしまっているのだ」という事すらも、判らなくなる程に、きれいさっぱりと……。

吉岡花野は一見、どことといって変わったようには見えなかった。高沢由布と同じ年齢だとはいっても、子供のいない花野は実年齢よりはずっと若く見えたものなので、沙羅と同年代位に見られる事もしばしば有ったのだったが……。花野は、表面上はいつもと変わり無く、若々しくて華やいでもいて。当然の事のようにして上座に席り、太白光降の傍近くでは、神妙な顔をして「講話」、あるいは「説教」を、聴いていたりをしていたのである。

その花野の近くには時に、藤代勇介の秘書の川北大吾の姿が見られる事もあった。川北が、自分自身の意志だけで「再来教団」に出入りをしているのか、それには藤代の意向が反映しているのか迄は、誰にも判らない事だった。只、人々の目には吉岡花野と川北大吾とは、かなり親しいのではないのか、と思われる程には、二人の距離は近いと見られていて。噂が、噂を呼んで一人歩きをして行く。

だから、どうだというのよ、と花野は醒めていた。

大吾はどうせマリオネット（操り人形）か、カムフラージュ用の目立たない衣装を着せられた、玩具の兵隊のようなものなのだから……。川北大吾の花野に対して持っている、憐れみのような、憧れのような感情は、だから、どこにも行き場の無いものだったのだが。それはそれで役に立ってくれている事を、花野と勇介は知っていて、彼の好きなようにさせているだけだったのだ。

花野は、由貴の居る勇介の自宅や、誰が同席しているか（例えば夫の勝男や、高沢敏之等が）判らない、藤代の事務所に電話をしなくても、勇介の動向を大吾から聞き出す事が出来た。そして。吉岡勝男の後ろ暗いような性癖を薄々察していた大吾は、花野に対しては全くの無防備で、何でも尋かれるままに、花野に話してしまっていたのだった。どんな時間に勇介は一人切りになりたがるかだとか、どんな場所で息抜きをしているか、だとかいうような、些細な事迄も全て……。

花野は勇介への疑惑を募らせるのと同時に、沙羅への憎悪も募らせていた。憎悪というものは恐怖から出てきて、恐怖へと返ってゆく事が多いものだという事さえ、花野は知らなかったのだ。

　知ってさえいたならば。もしも花野がその事を理解し、良く知ってさえいたならば。花野という船のエンジンや機関部が、暴走を始める事は無かったのだろうに。けれども、と「ソレ」はその考えを、一蹴するのだった。花野と沙羅とを組ませて「揃ってあの娘に会うようにさせろ」と命じた太白は、結果的にこうなる事を知っていて、嘲笑っていたのだったから。そして、太白の企みを知っていた大門も花野と沙羅の暴走を好み、太白の命令に喜んで従ったのだったから……。以前は中流の審美歯科医師で、大門厚だった中年の男の中には、今ではエビル（悪霊）と呼ばれる、黒い何かが棲み付いてしまって、全くの別人、あるいは「別モノ」になり果ててしまっていたのである。「ソレ」は、大門を乗っ取って嗤う。花野と沙羅を。

　燃え上がれ！　もっと激しく燃えて、熱くなれ。熱くなったら、灰燼になる迄憎しみに焼かれて、突っ走るが良い。お前達は確かに、似ているのだよ。互いに知らないだけなのさ。だから。知らないままで、競い合い。知らないままで、殺し合え。その方が、面白いからな。その方が、太白様も喜んで下さるだろう。憎悪と欺瞞と、過度の欲求と欠落感！大いに結構。それこそが、我等の王の好まれる、美味な食物なのだからな。そうとも。喰い物には気を付けろ。お前達が取り込み、餌にしているエネルギー、「誘惑」という名前のパン種を膨らませて、楽しませてくれたまえ……。

「ソレ」の嘲笑と煽動こそは、悪そのものである太白からの「テンプテーション」、すなわち唆しであったのだ……。


修道教会の、クリスマス・イブの夕べのミサが終った。後は特別熱心であり、篤信でもある信者十余名と、修道会所属の修道女達や聖歌隊員でもある孤児達とで献げられる、終夜ミサ迄の間の短い時間に、ダミアン神父はコルベオ執事からの報告を受けた。

水森夏樹少年は、自動車整備士と大型観光バス（ホテル客達のための送迎用の物だという事だった）の運転免許の資格を取る事を条件にして、湯川リゾートホテルへの就職が内定した、という、短いが嬉しい報告を。それは、喜ばしい事ではあったのだが……。

「だがねえ、コルベオ。あれ程気を揉ませておきながら、今になって内定をしたと言われても。素直に喜んで良いのかどうか、わたしには判らないよ」

はあ。そうなのですがね、とコルベオは痛む膝を暖めるように、両手で包み込みながらも微笑んでいた。

「資格を取る一切の掛かりは、ホテルの方で出してくれるそうですし。勤務シフトの関係とかで寮に入る事、という条件も付いてはおりますのですがね。夏樹ちゃんは、素直に喜んでおりましたでございますですよ。何しろ、待たされましたからね……」

あのホテルなら、教会から近いもんね。僕、あのホテルに勤められるのなら、文句は言わないよ。車の運転なんて恐いし、機械いじりも苦手なんだけど。慣れればきっと、何とか出来ると思うから。ね？　コルベオさん。僕は一生懸命働いて、お金を貯めるの。それでねえ……。いつかは結婚をして。幸福な家庭を築いて、善き信徒としての生涯を送る積りでいるんだよ。僕には、春樹程の情熱は持てなかったけれど。深く、静かに。細く、長く。神様に頼って、生きていきたいの。大好きなこの教会の、信徒の一人になれるのだもの。うん。何にも言う事は無い位に、感謝しているよ。執事さんに。神父（パパ）に。シスター達に。そして、もちろん僕の天使にも。

「君の天使？　それは誰なのかねえ、夏樹ちゃん。天使には感謝をするのに、神様にはお礼は言わないのかな？」

神様になら、もう言った。いつも言っているから、忘れたりしないよ。僕の天使の事なら、誰にも秘密だよ。神様と僕だけの、秘密の天使なの……。

夏樹の言うところの「秘密の天使」とは、多分彼を泣く泣く置き去りにしていった、母親の事なのだろう、とコルベオは思った。夏樹は涙の跡の染み付いた長い手紙を添えられて、十八年前の夏の夜に、U市の小さな教会の前に捨てられていたのだったから。その手紙には、赤児を育てられない悲しみが切々と綴られ、「どうぞこの子を宜しくお願い致します」と書き付けられてはいたのだったが。肝心の母親の名前も、赤児の名前すらも記されてはいなかったのである。U市の警察は「それ見た事か」とばかりに、ダミアンの後任のジョセフ神父に言ったという事だったのだが……。

「孤児院を経営している奇特な所が有ると聞き込んで、何処か遠くから捨てにでも来たんだろうよ。親探しは、まあ無理ですな。で？　どうしますかね。これはこちらで引き取って、何処かの施設にでも入れますか。それとも、そっちで引き受けて貰えますかね」

ジョセフ神父は、もちろんその子を「引き取る」、と言ってしまっていたのだった。神の家の前に置き去りにされていた赤児を、ホイホイと他に渡してしまう程、ジョセフ神父は冷酷な人物では無かったからだったのだが……。修道会の許可をまず取ってから警察に返答をする、という順序も又、彼は踏んではいなかったのである……。それでその事を、後になって長上から責められた時には、ジョセフは平然として笑って言ったと聞いている。

「神の御許可は、頂きましたよ。長上頭で、天国の門の鍵を持っているお方の許可も、一緒にね」と。

ともあれ、その赤児は、唐松荘の院長も兼ねている、女子修道院長のシスター・マルトの下に運ばれてくる事に決められたのであった。

「夏樹」という名前を付けたのはダミアンでは無くてジョセフ神父で、彼はその前年にも、U市の駅の洗面所に捨てられていた男児を引き取っていて、その赤児には「春樹」という名を付けてやっていた。

冬では無く、秋でも無く。瑞々しいような喜びに満たされた生を送れるように、と願って付けられた名を持つ、湯川春樹と水森夏樹の、二人の少年。

　その内の一人は昨年の春に、いずれはジョセフかダミアンの後に続くような神父か、コルベオのような執事に「成りたい」と言って、東京に在る神学校に入り、寮生活にも入ったのだった。夏樹の言う「情熱」が、春樹にあった事は喜ばしい事だったのだが。そうかといって、神への信頼において夏樹が、春樹よりも劣っているのだとは、コルベオは考えてはいなかったのである。神への愛と信頼の表し方は、人それぞれに違っていて良い。嫌、むしろ異っているからこそ、もっと良いとでも言うべきなのだろうか……。コルベオは、春樹の聖職への「志願」を殊更の喜びとし、夏樹の一信徒としての生涯への願いを、「消極的な信仰だ」と考えているらしいダミアン神父とは、批判的にでは無くて、愛によってその話題を避けるようにしていた。もしもこの世の中の全ての若者と少女達とが、全員神父になったり、修道士や修道女になったりしてしまう、というような事態になったとしたら……。

　そう考えただけでコルベオは、つい微笑んでしまうのであった。神は、さぞかし味気無く、退屈な思いをされるのでは無いだろうかしらん、と彼には思われてしまうからなのだ。均一の生き方しかしなくなった全人類を前にして、神は喜ばれるのだろうか。淋しいと思われるのだろうか？　コルベオは、ダミアンの考え方を知っていたし、消息を絶ってしまったフランシスコと、ジョセフ神父の考え方も知っていた。シスター・マルトやテレーズ達の、考えている事も……。

そう。人は、いつかは皆、キリストであるナザレのお方と同じようにされる。その御母であるマリアとも、同じ様にされては、ゆくのだろう。人は皆、神の似姿なのだから。神の器として、この世界に送られて来て。神の愛の現れとして生きるように、と促されて生きる。神の愛と明かりに照らされて歩み、その光と憐れみに包まれて、安息を得る。遥かな高みにいられる方を父と呼び、母と呼んで、頼り切り、その御神の一人子であるイエスという方からは「友よ」、と呼ばれるようになる。彼に相応しく生きられたなら、と願って息づく小鳥を胸に飼い、彼の足跡を辿って、憧憬の中にと人は消え、変容して行くようになる。愛し、憧れ続けて……。

けれども、それは「均一になのでは無い」、とコルベオは思う。其れ処か人は、神に近付けば近付く程、神の御招きに与れば与る程に逆に、各々の個性は際立って、鮮やかにされてゆくものなのだとも、感じているのであった。神は、個性の消失を望まれ等はしていない。むしろ、その人その人の個性を豊かに祝福をして、喜んで下さるのだ、とフランシスコとジョセフが考えていた事を、彼は知っていた。その個性の煌めきとそれぞれの愛の有り様をこそ、天を往く鷲とその御父は喜び、受けて下さるのだ、とマルトとテレーズも感じている事を、コルベオは知っている。何しろ彼の在職期間は長かったのだし、その人柄は奥床しかったものだから。だから、多くの人がコルベオに対しては、心を開いていたものだった。位階意識と「熱心」が邪魔をし始めてしまった、ダミアンは別にしても……。

神の御子の生誕を祝い、喜ぶために、御ミサの鐘が歌って呼ぶ。夜を超えて。空を超えて。つい昨日の事のようにも、永遠の昔のようにも思われる、二千有余年という時をも超えて、喜びの鐘の音が鳴って、歌っていた。揺れ動いているキャンドルの暖かな灯りの色と、仄かに暗い甘い影……。

ダミアンは、時間が来た事を知って、コルベオに微笑んだ。

「とにかく、良かったよ。夏樹が喜んでいるのなら、わたしも嬉しい。君には世話を掛けたね、コルベオ。さあ、行こうではないかね。わたし達の主がやって来られるのだから。大いに喜び、祝おうではないか」

さようでございますね、とコルベオも微笑んでいた。

祭服のストラの位置を直しながらも、ダミアンは一瞬、其処からは見えない「魔の森」の方を見た。

ああ。神よ。わたしの心配事の種を、又増やされるのですか。わたしの感じている重荷を、又増やされるのでしょうか。「あの森」が、今夜も黒く、重く、騒めいているのが聴こえていませんか。「あの森」に近いホテルに夏樹は行くのです。「魔の森」の入り口に建つホテルで、夏樹は働くと言うのです。どうか、あの森のデーモンである緑の瞳の魔女から、夏樹を守ってやって下さい。あの子がフランシスコのように、森の悪魔に連れ去られたりしないように。あの子がフランシスコのように、「魔の森」の奥深くへと迷い込んだりは、しませんように。誘う者が、あの森に棲むのです……。

「森のデーモン」に気を取られ過ぎていたダミアンの祈りには、ごく簡単で、一番大切な事が抜けてしまっていたのだった。ダミアンは夏樹少年の「機械オンチ」と「自動車アレルギー」に就いて、まず祈るべきであった。そして、そのホテルにこそ二十年前の大惨事の元凶が有ったのではないか、と噂をされていもし、自分自身でも感じていた直感に従って、夏樹への加護を、神に求めるべきだったのだろう。夏樹は、ホテルという名の魔窟に巣喰う、悪意の中にと入っていく事になったのだから。湯川リゾートホテルの体質は、二十年前と少しも変わってはいなかったのだった。もしも夏樹に救いがあるとするならば、彼がホテルそのものというよりは、車輌部に入るという一点においてだったのだが。そうではあっても。そうであるからこそ、「機械オンチ」や「自動車アレルギー」等という少年が、苦労する事は目に見えているのだから。だが。そうしなかったのはダミアンの知識の及ぶところでは無かったのだから。彼の落ち度だという訳では決して無かったのだった。

とにかく、とダミアンは吐息のような、溜め息のような、白い息を吐く。とにかく今回は、義姉を通じて兄の真山浩一に、又もや無心の手紙をコルベオに書かせないで済んで、良かった、と……。実の兄に、自分自身の手による手紙も書けないでいる、このようなややこしい状態になってしまったのは、真山家の家柄と家訓の所為に、他ならなかったのだ。

真山家は、その名前を聞けば誰でも知っている由緒ある寺院の檀家総代の家柄であり。家人は皆「熱心な」仏門徒であれ、というのが、先祖代々の戒めであり、家訓でもあった家柄であった。そのため、「異教徒・邪教徒」となってしまったダミアンは、祖父誠一と父親の永一の意向によって、真山家からは勘当をされ、檀那寺からは破門をさせられるという、二重の打撃を受ける事になったのだ。けれども兄である浩一は、たった一人切りの弟を失くすのを惜しんで、妻である珠子を通して言って寄こしてくれたのだ。「家は家であり、情は情だ」と。

　それ以来、ダミアンは兄浩一と、兄嫁の珠子とだけは秘(ひ)っそりと、互いの近況を知らせ合うようになっていた（もっともそれも、執事のコルベオを通してというような、もどかしいものだったのだが）。その内に彼は、コルベオを通して唐松荘出身の子供達や、信者の家庭の子供達の就職の面倒等も、浩一と珠子に頼らざるを得ないような状況に迄追い込まれていくようにと、なって行ってしまうようになる。心ならずも……。その時分にはもう祖父は亡くなっており、父の永一も年老いて、真山家の実権は浩一の手に移ってはいたのだが。長年の習慣とは、怖ろしいものだった。ダミアンが一度も里帰りをせず、兄の浩一と直接会う事も、話をする事も、手紙の遣り取りをする事も無い間に、真山家には高沢敏之という娘婿が入った。

　そして、そのまま時は流れていってしまったのである。もはや、もう取り戻す事の出来ない所へと……。

　こうしてダミアンは真山家にとっては今でも「失き人」のままであり、浩一と珠子にとってだけは、今でも「弟・あるいは義弟」であるという、泣きたいような、笑いたいような状態のままで留まっているのだった。それもこれも、自分で招いた結果だとダミアンは思い、この状態を今では甘受している。兄の浩一と珠子の「情け」に対しては、感謝さえしている位なのだった。そのお陰で彼は、身寄りの無い孤児達や信徒の子供達を、安心して任せられる「保護者」を二人、確保出来る事になりさえしたのだから……。


　教会の、鐘が鳴る。そして、冴え冴えとして凍えるような、N町の山中の空高く掛かっている、金と銀の粉で練り上げたような、月の中へと、消えていく。

　終夜御ミサのための鐘の音が、細く澄んで歌っているのを、「魔の森」の入り口付近の丘の上に立って、クリスチナである椙子と、その恋人の沢木は聴いていた。御ミサの始まりを告げている鐘の音は明るく、けれども短く鳴って、消えてしまうのだ。

　昔。二十年も昔のある「夏の終り」を、完全に告げていた、葬送ミサのための物悲し気だった鐘の音は、いつまでも、いつまでも、鳴っていたものだったというのに……。

　ああ。教会の鐘が、歌っているわ、と椙子だった森のクリスチナは、胸の中で言う。十字架の、わたしの神様の、美しい方。御像の神様のお誕生日を祝う鐘が鳴っているのだわ。

けれども。あのお母様のマリアは、これから生まれてくるだろう御子はたったの三十三か四で、愛と憐れみの「道」となるために十字架上に上られ。釘付けられて。死んで行かれるその足元で、御自身の胸も剣で刺し貫かれてしまうのだという事を、知っていられたのかしら。そして、その三日後には御子は「人」としての生から自由になって。永遠の生命であった、初めに「言葉」で在られた神にと帰られるという事をも、知っていられたのかしら？　痛みを知られる神として、より濃やかに、より憐れみ深くなって下さり。「その人」を知る者からは、憧憬（あこがれ）をもって、「わたしの神様」と呼ばれるようになるという事も、知っていられたのかしら……。

　知ってはいられなかったのでしょう、と椙子の心は言う。そんな事と知っていながら嬰児を産める程に、人は、強くは無いのですもの……。いいえ。知っていられたのかも知れないじゃないの、と森のクリスチナになってしまった、緑の瞳の娘は思う。

　例えどんなに恐ろしく、悲嘆の夜が待っているのだと解っていても尚、御自身とその御子が「十字架」の形によって、全ての人々のための「救いを知らせる時の音」に成るのだという事を、受け入れていられたかも知れないじゃないの。「救いの時は、今がその時」と鳴っている、あの鐘の音のように高らかに明（あか）く……。愛が燃えていたのは、クリスマスの夜から十字架への道行きの、全ての日々なのだから。「あの方」に従っていかれた人達の心と身体に脈々と、恋々と、受け継がれて流されていった血潮の色も、松明よりも明るく、炎よりも酷（むご）くて赤い、愛の証の色だったのでしょう。そうね、きっと。あのお母様のマリアという方は、御子の定めを知っていられたとしても、知らなかったとしても、黙って「あの方」のお傍にいる事で、運命も希望も、共にしようとされていたのに違いない。違いない……。

でも、わたしは。でも、わたしの血の色は、桜山の桜の精の緑（あお）よりも青くて、真夏の森の木陰の碧よりも濃い、エメラルドの色になってしまった。シアン（青緑色）よりも明るい、輝く何かになってしまった……。ああ。もう、「あの方」のお誕生を祝う、御ミサが始められたのね。もう鐘の音は、聴こえないのですもの。それならわたし達も二人で、此処から祝いましょう。あの、十字架の御像の神様の、お誕生日を。森番の娘と、その誠実なお友達さんの、沢木君と二人切りで……。いいえ。いいえ。違っていたわね、楓さん。忘れな草と十字架草で飾られた、思い出車の中に消えていったあの人の心も、今夜はきっと、この森に来ていてくれる事でしょう。わたしの瞳と血の色と同じ名前を持つ、ヴェロニカか竜胆の花のようだったエスメラルダと、ロザリオになるためだけに生まれてきたような、スイートブライア（浜茄子）の、薄紅色のロザリアもきっと、「あの方」のお誕生日を祝って祈り、歌っているでしょう。

「さっきから、何を考えているんだよ。榀子。こんな所迄出て来て教会の灯りも見たし、鐘の音も聴いたんだからさ。もう気は済んだだろう？」

「もう少しだけ。それとも、寒いの？　渉さん」

「寒くなんかねえよ。それよりも一体、何を考えていたのさ。あんなに熱心に、あんなボロ教会を見ているなんて。何だか、変だったぞ」

「そうだった？」

と、今はもう月も渡っていってしまった星空を見上げて、栯子は微笑んでいた。

「あの教会の、御像の神様の事を思っていたの。それと、あなたの事もね、お友達の……アラ、いけない」

「全くう！　これだもんなあ。やってられねえや。馬鹿ったれの栯子」

「本当に、馬鹿ったれだわね。ごめんなさいね、渉さん。あなたがせっかく思い出してくれて、こうしてわたしの所に帰って来てくれたというのに。わたしったら……」

「気になんかするんじゃねえよ。謝ったりもしなくて良いよ、栯子。俺は、自分の力だけでお前を思い出せたという訳じゃあ、無いんだからな。あの朴念仁の堀内の奴が、お前の写真だの手紙だのを送ってきてくれなかったとしたら、俺はお前を忘れたままになっちまうところだったんだもの。だけどなあ、栯子。あのボンクラは、どうやってお前の『あの歌』を知る事が出来たりしたんだろうな、それもだぜ。あんなに甘いテノールで、テープにしっかり吹き込んで、俺の所に送り付けてくるなんて。あいつ、何考えていたんだろうか？　どうして、お前の歌を知っていたのか……」

「わたしだよ。わたしが教えた。いけなかったかね？」

「何だ。そういう事だったのかよ。別に。いけなかないよ、楓ちゃん。俺はさあ。あの歌は、こいつと俺だけのものだと思っていたからな。ちょびっと驚いただけだ。楓ちゃんや楡や森が、あの歌を知っていて、歌っていたなんて。驚き、桃の木、山椒の木、っていう奴だった」

「驚かなかった若者と娘もいたけどね。ねえ、エメラルドの瞳の、森の娘よ。あれは、あれは確か……」

「エスメラルダと、ロザリアよ」

「何なんだよ、それ。それって、掟破りじゃねえの？　それとも。例外、とでもいう奴なのかな。俺達みたいにさ」

そうね。渉さん。あの子達だけは、例外だったの。あなたと、あの人のようにして。この森に入って、一晩生き延びられて帰った、例外中の例外だったのよ……。

「あのエスメラルダとロザリアは、ホレ。あの教会の裏に有る、孤児院の子供達だったみたいだね。わたしはあの子達なら、子供の頃から知っていたものだ。だが、変だった。あの男、エスメラルダは、昔は、女の子のように見えたものだよ。男のような言葉遣いで、男の子のような身装り(みなり)しかしていなかったけれども。根は優しくて、それでいて強い、きれいな子だった。髪の毛だけは長くて。わたし達の娘（椙子）のように長くて。ロザリアのようにも、長かった……」

何なの？　それ。それって、どういう事なのかしら。あの人は確かに、若い男の人だったように思えたわ。女の子のようにきれいだけど、声も仕草も、男の人のようだった。わたしは騙されたの？　そんな。そんな……。

それでは。桜の精の懇願に従って、知世ちゃんの友人達や、エスメラルダとロザリアを、わたしのあの人と沖さん達を守ろうとしてわたしがした事は、無駄な事だったというのかしら。無益な事だったと、いうのかしら……。いいえ。いいえ。そうでは無い。「アレ」は確かに悪いモノだと、わたしの御像の神様は、確かにそう言われていたのですもの……。

「男言葉で話す、髪の長い子供って……。そいつ、二十五、六歳ぐらいじゃなかったのかなあ、柗子」

「知っているの？　渉さん。あなた、その子とロザリアを知っていたの？」

それは、いつ頃の事なのかしら。教えてよ。渉さん。あの二人の事を知っていたというのなら、わたしにそれを教えてよ。あの人達とわたしは「仲間」だった筈なのよ……。

「あいつ等は確か、四人組みたいだったな。丁度、俺とお前が知り合った頃の事だよ。二人はお前とどっこいどっこいの年頃で、後の二人はまだほんのガキンチョだった。そいつ等がお前の言っていた、エス何とかとロザリオなんだろうけどさ……」

「エスメラルダと、ロザリアよ」

「ああ、そうか。その男女だか女男だかだけは、通い̇の̇孤児というか、預けられっ子だったみたいな気がしたな。大抵、平日に朝一で、父親だか何だかに送られて来てさ。昼頃か、遅くとも一時頃迄にはホテルのバスで、N駅に帰って行っていたっけ。それでさ。自分よりもっとチンマイのを二人も連れて、又バスに乗っていくんだぜ。多分、幼稚園だか保育園だかに、迎えにでも行っていたんだろうけどな。父親が帰って来る迄は、あいつがチンマイのの面倒を見ているんだろう、と思って見ていた」

「可哀想に……。きっと、お母さんを亡くしてでも……」

自分自身の運命と引き比べて、涙ぐんでしまい掛けた梠子が口籠ってしまうと、沢木は笑った。

「可哀想なもんか。あいつは、気だけは強くてな。そんな瞳で見ていると、こっちの気持を見透かして、アカンベーをしたりしたんだぞ。うん。そうか。やっぱりあいつは、髪だけ長い女男だったんじゃないのかな。アカンベーが得意な、憎たらしいガキだ」

アカンベーですって？　あなたにアカンベーをする女の子がいるなんて、考えられないわ、渉さん。だってあなたは、どんな女の人からも好かれていた人気者だったのですもの。あの、悪夢のようだった、ホテルでの短い月日の間でも。あなただけは、輝いていた。子供からお年寄り達迄、「女性」という名の付く人々の瞳には、ダイヤモンド・リリー（ネリネの花）のように艶めいて。桔梗の花のように涼やかで、青く凛としていて、眩しい程だった。そんなあなたにアカンベーをして見せていたというのなら、あの夜のエスメラルダはやっぱり、男の人だったのに決まっている。髪の毛だけを長くしていたという、変わった面倒見の良い男の子。お父さんが帰って来る迄の半日とか、休日の一日中をおチビさん達の世話をして働いてもいたのだろう、優しい男の子……。

「ねえ、渉さん。その二人のおチビさん達は、男の子だったのかしら？　それとも、女の子？」

「二人共、女みたいに俺には見えたけどな。まるでさあ。人形みたいに可愛い顔していたからなあ。だけど。解らねえよ。あの女男だって顔だけ見ていれば、お前のように可愛いものだったんだからさ……」

わたしが、可愛いだなんて。嘘ばっかり言うのね、渉さん……。思わず微笑んだ森の娘と沢木と楓の巨木の上に、冬の桜が雪嵐のように舞って、降りてきていた。

緑色をした桜の花びらの渦の中心には、桜の精がいて、水神の蒼い龍もいる。花嵐の中で、椙子は悲愴な声で呟いたのだった。

「終っていないのね。アレはまだ、終りになってはいなくて。もっと酷（ひど）い事に、なっているのね……」と。

冬の桜は降らなかったけれども、蒼愴とした月と幾ばくかの星は、東京の下町の綿木公園の桜の上をも、渡っていっていた。枯木のようになってしまっている山田千太郎の傍には、彼と同じか、それよりは幾分はマシかというような姿のフランシスコが、ピッタリと寄り添っている。

「だけど、なァ……。ゼエッ。解んねえなァ、グフォンッ。何だって、あんたの神さんはよォ。わざわざ殺されるために……。グハッ。生まれてきたり、したんだろうなァ……」

それはだな、とフランシスコは、もう何十回ともなく話した事を、根気良く言って聞かせて遣るのだった。

「罪もねえのに殺されなさる事で、人間が神さんの下（もと）に帰れるという、道に成るためだとよ。病気になってみなけりゃ、病人の本当の苦しみなんか、解らねえもんだろう？　それと同じでよ。偉え神さんが人間になって生まれて来なすって、人間の苦しみと無明の全てを味わい尽くして下さってだな……。ああ。こんなにも人間とは弱くて、それでいて愛しいものなのか、と思いなさった。それで……。簡単に言っちまうとだな。あんたや俺の罪や、病気や、死の、身の代金になって下さってだなァ。御自分は死んで、俺達のための道になった。神さんの下に迄続いている、真っ直ぐな道によ。それで死になさった」

「身代り、かァ。グォホッ。それでこそ、俺の、神さん……たい……」

病み衰えて、意識も遠退き勝ちになってしまっている山田は、気が付けばフランシスコに、「その人」の話をしてくれとせがむようにさえ、なっていたのだった。「その人」の話を聴く度に山田は、安堵と喜びの涙を流した。そして又、いつ醒めるとも知れない眠りの中へと、落ちていくのだった。フランシスコは、囁く。

「見ろよォ、千さん。あの月の光の中にも、この桜の樹の下にも、あんたと俺の神さんが来て下さっているぜ。あんたを、一人では、逝かせないように。あんたの手を引いて、天の国に連れて還って下さるために、そおっと来て下すって、見守っていて下さるみてえだぜ」

「俺のためにか？　この俺のためにかよ。有難え……」

フランシスコの聖夜は、こうして更けていった。冬の朝は、遅い。特に十二月の。冬至を迎えたばかりの、凍て付くような冬の朝の訪れは、遅いのだった。まだ暗い綿木公園の桜の樹の近くに、一人の女が影のように近付いて来て立った。

「フジさん。フジさんはいませんか」

山田千太郎が深く眠っているのを確かめてから、フランシスコは答える。

「セシリア。良く来られたね。忙しかっただろうに、だが、もうお帰り。クリスマスの朝に子供達を二人切りにしておくなんて、可哀想だからね。主の御生誕、お目出度う。セシリア。あなたに、神の祝福がありますように……」

「ありがとうございます。神父様。主の御生誕、お目出度うございます」

薊羅は、フランシスコが今朝は昔のままの神父（パパ）でいてくれる事を、その声と言葉によって悟り、思わず泣いてしまいそうになった。周りに人がいる時のフランシスコは、唯の「フジさん」で在り続けようとするのだから。ましてや今の彼は、一人の重病のホームレス仲間の傍に居るらしかったので。

「柊と樅の傍には、昨夜から、紅が来てくれていると思います。いつも、そうでしたから。きっと、今年も来てくれている筈ですわ。沙羅はもう、出てしまっているでしょうけれど……」

「あの、ロザリアがかね……。それは良い。それは良かった」

フランシスコは、嬉しそうだった。

「それでも君も、早く帰った方が良いだろう。そうではあっても。セシリア。子供達には、何と言っても母親が一番なのだからね。その事は、君が一番良く知っているだろう？」

薊羅は、フランシスコの言葉を聞いて喉まで出掛かっていた言葉を、震える思いで呑み込んでしまった。本当は、言いたかったのに。本当は、堪え切れない程に沙羅が心配で。そして。先日来の疑惑や疑問に就いて、堰を切るようにして、フランシスコの神父としての「見解を聞きたい」、と言ってしまいたかったのに……。薊羅は、息を整える。

「そう致しますわ。神父様。どうか、わたしの子供達にも祝福を。沙羅と紅のためにも、祝福を……」

「解っているよ。セシリア・薊羅。わたしはいつでも君達のために、祈りをあの方に捧げている積りだ。エスメラルダはもう、天に還っていってしまったが。君達は四人共、嫌、今では六人かな。六人共、わたしの子供達なのだからね……」

セシリアの、嫌、ルチアだったか。ルチアの子供達の柊と樅にも早い内に、このわたしの手で洗礼を受けさせてやりたいものだが、とフランシスコは思うのだった。だが……。フランシスコの生存、あるいは所在を知っているのは、現在の所はこのセシリア只一人だけなのであり、元神父が今ではホームレスの身の上であるという事を知っているのも、セシリア・薊羅だけだったのので。

フランシスコは、破れ果てた自分自身の姿を、沙羅と紅の瞳に晒す事を、良しとしなかったのである。それに、もしもその二人の前にも、姿を現したりしたならば。彼の所在はすぐにでもか、いつの日にか、教会（つまりはダミアンと、唐松荘のシスター達）に、伝わっていってしまうのに、違い無いのだろうから……。薊羅には堅く、言い含めておいた筈なのに。彼女は時々このようにして、人目を忍んで迄も遣って来てしまうのだった。そして。会えないでいた間に四人の姉妹達の身の上に起こった事々を手短に、けれども正確に、彼に語ってくれて行くのでもあった……。フランシスコは、ムーライ・マルガレーテ・山崎美月に続いての、トルー・ラファエル・山崎真一の、天への帰還を知った。彼の大切な名付け子でもあり、一族の長の姉でもあった、パールの瞳を持つ「エスメラルダ」

の逝去をも、知らされたのである。エスメラルダの妹、ピュセル・キティ・安美とジョハネ・カニス・一寿に就いての消息も、判りはしたのだが……。ピュセルとジョハネの姉弟は、山崎真一からの手紙で、彼等はすっかり「さくらの一族」に就いては忘れ果ててしまっていたので。「このままそっと、天の国へと還してやりたい」と告げられていたのを元神父は、忘れてはいなかったのである。フランシスコは、安美と一寿を諦めて、姉弟の運命を神の手に委ねたのだった。

　けれども。けれども、とフランシスコは考える。沙羅の子供達は「洗礼」という祝福も受けられず、洗礼名も頂けないままに、ダミアンの下を離れざるを得なくなってしまったのだ、と聞かされた時から……。それならば、このわたしが、その二人の子供達に洗礼を授けてあげよう。このわたしが、その柊と樅とに、洗礼名も与えてあげよう、と。洗礼名はバルナバ（慰めの人）と、柊に。クリストファー（キリストのもの）と、樅に……。だが、「その日」はいつになったら遣って来てくれるのだろうか？「さくらの一族」が、この桜の樹の下に全て集められて。一つの船に、再び乗せて頂ける日が来てからなのか。そして、それはいつの事なのか。来年の春か、又来る次の春なのか、とフランシスコは思って、沙羅と薊羅と柊と樅、紅の、五人の「子供達」愛しさの、胸の痛みを押さえた。

　けれども、それは少なくとも、今日では無いのだから。けれどもそれは少なくとも、年が明けての事になるのだろうから、と……。今のフランシスコは山田千太郎を、一人ぽっちにしておく訳にはいかないのである。

「岸和田の千太郎」という異名を取っていた男は既に過去の人となり、今ではシモン（キュレネの）・山田千太郎という新しい名になって、いつかはフランシスコも還っていく「あの国」へと、旅立っていこうとしている所なのだから。その日はもう遠くない、とフランシスコの胸の中で囁いてくれている、声がしている。その日は、近い。シモン・千太郎の苦しみは、長くても一週間前後で済むだろうと、「その方」の御声は優しく彼に、告げてくれているのだったから……。

薊羅は、「フジさん」と彼の病人のために、細やかなクリスマスの祝いの祝飯と、暖を取るためのホッカイロを抱えて、慌ただしく訪問しに来てくれたのだった。名残り月の影に追われるようにして、心を残して去っていく薊羅の後ろ姿には、哀しみの歌が追いていくようで……。その背中には、疲れが滲んで見えた。

フランシスコは、今更のようにして考えていたのだった。セシリアの影が薄かったのは、気の所為なのだろうか、と……。

フランシスコは、祈る。セシリアとルチアとロザリア、それに、いつかはバルナバとクリストファーとなるだろう、柊と樅のためにと、思いの丈を込めて、「その人」の名を呼んで、祈るのだった。

久留里荘の一号室から沙羅が勤めに出掛けていった姿を見届けて、紅は音も無く柊と樅の部屋の中に滑り込んで行った。紅の胸には、柊と樅への心ばかりの贈り物である絵本「アンデルセン」と、アナスタシア（緑色の大輪の菊）の美しい花束と、小さなケーキの詰められた箱が、抱えられている。

ああ。やっぱりまだ、薊羅は帰っていないのね、と紅は考えて、暗いダイニングの隅の小さなテーブルの上に贈り物の品々を置いた。紅は、薊羅に尋ねてみたかったのである。何故薊羅が、紅に宛ててルルドのマリア様への祈願文を、沙羅に持たせて寄こしたりしたのか、というその理由を……。

その理由は解らないけれど、と紅は考えていた。この、久留里荘の人達の内の何人かか、全員かが、何かとんでもない事を考えているのか、巻き込まれているのかしている事だけは、解ったわ。だって、変ですもの。少なくとも一階部分の住人達の部屋の前には、清めの用途の盛り塩と、魔除けの目的のようなヒイラギとバラのリースが置かれていた。リースには聖天使ミカエルの「聖画」と、ルルドの聖水入りの小さなロザリオと、ルルドのマリア様への祈願文が、薊羅の手で書かれた千代紙さえも、添えられている。その上。その上更に、ヒイラギの枝で作られたクルス迄が有るなんて。もう、普通を通り越していて、聖なる書物の世界か、翡桜の頭の中の世界のようじゃない、と……。

一階部分の住人達の部屋の全てに「あれ」が飾られているのなら、二階の人達の部屋もきっと、同じようにされているのに違いないのでしょうね。だってこのアパートの住人達は今では、「変人クラブ」の面々で占められてしまっているのですもの。ねえ、薊羅。沙羅とあなた達に、何が起きたというの？「変人クラブ」の人達の上に迄も及ぶような、何が？　それともそれは逆で「彼等」の方に先に、何かが起きでもしたというのかしら。でも。そうであったとしても、辻褄が合わない。盛り塩は薊羅の「物」では無いのだし、ルドのマリア様への祈願文は、「彼等」の物では無い事だけは、はっきりとしているのですもの。

「紅ちゃんだったの。ママかと思って起きて来ちゃった。暗いよ、此処。僕、明るくしてあげるからね！」

駄目なのよ。待って頂戴、柊……と、言う隙も無かった。春の前触れのように明るくなってしまった小さな部屋で柊を見詰めて、紅は小さく微笑んでみせる。

「メリー・クリスマス。柊。ちょっとの間に、又少し大人になったみたいで、びっくりしちゃったわ。樅は眠っているのね。柊も、まだ眠らないと駄目なのよ。プレゼントは起きてからの楽しみにして。さあ、もう一度、ベッドにジャンプして……。そおっとね」

「メリ・クリスマス。紅ちゃん。プレレント、ありがとう。だけろ、僕はもう寝ないもん……。眠ったりしたら、ミーみたいにパッと消えて、逃げていっちゃうんでしょう？」

「ミー？　ミーがどうかしたの？　ミーはもう天のお国に行ってしまったのだから、消えたりも逃げたりも、しないのよ。柊……」

紅は、翡桜が二回も柊と鉢合わせをしてしまったという事を、まだ知らないでいた。だから柊の言っている「ミーが逃げた」という事を、理解出来なかったのだ。それ程に、紅は。そんな事も翡桜が告げられなかった程に紅は、酷(ひど)く痛め付けられてしまっていたのだった。

柊はプクッと膨れ掛けて、止めた。

「紅ちゃん。ろうしたの？　頭、痛い痛いなの。シンゾーも、痛い痛いなの？　顔、青いよ。それに何だか、小さくなっちゃったみたい。紅ちゃんもミーちゃんみたいに、ろこかのお国に行っちゃう積りなの？」

ああ。そう出来たなら、柊。本当にそう出来るのなら、どんなに良いかしら。わたしはもう、消えてしまいたいのよ。出来る事なら。許されるものならば、朝の露のように、一人静かに消えていきたいの……。

でもね、柊。わたしには、誰よりも大切な翡桜が、薊羅と沙羅と、あなた達がいる。そして。そして、あの女(ひと)も。吉岡花野という名前だったあの女も、今ではわたしの胸の中に昏(くら)い帳を降ろしてしまい、生まれて初めて「生まれて来なければ良かった」と、わたしを泣かせるあの女迄も、居るようになった。

紅は柊に、憔悴してしまった自分の姿と、哀しみを湛えて潤んでしまっているかのような、双の眸を見せたくは無かった。それで、息を吸う。

しっかりするのよ、紅。柊と樅に、こんなわたしを見せてはいけないの。柊の瞳に、怯えの影を宿させたりしては、絶対に、絶対に、いけないのだから……。

「何処にも行ったりはしないと誓うわ、柊。それに、どっこも痛くも何とも無いの。紅はね、只寒かっただけなのよ。お外はとーっても、冷えていたんだもの。それだけ。だから、心配しなくて良いのよ。でも、ありがとうね。柊は、本当に優しいのね」

「本当にぃ？　本当に、痛い痛いじゃなかったのォ？」

柊は、それでも疑わしそうな声をしていたのだったが、紅の差し出した指先を握って、大人しくベッドの中へと連れ戻されていった。戸外も寒いのだけれど、一旦暖房を切ってしまったアパートの小さな部屋の中も又、染み入るように寒く、紅には感じられたのである。樅は、薬が効いているのか、まだ良く眠っていて……。二人のためのベッドが置かれている部屋と、ベッドの夜具の中だけは、仄かに暖かいのだった。

「柊ちゃん、ねーむれ。ママが帰って来たら皆で一緒に、美味しいケーキを食べようね」

「ケーキなら、寝る前にママと樅と一緒に、もう食べた。紅ちゃん遅いね、って言ってママ、待っていたのに……」

「……お仕事だったの。ごめんね、柊。でも、ケーキは好きでしょう？　だから、遅くなってしまったけど、もう一度食べましょうね。今度は四人で食べるのよ」

「うん。食べる。こんろは四人で……フワァ……。紅ちゃん、大好き」

「わたしも。柊が、大好きよ。さあ、眠って……。眠ってね……」

紅は、柊がたちまち健康な眠りの中に入ってゆくのを見届けてから、そっと元のダイニングに戻って行った。外は、本当に寒かったのだもの、と紅は考えて、すぐにでも帰って来るだろう薊羅のために、ヒーターのスイッチを入れておく事にする。

ケーキの小箱を冷蔵庫の中に収めた紅は、アナスタシアの花束を活ける積りで花瓶を棚の奥から出してきてみて、「アレ?」と思った。薄青色の陶器の花瓶は、まったりと丸みを帯びていて高さも十分ではあったのだったが。けれども、その花瓶の中には、「何か」が収められていたのである。それは、沙羅がそっと、其処に忍ばせて入れ、隠しておいたものだった。決して、他人が見てはいけないもの。けれど。姉妹であるならば、沙羅のために必ず見ておいてあげなければ、いけなかったもの……。

柊と樅の今後のため、掛けておいたのだろう多額の生命保険の証書が、花瓶には入れられていたのだったから。それは良い。それは、良いのよ、と紅は考えて、沙羅の心情に熱い涙を落としていた。

良くないのは、もう二通の方の「証書」の控えであったのだ。

それは、再来教団員となった者の内の「希望者」が、教団を受取人として加入したのかさせられたのかした、生命保険の証書の控えであった。そんな物に、二回も沙羅は加入していたのだ。しかもその内の一枚は、まだ真新しい日付の物になっている。加入金は、そう高くは無いのだけど、と紅の顔からは更に血の気が引いてしまうのだった。死亡保険金の下りる額だけが、異様な程に多いだなんて、と……。

これではまるで、信者が「近々に」死ぬのを、期待してでもいるみたいじゃないの。これではまるで、信者に向かって「早く死んでくれ」とでも、言っているみたいな、何とも言えない嫌らしい代物じゃない。紅は考え、そして、ゾッとして肌が粟立ってしまうようだった。

翡桜が言っていた事は全て、本当の事だったのではなかったのかしら、と改めて思い至って。「ソレ」は、いるのだわ、と紅は唇を噛み締めていた。そして、本当に「ソレ」は、翡桜の憂えていたように、凶悪なのだ。

薊羅も又、どのようにしてなのか、久留里荘の皆と一緒に「ソレ」を感じて。それで、魔除けのための品々を作り、紅にもマリア様への祈願文を、送ろうとでもしていてくれたのでは、なかったのだろうか。それを、何故沙羅が持っていたのか迄は、解らないけれど、と紅には思われたものだった……。

やっと帰ってきた薊羅は、その三葉の書類を見詰めていて、紅と同じように涙を零し始めたのだった。黙って。唯、声も無く薊羅は泣いていた。

それから、アナスタシアの花束を、黙ったままで紅の手に返す。「書類」が隠されていた花瓶は元通りにされて、再び棚の奥深くへと収(しま)われたのだった。

「薊羅。それで良いの？」

そんなの、駄目よ。このままでいたら、沙羅はどうにかされてしまうかも知れないじゃないの……。

「良い訳は無いでしょうよ、紅。良くあんたがあれを見付けてくれたって、あたしは感謝をしてる位よ」

でもね。そうと解った以上、あたしも手を拱(こまね)いて、沙羅の暴走を見ている訳には行かなくなったの。何と言っても柊と樅には、沙羅のような強い「母親」が必要なのだから。優しいだけの、あたしのような「母親」では無くてね。あたしはずっと、このままでも良いと思って生きてきた。沙羅と二人の、二人三脚。沙羅の「影」として生きてきただけの、双児の妹……。

でもね。それも、今日で終りになるのかも知れないの。紅。ミーが逝ってしまってからは、たった一人になってしまった、あたしの妹の、愛する紅。あたしは沙羅の代りに、「奴等」の好きなようにされる積りよ……。その代りにね、紅。沙羅と柊と樅を、お願い。あたしに何かが起きたりしたらすぐに、あんたの家に沙羅達を匿って。柊と樅の本当の姉に、これからはあんたが成って、あたしの代りに愛してあげてよ。

紅には、薊羅の声にならない声が、聴こえた気がした。薊羅はずっと、沙羅の「影」として生きてきたのだから。死ぬ時も沙羅の「影」のままで死んで行きたいし、そうする積りなのだろう……。

薊羅は、そういう娘なのだ。紅達の保護者のように振る舞っていた時も。学校生活においても。湯川リゾートホテルでの、ひと夏のアルバイト生活を送っていた時も。客の中の男性の一人を、その夏の日々に好きになった時も。そして。沙羅が出産をし、柊と樅を連れて二人で東京に迄、知人を頼って逃げた後には尚の事、薊羅は、双児の姉の「影」として生きる道を選んだのだった。柊と樅を抱えていても、一人では出来ない事が二人でなら出来る、と解った時から。一人が柊と樅に付き切りになって、一人がパートに出るよりは。互いに補い、一人の正社員として働く方がより有効に働け、より有利に子供達の面倒を見られ、より高額の給与とボーナス迄も望め、支給をされるだろう、と知恵を付けてくれた人がいたのだと、紅達は後になってから、薊羅から聞いたものだった。それからの薊羅は、「沙羅」と呼ばれて生きるようになった。全く同じ髪形をして。全く同じ口調で話し。全く同じ服を着て。全く同じ一人の人物として、沙羅と薊羅は生きてきたのだ。

その二人一役は勤務先ばかりでは無く、私生活にも及んで行った。お互いに助け合い、支え合い。柊と樅からさえも、一人切りの大切な「ママ」と思い込まれて、慕われる程に。二人は一人のようにして、一人に成り切る事で生きて来るしかなかった、と紅と翡桜は知っていた。薊羅には、そうしたいだけの理由が在ったという事も……。

沙羅は、薊羅の哀しさを知っているのだろうか、と紅は考えては、それを止めてしまう。「影」として生きている薊羅の中の悲しみを知っていながら、それでも尚、妹に、その事を強いるような沙羅では無い事は、紅も翡桜も解っているのだったから……。

沙羅は唯、柊と樅への愛の所為で、心が少しお留守になってしまっているだけなのだ。大切な二人の子供達への愛が先行してしまって、妹への愛の眼差しが、少し曇ってしまっているだけなのだろう。何よりも「そうなっても良いのだ」と、「そうして欲しい」と望んだのは、薊羅だったのだから……。まだ子供だった頃の沙羅と薊羅も、そのようにして、時々入れ替ったり、二人で一人になったり、一人で二人になったりしていたものだった。シスター達からはともかくとしても、ダミアン神父や学校の先生方からは「嘘吐き・虚言癖のある問題児」という烙印を押されて……。N町での教育委員会から委託を受けていた校医としての三田医師からは「精神的薄弱・未発達」という、不名誉な診断を下されてしまってもいたりしたのだ。二人は只、周りにいる人達を驚かせたり、楽しませたり、笑わせたりをしたかっただけだというのにも、係わらず。

だが、三田医師がそのように判断するしかなかった事を、咎める資格は誰にも無い。が、それから、沙羅と薊羅は、紅と翡桜と同じように、偏見と差別の中で生きるようになってしまったのだった。嘘吐きも精神病も身体虚弱も、呪われた「悪しき者」からやって来るのだ、とダミアンが三田医師に固く信じるように説いて聞かせていたために……。双樹が何故そのように振る舞い、行っていたかという事に関しての、真意が問い糺（ただ）されるという事も無く。沙羅と薊羅とは、少なくとも多くの人々から誤解をされたままで、孤独という海域を漂う船に、なってしまったのである……。

逃げるようにして上京してきた沙羅と薊羅はそうして、一つの船に成ってしまう事にも、なった。身体的に頑健で気丈な、一人の勤め人として。

良く気が付く上に、大方の夜番も熟（こな）す沙羅（薊羅）。夜番は、仮眠が取れる決まりだったから、職場の同僚達は薊羅の夜勤を沙羅のオーバーワークと考えはしても、双児の姉妹が二人一役を演じているのだと迄は、考えられも、疑えもしなかったのである。沙羅達の職場の同僚の多くはパートと派遣社員の混合部隊だったので、二人にとってはその事も幸いしたのだが。それは又、その「ある人」の友人の助言があっての上で、続けて来られた、という事であったらしかった。夜勤（という名前の「残業（シフト）」をすれば、沙羅と薊羅、それに柊と樅との四人で、何とか暮らしていけるだけの収入になる、と教えてくれた人がいたのだ）も勤められる、という「沙羅」の存在は、同僚達や上司にとっては非常に便利であったらしい。例え誰かが、少し位「変だな」と感じる事があったとしても、その考えは次の瞬間には、ゴミ箱行きにしかならなくなった。そして、いつか皆は「沙羅」の存在に慣れて、彼女の「残業」こと夜番をも、当り前の事として受け入れ、忘れる程に迄も、慣れ切ってしまったのだった……。昼に休憩時間のたっぷり取れる中番の沙羅と、夜間に仮眠がしっかり取れたりする、夜番の「沙羅」の、オーバーワークに。そして。その形が時々ズレて、中番の昼迄だけ勤めた後で沙羅に「急用」が生じて早退し、その代りとして不足してしまった午後分の時間を、夜番の「沙羅」で補ったり、その逆の事が繰り返されたりしていても、誰ももう何とも思わないでいてくれるようにさえも、なっていってしまったのだ……。

そういう時には、一人の沙羅は樅を抱いてタクシーで病院の救急センターに向かっていたり、もう一人の「沙羅」は、大急ぎで柊の面倒を見ているために、久留里荘へとタクシーで直行したりを、していたのであった。どちらの沙羅がいる時に樅の具合いが急変したのだとしても、重度心身障害者である樅と、何も解らない幼児であり、又、児童のようであり続けた柊とを、二人一緒に連れて病院に駆け込む等という事は、到底出来る事では無かったからである……。

危い綱の上を渡るようなそんな生活も、柊が成長するのに連れて、少しは息を吐けるようには、なってきていた。今の柊ならもう、半日は無理でも二、三時間ぐらいならば、樅と留守番が出来るようには、なっている筈なのだから。

それなら沙羅と薊羅は、晴れて別々の二人の女として、改めて何処か新しい所で、新しい職に就けば、それで良いというのだろうか。これ迄働いてきたTホテルにおいては、そんな事は不可能であった。何よりも二人に力を貸してくれていた人達を、立往生させてしまう事になってしまうのであるから。二十年近くもの長期に亘って、二人の「沙羅」を一人であるとして扱い続けてくれた「彼等」に恩を仇で返すか、ホテル中の笑い者か晒し者にしてしまうかするのが落ちだと解っていて、どうしてそんな真似が出来るというのだろうか。そうかといって沙羅と薊羅は、又別の新しい職に就くのには少し、年齢が行き過ぎている事も、二人は承知していたのであった。それよりも……。「大切なのは、柊と樅なのだわ」と、沙羅と薊羅は同じ事を、同じようにして考え続けてきたのである。

柊と樅は、ママは「一人なのだ」と思ってしまっているのだから。それならば、今更二人が二人に戻ってみたとしても、それはもう、何の意味も無い事なのではないだろうか。いいえ。それよりももっと悪いわ、と薊羅は考える。そんな事をすれば。そんな事をしたならば、柊と樅は混乱し、「二人のママ」に対して、何をどう考え、どのように反応するのかの、予測も付きはしないのだから、と。沙羅の気持は解らない。けれど、あたしはもうこれからもずっと、このままで良いの。このままが良いの、と薊羅は思って生きたのである。

あたしは柊と樅を混乱させたくは無いし、Tホテルの恩人の二人の、堀内さんと沖さんの事が好きなのですもの。異性としてでは、無いわ。只、人として。昔、上司だった笠原さんの友人として。あの夏の短い日々を、ホテルの客室係として働いていた事を知っていただけの。それも、顔を見知っていただけだったあたし達の窮状を知って。堀内さんと沢木君の消息だけを摑んでいたあたし達がその一年後に、押し掛けるようにして訪ねていった時にも、嫌な顔一つしないで会ってくれた彼と、彼の親友だった沖さんの親切が、忘れられないでいるだけなの。そうよ。あたしは今でも、あの人達が好きなのよ……。

柊と樅に対しての、沙羅の気持は、薊羅とは少し違っていたのだけれども。堀内と沖に対する気持だけは、見事な程に沙羅も、薊羅と同じなのだった。沙羅も恩人として、そしてそれ以上に人間としての、堀内と沖を好きだったから……。だから二人は今でも、Tホテルに勤め続けている。それはこれから先も、ずっと変わらない事だとも、考えていた。

クリスマスの早朝に、紅がアナスタシアの花束を抱えて来てくれた、今この時迄は、それは変わる事が無い筈だったのである。柊と樅は、まだ起きて来てはいなかった。

薊羅は柊の千代紙に、涙を零しながらも三つの名前を記し続けていくのだった。そこには、

Tホテル・メインフロント支配人（二十年前の彼は、客室主任としてTホテルに転職をしたばかりだった）・堀内喬様。

ラウンジ総支配人・沖敬一様。

下町、綿木町にある綿木公園の桜の樹の下に居る筈の、ホームレスのフジさん（七十歳過ぎ位）。

と記されているのを、紅は見た。Tホテルの堀内さんという人と、沖さんという人の名前ならば沙羅達から聞かされて良く知っていた名であったし、今では紅と翡桜は、彼等の顔も知っている。

でも、この人は？　と紅は、三人目のホームレスであるという「フジ」という老人の名前を見詰めて、首を傾けてしまっていたのだった。それは、初めて見る名前。けれど「それ」は、薊羅の大切な人のものであるだろう名前に、違いないと思われたからである……。

「薊羅の、お父さんなの？」

と、紅は怖くて仕方が無いけど尋いたというような、細くて震えている声で、薊羅に訊ねていた。

薊羅は、少しの迷いも無い声で、紅に答えた。

「そう。パパ（神父）よ。あたしと沙羅の、ね。ねえ、紅。もしも。もしもなんだけど。あたし達に何かが起きたりした時には、この紙に書いてある人達に、それを報せて欲しいのよ。沙羅には、言わないで。沙羅はパパの事を、まだ知らないでいるからね。あたしがパパに会えたのは、あの方のお導きだったとしか他に、言い様の無い事だったのだから。パパには、今年の春の終りに遭ったの。樅の具合いが悪いと沙羅から電話があって。あたしはそれで、急いでいた。でもタクシーの運転手が、花木町と綿木町を聞き間違えていたのよ。それで、会えた。その時は、パパはもう散り終った桜の樹の下にいて、まだ明々としている外灯の灯りに照らされて、月を見ていたわ……」

沙羅には、言わなかった。パパが、ホームレスの仲間の人達を大切に思っていて、あたし達の所には来たがらなかったからね。ホームレスの身装り（身の上を、では無くて）を気にしていて。誰とも今は会えないし、会う訳にもいかないと言ったのだもの……。

紅には、薊羅の声が遠い地平線の彼方から聴こえてきているような、雨の夜の湿った空から聴こえてくるような、そんな声にしか、聴こえていなかった。ねえ、薊羅。あなた達のパパが、例え、ホームレスの身の上ではあったとしても。それでも薊羅。あなた達はわたしよりも、ずっと良かったのよ。ずっと、ずっと、運が良かったのよ……。

紅は繰り返し、繰り返しして、そう考えていたのである。そうして、紅は思った。桜の樹の下に居たのだなんて……。何だか、沙羅と薊羅のパパという人は、翡桜の「一族」みたいに変わっているホームレスだったのね、と。それから、やっと紅はアレ？　と気が付く。

「ねえ、薊羅。あなた達、生みのママ（そう言った時の紅の、どこかがギューッと痛んでいるような声に、薊羅は気が付いた）とパパの事は、何にも知らなかった筈でしょう？それなのにどうしてその人がパパだなんて、すぐに解ったりしたのかしら……」

「……。それはね、紅。パパの方が先に、あたしに気が付いてくれたからなのよ……」

半分だけど、嘘言ってごめんね、紅。でも、仕方が無いのよ、今は。

今はまだ何も言えないの。パパに、約束をさせられてしまったのですもの。でもねえ、紅。行ってみれば、解るわ。幾らあんたがパパの顔を知らない、って言っても。会ってみれば、解るわよ。会って、パパが「其処」で何をしていて、どんなふうに生きているのかを知れば、あんたにもきっとフランシスコ神父様が、あんたとミーの「パパ」だったんだっていう事が良く理解って……。あんたもきっと、「パパ」の子供で良かったと思える時が、来る筈なのよ……。そのように考えていた薊羅は、紅の先程の悲し気だった声の事を、妹の持病の心臓の所為だと、軽く考えてしまっていたのだった。

「紅。ねえ、あんた。又、心臓が痛いのでしょう？　隣の部屋で休んでいて。あたしは着替えて、朝食を並べて準備をしておくから。気分が良くなったら、又こっちの部屋の方に顔を出してよ」

ありがとう、薊羅。でも。わたしの痛いのは、心なのよ。いつだって、いつだって。心が痛くて泣きたくなると、顔色が悪くなってしまうだけなの。唯、それだけ。そうよ。それだけなのに。皆は、三田先生とダミアン神父様の言った事を、鵜呑みにしてしまって。疑いも調べもしなかった、という事だけだったの。ああ。薊羅。わたしは沙羅とあなた達がずっと心配だったわ。それは、今では尚更強いものになってしまったけれど。でも。良かったわね。良かったわね、薊羅。少なくともあなたには、パパが生きていてくれた。誰にも恥じたり、恨みに思わなくても良いような、パパが居てくれたと解って、少しは安心したわ。だからどうか沙羅にも早く、その事を言ってあげてよ。そうすれば沙羅の気持も楽になって、馬鹿な事を考えるのを止めにしてくれるかも知れないじゃないの。あなただってもう、危ない橋を渡らなくても良くなるかも知れないじゃないの。お願い、薊羅。薊羅……。

「ありがとう、薊羅。そうしたいのだけれど。わたしはこれから会社なの。休む訳にはいかないから。ゆっくりと、気を付けていくわ。柊には、一緒にケーキを食べられなくてごめんね、って言っておいて頂戴。このアナスタシアの花束だけは、わたしが持って帰るわね。メリー・クリスマス。薊羅。無茶だけは、しないで。あなた達にあの方のお守りが有りますように……」

「ありがとう、紅。気を付けていってね。メリー・クリスマス、妹。あんたにも、あの方の祝福を……」

フランシスコ神父様からも、あんたに神の祝福を、と薊羅は、胸の中で呟いていた。そして、言った。

「約束してね、紅。沙羅には、あたしから話せる時に話すから。あんたはあたし達のパパの事を、誰にも言わないでいて。あたし達に何かが起きた時だけ、その公園に居るパパに、会いに行って欲しいの。だって、もしかしたら何事も無く、無事に通り抜けられるかも知れない事なんだもの。大騒ぎをして沙羅を刺激したくないし、パパに心配を掛けたくも無いから」

　嘘吐きの薊羅。でも、解ったわ。約束をする。わたしだって翡桜に、心配を掛けたりしたくないもの。わたしだってあなた達に、心配掛けたりしたくないもの。

　紅は、薊羅の渡して寄こした千代紙を二つに折って、丁寧にバッグの中に収ったのだった。そうね、薊羅、と紅は考えていた。あなた達とあたし達には、「あの人」が付いていて下さるのですもの。きっと、あなたの言う通りなのかも知れないわ。あなたと沙羅の、そして翡桜とわたしの哀しみの船にも、いつかは「あの方との再会」という、希望の印の旗が掲げられるのでしょう。

　この、冬の嵐のような心の海を航く船の旗にはいつも、途絶える事無く「あの方」への、憧憬という名の印が押されているのと、同じようにして。確かな望みの印の旗が、掲げられるのでしょう……。

　紅はけれども結局は、真山建設工業の秘書課には出勤しなかった。出来無かったのだ、と言い換えた方が正しくはあるのだけれども。紅は、やつれ果ててしまっている今の自分の姿を、秘書課員達に見せたく無かったし、特にダニエル・アブラハムという名の長身で痩せていて、怒りと寂しさの海にいる男には見られたく無い、と思ってしまったものだから。何といってもダニエルは、あの夜、高沢達と「摩耶」に居て、紅からの電話を受けていた翡桜の至近にも、居たそうなのだから。今は、ダニエルに会う事が出来ない。

紅は、ポツポツと出勤するために人々が急ぎ足で上って来る、上り線ホームからの階段を避けて歩いていった。何処へ行くという、当ても無く。どのようにしたら良いのかという考えも全く無しで、無防備に。心の海を流されていく、浮舟にも似て頼り無く……。

翡桜の部屋には、もう帰れない。翡桜は紅を案じて、二日も「摩耶」を休んでくれていたのだったから。そうでは無くても翡桜は、調子が悪くてずっと辛そうだったのに。病人である筈の翡桜の方が、この二日の間を片時も離れないで、ズタズタになってしまった紅の傍らに、付き添ってくれていたのだったから。その所為で翡桜の心臓の具合いが、又一段と悪い方に進んでしまった事を、紅は知っていた。嫌という程に、知ってはいたのだ。

何も気にしなくて良いよ、と翡桜は言ってくれはした。

「此処に、気の済む迄、居ると良いよ、紅桜。着替えなら、心配無いだろう？　紅桜と僕の体形は似ているから、困らない。此処から、会社に通っていけば良い。後一ヶ月位だけなら此処にまだ居ても良いって、さっき不動産屋でも承知してくれたのだからね。大丈夫。沙羅だって少し落ち着けば、もう紅桜の家にあの女(ひと)を連れて来ようなんて、思いはしなくなるだろうから。ね？　紅。さくら。そうおしよ……」

翡桜の方でももう、「花野さん」という呼び方はしなくなっていた。その事が紅には、嬉しくて、哀しい。ああ、でもね、翡桜。わたしは、もう此処にも居られない。

あなたの、残り少ないだろうこの世界での時間を、縮めてしまうと解っているのに、此処にはいられない。今度わたしがこのアパートに来る時は、あなたの紅桜に戻ってからだわ。あなたの世話がちゃんと出来る、あなたの妹の紅に戻れてからじゃないと駄目なの……。


翡桜は口には出せない紅の想いを、紅の瞳の色から読み取っていってしまうのだった。翡桜の瞳が深々と、自分の奥深く覗き込んでくる時には、紅は何もその眼差しからは隠せなくなってしまうし、隠したいと思った事も、これ迄は無かったのだった。けれども。昨夜の紅は、必死の努力で翡桜に隠し事をした。隠し通させて下さい、と「あの方」に願ってさえも、翡桜の瞳には何も読ませないようにした。それでも翡桜には、解ってしまったようだったのだ。

けれども翡桜は上手に、紅に騙された振りをしてくれたのだった……。もう大丈夫。だから例年通り、柊と樅にプレゼントを持って行ってあげたいの。ええ、そうね。沙羅とはまだ顔を合わせるのは、何となく気が進まないから。薊羅が帰って来る朝早くの時間に行ってくるわ。それでね。其処からわたしは会社に出ていく積りでいるの。だから。ねえ、翡桜。随分心配を掛けてしまったけど、わたしはもう大丈夫。わたしはもう自分の家に帰るから、あなたもゆっくり身体を休めてね……。

嘘が上手になったんだね、紅桜。良いよ。君が「そうしたい」と言うのなら、僕もそうしよう。君の嘘に騙された振りをして、君の優しさに、応えよう……。

真夜中過ぎに、「あの方」のお誕生日を二人で祝うために、翡桜と紅は急いで古いアパートから出掛けて行ったのだった。街にはそんな時間にもまだ人が溢れ、聖夜を楽しんでいて。遠くの通りに迄行かなくても、ケーキと本と生花を求める事が、出来たりもした。細やかな食物と一緒に。教会は無いし、鐘の音も鳴ってはいない。けれども二人はN町の山の中の教会と、「魔の森」と化してしまっていた懐かしい森に棲む緑の瞳の娘を想い出す事は、いつでも出来たのである……。そして、それ以上に想い出せるのは、二十年前のあの夏の終りの最後の日に、時を止めて。白く輝く衣を着けて、東の空を渡って行かれた「方」の事だった。「その方」の、御生誕を祝えるのだ。しかも、二人揃って。

今年も何とか、この喜びの日を迎え、祝えるなんて、と紅と翡桜の胸は、この時ばかりは溢れる程に幸福になるのだった。二人は、そのようにしてクリスマスの夜を静かに、思いを巡らせて、心込めて祝った。

あの部屋から、紅は出て来たのだから。

それなのに、今更あそこには帰れない。ましてや翡桜が倒れるようにして、それでも尚、紅を想って見送ってくれていた、あのアパートの、あの部屋には……。

何処をどのように歩いていたのか。何処で、どのように時間を取られていたのか、紅が自分の住んでいた、隠れ家だったような小さな家への曲がり角に辿り着いたのは、もう正午に近い時刻に迄なってしまっていた。けれども、もうあの家は、わたしの家では無くなってしまった。けれども、もうあの家は、わたしの隠れ家では、無くなってしまった。

薄緑色のアナスタシアの花束だけを抱えて、今にも冬の弱い陽の中へと、消えていってしまいそうな紅を待っていたのは、暗く、翳りのある瞳をしているダニエル・アブラハムだった……。

藤代勇二はダニエルの多忙と、紅を求めてしていた彷徨による留守を良い事にして、ダニエルの部屋に居坐り続けていた。勇二の「不法滞在」に気付いて騒いだのは、お手伝いの風子では無く、高沢六花と敏一の姉弟であったのである。六花と敏一は「心のパパ」であるダニエルのためにクリスマスの贈り物を用意して、そっと車庫の上に在るダニエルの部屋の、扉の前に立ったのだ。禁じられている部屋に行くのは、二人にとっては胸の躍るような冒険であり、胸の閊えが下りるような、反抗でもあった。六花はダニエルに、雪の花を刺繍した絹のマフラーを。敏一は彼のためにその、滑らかで艶のある肌に似合う甘紫の、桐の花のように美しいタイを用意してきていたのであった。カードは、一枚。「メリー・クリスマス」と書かれた飛行船でサンタクロースが星空に向かって帰っていく所を、青を基調にした色合いで描かれているものだった。署名は「小人達より」。宛名は「親愛なるガリバーへ」ダニエルには、これだけで十分に解る筈なのだ……。

もしも彼が、十年前の楽しかった「あの日々」を、憶えていてくれたらの話では、あったのだけれども。

ダニエルはその時にはまだ、自分の部屋に戻って来てはいなかった。彼がその時立っていたのは、真っ暗な空き地の奥の、小さくて暗い、玄関灯も点けられていない、無人の紅の家の前だったのだから。

小さくドアをノックする音に、ダニエルが漸く帰って来たのだと思い込んだ勇二は、何の考えも迷いも無く、そのドアを大きく開けてしまったのだった。

「アーッ。駄目おじさんだァ」

「何でダニーの部屋に、勇おじさんが居たりするんだよ。いつから居たのさ。僕達に隠れて、こっそり此処で何をしているんだよ！」

「シーッ。シーッ。二人共落ち着いて。あいつは、関係ないんだからさ。俺が無理矢理押し掛けて来て、居坐っていただけなんだから。誰にも、内緒にしておいてくれないか……」

六花と敏一は、コクリと頷いた。

けれども、その時には全てがもう遅過ぎたのだった。車庫の上の住人、ダニエルの部屋に向かって神経を尖らせていた風子が、六花と敏一の叫び声に気が付いて、逸早くその場へと駆け付けていたのだから。不幸中の幸いだったのはその時、その場に、肝心のダニエルが居合わせてはいなかった事だった。

風子の叫び声に驚き、怯えた顔付きになってしまった六花と敏一の手から、勇二は素早くダニエルへの、彼等からのプレゼントとカードを取り上げてしまう事が出来た。ダニエルの不在の言い訳ならば、何とでも言える。夜遅く散歩に行っただとか大通りの向こうのコンビニに行っているだとか、何とかと……。

結局、勇二の「滞在」を六花と敏一は知っていて、皆に黙っていた罰として、お説教をたっぷりと風子と由布から頂戴する事にはなったのだが。彼等のダニーへの、「心のパパ」への想い迄は、隠されたままで済む事になった。六花と敏一は、口の形だけで言う。

「サンキュー。勇おじさん」

「ダニーに渡してね。メリー・クリスマス」

ダニエルは夜明け前に一度戻って来て、「小人達」からの贈り物と、カードを受け取った。この三日間だけで元々痩せていた男が、削ぐように迄も痩せて。瞳だけを光らせているようなダニエルの頬に、ひと本の野菊のような微笑みが浮かび上がるのを、勇二は見ていた。ダニエルという男の寂寥と、普段は隠されている柔らかく、暖かい心とを見てしまった勇二は、又しても彼への贖罪感に焼かれてしまう。ダニエルは仮眠を少しだけ取った後で、屋敷のダイニングルームに「朝食に呼ばれている」と告げた勇二に、頼んだのであった。その時だけは、柔らかな声と眼差しで。

「ガリバーが、小人達を愛していると言っていた、と二人に上手く伝えてくれよな、勇二。プレゼントは無くて悪かったが、メリー・クリスマスともな。それから、もう一つ。今日俺が親父さんを乗せていく所を見ていてくれと、俺の小人達に耳打ちしておいてくれないか……」

六花と敏一は、彼等の「ガリバー」が、桐の花のように甘い紫色のタイを真っ白いシャツに締め、雪の花（とは、六花の名前の別名であったが……）を刺繍した似た色合いのラベンダーカラーのマフラーを身に着けて、出勤して行く姿を間近に見る事が出来た。肩迄、掛かっている長い巻毛に、ダークスーツ姿のダニエルには、その姿は決まり過ぎていて。黒くて風子ではないけれども傍から見れば、まるでマフィアのドンの息子のようだった。大きく光る瞳と、今はやつれて荒み、無関心という覆いに包まれた船に乗ってはいるものの、元々は甘いマスクであったダニエルには、このような服装も、ピタリと嵌ると解っていた「小人達」は喜んだ。

「最高！　決まってる」

「うん、サイコーだね。だから、そう言っただろう！」

二人の前を走り抜けていった時のダニエルの唇が、「サンクス」と動いていたのを見ていたのは、六花と敏一と勇二だけだった。

「何が最高なの？　二人共」

「パパよ。今朝のパパの服って、決まっていたじゃない」

「そうだよ。パパの服の事さ。あれ、ママからのクリスマスプレゼントだったんじゃないの？　初めて見る服だったもの！　バリギメしていたよね。パパってばさ……」

それはそうだったけど、と由布は宙に浮いているような、足の下の地面が揺れているような、変な気持になってしまった。確かに。今日も敏之は、めかし込んで出勤して行きはしたのだけれども。敏之の洒落好みはいつもの事で、別に珍しくも何ともありはしないのに、子供達の様子が変なのである。幾らクリスマスの朝だとはいっても、六花と敏一が父親の出勤を見送るために寒い外に迄出て来る等という事は、未だかつて無かった事なのだったから……。勇二ちゃんの所為なの？　と由布は勝手に考え、納得をしてしまった。それ以外には他に、どんな理由も理屈も、六花と敏一の行動の説明には、ならなかったものだから。

ダイニングルームからは既に、浩一と珠子は引き上げていってしまっていた後だった。風子がミルクティーの用意をしているのを見て、六花と敏一も勇二に、「頑張れ」サインを送っただけで、退場して行ってしまう。

報せを受けて駆け付けて来た由貴の車を運転していたのは、川北大吾だったのだが、彼は多忙を理由に、すぐに帰っていってしまった。クリスマス・イブが過ぎて、クリスチャン以外には最早、何の意味も無くなってしまったが、十二月二十五日の朝であるというのに。

兄嫁の由貴と由布も、お手伝いの風子も、そんな事は気にも止めていないのが、勇二には解った。けれども、勇二は知っていたのである。一応は、キリスト教の国を自称しているアメリカでならばともかくとしても、この日本でクリスマス当日に、政治家や政治家の秘書が殊更に「多忙」である等という事は、有り得ないと……。

それでも、川北を含めた四人に尋問をされるよりは、女三人から詰問をされる方がマシだと考えた勇二は、川北の事はそれきり忘れてしまう事に決めてしまった。そうでなくても勇二には、女三人の口喧しい尋問を切り抜けて、このままダニエルの部屋に「居坐り続ける」、という難問と大願とが、二つも有るのだったから……。ダニエルの傍から、離れない。勇二は、息を大きく吸い込んだ。

勇二の難問は、今は置いておくとして。勇二の「大願」の方の様子を、少しだけ見てみる事にしよう。

主が留守勝ちになってしまったダニエルの部屋の中には、今では勇二の爆弾の中味が区分けされて、華やかに、哀(かな)やかに、「時」を待つばかりになっていた。場所別に。年度別に。被写体別に、オーダーをすれば良いだけ迄に整えられたその「花爆弾」を、勇二は、今はまだ誰にも隠している。けれども勇二の本心は、自分が今持っている「花の海」を、一刻も早くダニエルに見せたい、見て貰いたい、という思いで一杯になっているのだった。そして、彼はダニエルに告げて遣りたかったのだ。今度こそ、俺はやったのだと……。

「これを見てくれよ。ダニエル。こいつは、真の芸術品だ。そうだろう？　その上謎めいていて、センセーショナルな代物でもある。個展を開いたら、大評判になる事間違い無しだな。俺はこいつで、本物の写真家と呼ばれるようになるよ。富と名声を、手に入れるんだ。だけどな、ダニエル。それは、俺のためのものじゃない。俺はその富と名声で、あんたの名誉を買い戻すんだ。俺なんかを助けてくれようとしたために汚されてしまった、あんたの経歴を買い戻す積りでいるんだよ……」

そうすれば、あんたはドクターの称号を取り返せる。俺の苦境を見兼ねて、卒業試験の内のレポートの下案を書いてくれただけの、あんたのな……。ダニエルが書いて渡して寄こしてくれた草稿を、俺はあの時、一心に清書して書き写していった。全てを写し終った時にはもう、提出期限がギリギリに迫ってしまっていて。俺は慌ててあのクソ教授の、ゲシュタボ野郎の所にそれを持って、走って行ったのだ。見直しはした積りだったのに。良く見直しをした、積りだったのに。そのレポートの束の中に、ダニエルが書いてくれた草稿が一枚、残されてしまっていたなんてな。それでも、たったの一枚だけだったんだぜ。その箇所だけ「指導」して貰っただけだ、と何百回も俺は言ったのに。

悪かったな、ダニエル。あの人種差別野郎は、鬼の首を取りでもしたかのように騒ぎ立てた。理事会や査問委員会迄も巻き込んで、あんたを引き摺り落としに掛かりやがったんだ。それも、自分は陰に隠れてさ。

「黄色いサルと黒いサルが組んで、不正をしていた」なんていう、馬鹿の一つ覚えみたいなキャッチフレーズで、邪魔になったダニエルを、芥溜(ごみた)めの中に突っ込んでしまった。俺は、クソ豚にとっては只のお負けだっただけでさ。あのハイル・ヒットラー野郎の狙いは、初めからダニエル、あんただったんだと気が付いた時にはもう、何もかもがあんたから、取り上げられてしまった後だったんだ。医師免許以外の、何もかもがさ……。

勇二はその時の、落胆と屈辱に染め上げられていたダニエルの顔を、今でも在り在りと思い出す事が出来た。だからこそ、勇二の熱情は燃え上がりこそしても、消えるという事は考えられないものだったのだが……。勇二は一度として、考えた事は無かったのである。その当のダニエルが、勇二の抱えて来た「花爆弾」を見て、何と言うかどうか等という事迄は……。ともあれ、準備は着々として進んでいた。勇二の「大願」である富と名声を手に入れられる、写真展という名前の強力な爆弾で、彼の大切なダニエルの、人生の船さえをも吹き飛ばせるだけの、「花王巡行記」という桜の名前が付けられる筈の、花爆弾のための準備が、着々と。

藤代勇二は粘りに粘って、兄嫁である由貴と高沢由布の二人に抵抗していた。

「帰って来て頂戴。せめて勇介に、顔だけでも見せてあげてやってくれないかしら」

「そうよ、勇二ちゃん。同じ町内に居るのに家族の所に帰らないで、他人の部屋に泊まるなんて。良くない事だわ。第一、あそこは狭くて暗いし、寒くて、身体に良くないのよ」

「四十近い男に、未だにちゃん付けだなんて。止めて下さいよ、由布さん。俺は帰らないよ、義姉さん。兄貴と親父が何と言おうと、構うもんか。ダニエルは、俺を手伝ってくれているんだ。あいつの助けが無いと遣れない仕事を、俺は今しているんだからさ。放っといてくれませんかね。そうでないと……」

「そうでないと、何なんでございますか？　勇二様」

「そうでないと俺は、又居なくなる」

「居なくなって、又何年も手紙一つ寄こしてくれない積りだって言うの？　そんなの酷いわ、勇二さん」

「何年もだなんて。人聞きの悪い事を言わないでくれないかな、義姉さん。酷いのは、お互い様なんだから。あいつ等、腐る程金が有るのに、未だにダニエルの奴に、診療所一つ持たせて遣ってくれていないじゃないか」

「それはでございますですね、勇二様。ダニエルさんが今のままで良いと言い張って、強情だからなんでございますそうですよ……」

ヘッ、と片頰で笑って、勇二は由布の方を見た。

「嘘吐きはどちらなんですかね。親父ですか、兄貴ですか。それとも、お宅の敏之さんなんでしょうかねえ」

「嘘なんかでは無いのよ、勇二ちゃ……さん。わたし達だって、ダニエルにお医者様に成って欲しいと思っているわ。だけど、黒人のお医者様だなんて、この日本で見た事が有る？　無いでしょう。だから彼は、此処に居るしか無いっていう事なのよ。それが解らない？」

本当はね、わたしだって彼に出ていって欲しいのよ。それも、すぐにね。今すぐにでも彼に、この家を出ていって貰いたいの。仕事迄辞めろとは言わないけど。会社迄辞めて、とは言えないけれども。嫌なのよ……。

勇二は心の中で毒づく。

何なんだよ、こいつ等。澄ました顔をしてお上品にしている癖に。中味はあのバールの奴と、同じなのかよ。一人は義弟の人生の恩人で、一人は旦那の命の恩人に対してなんだぜ。よくもそんなに冷てえ事が、言えたもんだな。口になんか出さなくたって、解るよ。あんた等がそんな風だから、この婆ちゃんにしたって、そうなっちまうんだ。嫌、逆だな。この婆やの馬鹿が、こっちの二人に伝染したのに、決まっているだろう。

勇二はムカムカとしていたが、それを顔に出さないだけの分別は持っていた。

「俺の今している仕事が成功すれば、あいつはアメリカに帰れて、立派なドクター（博士）様と呼ばれるように成るんですけどね。それ迄は俺を、あいつの部屋に置いといてくれませんか、由布さん。義姉さんからも、そう言って頼んでくれないかなあ。それ程長い間じゃ無いですよ。桜が咲く頃には、片が付いている」

三人の女達の瞳に、それぞれの思惑が広がって、揺れる。コンピューターよりも素早く「何か」を計算しているのを、勇二は見て見ない振りをしていた。

個展が成功したら今度こそ本当に、ダニエルと俺は、永久に日本とはおサラバだ。ダニエルはロサンゼルスでもサクラメントでも、NYでも好きな所に。俺はコリア（韓国）かチャイナか台湾か、それともいっそインドかイスラエルにでも逃げて、写真を撮って写真集でも出して、喰っていく積りでいるんだからな。まあ、そうなったらさ。達子の奴とは会えなくなっちまうけど、仕方が無いだろう。あいつはまだあのホテルが好きで、離れる気なんか無いんだから……。

勇二は二十年前、湯川リゾートホテルでアルバイト生として働いていた、短かったひと夏の事を思い出す。

その時の勇二はまだ二流大学の一年生になったばかりで、遊ぶ事しか考えていない、脳天気でお気楽な「お坊っちゃま」でしか無かったのだった。N町のリゾートホテル辺りでアルバイトをしよう等と考え付いたのは、遊びたくても遊ぶ金が無かった（実際、父親と兄は、二流大学止まりになってしまっても平然としていた勇二に、遊べるだけの軍資金等ビタ一文出そうとしなかった）勇二の、趣味と実益を兼ねられると思った、軽い頭でしか無かったのである……。何故ならば。N町は、昔も今も超高級別荘地で有名な、あの長野県K町のすぐ隣の町であったものだから……。夏になれば。ひと夏のアバンチュールを求めて訪れて来る、年若い女と男達で溢れ返る事でも、有名な町だったのだ。

勇二は「その夏」にはまだ、湯川リゾートホテルの本館（安い滞在費で宿泊を続けている客の数の多い棟が、そのように呼ばれていた）で働いていたという、宮城達子の存在を知らないでいた。勇二が達子と親しくなったのは、「その夏」からは十六年もの歳月が流れていってしまった後の事である。

もう只の友人では無くなり、そうかといって恋人とも呼び切れない、達子との仲が始まったのは、勇二の「花爆弾」の準備の内の、一つの出来事に過ぎなかったのだが……。勇二は、達子の思慮深さと逞しさと、情の厚さに惹かれていった。達子の方の気持は、勇二には解らない。同じ年齢同士の気安さであるのか、過ぎ去っていってしまった「青い時」を懐かしみ、抱き締めるようにして、男と女になってしまったのか等という事の一切を、達子は明かしてくれなかったからである。「惚れられている」と考えられる程、勇二の頭ももう、軽くは無くなってしまっているのだから……。

ダニエルが「アメリカに帰国してくれる」と言うのなら、と三つのコンピューターは答えを出してくれたのだった。それならば、条件付きで勇二の居候を、暗黙の内に認めても良いだろう、と。その条件とは、ダニエルの部屋に風子が清掃に出入りをするという事と、毎日の食事には勇二はこちら（ダイニングルーム）に来て、由布達と一緒に食事を摂る事、そして年末年始にはせめて、藤代家の方に戻る事、というものだった。

勇二は由貴に「年始ぐらいなら、何とかするよ」と適当な事を言い、食事の件も意外にあっさりと承諾をしたのだったが……。

「あいつの部屋ならいつもきちんとしていて、芥ひとつ落ちちゃいないよ。だから掃除の件だけは、お断りだね。俺の方が勝手に押し掛けて来て、仕事の手助け迄して貰っているというのにさ。あいつの承知していない所で、勝手にそんな事を決められ無いでしょう。恨まれるのは、俺なんだから。それだけは、真っ平御免なんですよ」

の一点張りで、結局は女達の方が折れるしか無くなってしまったのである。

難問を切り抜けた勇二は、何事も無かったかのような顔をして、「大願」を果たすために、ダニエルの小屋である車庫の上へと、戻っていった。

藤代咲也は、「魔除けのリース」制作の礼としての、食事処「楓」での、「家族」とのひと時にも、心からの喜びを得られていなかった。咲也の胸の中にはあの日から、一人の

「嘘吐きのゲイ」でありながらも、愛しく、大きなはしばみ色の瞳をしていたバーテンのヒオが住み付いてしまっていたからなのである。咲也は、心の中の花月夜を行く船に乗ったまま漂う自分と、その自分の傍らにいてくれたヒオとを想い続けて、恋うている。

ヒオさん。ヒオさん……。咲也の想いは花月夜の中の海と船に満ちていた。その恋う心は、男としてでも無く、女としてでも無い。不可思議な想いは、恋よりも切ない。

咲也の口数が少ないのはいつもの事であったので、皆は深く気に留めてはいなく、それぞれの話題と旨い食事に、心を弾ませているように見えた。晶子と霧子の、二人の女性達を除いては……。

奈加は、学期末試験でフランス語を、ギリギリの線で切り抜けられていた。その他の課目に就いては何の苦労も無く、各クラスの中でのトップスリーの位置を確保していて、気分は明るかったのである。

霧子はクリスマス・イブ迄の忙しさは何処かに行ってしまったブティックで、今は肩の力を抜いて働いていられた。偶に「発作」が襲ってくる以外の日々に、限っての事なのだったが……。ともあれ。

霧子の仕事に再び波が遣って来るのは、年が明けて少し経ってからの、バレンタインデーからホワイトデー迄の一ヶ月間で、その次の波は新入社員達が落ち着いて、恋の季節に入っていく、初夏から盛夏に掛けての時季だったのである……。

「昔は、ホワイトデーだけ気にしていれば良かったのよね」

と霧子は咲也に話し掛けてみていた。咲也に対する霧子の声は、どこかしめやかで柔らかかった。だけど。何年か前から「逆バレンタイン」なんていう言葉が流行るようになってしまって。この頃では、バレンタインとホワイトデーの売り上げの比率が、同じ程度になってしまっているのよね……。

「何よ、それ。霧っち。それって、あたしに対する皮肉なの？」

「誰もお前の事だなんて、名指しで言ったりしていないじゃないか。それよりもだな、晶子さん。クリスマスはもう過ぎたというのに、あんなド派手なヤツを、いつ迄飾っておく気でいるんだよ。正月が、もう目の前に迄来ているっていうのにさ……」

晶子は横目で、上の空でいるような咲也を見た。

「言ったでしょう？　幸男さん。あれは只のリースでは無くて、妖怪除けというか、お化け除けみたいなものだって。お正月を祝いたいのなら、門松をプレゼントするから、それも一緒に飾っておいたらどうなの。ね？　咲也」

名前を呼ばれた咲也は一瞬、遠い所から帰ってきた異邦人のような瞳をして、晶子を見ていた。

「ああ。そうだったよね、晶子姉。門松が要るようだったら、僕、作っても良いのだけど。幸男さん」

「要るものか、そんなもの。あれ以上飾り立てたりしたら、孔雀の巣みたいになっちまうからな。だけど。何だって又あんたの占いに、そんな変な卦が出たりしたんだろうか。あんただって一応はプロの占い師なんだろうが。何が出るのか位は、解っている筈じゃないのかよ」

幸男は、自分を執こく追い回していた「影」というのか、不運を運んでくる「運命」が、又もや姿を現したのではないのかと疑い、極度に神経を尖らせてしまっているのだった。晶子は、微笑んでみせる。

「只のお化けというか、雪女郎みたいなものなのよ。それ程悪いものじゃ無いけど。用心しているのに、越した事はないでしょう？　何といってもあのアパートは古くて、狸でも狐でも、入って来易いんですもの。ね？　咲也」

「何で一々僕に言うの？　晶子姉。僕だって知らないよ。晶姉の水晶球が、何を映したかだなんて、そんな事」

僕が知っているのは、あのヒオさんが言っていた言葉だけなのだからね。あのヒオさんが、僕の中の海にそっと入って来ていて。花月夜の海にいる船の中でなければ、僕は本当には幸福では無いのだと解り、寄り添って、触れてくれた暖かさだけなんだもの。そして。そのヒオさんは、消えてしまって。綿木公園のあの桜の樹の下にも来なく、再来教団に出入りしたりもしていない、という事だけしか解らないんだもの。

可哀想に、咲也。本当にその通りだったわね。あなたの悲哀は解るけど。わたしは霧ちゃんも、可哀想なの。

楽し気に、けれども互いにチグハグな想いを抱いてランチを食べ終った晶子達は、席を立っていった。咲也は一人だけ「綿木公園に寄ってから帰るから」と言い、霧子と奈加は、幸男と一緒に店の外に出て晶子を待っている。

「いつもありがとうございます。あの……」

店内を仕切っている渡辺の妻の由利子が、珍しく何かを言いたそうにして、口籠っていた。

「こちらこそ。御馳走様でした。何でしょうか?」

「あの。沢野さんは本職の占い師さんだというのは、本当の事なんでしょうかね」

「止めておけ！　由利子。あの馬鹿ったれの事だ。女なんて洒落たものじゃあ、ねえだろうよ。どうせ又いつものようにお節介が過ぎて、抜き差しならなくなっちまっているのに、決まっていらあな」

「それだって良かないけどさ。あたしは平ちゃんの事が心配なのよ。あの馬鹿たれときたら、いつ迄も結婚もしないで。あたし達が何とかしてやらなきゃ四十に成っても五十に成っても、一人で居るのに決まっているもの。こちらさんには三人も、年頃の娘さん達が居るというのにさ。平ちゃんときたら、あたし達の言う事なんか馬の耳に念仏で、仕様が無いんだからね！」

だから、あたしは年の離れた弟のような、あたし達の馬鹿息子だと呼んでも良いような平ちゃんに、この娘さんか、もう二人の内のどちらでも良いから、お付き合いをして頂けたらと思っているのよ。占いなんて、口実みたいなものだけどね。付き合うきっかけなんて、何だって構わないじゃないのよ。肝心なのは、まず誰かをくっ付けてやる事。そうでしょう？

晶子は「楓」の由利子からの依頼を、気軽に受けてしまった。今も姿の見えない経営者の小林平和が、時々こっそりと何処に出掛けていくのか、彼の恋人あるいは未来の花嫁は、何処を当れば見付かるのかという内容を知るのに見合うだけの、簡単な「資料」も女将から預かった。すなわち、「馬鹿ったれ」と呼ばれ付けているらしい、年若い惚(とぼ)けた男の生年月日と、正確な名前と出生地に、今の住所等のあれこれ等が書き付けられたメモ用紙。それに、窓の外に山桜の見えている、ダイニングらしい部屋で撮られたものと思われる、無防備に、放心したようにその桜を眺めている小林を写した、一枚の写真……。

知らない間に、誰かがこっそりと写したものなのね、と晶子は感じた。けれどもその「誰か」は、悪意があってそうした訳では無いのだろう。多分、小林は写真嫌いか何かであって。彼の写真を撮りたくても撮れなかった「誰か」が、携帯か何かでそっと写してしまったというような、そんな謂れの一枚のような物なのだ。それは、由利子自身なのではなかったのか、とも晶子は感じる。由利子が言っていた。

「それで、あの。お代はお幾ら程なんでしょうかね。何しろあたし等には、占い師さんの相場なんて……」

そうですわね、と晶子も微笑んで見せていた。無料で良いとは、言えない。一応はプロの占い師として占うからには、そうは言えないのだけれど……。

「この次にこちらに伺った時の、家族達の御膳代という事では、いかがでしょうか」

「……それだけで、良いんですか？　あの。もっと他に……」

「いいえ。皆、きっと喜ぶと思いますから」

本当は、それだけでは間尺に合いはしないのだけど、と晶子は思っていた。あの「美しい方（かた）」のフランシスコであったらしい勇輝の死の「絵」も含めて、このところの理由も判らなくて闇（くら）く、龍の怒りに任せているような、心臓が潰れてしまいそうな「絵」の数々を見ているよりは……。わたしには、気晴らしになるだろうこちらの方が、ずっと、ずっと良い。あの「美しい方（かた）」のお言葉にも従えず、咲也を守れもしないでいるわたしには。咲也のために、例の教団の動きも見に行けない、今のわたしには……。

晶子は、知らなかったのである。その占いの先には一体、何が待っているのか、等という事を。その占いの中には一体、何が潜んでいるのか、等という事も。

「楓」の外に出て、霧子達と歩きながら晶子はふいに、目眩を感じていた。咲也が今、懸命に捜し回っている緑だかヒオは、どうしてなのかその咲也の事を、良く知っていたのでは無かったのかという、疑問に捕まって……。

沙羅は、薊羅からのメールを受けて、午後中ずっと気を揉んで過ごした。時刻は午後六時。沙羅は帰宅の途中で、薊羅は出勤のために花木町の駅に既に着いていて、沙羅を待っていたのである。仲が良くて、いつも一緒に居た筈の双児の姉妹の逢瀬の時間は、今では意識して持つようにしていても、短い。

悪くすれば、お互いに擦れ違い合う時にでも、瞳で合図を交わし合ったり、手を軽く振り合うだけで、右と左に別れていってしまったりという生活を、此の所してきてしまっていたのだから。簡単な用事ならば、メモを残して報せ合う。少し込み入った話ならば、電話かメールでの遣り取りで済ませられるし。二人の間での話題といえば、柊と樅の事か、紅か、気不味い所では再来教団の話題が主な物になってしまっても、いる事だったし。それでも沙羅と薊羅は、お互いにお互いを必要としている事には、変わりが無かったのである。だから、会える限りは、このようにして短い時間でも、唯一つのチャンスを生かして会うようにしてきたのだった。けれども……。薊羅が太白を評して「インチキ教団」と言った頃から、二人のこの習慣（夕刻に、花木町の駅で会って少しだけでも話す）は、沙羅の方で避けるようになってしまっていたのであった。それなのに、何が有ったのかしら、と沙羅は気掛かりだったのだ。薊羅の方から改まって何かを「相談したいのだけど、会えない？」なんて、言ってくる様な何が？　と……。

薊羅は、二人が二人で居られる時には何年もそうしていたように、今夜も髪には部分カツラを着け、淡い色付きのサングラスを掛けて、別の女になって沙羅の到着を待っていた。久留里荘の一階一号室は、沙羅と薊羅が柊と樅の眼を逃れて、安心して泣けるための場所であり、二人が一人に、二人が二人に戻れるための変身用の部屋にと、なってしまっていたのである。その部屋を借りられるようにと手配をしてくれた、当時の客室主任だった堀内には勿論の事、そんな積りは無かった。堀内は只、沙羅達の事情が事情なだけに、余りにも職場に近過ぎる場所や、社員達が多く住んでいる地域を避けてくれただけなのだ。沖と相談をした上で、辺鄙ではあっても都心には出易いという、下町の花木町のアパートを選んでくれただけだったのだけれど……。二部屋を借りられるようにと気遣ってくれたのは、母子三人と薊羅とでの四人が、アパートの一室で寝起きをするのは大変だろうと考えた、彼の親切心から出た事でしか無い。堀内は、決してその部屋の一つを、逃れの場としたり、変身用の場としたりするために、借り上げてくれようとしたのでは無かった筈だった。堀内と沖の心配りにも係わらず、長い年月の間には都心部とその近郊路線の家賃が高騰し、沙羅達の利用をしている私鉄沿線には、Tホテルの社員達が多く移り住んで来るように、変わってしまった。そしてそのために薊羅の「変装歴」は、もう五年近くにもなっている。

世の中が移り変わると、当の堀内喬もいつか、地価の比較的安い下町に建てられた、超高層マンションの一室に一家で暮らす様に迄、なってしまっていた。沖敬一は、貸しに出していた実家に戻り、今でも其処に住んでいる。

沙羅はいつか偶然に、二人の会話を洩れ聞いた事があったのだが。

「お前が、あんなに高い所が好きだったとはな。俺は何も聞いていなかったぞ。堀内」

「そうだったかな。だがな、沖。高いというのは、良いものだよ。晴れた日には妙義山や荒船山が見えるしな。そのもっと向こう側に連なる山々や、森も遠く見えるんだ。月の出も入りも、夢のようにきれいなものなんだよ。新月も満月も、申し分無い。だが俺は特に半月の、弓張月の白い光が、儚気で好きだ……」

「そんな事を言って……。お前。もしかして、」

「又、その話なのか、沖。良い加減にしてくれよ。俺はあの時、何が有ったのかも、全然憶えていないのだからな。執こい奴は嫌われる、と相場は決まっているだろう」

「抜かしていろよな、堀内。榀子ちゃんを捜しに森に入っていた沢木は、ともかくとしてもだよ。忘れ物を取りに教会に行っただけのお前迄が、どうしてあの森の中から出て来たりしたと言うのかね。俺にはどうしても、納得出来ないな」

「そう言われても。困るんだよな、沖。お前だって解っている癖に……。俺は、記憶を失くした。大切だったかも知れない記憶を、全部なんだぞ。少しは、同情して貰いたいものだね」

「……同情なら、しているさ。だがな。俺にはどうにもお前さんの話が、時々可笑しく思えてくるだけだ」

又、最近ではこんな話も、二人はしていた。

「いなくなった沢木の奴にもそう言って、お前が迫りでもしたんじゃないのかな、沖」

「それこそ、止せよな堀内。沢木が消えた理由なんて、誰にも解らないんだからさ。不幸中の幸いだったのは、奴さんの御両親がもう、他界していたぐらいの事だもの」

「あの夏」に起きた事件の事を話しているのだ、と沙羅にはすぐに解ったのだった。そう。あの、夏の終りの最後の日。行方不明になってしまった楢子の恋人の沢木と、上司だった堀内が共に、「二重遭難」というアクシデントに見舞われたのではないか、と大騒ぎになってしまっていた、あの合同葬儀直後の日々の事……。けれども結局は、堀内と沢木は森で迷い、その間の記憶も失くしてしまっていたのだ、と沙羅達は聞いて、知っていたのだった。その「事件」を境にして堀内と沢木は、湯川リゾートホテルを辞めて上京し、Tホテルに就職をした、とマスコミに大きく報道をされ、騒がれもしていた。沢木の美貌が、「彼等」を引き寄せ、惹き付けていた所為だったのだが……。

その事が、沙羅と薊羅の救いになってくれたのだ。その報道によって、沙羅双樹であった二人は、堀内を頼っていく事が出来たのだったから……。

ああ。あの日の朝……。と、沙羅は涙ぐんだものだった。

あの日の朝に、時が止まって。あの日の朝に、あたし達は白い鷺のような、銀の月の衣を着たような、名残りの月光のような、あの美しい方に出会い、お言葉を掛けて貰えたのだった。あの教会の、裏の庭で。唐松荘が建っている、あの落葉松の林の、空の下で……。「あの方」に、会いたい。憐れみに満ちていた「あの方」の、あの眼差しにもう一度見詰めて頂きたい。慈しみに満たされていた「あの方」のお声を、もう一度だけでも良いから、聴きたい……。聴きたい……。

その時分はまだ、夜、花木町の駅で会うと沙羅と薊羅は、「その人」恋しさの余りに、人目も構わずに涙を落とし続けていたものだった。それから又、何年もの時が行き。沢木が姿を消してしまったこの夏の終りの日には、沙羅と薊羅の心は離されていて、沙羅双樹が共に「あの日」の愛に、「あの方」への憧憬のために揃って泣く姿は、もう見られなくなってしまっていたのである。


「薊羅。何が有ったの？　手短に言って頂戴」

「ごめんね、沙羅。少し込み入っているのだけど。手短に、と言うのなら、そうしても良いわ。率直に言うわね、沙羅。勤務シフトを代って欲しいの。長い間で無くて良いから。

あたしが中番になって、沙羅には夜番に入って貰いたいのよ」

　思いもしていなかった薊羅の言葉に、沙羅はたじろいだ。

「何でなのよ、薊羅。理由（わけ）を言って。そんな事……」

　そんな事は、出来ないわ。そんな事をしたらあたしは、太白先生の御講義を、聴きに行けなくなってしまうもの。夜番になんか入ったりしてしまったら、先生のお話が聴けなくなるのよ、薊羅。何と言っても、駄目。先生は、日中は御祈禱や瞑想をしていらして、教場には夜にしか、見えられないのだもの。駄目……。

「無理を言っているのは解っている積りよ、沙羅。でもね。あたしの気持も考えてみて頂戴。あたしはずっと、姉さんの影のようにして生きて来た。文句は無かったのよ、沙羅。だけど。あたし達、もうじき三十八になる。あんたは恋をして、柊と樅とを授かったから良いけど、あたしはどうなるの？」

　どうなるの、って言われても。そんなの、あたしに解る訳が無いじゃないのよ。薊羅のバカ……。

「一生に、一度の恋なの。お願い、沙羅。ほんの二、三ケ月の間だけでも良い。あたしにも、恋をさせて欲しいの」

「恋って。薊羅。あんた、好きな人が出来たと言うの。相手は誰なの。神様への愛を、忘れてしまったの」

「忘れたりは、していない。でも。もう二十年も経ってしまっているのよ、沙羅。違うかしら？　あたしが人間の男性に恋をして、交際をしたとしても、神は怒らないと思うの。それとも怒って、あたしに天罰でも下る？　そうなの」

「……そんな事は、無いだろうけど。あんなにも美しかった方の事を忘れてしまうなんて。あたしには、信じられないわよ、薊羅。それで？　相手はどんな人なのよ」

薊羅は涙を溜めている瞳で、じっと沙羅を見ていた。

「堀内さんなの。沙羅、あたしを責めないで……」

「堀内さんですって？　薊羅。そんなの、駄目よ。だってあの人には、奥様も子供さんもいるんじゃないの。他人（ひと）の家庭を壊すなんて、いけないわ。そんな事は、薊羅。あたしを見ていたあんたが、一番良く知っている筈じゃない。彼は？　彼の方では、何と言っているのよ」

薊羅の瞳から堪り兼ねたかのように、透き通った大粒の涙が零れて、落ちていった。後から、後から、止め処なく……。

「家庭を壊す積りは無い、って……。だけど。それでも良いって、あたしは言ったの。冬の紅葉のような恋になるよ、って言われたわ。紅く染まっていても、すぐに凍って散っていってしまうような。それでも良い、ってあたしは彼に言った。短い恋でも、無いよりはずっと良い。そう言ったのよ、あたし。堀内さんも、それで良いのなら、とは言ってくれたわ。だけどね、沙羅。あの人が自由に使える時間は、日中の二、三時間だけだとも、言われたの」

「それはそうだわよ。あの人は早番か、あたしと同じ中番の時の方が多いもの。夜はラウンジで少しだけ飲んで、後は真っ直ぐに家に帰ってしまうと、聞いているわ」

沙羅は、実りの無い恋のために泣いている薊羅が愛しく、憐れになった。それから、薊羅の恋のために、安堵と怒りも……。

それは、二十年前に沙羅が味わった甘さと苦さを、嫌という程彼女に、思い出させてしまっていたからである。それでも沙羅は妹の恋心のため、何かをしてやりたい、とは思いはしたのだが。それでは一体、沙羅の信仰心の証である教団には、どうやって通えるというのだろうか……。

「沙羅が許してくれると言うのなら、あたしが沙羅の代りに、集会に出ても良い。ほんの少しの間だけど。これ迄に沙羅がしてきた事を、全部すると誓うから、姉さん」

「あんたが集会に？　何なのよ、それ。薊羅、あんたは太白先生の事を、ケチョンケチョンに貶（けな）していた癖に……」

薊羅は、泣き腫らして赤くなってしまった瞳をして俯いた。

「気持が変わったの。ごめんね、沙羅……。今迄あんたの言う事を、馬鹿にしていて。良く知りもしない癖に、先生の悪口を言ったりして、悪かったわ。だから。これからはあたしも、もっと勉強させて頂いて。先生の教えにも、縋っていけるようになれたら、と思うようになった」

「急にそんな事を言われても。信じられると思うの、蓟羅。あんた、一体どうしてしまったというのよ」

「どうもしていない。沙羅。あたしは恋をして、変わったの。今迄のあたしとは、全く変わってしまったというだけなの……」

沙羅は、そう迄言って泣いている蓟羅の姿に、昔の自分の恋心を見ていた。好きで。好きで。叫び出したい位に好きで。でも、どうにもならなかった人への恋心と、その後の苦さを。けど、蓟羅がこれを機会にして、太白先生への心を入れ替えてくれると言うのなら。少しでも良いから先生の話をお聴きして、先生の集会で現実に起きている癒やしの数々を見て。先生の、あの神々しいような、輝くような美しさもその瞳で見て確かめ、受け入れてくれると言っているのなら……。

「解った。良いわよ、妹。あんたさえ、太白先生を信じてくれるようになると言うのならね。行ってみれば解るから。あの方ならきっと、柊と樅を癒やして下さる筈だって……。あんたの恋心も憐れんで、短くても一生分の情熱を与えて、咲かせてくれると信じている」

「ああ。沙羅。姉さん、ありがとう。堀内さんもきっと、喜んでくれると思うわ。それじゃ、あたしは今夜から続いて、明日の朝には中番に入るから。落ち着いたら、教団の方にも行くわ。沙羅として集会に出て、お話を良く聴かせて頂いてくる積りでいるから、それで良い？　沙羅だと思われるようにしているわ。良い？」

それはまあ良いけど、と沙羅は考えていた。こんな事になると解っていたならあたしは、今夜だけでも太白先生の御講義をお聴きしてから、帰りたかったわ。でも、仕方が無い。たった二、三ヶ月の辛抱なのよ。それで蒯羅が先生にお縋りするようになってくれて。それで蒯羅の恋も、きれいに終ると言うのなら……。

「それじゃね、沙羅。あたしはもう行くわ。柊と樅が待っているから、早く帰っていってあげて頂戴」

歩き出そうとし掛けた蒯羅の手を摑んで沙羅は早口で囁いていた。香り双樹の妹の耳に……。

「堀内さんに、思い切り甘えさせて貰うのよ、蒯羅。今迄気が付いてやれなくて、悪かったわ。それからね。教団には一人だけ、嫌な女がいるの。ホラ。あの吉岡勝男という人の奥さんの、花野という人よ。あの人は、頭が少し変なの。だから、近付かないようにしてね」

小さく手を振って見せてから、急ぎ足になって帰ってしまった沙羅の後ろ姿を見送っていた蒯羅も、歩き出した。都心部に向かっていく上り電車の空いていて、薄ら寒いような空席に席って、泣くために……。

ごめんね。騙して。ごめんね、沙羅。堀内さんに恋しているなんていう話は、全部嘘だったのよ。でも、そうでも言わなかったら、あんたはあたしと入れ替ったりしてくれなかったでしょう？　絶対に。あんたは薄々にではあっても、知っていたのでは無かったの？　沙羅。知らなかった、と思いたいのは解るけど。あんたをあの日抱いたあの人は、本当は、あたしを好きだと言っていたのよ。沙羅という名前だけど「薊」と呼んでね、と言っていた、あたしの事を「好きだ」、と言ってくれていたの……。全然気が付かなったなんていう事は無いでしょう？　それとも、やはり知らなかったの？　本当に？　でも、もうそんな大昔の事は、どうでも良いの。大切なのは、今で。大切なのは、柊と樅と、沙羅、あんたなのだもの。あの子達、本当ならあたしの子供として、生まれてきてくれていたかも知れないの。けど、運命の悪戯で。あの子達は、沙羅。あんたの子供として、この世界に生まれてくる事になってしまったのだから。母親は、あんたなのよ、沙羅。あの子達の大切なママは、あんただけなのよ、姉さん。それなのに……。自分の生命を、あんな似非教祖のデーモンみたいな奴に、易々と渡すような書類にサインなんかするなんて。馬鹿よ、沙羅。馬鹿だわ、姉さん。だけど。それ程にあいつは上手に、あんたを騙したという訳なのね。それ程に上手に、あいつは皆も騙しているのでしょう。良いのよ、沙羅。あたしは何も恨んでいないし、こうする事に後悔もしていない。強く生きていって。そして、守ってあげて。今度こそ、目を覚まして。あいつがあたしに何をするのかを、見届けていて頂戴。紅が、協力してくれるから。紅の所にあの書類は全部、送ってしまってあるからね。探しても、無駄よ。姉さん。もう何をしたとしても、手遅れになってしまったの。だから、想い出して。唯一人の方を……。

星さえも無い、夜の帷に包まれているアパートへの道を急ぎ足で歩いていく沙羅の耳には、何か巨大な獣が咆哮しているような、その、鋭い牙のある顎が外れてしまう程に哄笑（こうしょう）しているような、不気味な風の音ばかりが、聴こえてきているのだった。誰かが、嘲笑（あざわら）っているみたい。誰かがあたしを嘲笑（あざわら）っているみたい……。理由も無いのにそう感じ始めてしまった沙羅は、久留里荘への近道をする積りで、古い小学校の裏の道に入っていった。

古いけれども、壁だけは白く塗り替えられている、校舎の裏の細い小道に。暗くて狭いその道に……。白い山茶花の巨木の下を通った時に沙羅は、優しい息のような、暖かな手のような、「何か」を感じてその足を止めた。今、誰かがあたしに触っていったような気がする、と沙羅は、目眩のようにして思った。

「それ」は、懐かしくて堪らない人の甘やかな声のようでもあり。涼やかな、眼差しのようでもあったのだったが……。鷲は、全てを見ていて、憐れまれていた。

「娘よ。娘よ。わたしの愛する乙女子よ」

と「その人」は沙羅の魂に向かって呼び掛け、囁き続けられている。

目を覚ましていなさい、とあれ程わたしが言っておいたのに。ああ。乙女よ。アイスカメリア。あなたにはもう、わたしの声が聴こえないのか。あなたにはもう、わたしのこの姿さえもが、見えなくなってしまったというのか……。だが、わたしの熱い愛は、まだ感じられるだろう。わたしの胸の、この激しい痛みも、あなたはきっと感じられる事だろう。このわたしの掌に今も開いている穴から、流されている血潮の滴るその理由も、あなたは思い出せる筈なのだから。愛する娘よ。娘よ……。娘……よ。

けれども「その人」のお声は、沙羅の胸の中の扉の前迄しか、入っては行けなかったのである……。「その人」の前から姿を隠し、消えようとしていたのは、沙羅の方であったのだったから。沙羅は丁度、アダムとエバが蛇に唆されて、禁断の木の実を食べてしまい、その後に神の前から姿を隠そうとしたのと同じように、自分の意志によって太白光降と名を変えている蛇の手中に、落ちてしまっていたからなのだった……。そうではあったが沙羅には、遠い記憶の彼方から、遥かな海の彼方から、呼び掛け続けてくれているかのような、切ない程に深く、優しい「何か」が聴こえていたのだった。その「何か」は、沙羅の固く閉ざされてしまっている「聞く耳」を打ち、頑なに捩じ曲げられてしまっていた心も、打っていたのであったから……。

「それ」が、何で在ったのかを、沙羅は必死に思い出そうとし、必死にその「声のようなもの」を、聴き分けようとしていた。沙羅は求めて、胸に叫んで泣く。

ああ。解らない！　わたしの神よ！　解らない……。

娘よ。あなたはどこに行ったのか。わたしはずっとここにいるというのに……。

ああ！　ああ！　あなただったのですね。太白様。わたしの神よ。どうして今迄ずっと、話し掛けては下さらなかったのですか。どうして今迄ずっと、わたしを放って置かれたのでしょうか。こうして話し掛けて下さる時を、わたしはどんなにか、どんなにか、待っていた事でしょう！

ああ。娘よ。ルチア・アイスカメリア。あなたにはもう、わたしの声さえも、聴き分けられなくなってしまったというのか。それ程にあなたは深く、迷いの道の中に誘い込まれてしまっているのか。吾子よ……。

「その人」の嘆きは深く、憐れみは、もっと深く痛い程だった。沙羅は、明け月のように白い山茶花の花影の中に、抱（いだ）きたいように暖かな「何か」が、消えて行ってしまったように思って……。自分でも理由の解らない哀しみに、涙を零し続けていたのである。いつ迄も……。

けれども。「その人」が本当に消えていかれた場所は、沙羅の心の「荒れ地」のように乾いている、岩だらけの、茨の茂みの中であったのだ。「その人」はそこで、沙羅の時が来るのを、待っていかれる。

ルチア・湯川沙羅が、妹の薊羅と紅達の祈りに応えて目を覚まし、「その人」の憐れみに満たされて目を覚まし、神の下にと帰って来られるようになる、その日、その時迄……。それは、沙羅にとっては自分自身の全存在を賭した、戦いになる筈だった。生きるにしても、死ぬのにしても。その戦いは厳しく、熾烈を極めるものに、なってしまう筈であったから……。「荒れ地」に誘い込まれてしまい、迷わされてしまった魂が、其処から脱出出来るかどうかは、その人の自由意志と神への、そして愛する者達への、愛の重さに掛かっているのだったから……。「その人」は、沙羅を愛していられたので、沙羅の心が神を求めて、真の、唯一人の神のみを求めて、救けを請うて叫び出す時をこそ、「そこ」で待とうとされているのだ……。その日、その時がいつになるのかを、「その人」は決めない。決めてしまったりしたならば、救けられるだろう魂達の一人であったとしても、救い上げられなくなるかも知れないのだから。「その人」は、それで沈黙し、沈黙の内から言葉よりも強い愛によって、沙羅の目覚めを促し続けてゆく方をこそ、選ばれたのである。

沙羅は、立ち帰れるのだろうか？　あの、輝いていた夏の終りの早朝の、至福としか呼びようの無かった、「あの時」の中へ。輝く、白い御衣の裳裾を引いて、天界の海の底、この世界の空の上を往かれ、森番の娘の祈りと、二組の双樹達の憧憬に足を留められていた方の、愛の呼び声の中に……。

それから何日も経たない内に、年越しのための鐘が鳴らされ、通り過ぎていく事になって……。仏教においては、煩悩を取り除くための除夜の鐘が、寺々で。神道においては、大祓のための神事が進められていく。

　キリスト教会の教会堂においては、新年を祝い、神の御母マリアと御子への、平和への祈りと願いを込めて鐘が鳴らされてゆく。遠い、天へと。天を往く鷲と鷲の母へと……。神への憧憬に依って飛び立ち、歌う、白い翼の小鳥を胸の奥に住まわせている人達の中にも、鐘の音は静かに響いて、渡って昇るのだ。

　白い翼の小鳥を胸の中に飼っている者達はもう、自分自身であって、自分だけでは無くなってしまっている事を、鐘の音で嬉しく思い起こした……。

　その人達の小鳥がすっぽりと納まってくれている秘密の場所こそは、原初から神のものでしか無かったのだという事を、思い、喜んだ。「そこ」には、神の息と生命が満ちている。「そこ」では、神の似姿に造られたという、真の「彼」と「彼女」達が憩うのだ。目覚めて、時が来ると小鳥が憩う「その場所」に、自由な心で「愛」を受け入れて。

　自分自身よりも、その「愛」を、愛である「その人」だけを、大切に想える時を待っているから……。小鳥はその澄んでいる声を揃えて、チョン・ジン、チョン・ジン（憧れ・憬れ）と鳴き、謳って。故郷へ、愛である方の都である天へと、帰ろうと待っている。魂と、魂の柔らかな巣である「その人」に、ぴったりと寄り添う事でしか生きられない者達の心に届け、と鐘は鳴る。喜びも哀しみも、彼等は一人だけで味わう事は、もはや無い。

全ての想いは憧憬である、あの天を往く大鷲である方の下へと、運ばれていくのだ。

そうでなければ「小鳥はここにいます。あなたの小鳥は、ここにいるのです」と呼び続け、鷲と共に味わう事でのみ、鳥達は生きるから……。自分達の真の姿を知っていて下さると言う、「その人」と。真の自分自身とは誰で在るのかをも、知っていて下さっている、その神と。

神を見上げて。神に見られて。鷲に頼る事だけで、白くて小さな翼の鳥達は安らぎ、生きられる……。年越しの夜の、神々と、神々の中の神の、鐘の音が響く時。

ラプンツェルの、チルチルの神は彼女に、「さくら歌」を歌うように、と望んで止む事が無いだろう。チルチルは知っていて、歌う。民寄せのために。民集めのために。さくら恋歌を……。その恋歌に呼ばれ、一人の女と男と、一匹の犬が、当ての無い旅に出るのも、この冬の、年越しの夜の事だった……。恋歌に呼ばれたのだとは知る由も無く、彼等は旅立つのだ。そして又、チルチルが歌っていたさくら恋歌は、二人の息子達の留学に付き添って、アメリカに渡っていたある一人の女に、帰国の決心を促し。クラブ・ミューズではクリスティーヌであったチルチルの、姉さん株であるカトリーヌの心の中に分け入り、沁み入っていくのだ。けれどカトリーヌも、そのもう一人の女の方でも、さくら恋歌に焦がれて惹き付けられはするものの、「それ」が、どういう事なのか迄は、理解等していなく……。只、歌恋しさに、さくら恋しさに、その歌を歌っていた「声」恋しさに、胸の中のどこかが震えるように感じるだけなのだろうが……。チルチルは、カトリーヌが忘れ果てていた事を嘆きながらも、歌い続けていく。

チルチルの歌に呼応した「彼等」はその後、時々、一本の桜の大樹を夢に見るようには、なっていたのだ。静かに、音も無く散ってゆく満開の桜の花の下に立ち、天空のその涯迄も見ようとしている、「群れ」のような人々と、輝くように美しい船も見る。

だが。彼等は全員、夢の中の夢のようなその夢を、朝になると忘れてしまうのだった。

哀しい事に、彼等は思い起こさない。自分達の民の起源と、彼等の神の神官を……。

ラプンツェルを助けているのは、彼女の神だったのだろうか。ラプンツェルが名前だけは知っていても、未だに出遭った事の無い、白くて大きな鷲であったのか……。チルチルとして生きている今のラプンツェルに解っているのは、見失ってしまった一族の者達への恋心と、姉であったロバの皮（パール）への一筋で純粋な、愛の心だけだった。愛心は、チルチルに「システレを探せ」と促し続けていて、止まなかったから。ラプンツェルの姉の「ロバの皮」の心臓は、生まれ付き悪いという事を、さくらの民の長である娘は、知っていたのだから……。

フランシスコは、ラプンツェルの、チルチルの恋歌を、今は只一人だけで聴いている。彼のシモン・千太郎は過日、神の御国にと還っていってしまったのだ。もう、山田はフランシスコの手を煩わせる事は無く、彼に世話をして貰う必要も、無くなってしまったのである。山田は十二月二十九日の未明に、「その人」に伴われて、天へと昇っていってしまった。フランシスコは山田のためにその事を喜び、自分自身のためにも、桜の樹の下で再び「その方」の御姿を見られた事を、喜んだ。

前述したように晶子が覘たのは、一人になってしまったフランシスコでも無く、一人でありながら神と共にいるフランシスコでさえも、無かったのである。

渡る瀬……。年の終りが来て、誰かの面倒を見て遣れるという仕事が失くなってしまったフランシスコは、今では只のホームレスとして「楓」の主人の小林平和からの「差し入れ」を待つだけの、淋しい年越しになってしまうようになる……。あれから彼は、セシリア・薊羅にも会ってはいなかった。セシリアとルチアとロザリアも、もちろんエスメラルダという名も、フランシスコの授けた洗礼名なのだ。その、セシリアに、ルチアに、ロザリアに、そして柊と樅という双児の男の子達にも、彼は会いたかった。

そして。それ以上に、夢の中で迄も呼んでいるような、「さくら恋歌」を歌ってくれている、さくらの民の神の娘で、長(おさ)であるムーンと、ムーンの姉のエスメラルダ・パールに、会いたかった。

四人の歌謡いであるカボチャ頭達でさえも、年越しの夜や正月には、公園の桜の下からは消えてしまうのだ……。

翡桜の眠りの中にも、ラプンツェルの歌う、ムーンが歌う、チルチルが歌っているさくらの歌は満ちていた。

ヴェロニカ・パール……。あたしのロバの皮。答えてよ。応えてよ……あたしの歌に、応えてよ。答えて、青い花……。

翡桜は、浅くて哀しい眠りから目覚めて、考える。

さくら恋歌、さくら歌……。ああ。ラプンツェル。ラプンツェル。あんたが死んでしまったというのは、本当の事なの？　あたしにはどうしてなのか、信じられなくなってきてしまった……。


鷲は、ダニエルと勇二と、高沢達の船の航(い)く先も見ていた。紅と花野と、水穂夫妻と、おチビ達の船の航路の先にあるものも……。この半月間の嵐の前触れでしか無かった事々と、凶悪な嵐の来る事も、一瞬で見た。

四 （高潮） セシリア・スイートシスル （薊羅(そら)）

わたしはまことのぶどうの木
あなた方は枝

あなたは
流れのほとりに
植えられた木
ときが巡り来れば実を結び
葉もしおれる事がありません
あなたはまことの命の木
わたしは小枝
あなたのひと葉
どうかこの小枝に咲く花と
その結ぶ実が慎ましく、甘く、
見事なものになりますように……

あなたに全てを捧げたい

二年参りの人々が、街に、駅に、道路に途切れる事も無く行き交って、溢れているのは十年前には普通の事だった。けれども今、人々は晴着姿で年と年とに架けられている橋を渡って、神仏に詣でに出掛けていく等という事は、殆どしなくなってしまっている。多くの人々は暖かな家の中で、年越しの鐘の音を聞き、各地の神社の鐘撞きを見るのだ。テレビで……。そして又、多くの子供達は神社や仏閣に詣でる代りに、パソコンやゲーム機にしがみ付いていたり、携帯やメールに齧り付いたりして夜を越し、渡るのだった。一年に一度だけ訪れてくれる、その特別な寒い夜を。子供部屋の机の前か、ベッドの上で……。

その六日前の事。

年越しすら、人影も疎らな、年の境を待つばかりになったクリスマス当夜の凍て付く東京の街を、西から東へと向かって当ても無く、一人の男が自転車を引きながら歩いていた。自転車の荷台には、彼の全財産である黒革の鞄と、身の廻り品を詰め込んだ、大きな布ザックも積まれている。そして男の右手にはしっかりと、年老いた大きな犬の引き綱が、握り締められているのだった。老いてしまい、自転車の速度に追いて走れなくなってしまったその犬のために、男はチャリンコに乗るのを諦めて、犬と一緒に歩いているのだ。

「寒いだろう？　ワン君。ごめんよ。もうあの部屋には居られなくなったんだ。これから、どうしたら良いのかなあ……。取り敢えず風が吹いて来ないような橋の下か、桜の樹でも在る公園に行こうか？　心配しなくても良いよ。君を捨てたりはしないからね。ああ。それにしても、冷えるな。ワン君……」

クウ……。モシャモシャの毛をした汚れた犬は、信じ切り、甘え切った瞳をして、クウ、と鳴いて返す。

男の名前は、並木広志といった。老いた犬の名前は、昔は「ドギー」で犬の「リスタ」で、今では名無しの只の「ワン君」に、なってしまっているのだったが。並木の昔の名前は「ノバ」で、パイロットでもあったのに。彼は、そんな事すらもう、憶えてはいないのだ。只、「ノバ」であった頃の記憶の中に残されている、細い糸のような「さくら歌」に引き寄せられるようにして、並木広志は東を目指して歩き始めていたのだ……。本当は、北に行きたくて仕方が無かったというのに。本当は、何処にも行きたく無かったというのに……。

「ノバ」であった並木広志は、老犬を北風から庇うようにしながら、影から影へと歩いていくのだった。

並木とは反対に、北を目指した女もいた。まだ幼い二人の娘を連れて婚家を出た彼女は、並木の故郷に近い、そして自分の故郷にも近い、北の町の高崎市の奥に職場を見付けようとして今、終夜運行のバスに揺られて、眠っているのだ。女の名前は、野下美冬。昔は「ミフユ」であった彼女には、「ノバ」という名の恋人がいたのだったが……。今の美冬にはもう、「ノバ」の記憶は遠くなっている。

だが、美冬の中には憧れが残っていたのだった。

並木の中に、「ワン君」の中に残されているものと同じ「さくら歌」と、仲間達への淡い、憧れがある様に……。では、どうして美冬も並木のように、東を、下町の下町へと続く道を目指しては、行かなかったのだろうか？

それは、幼い娘を二人も抱えている美冬を憐れんだ白い鷺が、「北へ」、と。「今は、北へ」と、彼女の船の舵を取って、進められようとしたからだった。嵐を避けて。彼らは石である暗礁を避けて、今は進むようにと……。それで、美冬は風（息）に吹かれるままに、北へと帰って行ったのである。深夜バスに運ばれていく美冬の夢の中では、並木を呼んでいたのと同じ「さくら恋歌」が、見果てぬ夢のように、彼女をも遠く優しく呼んでいた……。

アメリカ、ロサンゼルスでも、船の針路は変えられていた。

二人の息子がまだ幼い内は、彼等に付き切りで……。又、或る程度成長した息子達がハイスクールに通う頃になると、メイドを一人置いて。自分自身は日本とアメリカを行ったり来たりしていた一人の女が、理由も解らないままに息子達を寮に入れて、自分は「帰国しよう」と決心をしていたのである。女の名前は高畑美奈子で、二人の息子達は高畑弘と伸二といった。美奈子は、昔は只の「ミナ」であったし、弘と伸二は「ヒロー」と「シンジー」と呼ばれていたものである。その名前はもう遠くて、忘れてしまっていたのではあったが……。美奈子と弘と伸二も、並木や美冬と同じように、「ムーン」であったチルと無縁なのでは無い。「フジシロ」と呼ばれていたフランシスコとも、「パール」と呼んだ翡桜とも、「マテオ」であり、「ランドリー」でもあった小林平和とも、縁は浅くは無かったのだけれども。けれども、忘却という名前の波が、彼等の船を呑み込んでしまっていた。

美奈子に解っていたのは、只一つだけ……。帰国して、下町の綿木町からは少し離れてはいるものの、婚家である高畑家に帰り、「さくら歌」の夢を見て、船の夢を見て、暮らして行くという事だけだった。

何故「さくらの歌」が、繰り返す波のように夢に響いてくるのかも、何故月の光のように輝く、美しい船を夢に見るのかすらも、意識の上に迄は、上って来ないまま……。美奈子の心は憧れるようにして、日本の、東京シティの桜の花を、恋しく思い返すのだ……。

東京シティ。その巨大な、眠らない街の中を、風が吹いていく。凍て付いて、叩けば音のするような暗い空でも、風が哭いていた。遠い山々や森や、地平線でも風が鳴いている。海鳴りの、怪しく険しい轟きの音のように。嵐の前兆の、危く怖ろしい鳴き声のように、吹き荒んでいる風は哭いていた。哀悼に満ちているようにさえも、感じられてくる程に……。

荒ぶる海の遠鳴りのようなその風に、ダニエルを乗せている船は抗うようにして、進んで行こうとしているのだった。その船は、大波に対しては余りにも小さく、頼り無いもののように思われる。

だが。ダニエル・アブラハムは、バルク船の船底に隠れていた時と同じように、マリアと二人で、紅という乙女が住んでいる筈の、港に辿り着こうとして苦闘しているのであった。苦労も苦闘も、苦役であっても。ダニエルにとっては馴染み深い、「人生」という名の暗くて深い海の道の、海流の一つに過ぎない筈だったのだが……。十年もの間収い込んでいた想い出の中のマリアを乗せたまま、ダニエルが目指していこうとしている港は何と近く、そして又、何と遠くに在るというのだろうか。

クリスマスの当日、正午前にアナスタシアの花束を抱えて、幽けく、それでいて優女そのものの姿で帰宅して来た紅は、ダニエルの顔を認めると、何とかして彼に微笑み掛けようとしたのである……。その、紅の様子は痛ましかった。そのようにやつれて、果無くなってしまっているのにも係わらず、ダニエルに対しては優しく、暖かな眼差しでいたいと努める紅の心根は、もっと痛ましいものに、ダニエルには思われて。

自分自身もその数日の間に痩せ衰えて、やつれ果ててしまっているのだという事も忘れてしまう程にダニエルは、紅という娘の様子が痛ましく、愛おしかったのだった……。

紅は、立っている。彼の前に。

「何処に行っていたんだ。具合いが悪いのなら、大人しく寝（やす）んでいなければ駄目じゃないか。水……森……」

「水森君」と、高沢のように紅を呼べば良いのか。それとも彼の中ではもう「紅」になってしまっている娘の名前を、恋人を呼ぶ時のように、「紅」と呼んでも良いものなのだろうか……。ダニエルは迷って、安堵の光を湛えた瞳で、紅を見詰める。

紅は、二十三日の朝に「具合いが悪いので、二、三日休ませて下さい」という電話を一本、弓原課長に掛けてきたままで、会社を欠勤してしまっていた。秘書課では「お中臈様」の欠勤は、一年半だか二年ぶりだとかと騒ぎ、たちまち噂の的にされてしまっていたのである。その噂はすぐに、人事課にも伝わっていき。次には経理課と設計課に、工事部にというように、真山建設工業の中に、広まっていってしまうようにもなったのだ。何故なのか等という事は、ダニエルのような立場にいる男にでも、良く解ったのだった。人事課には、哀れ三人目の犠牲者となってしまったらしい、青木豊がいる。経理課では、二人目の犠牲者であったという吉田という男が、「失恋退職」をしていたのだから。設計課の新田という男が紅に求婚して断られ、失意の余りに退社をした「第一号」である、と社内では言われているのだったが……。高沢の所に上ってきていた情報によると、本当の「第一号」であった男は、工事部の高向正臣という、優男であったという事らしかった。彼の件は社長である高沢と、工事部長の小田切と、その頃はまだ紅を一人の娘とも女とも見做していなかったダニエルだけが、知っている事であったのだ。

青木豊が失恋をしたという話は、今の時点ではまだそれ程大きな問題にならなくて済んでいた。紅にプロポーズをして断られたという当の青木が、これ迄の男達のように退社をするのでは無く、「粘り勝ち大作戦」を立てて紅を待つ、という明るいのか、自棄っぱちなのか判らないような宣言を、早々と仲間達に対してした、そのお陰で……。

ダニエルも青木のその「宣言」を、直に聞いていた。嫌、彼の場合には、聞かされたと言うべきなのか、聞きに行ったとでも、言うべきなのだろうか。とにかく。ダニエルが広い社員食堂へ、せめて軽食だけでも摂ろうと考えて其処に行った時、青木は数人の友人達と一緒に食堂の隅、窓際のテーブルに着いていたのだった。紅が欠勤をしているのは、さすがに会社に来辛くなった所為ではないのかとか、青木の顔を見るのが嫌なのではないか、とかと言われているのを知っていたダニエルは、素知らぬ顔をして彼等の近くの席に行ってみた。昼時は既に過ぎていたので人影は少なくなっており、ダニエルの動向に注意をしている人間も、誰も食堂にはいなかった。もっとも、そんな事ならばいつもの話であるのも又、確かな事ではあったのだが……。ダニエルは瞳には見えない空気か、目に入れるのには大き過ぎる邪魔な粗大ゴミのようにしか、社員達の瞳には映っていなかったのだから。

ダニエルは大きなカポックの鉢植えの陰の席に、彼等には背中を向けて席る事にした。

　青木達からは、見えない。

「嫌あ、堅かったよ、全く。歯も立たなかったなあ……」

「そんな事を言って。お前、良く平気でヘラヘラとしていられるな。他に好きな奴がいますから、とか言われて断られた、というのにさ」

「そうだよ、青木。あのお中臈様は、吉田や新田とかいう奴にも、それと全く同じ事を言って断ったって、お前だって良く知っていたんじゃなかったのかよ」

「知っているよ。そんな事ぐらい……」

と、青木は少しだけ声を落として言ったものだった。

「だけど、なんだよね。お前達、紅ちゃんに男が居るなんていう噂を、チラッとでも聞いた事がある？」

　青木の友人達は騒めき、それから沈黙してしまった。

「無いだろう？　俺もだよ。あの紅ちゃんには従って、そんな男はいないという結論しか、出て来ない……」

「じゃあ、何々だよ。プロポーズを断るための、嘘の口実だったというのならさ。余計に救いが無いんじゃないのかよ、青木」

「そうでも無い。男が居ないのに居ると言うなんてさ。居るのに居ないと言われて騙されるよりは、ずっとマシなんじゃないのかな。彼女、オクテそうだからね。切羽詰まると、きっと誰にでもそう言って逃げてきてしまったんじゃないのかなあ」

「甘いよ、青木。例えそうだとしても。お前は嘘八百で足蹴にされてしまった、という事になるじゃんか」

「可愛い嘘だって、言っているじゃないか。それにだね。一度や二度断られたぐらいで退社迄しちまうなんて、俺には信じられないよ」

「……信じられないのは、お前の方だぜよ。青木。お前、そんなにあの娘に、イカレちまっていたのかよ……」

「お誉めに与りまして、どうもです。だからさ。俺はそういう理由で、もちっと気長に待つ事にする」

「ヨッ！　色男は辛いねえ」

「恋男と言ってくれたまえよ。津田君、羽柴君」

女達の紅に対する評価は、又、異ったものになっていた。秘書課にいるお局様と、その部屋子達は、特に……。

「あんなのは皆、嘘っぱちよ。あの娘に失恋した位で、会社を辞める？　無い。無い。そんな事、無い」

「そうだわよね。あんな地味女が、そんなにモテル筈なんて、ある訳無いでしょ。あの噂が一番怪しいのは、そこなのよ。案外、あの子が自分でそう言い触らして、嬉しがって

書　名			
お買上 書　店	都道 府県　　　　　市区 郡	書店名	書店
		ご購入日	年　　月　　日

本書をどこでお知りになりましたか?
1.書店店頭　2.知人にすすめられて　3.インターネット(サイト名　　　　)
4.DMハガキ　5.広告、記事を見て(新聞、雑誌名　　　　)

上の質問に関連して、ご購入の決め手となったのは?
1.タイトル　2.著者　3.内容　4.カバーデザイン　5.帯
その他ご自由にお書きください。
(　　　　)

本書についてのご意見、ご感想をお聞かせください。
①内容について

②カバー、タイトル、帯について

弊社Webサイトからもご意見、ご感想をお寄せいただけます。

ご協力ありがとうございました。
※お寄せいただいたご意見、ご感想は新聞広告等で匿名にて使わせていただくことがあります。
※お客様の個人情報は、小社からの連絡のみに使用します。社外に提供することは一切ありません。

■書籍のご注文は、お近くの書店または、ブックサービス(0120-29-9625)、セブンネットショッピング(http://7net.omni7.jp/)にお申し込み下さい。

郵便はがき

料金受取人払郵便

新宿局承認

2523

差出有効期間
2025年3月
31日まで
(切手不要)

160-8791

141

東京都新宿区新宿1－10－1

(株)文芸社

愛読者カード係 行

ふりがな お名前		明治　大正 昭和　平成　　年生　　歳
ふりがな ご住所	□□□-□□□□	性別 男・女
お電話 番　号	(書籍ご注文の際に必要です)	ご職業	
E-mail		
ご購読雑誌(複数可)		ご購読新聞 新聞

最近読んでおもしろかった本や今後、とりあげてほしいテーマをお教えください。

ご自分の研究成果や経験、お考え等を出版してみたいというお気持ちはありますか。

ある　　ない　　内容・テーマ(　　　　　　　　　　)

現在完成した作品をお持ちですか。

ある　　ない　　ジャンル・原稿量(　　　　　　　　　　)

いるだけなんじゃないのかなァ……」

「かもねぇ……。だって、今度の青木君なんてね。ケロケロしているっていう、話だもん。人事の桃っちが笑ってた」

「……だけど。そんな嘘吐くと、気が咎めたりしない？」

「咎めているから、ズル休みでもしているんじゃないの」

「ズル休みするんだったら、前の吉田君や新田さんの時にも、していたんじゃないんですかァ、先輩。あの子が休んだのは、入社してから三度目でしか無いって言ってェ、課長は渋い顔していましたもん」

「そうですよォ。あの子の取り柄と言えば、あの生真面目さというのか、野暮ったさというのか。愛想が良くて、誰にでも優しいという事位だけですもん。ねえ、先輩。あの子が嘘吐いているって、本当なんですかァ？」

「これだから、今の若い子は嫌だわよ。温和しそうに見せてはいるけど、あの子が嘘吐きじゃ無いのなら、誰が嘘吐きだって言うのかしらね。わたし？　それとも吉田君や新田君達なの？」

「そうそう。人は見掛けによらないっていう言葉が有るのを、あんた達は知らないみたいだわね」

「あァン。そんなに怒ったら怖いですよォ、先輩」

「誰が怒っているっていうのよ。このおバカ者！」

彼女達も又、ダニエルが近くのテーブルに一人で席っている事等には、「気が付きもしない」という態度を取り続けていて、それを変えようとは決してしなかったのだった。いつも。いつも。いつも……。

弓原秘書課長は今迄とは異って、今回はさすがに紅の方が居辛くなって「辞める」、とでも言い出すのではないか、と心配をしていたのだったが……。その反対に、人事部長の清水の方では、青木の脳天気振りに一先ずは、胸を撫で下ろしていたのである。

紅が聴いている海鳴りの音は、ダニエルの音量よりもその時は強くて、物恐ろしいものだった。紅の船を押し流そうとしている高波のうねりは、ダニエルのものと同じように、暗くて手強いものだった。

紅は「その人」の港の灯りを目指していながらも、沖へ、沖へと流されていってしまいそうになっていた……。

ダニエルはその紅の船だけを見詰めて、沖に出ようとしているかに見えた。それは、痛みを紅にもたらした。

紅は、ダニエルの眼差しの中に、数日前には無かった筈の光を見付けて、アナスタシアの花束を抱えている両手の指先が、震えてしまいそうになる。

ああ。ダニエル。あなたもなの？　わたし、そんな積りでは無かったのよ。あなたのために祈って、あなたのために泣いたような気はするけど。けれど、それは、愛だったの。恋では無いのよ。ダニエル・アブラハム。わたしの心に、恋は在るけど。わたしの心も、恋はするけれど。でもそれは、あなたにでは無いの。今迄の男の人達と同じように。いいえ、違ったわ、ミスター・アブラハム。あなたにはわたしは、愛と友情のような、連帯感のようなものを持っていたのよ。だから、あなたは「彼等」とは異う。

「どこが悪いんだ？　真っ青になって。しかも、震えているんじゃないのか？　水……森……」

止めて。ダニー。マリアの、悲しそうな声が聴こえる。

止めろ、ダニエル。ダニエルの心が叫んでいた。紅を追い詰めては、いけない。紅を問い詰めたりする権利は、お前には無いのだ、と。「だが、俺は元医者だ。元医者が病人の心配をして、どこがいけない？」と、反論している自分の声も、ダニエルは聴いていた。

「紅です。ミスター」

「ダニエルで良い。紅。君は今迄一体何処に居たんだ？　そんな様子で何日も、君は一体何処に居たんだ？」

止めるんだ。ダニエル！　ダニエルは、悲鳴を上げそうになる。

「いいや。そのまま続けろ、ダニー。マリアの言う事なんか、気にするんじゃない。女は何処に居たのか、問い詰めろ。詰（きつ）くだ!!」

止めて！　止めて、ダニー。聴いては駄目よ。その恐ろしい声を聴いたら、あなたはもう帰れなくなるの。愛を思い出して、ダニー。愛しているなら、優しくしてあげて……。傷付いた小鳥に要るのは、愛の方なの。

ダニエルは紅恋しさと安堵の余りに、自分が狂ってしまったのかと思った。マリアのように、壊れていってしまうのか、とも……。それ程に、ダニエルの中に響いてきた「声」は冷たく。それ程に、ダニエルの中で生きているような、マリアの声は悲し気だった。

「尋かないで。尋かないで……。あなたには嘘を言いたく無いの。尋いたりしないで下さい。ダニエル……」

紅は、絞り出すようにして呟いたままで、その場に頽れていきそうになった。アナスタシアの花束が、紅よりも先に玄関の、扉の前の地面に落ちていく。

「いいえ。言うわね。ダニエル。わたし、姉の所に……」

姉さん？　姉さんの家に居たというのなら、何で「訊くな」等と、紅は言ったりするのだろうか。それとも、それこそがもう、紅の言うところの「嘘」の始まりなのだろうか。紅に、「姉の所に……」と言われてダニエルが想い出したのは、藤代勇介の事務所にいた、あの、「ミー」と呼ばれていた娘の事だった。けれども。そんな馬鹿げた話が、この世の中に有る筈はないのだ。死んだ娘の所に、紅が行って来られる筈は無い。死んでしまった娘に似ている男も、紅の「姉」等には、なれる筈は無いのだから。姉では無くて、恋人にではないのか？

「その調子だ。ダニー。ダニー坊や。その調子で娘の嘘を、突き崩せ。バールも喜ぶぞ。謀の首謀者のあのバールも、手を叩いてきっと、喜ぶだろうよ……」

止めろ！　クソ。止めてくれ！　誰だか知らないが、消えて失くなれ！　ダニエルは、邪悪な意志の感じられるその「声」が、バール教授の名前を持ち出した事に、怖気を震っていた。それでは「これ」はやっぱり、自分の中の冷酷な、隠されていた暗黒の部分、闇の領域からの「声」であったのか、と思わされて……。マリアは正しかったのか、ともダニエルは考えていた。マリアは正しい……。紅に必要なのは、優しい心遣いと治療であって、残酷な詰問や、質問等では無いのだったから。

ダニエルは紅を支え掛けたのだが、紅は彼の腕から逃れて、玄関の扉にもたれて、身体を支えるようにした。

何故、彼は此処にいるの？　と、紅は考え、そして止めた。

会社を抜け出して来たのだとしても、休暇を取って来ているのだとしても、その事が重要なのでは無かったからである。どんな方法を取ったのだとしても、現実に彼は、此処に居るのですもの、と紅の嘆きは深くなっていく。大切なのは、彼が今、此処に居るという、理由の方なのよ。それなら、わたしには解るのだもの。嫌という位に良く、解るのですもの。わたし、又、失敗をしてしまったみたいだわね。男の人に誤解をされてしまうような、馬鹿な失敗を……。わたしは只、皆にほんの少しだけ、暖かな気持になって欲しかっただけなのに。ほんの少しだけの「応援歌」を、心の中だけで歌ってあげようとしていただけだったのに。

それなのに、と紅は唇を噛み締めていた。高向も新田も、吉田も青木も、紅の心遣いを勘違いしてしまったのである。その上、ダニエル迄も？ と、紅は泣いてしまいたくなった。それだけは、駄目なのに！ ああ。でも、今の内ならばまだ、彼の傷口はそれ程酷くはならない筈でしょう。言っておかなければ。言っておいてあげなければ。彼をこのまま、帰せない。

鍵は、沙羅が内側からプッシュをして、閉めてあった。アナスタシアの花束を拾い上げて紅は、玄関ドアの鍵を開け、ダニエルの方に振り返って言う。

「寒かったでしょう？ ダニエル。何も無いけど、熱いコーヒーを淹れますから。どうぞ。入って下さい……」

しっかりしなさい。しゃんとしているのよ、紅。ほんの少しの間だけで良いのだから。ああ。ああ、でも。この四日間で、わたしは変わってしまったのだわ。たったの四日間でこの家が、あの人に汚されて、変わってしまったのと同じようにして。翡桜。翡桜。助けて。胸が痛いわ。胸が痛くてわたし、燃えているみたい。冷たくて青い炎に焼かれて、凍えてゆく様に酷く、燃えているみたいなの……。

「紅。君はもしかしたら、心臓かどこかが悪いのじゃないのか」

ダニエルは、何の迷いもためらいも無く、自分のような男を家に入れ、コーヒー迄も「淹れてくれる」と言う紅の、精神状態をまず、疑ってしまっていたのだった。紅は、普通では無いのだとしたら？

紅が、マリアと同じように壊れ掛けてしまっているのだとするなら、俺は一体、どうしたら良いのか。

けれども。今は、紅の精神状態と同じように、愛しい娘の蒼白な顔色と、雲の上を踏んで行くような足取りの方も、彼を心配させて余りある程であったのだ……。紅はダニエルに「掛けるように」と、身振りでダイニングルームの小さなテーブルと椅子を示して、見せていた。

「そう言われた事もありましたけど……。わたしは心臓は悪くありません」

わたしが悪いのは、骨の骨。肉の肉と言っても良いし、血の血だと言い換える事も出来る。わたしが悪いのは、わたしの血の中に流れている「汚れた血」であり、罪である肉と、骨の中の骨です……。

紅はダニエルと自分のために、心に秘めた想いを伝えなかった。心臓は悪くは無いのだという、事実以外の全てを……。

冷蔵のドイツパンをトーストして。チーズとレモンに、りんごのサラダ。それに、淹れたての熱いコーヒーを添えて、紅はダニエルの前に並べていった。

「お腹が空いているのでしょう？　あなた、わたしよりも酷く痩せてしまったみたいですもの。こんな物しか無いけれど、どうぞ召し上がれ。もしお嫌いで無かったら、なのですけど。何て貧しい祝卓なのでしょうね。でも……。メリー・クリスマス。ダニエル」

「ああ。メリー・クリスマス、紅。どれも大好物だよ。貧しくも、無い。君の部屋は、暖か味が有るしね。それに、この花もとても奇麗だ……」

君のように、美しい花だよ、紅。紅。君はこの花のように美しくて、清々しい。痛ましい程にやつれてはいても、君の眼差しと心は、変わらずにいて美しい。君は、本当はどこが悪いんだい？　紅。俺にはああ言いはしたけれど。俺の目には君はやはり、心臓かどこかが悪いのだとしか、見えないのだけどな……。

「この花は、アナスタシアという名前なんです。ローマの聖女の、アナスタシア。ロシア皇帝の末娘で、処刑をたった一人だけ免れたとも言われている、アナスタシア。淡くて美しい緑色の菊なのに。喜びと哀しみの、二人の乙女の名前を持っている。不思議な花でしょう？　これは、姉が買って持たせてくれた物なの」

「クリスマスのお祝いに？」

「ええ。クリスマスのお祝いに……」

嘘という訳ではない、と紅は思っていた。アナスタシアの花束は、確かに翡桜が求めて。

薊羅の手から紅に返されて、持ち帰って来たものだったから。

「君に、お姉さんが居たなんてな。知る者は少ないだろう」

ストップだ、ダニエル。止めて頂戴、ダニー。お願い。止めて。

「嫌、続けろよ。ダニエル。ダニエル坊や。そのまま、続けろ！」

駄目よ。止めて、ダニー。ダニー。わたしの愛しい子……。

又なのか……。ダニエルは思って、一瞬瞳を暗くする。そのダニエルの耳に、紅の静かな声が聴こえていた。

「姉も、弟も居たのよ。ダニエル。でも、わたし一人だけは里子に出されてしまったの。だから、姉弟達とは姓も異うし、家も異っている。今でも会っているのは、仲の良かったその姉が、一番多いのよ」

これも、嘘という訳では無い、と紅は思っているのだった。「ミー」と呼ばれていた翡桜の妹弟とは会った事は無いが、沙羅と薊羅の二人は、姉なのだ。

唐松荘にいた時の、妹弟達もいる。柊と樅は、紅の弟達であるとも言えるようなものだし。何より、紅の愛するもう一人の「桜」であるミーの家族に紅は、本当に成りたかったのだ。そして今もその気持には、変わりが無いのも、本当の事なのだったから……。それに、紅は捨てられて。唐松荘で育てられたという事も、言葉を換えれば生家を出されて里子にされたという事と、同じようなものだと言えるのではないか？　そう。あの人にね……。

「そうだったのか……」

「そうだったのよ……」

悪かったな、紅。俺の勘繰り過ぎだった。嫌な事を思い出させて。その上、口に迄出させてしまった。許してくれるのなら、忘れて欲しい。紅。俺は、君を……。

「コーヒーを、もう一杯いかがでしょうか。ダニエル」

「ああ。そうだな。旨いコーヒーだった。頂こうか……」

紅。そんなに優しい眼差しで、そんなに哀しい瞳の色で、俺を見るのは止めてくれ。俺は、君を。俺は君を、愛しているんだ、多分……。好きだという以上の気持で、恋しているんだよ、きっと。「確かに」と言えないのは、俺が愛した女はマリアだけだったからなのさ。そうだよ、紅。俺は、恋を知らなかった。恋する気持も愛する心も、俺は知らないままに生きて来てしまったんだ。そして、今思う。この、滾るような、胸の中に穴が開き、真っ赤な血潮が沸き立っているような気持こそが、恋なのかと……。君の姿が見えないだけで食物の味もしなくなり、唯君に、ひと目だけでも会えたなら、と願うのも恋で……。それは、愛にとても良く似ていたんだよ。マリアに対する愛に。マリアが愛していた神への、熱情のような物に、とても、とても良く似ていたんだよ……。

「駄目なんです。ダニエル」

「え？」

「駄目なの。ダニエル。わたしにはもう、好きな人がいるのです。それをあなたに、言っておきたくて……」

「それで、コーヒーをもう一杯、俺に飲ませたのか？　どうしてなんだ、紅。俺はまだ何も、君に言ったりしていないぞ。君が俺に嘘を吐くのは、俺が黒いからなのか？　それとも俺は汚くて、醜いからなのか」

傷付けられた獣のような、痛みに満ちたダニエルの声の色に気が付いて、紅は涙を零して言った。

「あなたが汚い？　いいえ。あなたは奇麗よ、ダニエル。あなたは黒いけれども、美しい。肌の色なんて、関係が無いわ。人の価値なんて、相対的なものでしょう？　わたし達だって、カラードと呼ばれる時がある。あなたは、黒いわ。でも。黒いけれども、美しいのよ……」

「なら、何でなのかね？　紅。俺は、嘘は聞きたくない」

「あなたには嘘は言わないと、さっきも言った筈よダニエル。わたしだって、嘘は言えるわ。でも、言わないと決めたの、あなたには……」

「だから、何故なのかと尋いているんだ。肌の色は関係無いとか言っておきながら、嫌いだと言うのか」

「嫌いでは無いわ。ダニエル。本当よ……。だからあなたに言っておきたかったの。わたしは、駄目だという事を」

「どうして、そんな……」

そんな酷い嘘が言えるんだ？　紅。君には確かに、男は居ない。君の、この家に入ってみて俺には良く解ったよ。男の影も男の匂いも、何一つ無い家で暮らしていながら君は、それでも俺に嘘を言うのか。「嫌いでは無い」と言いながらも、もっと酷い嘘を。

「嘘じゃない。ダニエル。わたしには、一生愛すと決めた人がいるの。その人がいてくれたから、わたし、生きて来られた……」

ダニエルには、紅の真実が見抜けなかった。思いもしなかった程に急速に、紅に傾いてしまって。焦がれて、焦がれて。呻いていた男の心には、紅の言葉は全て、青木を振ったという時の言い訳と同じようにしか、聴こえていなかったのだから……。それでもダニエルは、紅に縋ろうとしていたのだった。

真っ直ぐに自分を見詰めてくれて、暖かな心と、暖かな食事を差し出してくれた方の、紅に……。

「俺では駄目なのか。何故だ？　紅。俺に優しくしたのは、君の方だったんじゃなかったのか……」

「ええ。そうね。ミスター・アブラハム。その通りでした」

何で俺に、優しくしたりなんかしたんだ？　紅。俺が珍しい玩具にでも見えたのか？　黒くて痩せていて。医者に成り損なった、哀れな玩具に……。

止めて。止めて。止めて……。ああ、ダニー、愛しているのなら、その愛を傷付けるような事を思うのは、止めて。自分を傷付けるのは、もっと悪い事よ。ダニー。

紅にはもう、たった一つの言葉しか残されていなかった。ダニエルの心に届けられるための言葉は、もう何も。

「だって、あなたは、わたしだったから……」

紅の瞳から溢れている涙のように、その言葉は紅の唇から、ダニエルの胸の中に流れていった。

「だって、あなたは、わたしなの……」

寂しい男、ダニエル。怒れる男の、ダニエル。傷付いていて。でも、その傷を上手く騙せない。上手に海を渡れない。溺れ掛けているのに、陸も、明かりも見えない。

ああ。ダニエル。わたしも、そうなるところだったの……。でも、翡桜が。でも、翡桜が居てくれて、「あの方」もわたしには、いてくれた。あなたのマリアは、いなくなってしまったのに。あなたは、今では一人ぽっちのようなのに……。それで、わたし。それで、わたし……。

ダニエルの中の「何か」が、失望の余りに吹き飛んで行ってしまっていた。紅が、何と言おうと。紅がどんなに哀し気で、今にも倒れてしまいそうであろうと、失くしてしまった「何か」はもう戻らない。

「君は黒くは無いし、男でも無い」

ダニエルの声と言葉は冷たく、紅を打っていた。

「君は、俺じゃない。紅。馬鹿にするな。嘘吐きめ……」

「あなたに嘘は、言っていないわ。捻くれないで……」

「気にするな。俺は、元々捻くれているんだ」

傷付けてしまった！　ああ、わたしは又、人を傷付けてしまった。そんな積りは無かったのに。そんな筈では、無かったのに……。本当の事を言うのは、残酷な事なの？　嘘なら良かったの？　解らない……。

ダニエルが去っていってしまった後の部屋で、紅は泣いていた。胸の奥にいた筈の白い小鳥が、地上に落ちて。空を目指していた筈の翼は、折れている。それでも紅は泣き求める事で、必死にその白い翼を拾い集めていたのだった。傷付き、折られた翼を繕って、空に、鷲に向かってもう一度、飛び立つために……。

紅が漸く立ち帰り、翡桜が勤めに出ている間に、双樹のアパートに行けるためには、それから三日後の、年末年始の休みに会社が入る迄の時間が要るようになる。

バー「摩耶」は、三箇日だけを除いて、年末はぎりぎり迄営業をし、新年も四日目からは、店を開けると聞いていた……。

　紅の家を飛び出したダニエルは、怒りと失望の炎に焼かれるままに任せて、華やいでいる街の中を副都心とは反対の方向に向かって、彷徨っていった。

　高沢なら、どうせTホテルで真奈と、夕方迄は「お楽しみタイム」の最中なのだから……。

「夕方に。そうだな、四時か五時過ぎ頃にでも、迎えに来ていてくれれば良い。息抜きでも、適当にして来いよ」

　早目のランチタイムから夕方の五時迄高沢は、真奈と過ごすと、約束をしていたらしい。それも、一週間前に。

　ダニエルは程なく、渋谷の繁華街に出てしまっていたのだった。高沢の車は、Tホテルの駐車場に入れてある。ダニエルは、黒も白も、黄色も赤も無く、殆ど無国籍地帯か、無法地帯と言っても良いような、ナショナリティの溢れている雑踏に揉まれて歩いている内に、ふいに頭を殴られたような気持になった。

　黒も、白も、黄色も、赤もいる。そして。それぞれが勝手に、相手には全くの無関心か、剝き出しの敵意かを持って、まるでごった煮のように、海に漂う藻屑（もくず）のように吹き寄せられ、散らされて、混ざり合っていたのである。ダニエルでさえもがこの街では、影も無い。

「だって、あなたは、わたしなの……」

哀し気でいながらも、凛としていた紅の声がする。

「だって、あなたは、わたしだったから……」

涙のようだった紅の言葉と、声がしている。あれは一体、どういう意味だったのだろうか。紅は、肌の色等関係が無い、とも言っていたけれど……。だが、紅には俺の気持等、解るものか。何も知らない癖に。何も知ってなんか、いない癖に。俺の事等、何も……。嫌、知っていたのだろうな……。と、ダニエルは感じた。何もかもという訳では無くても、人の心は解るものなのだ。人の心は、通じるものだ。例え、言葉では話さなくても。例え口では、告白をしなくても……。紅が、正確に俺の心を読んでいたように。

ダニエルは考えて、足を速めていた。それならば、紅のあの言葉の意味は、どういう事であったのかと……。

蔑まれている紅？　軽んじられている紅。その真面目さと優しささえもが、誤解をされている紅。傷付けられて。捨てられていた紅。姉弟(きょうだい)達の中では唯一人だけ、里子に出されてしまった、と話していた紅。どこかが悪いのに、どこが悪いとは言わなかった紅……。俺は黒くても美しい、と迄言ってくれた紅。

「あなたに嘘は言っていないわ……」

「わたしだって、嘘は言える」と言っていた時の紅の、あの、悲し気だったけれども、誇り高かった双眸……。嘘を言えると言いながらも、俺には嘘を吐(つ)かなかった？

　ダニエルは、夢遊病者のようにして、歩いて行っていた。

　ああ。マリア。マリア。あんたの方が、正しかったよ。俺は一番大切な事を、忘れてしまったんだ。信じるだとか、受け入れるだとかいう、無償の愛の心を忘れていた。その結果は、見ていた通りさ。嫌、聴いていた通りと言った方が良いのかな。俺は、あんたの息子は、紅を失くした……。

　泣かないで。ダニー。わたしがいるわ。わたしとお父様達と、お祖母様が。エリーザとミモザと、ナオミもいるわ。フリージャとサミーも、一緒にいるの。あなたの中で、わたし達は、今も生きている。「あの方」の御国にいるのと、同じようにして、いつもね。愛しているわ、ダニー。愛しているなら、諦めないで。愛しているなら、助けてあげて。あの娘はあなたなのよ、ダニー。あの、バルク船の底の暗闇の中で、震えて泣いていたわたしでもあるの……。

　解っている。解っているよ、マリア。俺は青木のように、気長に紅を待つべきだった。だけどな。出来なかったんだ。それ程に、俺は。それ程に俺は、紅を……。

　駅の近く迄歩いて来ていたダニエルの、足が止まった。ウインドウケースの中に、美しいアナスタシアの花を大切そうに飾ってある、大きな生花店が有ったのだ。ダニエルは紅とマリアのために、「喜びと哀しみ」の名のアナスタシアの花束を買い求め、六花と敏一の二人には、雪のように白いシクラメンの花の鉢植えと、棘無しのカクタス（サボテン）

で、美しい黄色の大輪の花を咲かせるという鉢植えを、包んで貰う事にした。

紅の家から飛び出して来た時に、失くしてしまった筈の「何か」はもう、密やかに彼の心の中に、元居た場所にと戻って来ている……。「それ」は、暖かくて慎ましい、愛に似ていた。「それ」は、穏やかでいながらも強く燃えていて、恋に似ている翼があった。

六花と敏一を思い出させてくれたのも、ダニエルの中にすっぽりと収まった、その「何か」だったのだ。二人の「小人達」に対して、クリスマスプレゼントのお礼を求めてもいなかった非情さを、その「何か」はそっと、彼の捩れていた心にも、思い出させてくれたのである。十年も、とダニエルの心は、震える声で囁いていた。

十年も、あの子達の方でも俺との日々を、憶えていてくれたのだ……と。その年、ダニエルは来日してきて、日本での医師の国家資格を取ろうとしていたのであった。初から高沢のお抱えドライバーになるために彼は、日本に来たという訳では無かったのである。

ドクターの称号を剝奪された上に、大学院でもダニエルの教授であったバールの「推薦状」が無くては、彼は何処に行っても働く事は出来ない。アメリカは「推薦状」が唯一つの、人物保証書で有り得る、「推薦状」社会であったからなのだ。実力等、有っても無いに等しくなってしまう国。それが、ダニエルのいたアメリカであった。十年近くもの間、落ち零れの勇二の面倒を根気良く見ていたダニエルにとっては、日本語での試験と面接は、母国語のように簡単なものだった。試験を受けるために必要な手続きは、勇二が奔走して遣ってくれたし、そのために必要な書類迄をも無効に出来る程には、バールの方でも暇では無かった、という事のようだったのだが。問題は、その後からドカンと降ってきたのだった。

その頃には既にダニエルは、日本社会の底辺に潜んでいる排他的な、それも、同じアジア人種や「クロ」に対しては拒絶的な、とも言える迄の、風土病ともなっている「病」を、発見してしまっていたのである。すなわち、差別であり、侮蔑でもあるところの、島国特有の「根性」という名前の、病気が在るという事を……。

ダニエルの身の上を知った高沢に請われて、その時分には真山家の「物置」（といっても、其処は使用人が寝泊まり出来る程には広く、清潔で、バスとトイレット迄もがすぐに取り付けられたのだった）に居候をしていた彼は、そのまま車庫に居付く事にも、なってしまう事になった。高沢のボディガード兼、専属のドライバーとして。勇二が止めるのも、聞かないで……。

ガリバーと二人の小人達の物語は、その、失意の中で生まれて咲いてくれていた、「親愛」という名の花の、物語でもあったのだ。あの二人の小人達がいなかったなら、とダニエルはいつも考えていたのだった。俺は、高沢敏之という男の用心棒兼運転手に等、成っていたのだろうか、と。

胸が疼いてくるような想い出は、ダニエルの心を潤した。染み入るような懐かしさに、彼の心は浸されていく……。

「花だけでは、まだ足りない」

ダニエルの心は言っていた。

ダニエル・アブラハムはクリスマスとニューイヤーのカードの代りに、大人の入り口に差し掛かっている小人達のために、ＤＶＤのディスクを買う事にした。二本共ロンドンミュージカルの傑作で、超の付くロングラン・ヒットを続けている作品の映画化であり、内容的にも素晴しい。あの二人の小人達ならば、とダニエルは思っていた。

人間の内面の美しさと強さや、弱さと悲しさを、挫折と希望や、愛の喜びを、解ってくれるのに違い無いから、と……。六花のためには少し早いかも知れないが、「ファントム・ジ・オペラ」を。敏一のためには願いを込めて「レ・ミゼラブル」を。美しい包装紙で、包んで貰った。

それからダニエルは、一つの棚の前で動けなくなってしまった……。息が詰まって、今度こそ本当に、泣いてしまいそうにもなっていた。「パッション」（受難）という題名の古い映画のディスクが二本だけ、その棚の奥に残っていたのだ。

「パッション」。受難。キリストの。「パッション」。熱情。キリストの……。「パッション」。熱愛。キリスト・イエスへの……。

マリアが愛していたように、その男、イエスを愛している人々の愛と、憧れと、痛みでもある、パッション。

　ダニエルは、マリアのためにその映画のディスクを求めた。「それ」がどれ程に酷く、強く、清冽に、彼の心を擱んで揺さぶる、怖ろしい迄に激しい愛の物語なのかと迄は、知る由も無く。ダニエルは、「パッション」を求めたのだ。そして。ダニエルはその時、マリアに似ている瞳をした紅の事も思っていたのだった。紅に、今更贈り物等出来る俺では無いが、とダニエルは思った。それでも紅は、このディスクを、マリアのように喜んでくれるのでは、ないのだろうか、と。贈る当ても無い贈り物を、買う。ダニエルは自分を嗤う事で、その包みを胸に抱く。それからダニエルは、自分の「小屋」にいる筈の勇二に、携帯を掛けてみた。勇二は何処にも逃げていかないからだった。

「俺。勇二だよ」

「ダニエルだ。勇二。今からすぐに出て来られないかな。頼みがあるんだ。Ｔホテルのロビー前にある喫茶室で、待っている。タクシーで来いよ。タクシー代もお茶代も、俺持ちだ。小人達への贈り物が有ってな。お前が持ち帰って、六花と敏一に渡して貰いたい。上手く遣れるのは、お前だけだからな……」

「ユーの頼みなら、行っても良いけどさ。俺は金欠病なんだぞ。電車で行くよ。その方が早いしね。オーケー？」

「オーケーだ、勇二。帰りはタクシーで帰れるからな」

　ダニエルは少し考えて、勇二のためにと「ロミオとジュリエット」のディスクも買って、包んで貰う事にした。勿論、それはジョークの積りであり、皮肉の積りでもあったのだったが……。勇二は何と、それを喜んで受け取ったのである。

「丁度良いや。こいつは達子に遣る事にするよ。サンキューな、ダニエル。あいつ、見合いをするとか何とか言って、ごねているんだよ」

「タツコ？　見合い？　勇二、ちゃんと話せよな。俺は何にも聞いていないぞ」

「いつも家を留守にしているからだよ。写真展の写真を見てくれって、毎日頼んでいるのに。それだって未だに、一枚も見てくれてもいないんじゃないのかよ……」

　又、その話なのか、とダニエルは少しげんなりとした。勇二の「夢物語」はいつでもシャボン玉と同じように、儚く消えていってしまうというのに。「今度は異うよ」と勇二は執こく言ってきて、煩いのだった。そうでなくてもダニエルは今、勇二の写真を見る気分では無い、というのになのである。勇二は恨めしそうな、それでいて熱でも有りそうな瞳をして、ダニエルを見詰めている。

「解ったよ。勇二。もうすぐ会社が休みに入る。年末年始の休暇という奴にな……。その時で良かったら、じっくり拝見させて貰う事にでもしよう。それで良いか？」

　良いけど、と言って、勇二は浮かない顔をしていた。

「何かあったのなら、話せよ。勇二。今なら、聞いても良い」

「聞いても良いから」、と言われて勇二が話したのは、大体次のような事だった。詰まるところ……。

勇二には「達子」という名前の、四年越しの恋人擬きの女がいた。そして、その達子が先刻勇二に、電話を掛けてきたと言うのだ。この四年間で初めて達子は、自分の方から男に電話をした。

「今度の正月に、田舎で見合いをする」、と、言うために……。達子は、用件はそれだけだと言いながらも、田舎に帰っての見合い話は断れないのだとも、勇二に伝えたという事なのだった。勇二はそれを、達子の「脅し」だと考えたかったのだが。達子という女は、そんな小手先の「脅し」や嘘で、男の気を引こうとするような種類の女では無い、という事も良く解っているから、嫌な予感というのか胸騒ぎのようなものが、するのだと……。

ダニエルは、四年もの間交際をしていながら、その間一度も自分の方からは男に電話をしてこなかったという女の中に、慎ましさと同時に引け目のようなものを感じ取っていた。そしてその女が「断れない」見合いの話をするためだけに、勇二に電話をしてきたという事の中に、彼女の切ないような願いを、感じたように思った。勇二は多分、その「達子」を好きなのだろうとも思う。

そうでなければ勇二のようにノンシャランな男が、四年もの間一人の女と続いている筈は無く、その女の見合い話の所為で塞ぎ込んだりしている筈も、無いのだから。ダニエルが見詰めている間にも、勇二は落ち込んだ瞳をしてぼんやりと、華やいでいるロビーの方や、天井が高く広々とした喫茶室の壁の前の生花等を、眺めているだけなのだ。全く、いつもの勇二らしさが無い。そう。いつもの勇二ならばダニエルの金で飲み食いが出来るというこんな時に、「コーヒーだけで良いや……」等とは、頼んでも言いはしないというのに、なのである。

「好きなんだろう？　達子を」

「解んないよ。だけど……。今更別れるなんて、出来ないや。他に好きな奴でも出来たと言われるのなら、それは仕方が無いけどさ。見合い相手に取られるのなんか、嫌なんだ」

「まだ、取られると決まっている訳では無いだろう」

「取られるよ。あいつ、見掛けはそこそこだけど。良い身体と、良い根性をしてるもの。女に目が有る男なら、あいつを逃がしたりするもんか……」

ダニエルは、勇二が、恋をしている事が少し可笑しく、そして切ない程に眩しく、羨ましいと思った。ダニエルの恋心にはもう、救い様が無くなってしまったというのに、勇二の恋にはまだ救いが残されていたからなのである。

「一生愛すと決めた人がいるの……」

紅には、確かに「誰か」が居るのだろう。そして紅はその「誰か」と結ばれて、幸福になるのだ。俺とでは無く。俺以外の男の、その「誰か」と……。だが。勇二の達子なら、まだ取り戻せるのではないのだろうか。切ない想いを込めて、男に見合い話が有る事を報せてくるような、女なら……。

ダニエルは勇二の、諦め切ってしまったような顔を見ていた。店内は埋まっているのに、聴こえてくるのは静かな、遠い潮騒のような、音楽だけのその中で……。

「嫁くな、と言いに行って来いよ、勇二」

勇二は、弾かれたようにしてダニエルを見返した。

「行きたくても、金が無いんだよ、ダニエル。それに。それに、あんたの方が先なんだ。あんたに俺の写真を見て貰ってさ。良く遣った、と言って貰う事の方が、今の俺にとっては優先事項なんだよ。達子には、会いに行きたいけど。駄目に決まっている。見合い相手から掻っ攫うためには、俺にもそれなりの収入っていう奴が、必要だもの。今度の写真展を成功させる迄は、俺は無一文なんだよ」

「馬鹿言っていろよ、勇二。そんなゴタクを並べている前に、好きなら達子に会いに行って来い。達子が、見合いなんかしないと言う迄は帰らない、とでも言って遣りに行けよ。写真なら見ておくと、さっき言っただろう？　俺一人だけでも、ちゃんと見ておいてやるさ。逃げた魚は、帰って来ないぞ」

「写真家として名を上げてから、プロポーズでもしたかったたな……。スカンピンの、プーちゃんとしてじゃなく」

「そのスカンピンと、四年も付き合っているんじゃないのか？　達子は。勇二。写真家では無くても、女の一人位は養えるものだぞ。例えば、俺みたいなドライバーはどうなんだ？　お前は車を転がすのが上手いし、性に合っているのだろうが……」

「そりゃ、車の運転は好きだけどさ……。それじゃあ、あんたの無実を晴らすための、何の役にも立たないよ」

「俺なら、このままで良い」

ダニエルは、勇二の自分への罪悪感を、あの事件以来、初めて痛切に哀れだと感じた。あれは、もう済んでしまった事なのだ。マリアの言っていたように、済んでしまった事は、仕方が無いのだろう。マリアは幸いな事に、あんな汚名を被せられた俺の事は、知らないままに逝ってしまっているのだから。だから、俺は、お前を許してしまいたい。お前だって、良い加減に、あんな事は忘れてしまいたいだろう？　なあ、勇二。俺達は敵同士じゃ無いんだ。被害者と、加害者という訳でも無い。本当の加害者は、あのバールの奴の方なんだからな。

「本当にそう思っているのか、偽善者め。偽善は、罪だぞ。ダニー坊や。だが、偽善は最高に気分が良いものだ。お前のマミーや、恋人が嘘吐きなのと同じようにな……」

聴かないで。ダニー。聴いては駄目よ。その恐ろしい声は、闇からのものなの。聴かないで……。

「聴かないで、ダニー。その女の声を聴かないで……。どうだ？　お前のマミーの声に、わたしの声は似ていたかね。どうだね、ダニー坊や。マミーとわたしは、似ていないかね」

ファック！　黙れ、クソ野郎。二度と俺のマリアの声の真似をするなよ！　二度と、俺の紅の事を嘘吐っきだなんて抜かすんじゃない。クソめ……。

「クソ？　結構！　お前も其処の腰抜けも、バールのクソ溜めから未だに這い上れないでいる癖に。口だけは、一人前の口が利けるようだな、ダニー坊や。クソはお前達だ！　認めて楽になれよ、ダニー。そして、わたしの所に来い。お前の大事な恋人と一緒にな。楽しませてやるぞ。嫌という程な……」

クソ……。止めろ。クソ野郎。一体、何が欲しいんだ？

「女だよ。坊や。女と、お前のマミーとお前も欲しい。だがな。わたしが一番欲しいのは、あの女だ。あの女を寄こせよ、ダニー。わたしの所にな。そうすればあれを、お前にくれてやる。あの女を、お前にだ。お前の好きなだけ、楽しめるようにしてやるぞ……」

ああ。神様！　ああ、神様！　わたしの息子を守って下さい。あの腹黒い「蛇」から、守って下さい……。

「蛇」だって？　と、ダニエルは、ぼんやりと思っていた。自分の中からか、外からなのか聴こえてくる邪悪な声は、「蛇」が喋っていたものだと言うのか？

ああ。マリア。マリア……。あんたの息子はあんたに似て、とうとうどこかが狂ってしまった。紅が恋しく、愛しい余りに、「蛇」の声が聴こえてくる程酷(ひど)く、壊れてしまった。壊れて、狂って……。

「マリアは、壊れてなんかいなかった。マリアは真面(まとも)だったわ。狂ってなんか、いなかったの！　理解(わか)った？」

それは高沢の執着していた娘占い師の、チルチルが叫んでいた言葉と声だった。ダニエルは、チルチルの声に、その叫びに縋った。

「マリアは、壊れてなんかいなかった。マリアは真面(まとも)だったわ。狂ってなんか、いなかったの！　狂ってなんか、いなかったの……。ああ。桜恋歌(さくらこいうた)、桜民(さくらたみ)……。あたしの歌に答えてよ！　応えて、システレ。応えてよ、皆。応えて……」

その声は真摯で、思い遣りに溢れていた。その声は哀切で、涙にくれてもいたのであった。

ダニエルは瞳を上げて、チルチルの姿を探すかのようにして、ロビーの方を見た。ロビーには、モミの木と花飾りが並べられていて。四季折々の、日本の風景を描いた大作の絵画も、飾られているのだった。その中の一枚である「春」には、桜の巨木を中空から見下して。桜吹雪が舞い散る中に立っている美しい娘は、花を見ている、といった構図の絵が飾られているのを、ダニエルは見た。

「マリアは、狂ってなんかいなかった」

そう言ってくれたチルチルの言葉に、ダニエルは今、必死で縋り、「信じたい」とも願ったのである。けれど。さくらの歌？　桜恋歌（さくらこいうた）とは、何の事なのだろうか。「あの時」チルチルは俺に、桜がどうとかこうとか、尋（き）いていたような気がするのだが……。さくらの歌に答えてよ？　応えて、システレ。システレ？　姉を呼んでいる？

　さくら　さくら
　弥生の空は　見渡す限り……

ああ。応えてよ！　応えてよ。あたしの歌に、桜民（さくらたみ）……。

さくらの民では無いダニエルが、聴いた事等は全く無かった筈のチルチルの歌と呼び声を、何故か聴いていた。それは、只の偶然だったのか。それともダニエルが紅を想い、マリアを想い、それでいながら桜の巨木の絵等を見ていたためだったのだろうか？　ソマリランドから出航し、故郷を遠く離れた異郷の地で暮らしているダニエルのように、チルチルも何処か遠くからこの日本に来た？「さくら民族」とは、だが何処の国の民だというのだろうか。アフリカではない国。ゲルマンでもない国。どこか遠くで、それでいながらアジア大陸のどこかで、海に近くて桜が咲くような国とは？　それは一体どこに在るのだろうか。嫌。馬鹿げている……。

あの、巨大な桜の絵の所為で俺は、こんな変な白日夢を見たり、聴いたりしているだけなのだろう。それでは。それでは……。高沢に子供が「四人もいる」という話の方は、どうだったというのだろうか？

「四人も、子供が居るんじゃないの。その内の二人は殻に籠もっていて、後の二人は家に閉じ込められている」

その後、チルチルは何と言っていたのだろうか……。

しっかりしていないと、四人共駄目になってしまうかも知れないと……。あの子はそう言ったのよ、ダニー。あの子はそう言って、心配をしていたの。愛おしい、あなたの二人の子供達の事を。あなたが知らない、子供達の事も……。

駄目になるかも知れない、って……。六花と敏一が？　何故。いつ。どのようにして、そんな酷い事になるというのだろうか……。

ダニエルは、「小人達」の事を想って暗然としていた。

「子供の事なら、心配するな。女の方の心配をしろよ。ダニエル・アブラハム。あの女の肉は、旨いからな。あの女の骨の中の骨は、もっと旨い。旨いぞ！」

消え失せろ！　ダニ野郎。ダニエルは毒づいて、それから肩を落としたのだった。チルチルが言ってくれていたように、例えマリアは正常だったのだとしても……。自分の方がもはや真面(まとも)なのでは無く。紅への恋心を砕かれて狂ってしまって。分裂病者か、妄想病者になってしまったのではないのかと……。

気が付くと、勇二が心配そうにダニエルを見ていた。

「何か、変だな、ダニエル。あんた、どうしちゃったんだよ。いきなりそんなに痩せちゃったし、このままでも良い、とか言うなんて。良い訳ないだろうが……。それとも、どこかが悪いとでも言うのかよ。医者の不養生っていう言葉が、日本には有るんだぜ」

「U・S・Aにも、同じような言葉は有るさ。気にするなよ、勇二。俺は……」

俺は只、ちょっと狂ってしまっているだけなんだ。紅という日本娘を愛してしまって。その紅に、優しく拒まれて。胸だか頭だかに、大きな穴が開いてしまってな。「そこ」で、風が鳴いているだけなんだよ。それでも「愛しい」、と哭(な)いているだけなのさ……。

「俺は、六花と敏一と、離れたくないんだ。で？　幾らあれば良いのかな、勇二」

勇二は疑わしそうな、何か言いたそうな顔をしたが、結局何も言わなかった。その六花と敏一の方でもダニエルを好いているという事は、勇二にはもう、良く解っている事だったのだから。

「レンタルを借りてすっ飛ばして行ったとしてもさ。達子の奴がすぐにウンと言うとは、思えないいんだ。あいつ、変な所で頑固なんだから……」

「そんな事は、解かるさ勇二。だから、幾ら要るのか、と尋いている」

「ビジネスに泊まるとしても七、八万は要るかな……」

ダニエルは、黒皮の飾り気の無い財布を出して、開いてみた。それから、カード類と一万円札を三枚、自分のためにに抜き出して、スーツの内ポケットにある運転免許証入れの中に入れておく。財布は勇二の前に置いた。

「十五ある。これを持って行って来ると良い。達子がウンと言う迄は、帰って来るんじゃないぞ」

「無茶苦茶言うんだな、ダニエル。あんたがそれ程イカレているとは……。まあ、知ってはいたけどさ」

そうさ。それでなければ十年も、俺の家庭教師をしたり、その挙句バールの奴に追放されたり、それでも一緒に日本に来て、ずっとダチでいてくれたりする筈は、無かったんだろうものな……。

ダニエルは、薄く微笑った。勇二に又、金を出して遣るなんて、俺も全く人が好い。だが今は、そうしたいのだと……。

「この菊の花束も、ディスクと一緒に達子に持っていってやれよ、勇二。緑色の菊なんて、珍しいだろう?」

アナスタシアという名前迄は、教えて遣らない。それは、俺と紅との、俺とマリアとの、愛の秘密だからな。その花の名前を知りたかったら、勇二。自分で調べてみろよ。「花」の写真家なんだろう、お前……。

勇二は、雲が晴れた後の空のように、笑っていた。

「本当に珍しいや。達子の奴、きっと喜ぶだろうな。サンキュー、ダニエル。だけど。本当に、俺の写真を見ておいてくれるんだろうな？」

「くどいな、お前も。約束は守るさ。それよりも間違えないでくれよ」

「解っているってば。シクラメンと、金のリボンの方が六花にで。サボテンと、銀のリボンの奴が敏一になんだろう？　任せておいてよ。あんたからだって言って、上手く二人に渡して遣るからさ。だけど……。花なんか買ってやっても、すぐに駄目にしちゃうんじゃないの？」

「大丈夫だ。二人共、小さい頃から花が好きだよ」

本当にあの二人の事を何でも知っているんだな、と勇二は思って、又微笑う。勇二も、六花と敏一が好きだったからだ。年が離れた、内気そうな「小人達」が……。

「じゃ、俺、行くよ。ダニエル。行って、達子の奴にあんたの話もしてくる。写真展の事も。写真は整理して、俺の写真ケースに入れてあるから。あんたの机の上に置いておくよ。見て、感想を聞かせてくれよな」

「良いとも。勇二。だが、達子に俺の事を喋ったりしない、と誓うならの話だ。俺の事は、忘れろよ。恋人に会う時ぐらいは、全部忘れろよ……」

　勇二が帰ってしまった後でダニエルは、急いで地下にある駐車場へと降りていった。高沢敏之という、六花と敏一以外にも何処かに二人も子供が居るかも知れない男を、待つために……。


　背が高く、痩せてはいるが、黒人種の中でも際立って整っているような、甘く、苦い、二つの顔を持っているダニエルが、メインロビーの脇から地下に続いている扉への廊下を歩いて、人波の中へと消えていくのを、堀内喬は見ていた。十二月に入ってから一月の末迄続く、戦場のような忙しさの中でも堀内がダニエルを見分けられるのは、彼が「黒い」からなのでは無いのだった。彼は黒くても、甘いマスクを隠している。彼は黒くても、背がずば抜けていて高く、その細くて無駄の無い身体は、鞭のようにしなやかだったので……。Tホテルのメインフロント総支配人である堀内に、或る一人の男を想い出させるためなのだ。ダニエル・アブラハムという男の姿、形は、肌の色を除けば、後ろ姿の沢木にそっくりのように、堀内には思えるのだったから……。あの男が、もう二十歳若かったならば……と、堀内はいつも考える。苦みと辛(から)さが取り除かれて、正面から見た沢木渉にも、随分似ている事だろう、と。

　その想いはいつでも堀内に、或る種の痛みを運んできてしまうのだった。痛みと、ほろ苦いひと夏の想い出と、今でも鮮烈な、一人の娘への憧れにも似た愛の切なさを……。堀内はメインロビーの天井から下げられて輝き、煌（きら）めいている巨大なクリスタルのシャンデリアを見上げて、そっと胸の中で呟く。

榀子。榀子。榀子……。君はまだ俺を愛してくれているのだろうか。君はまだ、俺を憶えていてくれるのだろうか。俺の裏切りを、許して欲しい。だからこそ、今でも君を愛している証として俺は、沢木を君の下へと送ったのだ。あの森は、深過ぎる。幾ら君でも、たった一人であそこに居るのは、寂し過ぎた筈だよ。二十年もの時は、君にもきっと苛酷であっただろう。俺がそうだったように、君にもきっと酷（ひど）く、辛かった事だろう。

堀内は、榀子であったクリスチナの言葉を、想う。

「死ぬのだと、思っていたわ。でも、生きていたの……」

何も憶えていないのです。そして気が付いてみたらわたしは、森の化身に成っていたの。お友達の、主任さん。わたしの事は、忘れて下さい。森は、閉ざしてしまいます……。

堀内の胸にも、嵐は吹いていた。恋しく愛しい君の下に、出来る事ならば、俺も還りたい。帰りたい……。沢木は無事に、君の下に辿り着けたのだろうか……。榀子。榀子。あいつは今でも君を、愛していただろう？　君もあいつを、心から愛せるようになる。俺は、君の好きだった花冠だけで満足するよ。忘れな草と十字架草の、花の冠だけで、死ぬ迄生きていく。君が、望んでくれたように。夫として、父としての責任を、愛をもって果たして、生きていく積りだよ。だからもう俺は、君の下には帰れない。白水仙の花の精だったような、君の下には帰れない……。

堀内の黒く、濡れている瞳は、「四季」と題されている四幅の絵の上に注がれていた。

「春」には桜の巨木の下に、椙子がいる。

「夏」には、楡の巨大な樹と共に、椙子がいる。

「秋」には、楓の老木の横に椙子がいて。

「冬」には、可憐な白水仙の花群れの中に、椙子は居るのだった。

その四幅の絵は、まだ芸大の学生でありながらも、数々の賞に輝いている新進若手画家の、山崎一寿の手によるものだった。堀内は彼に、自費でその「四季」の絵の制作を依頼したのだったが……。堀内は、絵の中の椙子に向かって、そっと言うのだった。記憶は、生々しい程に鮮明で、堀内を離さない。

沖の奴がこれを見て、煩いんだよ、椙子。沖だけでは無くて、金沢と野木の奴迄が煩くて敵わないんでな。この絵はいつかは外して、俺の書斎にでも掛けるようにしよう、と思っているんだ。春夏秋冬、俺は君と居たいんだよ。君無しでは生きられないのに、君と離れた。君の二十年は、想像も出来ないが……。俺は、都会にいながら、君と、君の森と一緒に生きている夢の中に居る……。英子と宏は、君のお陰で幸せになったよ。俺達夫婦の間には、椎名という名の娘迄、授かった。俺は君を。俺は君の犠牲を今、誇りに思っている。君が英子達のために払ってくれた犠牲を抱いて、生きている……。堀内の胸の中では、椙子は二十年前に別れを告げた時のままの、十八の少女の姿をしていた。

携帯が鳴って、堀内を呼んでいる……。

「はい。堀内」

「沙羅です。タワー一一〇三の田村様が、今、お部屋を出ました。すぐにそちらに行かれると思いますので、チェックアウトをお願いします。次の幸田様の御到着は、予定通り八時で宜しいでしょうか」

「了解。予定変更無しという事で、頼むよ。沙羅。君、どうかしたのかね。疲れているのならまだ時間があるし、少しウラで休むと良い。まだ夜番は出て来ないが、君の腕なら何とかなるだろう？」

携帯でフロント総支配人の堀内を呼び出せるのは特権中の特権で、それは今、客室支配人と、ラウンジ支配人の沖、宴会場主任やホテルの中の有名店、高級バーの主任達と、客室係に過ぎない「湯川沙羅」だけに、限られているのだった。

堀内は、「沙羅」の声の中に、変調を感じ取っていた。

「平気です。ウラに行く程の事ではありません。只、少し……。ずっと昔に知っていた人と、鉢合わせをしそうになってしまって……。驚いただけですわ」

「それなら良いが……」

と言って、堀内は通話を切った。

「ウラ」というのは各仕事場に在る、従業員達の休憩室兼、宿直室の事だったのであるが。「沙羅」の場合は特別に、秘っそりとフロントやラウンジのウラにも入って休む事を、堀内と沖は許してきたのである。二十年近くもの間、変わる事無く……。

堀内に「気が付くように」と注文をしても、無理な話では有ったのだけれども。けれども、堀内が話をしたのは職場ではいつも明るく、パキパキとしている「沙羅」では無くて妹からの電話に気を取られ、心がお留守になる程に落ち着きを失くしていた、沙羅だったのである。沙羅はそのために注意力が散漫になってしまってもいたのだった。それが、そのまま続いていて、沙羅の心を傷付けもしたのだ……。

「沙羅」の連絡通りに、タワー一一〇三号室の田村が程なくフロントにやって来て、チェックアウトを済ませて帰った。そして。田村と時を同じくして、真山建設工業の社長の高沢敏之も、タワー一一七号室からのチェックアウトを済ませるために、ロビーに姿を現したのだった。堀内は、高沢の相手だけは自分がする事に決めていた。まだ「彼」を、他の係員には任せられないからなのだ。堀内は「彼」を、迎えた。

「いつもありがとうございます。二宮様。お部屋は快適でございましたでしょうか」

「ああ。眺めが良かった。スイートには、劣るがね……」

「さようでございますね。二宮様。スイートからの眺望は、又格別でございますから……」

高沢が、「高沢」としてTホテルを利用するのは、会社の取引先と、自分の家族と親戚や、友人達と訪れて来る時だけであったのだ。その他の時の高沢は、相手次第で名前が変わる。例えば今日のように。二宮真奈の「夫」であったり、横山柳の「夫」であったり、とするように……。「彼」は、名前が変わるのだ。

「二宮様。これでチェックアウトはもうお済みでございます。奥様にも、どうぞ宜しくお伝え下さいませ」

高沢は、どこか浮かない顔をしていた。堀内の「又のお越しをお待ち申し上げております」という言葉に対しても、只「ああ。そうするよ」と短く答えるだけだったのだ……。普段の彼ならば通り一遍の女性が相手であったとしても、もっとすっきりとした、晴れやかとも言える顔をしているものなのに。まして今日のお相手は、久方振りの二宮真奈なのであり、つい先日は横山柳とスイートルームでの「お楽しみ」を、持ったばかりなのだから。「楽しかったよ」だとか、「このホテルはいつ来ても感じが良いな」とか位のお愛想は、彼の方からいつでも堀内に、言ったりしていたものなのだ。その男の様子がいつもと異っていて、彼らしくない？　堀内は、去っていく高沢の背中に滲んでいる苛立ちと、疲労の影を見て、首を傾げていた。

何故なのか沖がわざわざロビーに降りて来て、フロントカウンターの中にいる堀内を、瞳で誘っているのが見える。堀内は混雑しているロビーからは外れた、先程ダニエルが歩いて行き、今、高沢も消えていった廊下の方へと、沖を瞳で促した。沖は、笑っていた。

「御機嫌が悪かっただろう？　殿様のさ……」

「ああ。何が有ったのか、お前は知っているのか？　沖」

「知っているよ。まずは、焼け木杭に上手く火が点かなかったらしい、という事なんだけどな。その他にも今日はラウンジで、色々と面白い事が有ったんだ。遅くなっても良いから、帰りに寄っていけよ、堀内。偶には午前様にでもなって、英子さんにも少し、緊張感という物を、持たせてやれば良い」

「馬鹿言うな、沖。俺は今の英子で満足しているんだぞ。わざわざ不仲に仕立てたりして、手でも叩いて踊る積りなのか？」

「そこ迄は、思っていないが。内儀(かみ)さんの尻に敷かれているお前なんて、二十年前には想像も出来無かったからな。な、今日ぐらいは良いだろう？　堀内。クリスマス・イブの家庭サービスは、しっかり済ませてあるんだろうからさ。今夜は、ゆっくりしていけよ。金沢もお前に会いたがっているし、久し振りに野木の奴も後で来るそうだ。椙子ちゃんはいないけど、あの夏の夜のように、皆で飲もうや」

「椙子ちゃん？　誰の事だよ、沖。俺を引っ掛けようとしても、駄目だよ。俺はそんな名前の人は、知らないのだからな。それを言うのなら、沢木はいないけど、とでも言ってくれ。あいつがいなくなってから金沢と野木は、落ち込んだままなんだろう」

「沢木のサの字も、未だに禁句のままだよ、堀内。だけどなァ……。あの夏の日に、あのホテルに泊まっていた三バカ大将が、こっちでも揃って、今では三バカお殿様になっているとはな……。人っていう奴は、変わらないものなのかねえ」

「そうでも無いだろう。俺もお前も、変わったよ、沖。変わらないのは何かが少し欠けているか、どこかが少し、足りていない奴等だけなんじゃないのかな……」

「そうかも知れないな。真奈さんだって、いつ迄も遊ばれているだけでは、嫌になるだろうしさ。それで？　来るのか、来ないのか？　堀内。皆、待っているぞ」

それなら行くよ、と堀内は答え、フロントに戻り掛けた。沖には、金沢という腹心の部下が付いていてくれるから良いようなものの、俺の方はそんなに楽では無いのだから、と思いながら。沖が、呟いていた。心配そうな声で、一人言でも言うかのようにして……。

「そういえば。沙羅君も少し、変だったかな。今、ウチのウラに来ていて、休んでいるけどさ。何でも無い、って言いながら、真っ青な顔色をしていたよ」

何だ。やはり「沙羅」は、具合いが悪かったのではないか、と思って、堀内は顔を曇らせた。「沙羅」達は、働き過ぎなのだ。本当ならば柊と樅は、きちんとした施設か何かに入所をさせて遣って、専門家の手に委ねた方が良いのだろうに。そうする事が、あの気の毒な二人の子供達にとっても、「沙羅」達にとっても、今よりはずっと良いと思われるのに。沙羅と薊羅は、十九年前も今も、「それだけは嫌です。あの子達を他人の手に任せられる位だったら、初めからそうしていたでしょうけど。出来ません。あの子達は、わたし達の手で育てて、わたし達の手で守っていきます」の、一点張りなのだから。その気持が解る堀内と沖は、二人に強くは言えなかっただけなのだ。全員共倒れにでもなったら、どうする積りなのか、という事を……。

高沢敏之はその夜も「摩耶」に行き、珍しく酔い潰れる程に、柳に呆れられる程に、酒を飲んだのだった。その心、此処に在らずという様に。不機嫌に、むっつりと黙り込んだままで、敏之は飲んでいた。柳は敏之のそのような荒れ様を初めて見て、すっかり白けてしまっていたのだった。それで柳は、翡の方を見てしまう。カウンターの中に市川と並んで立ち、鮮やかな手付きでシェーカーを振って、仕事に没頭しているかのような、翡の方ばかりを、見てしまっているのであった。

翡は柳の視線に気が付いていて、知らない振りをしていた。高沢の速いピッチに合わせて飲んでいた柳の、酔いのためなのか怒りのためにか、熱っぽく、潤んでいるような眼差しには、気が付いていない振りでいるのが、一番良い。

ダニエル・アブラハムの憔悴が、紅への恋心から来ている事を知らない翡は、それでも彼のために、心の中で祈っていた。そして、翡は、高沢の無謀とも言えるような酒の飲み方と、荒れていながらも内に籠もって、陰々としているような様（さま）にも心を痛めてはいて、その男のためにも、祈りを捧げていたのであった。

　市川は、翡のために、気を揉んでいた。何も解っていないような顔をしていながらも、時折そっとカウンター席の一番奥の席に席っているダニエルや、ママの愛人である高沢の「上の方」等を見るような、見ないような瞳をして見る、翡を心配していたのである。市川は、溜め息のようにして思う。

　偉いものを、釣り上げちゃったんだねえ、お前さん。

　それから市川は、胸の中だけで翡に話し掛けてみる。グレース大ママさんだけでは足りなくて、オリビアママ迄一緒に、釣ってしまっただなんてねえ……。お前さんだけでは無くってさ。こちらの方までチビってしまいそうに、そりゃあ、恐いでござるわさ。だからといって、すぐにでも「辞める」なんて言わないでおくれよ。お前さんが居てくれないと、寂しくなってしまうからねえ。船木と松本も人は悪くは無いのだが……。翡、お前さんには敵わないでござるからね。「頼むから」、と言いたいところではござるけど。何せ、相手が相手でござるもの。いざとなったらやっぱり、逃げるより他には、無いのでござりはするのだろうけどね。その時は、黙って消えたりしないでおくれよ。お前さんの次の職場だけでも、この市川が見付けてあげるでござるからね。何だったらわたしもお前さんと一緒に、何処かに移ったたって構いはしないのさ。どうせ長年の夜のカラス暮らしで、女房子供はいないし、この年にしては親も無し、でござるからねえ……。何も「摩耶」だけが特別という訳では無いし。ママには世話になったが、義理に縛られるという程の世話に迄は、なっていないでござるであるよ……。

翡は、市川の胸の中の呟きを聴いてでもいたかのようにして、ベテランバーテンダーの顔を見て、薄っすらと笑んで寄こしたのだった。市川は、恐れた。

それでも翡は、いつかは（それも近い内に）「摩耶」を辞めて、何処かに行ってしまうのではないのだろうか、と……。それ程に翡の憔悴は激しく、それ程に翡の瞳は哀し気だったから。翡が消えてしまうかも知れない、と思っただけでも、市川の心は塞いでいってしまうのだったが……。それも、仕方の無い事なのだとも、市川には解っていたのであった……。

市川自身が柳の「使い魔」となり、真奈は、自分自身の車で来て「妄想ジェラシー」に取り憑かれ。娘道成寺の「清姫」のようになってしまったりしていたのだから……。市川の話を聞いた柳の方も、一段とボルテージが上がってしまったようだった。翡の「病気見舞い」を口実にして、その実は「クラブ・花王の桜」と名乗っていた、幻の娘を見たさ、知りたさで始められた「花束合戦」は、今朝まだきの午前六時過ぎには、まだケリが付いてはいなかった。「安珍」に当る翡の方が、道成寺の鐘の中にでは無くて、自分の安アパートのベッドの中にと逃げ込んで、隠れてしまったからなのだ。翡のアパートの中にはもう、「桜」はいなかった。翡の言葉を信じるのなら、「桜」という娘はあの夜、翡に送られて、自分の家に帰れたのだが、反対に寒夜に活躍をした翡の方が風邪を引いてしまったのだ、という事になっているのだけれど……。柳も真奈も（特に真奈の方は）、翡の言い分を全く信じていないので、始末が悪かった。

「東京中、何処を探したって、花王なんていう名前のクラブは無いのよ、翡。あんた、又・あたしに嘘八百を言う積りなの？　馬鹿にしないでよ！」

「そんなァ……。コホンッ。コホッ……。ヤだな、真奈さんてば人聞きの悪い。又、だなんてヤだな。ケホッ。僕、嘘は言っていませんってば。小さいクラブなんだから、真奈さんが知らなくても仕様が無いですけど。下町の方に在るんですよ。ねえ、市川さん」

話を振られた市川は、頷いた。クラブ・花王が有っても無くても、どちらでも良い事なのだ。「桜」という名前のホステスがいてもいなくても、それもどちらでも良い。要は、腕が良くて気立ても良い「若いの」の翡を、追い詰めたり、問い詰めたりしてはいけない事だ、というのに……。真奈にも柳にも、その辺りの事が全く解っていないとは……。

「さようでござったね、翡。花王は下町の小さいクラブで、オーナーは確か奈良出身の佐保さんだった。佐保ママは桜小町とさえも謳われていた美人でござったけれど。今ではすっかり姥桜になってござる。侘しいねえ……」

「何なのよ、それ……。市川、調子に乗っていると……」

と、真奈は息を弾ませて、怒っていたものだ。

市川も真奈も、クリスマス・イブの忙しさによる徹夜明けの身で、お互いにいつ角が出て来てしまったとしても、仕方の無いような状態だった。

「首になさるでござりますですか？　オリビアママが聞いたら、何と言うでござりますですかねえ……」

市川の方にも言いたい事があったのだ。真奈と柳に向けて「姥桜、小野小町に倣うべし」、とでも……。花の色は、移りにけりな……なのだ。年齢相応に（嫌、それ以上になのだろうが）、美人の色香は香っていても、「それ」はそのままであってこその美しさなのだ、と市川は思う。年増美人が年若い優男に入れ込んで、血道を上げたりしては、名が廃る。「ミューズ」の「グレース」「オリビア」と呼ばれた真奈と柳が、その名を惜しむならば、少しは慎めと……。恋は、忍んでこその華なのである。ましてや名の有る二人なら、「身を捨ててこそ浮かぶ瀬もあれ」と歌に詠まれているように、翡への恋心等は忍び捨ててこその「良い女」なのでは、無いと言うのか？　市川には真奈と柳の、季節を忘れた返り花のような恋心は、荒れ地で燃えている狐火のように怪しく、赤く、暗いものに思われた。そして。その狐火は、市川の大切な翡を追い詰めていって、いつかは彼の前から翡の姿を、消し去ってしまうものなのだ。そうなってしまってからでは、もう遅いというのに、と……。

「止めて下さいよ、真奈さん。市川さんに当るなんて。それこそお門違いですよ。この人、こう見えていて案外気が小さいんですからね。首になる前に辞める、なんて言われたら、どうするんですか。イブの夜に迄休んでしまった僕だって、そうしたらもう摩耶には行けなくなっちゃうでござりますですよ。ね？　市川さん」

「何で一々、市川に断るのよ、翡」

「僕の、直接の上司ですもん。それで真奈さんは、僕の元片想いの社長さん」

元？　元って何なのよ、元って……。あんたは元々、わたしの事なんか何とも思っていなかった癖に。あんたがそうやって、優しい嘘ばかり吐くものだから、わたしはあんたを忘れられないというのに。あんたの事を、思い切れないでいるというのに……。

「コホッ。もう寝んでも良いでしょうかね。さっき、薬を飲んだので、又、眠くなってしまった。それで良くなるでしょうから。今夜から又、店に出ますよ真奈さん、市川さん。お花をありがとう、元ワンサイド・ラバー（片恋相手）の真奈さん。上司の市川さん。柳ママさんにも一応、お礼を言っておいてくれないかな……」

「ああ。良いともでござるよ、翡。無理はするなと言いたいが、出られるようなら出ておいで。余り休むと、出て来るタイミングが難しくなってしまうでござるからねえ」

そういう事ですのでね。さ、帰りましょ。帰りましょうよ、グレース大ママさん……。

市川は、翡が逃げ込んでしまった寝室の扉を見詰めていた真奈を、追い立てるようにして、安アパートの一室を出たのだった。

真奈の心は、言っていたものだ。あんなに病み疲れたような様子でいても、それでも翡は美しかった。それでも翡は、優しい嘘吐(つ)きのままでいてくれた。ねえ、翡。翡。わたしがあんたに惹かれるのは、いけない事なの？　年なんて、恋には関係が無いのよ。そんな事は、あんただって良く解っていてくれるからこその、優しさなのでしょう？「桜」が、あんたの恋人では無くて良かったわ、翡。恋人なら、酷(ひど)い風邪と咳で寝込んでいるあんたの傍に、居た筈だものね。それにしても……。オリビアには本当に頭に来ちゃったわ。人の「想い人」を盗ろうとするなんて。それも、二度も盗ろうとするなんて！　油断も隙も有りやしない……。

「その通りだよ、グレース。君はもっと怒っても良い。怒りの炎で、オリビアを焼きたまえ。君の怒りの火種は、良く燃えているかね。君のミドリを燃え上がらせる程に燃やして、誘惑するが良い、君のミドリは最高だ。他の女に呉れてやる事は無い。そんな位ならいっその事、焼き殺したまえ。何、簡単な事だ。そのアパートに火を点けろ！」

真奈は、その「声」が市川のものだとでもいうように、市川を睨んでいた。オリビアはともかくとしても、翡を「どうにかしろ」と言うなんて、許せないと……。

市川は真奈の頭の中の、柳への怒りとジェラシーを見ていた。詳しい理由に迄は、思い至らなかったけれども……。真奈の怒りは柳に、そして彼女の恋心は相変わらず翡の上に有って、炎のように燃えているのだ。「これでは、話が逆でござるわさ……」と市川は考えて、翡が吐いていた嘘に、気が付いてしまった。

翡の方が、真奈を上手に拒絶していたのだと……。

真奈は一睡も出来ないままに、高沢に会いに行った。

柳は、正午過ぎに市川から様子を問い糺し、翡のアパートでの凡そを聞いたのである。それで、確信した。翡の吐いていた、優しい嘘を……。それから、聴いた。真奈が聴いたものと同じような、意識の闇から湧いてくるような、黒い囁きを……。

真奈はその闇からの「声」を退けたが、柳はその「声」に聴き入っていた。「声」は、柳の女心を擽るかのようにして、甘く言う。

「ミドリは君のものだよ、オリビア。君に比べたらグレース等、年を取った只のメンドリだ。卵を産まなくなった、哀れなコケコッコーに過ぎんね。それでも邪魔なら、実行したまえ。オリビア、お前がずっと考えていた事を実行して、グレースを潰すのだ……」

何であたしはこんな事を考えているのだろう、と柳は思った。グレースがコケコッコーだなんて、笑える話じゃないの。潰せるものなら、潰したい。けど、まだ早過ぎるわ。グレースの方が翡に入れ上げて「振られた」という証拠を、きっちりと集めなければね。そのためには、翡を。そのためにも翡を、あたしの味方にしなければ。嘘なんか、あたしは言わせない。あたしもミューズのオリビアよ。グレースなんかとは、格が違うわ……。

「その調子だ、オリビア。せいぜい頑張って、一人占めにしたまえ。翡は美しいだろう？　美しい物を、手に入れろ。手に入れなければ、横から攫われてしまうぞ。攫うのは誰かな？　グレースか、生意気な桜という女か……」

柳は、どうして自分の頭の中で「声」がするのか迄は、気にしていなかった。何故自分が新入りのホヤホヤの翡に、こうまで強く惹かれていくのかも。

ダニエルの、何か懐かしいような物でも見るような瞳が、自分の耳朶の小さく赤い、花のような、血のような痣の上で静止し続けているままなのを、翡は感じていた。高沢の酔って濁った赤い瞳が移ろうように、呆けるようにして、自分の上に注がれているという事も。翡が休んでいた間も「摩耶」に通って来ていて、今夜も高沢に遅れてやって来た吉岡勝男の未練気な瞳が、物欲しそうに、暗く光っている事にも……。

翡は焼け付くような吐息を吐いて、掌の中に隠し持っている薬を飲み下していた。心臓の痛みを止めて一時的に楽にしてくれ、窒息による胸の痛みと咳も止めてくれる、数種の薬を堂々と……。

「まだ咳止め薬が要るでござるか。熱は下がったと言っていたのに。きつかったら、もう上がった方が良いでござるよ、翡。柳ママさんは、怒らないと思うから」

ありがとう、市川さん。だけど、僕は帰らない。平気だよ。翡の心の声と笑顔は、市川だけでは無くて、ダニエルと柳の心をも明るく、優しく照らし出す。僕が欲しいのは心の痛みを止めてくれる薬だ、と翡は思いつつ、蕩けるように笑んで見せていた。

紅は、本当に会社に行けたりしたのだろうか……。行けはしなかっただろう、と僕は思って祈っているよ、紅。紅桜。紅桜。僕にはもっと、甘えて良いのに。君は、誰にも甘えないのだね。甘えられない君は、何と愛おしい。誰にも甘えられない君と僕は似ていて、本当に、花王双樹のようだもの。深山に隠れて、並んで咲いて散る、双児の樹のようだ。君の涙は、僕の心を痛ませるよ、紅桜。僕の安美と一寿の泣き顔のように、僕の心に傷を残していく。柊と樅のために泣く時の、沙羅と薊羅のようにね。あの二人も双樹だったね、紅桜。香り高い沙羅と薊羅の双樹は、子供のために泣く。淡くて儚い桜の双樹は、愛の痛みの極みに咲いて、散るのだろう。泣いて。愛(おし)んで。密やかに。紅桜、君と僕とは生きて、散っていく。笑っていて欲しかったのに。何も知らないままで、幸福でいて欲しかったのに。運命の奴は、残酷だった。だけど……。僕は君を信じているよ、紅桜。君はこの「夜」を、この「暗夜」をきっと、通り抜けられる。君の「あの方」への愛と、僕達の愛とで。きっと、きっと通り抜けられる、と僕は信じて、祈っている……。

高沢敏之と吉岡勝男は申し合わせでもしたように、その後も又別々にではあったが、毎夜「摩耶」に通って来て、閉店間際迄飲んで帰るのだった。

「摩耶」にとっては売り上げに大いに貢献してくれるその二人は大歓迎だったのだが……。柳の心は違っていたのである。馴れ親しんでいる筈の高沢が、別人のように余所余所しく、妙に色褪せて見えてしまって、仕方が無いのだ。吉岡の方もいきなり理由も無く(お目当てのホステスもいないのに)、友人の高沢と待ち合わせているという訳でも無く、一人でブラリと連夜通って来るというのは、薄気味が悪かった。その高沢と吉岡は、顔を合わせると決まって同じテーブルには着くのだったが。二人共大して嬉しそうでも、楽しそうでも無く……。その癖どうしてなのか、翡を席に呼びたい、と決まり文句の連続なのである。翡が、自分の近くに来てくれるのは、嬉しい。

だけど何でなのよ、と柳は訝り、高沢や吉岡にそれとなく尋ねてみたり、二人の様子を注意深く観察していたりしたのだったけれども。けれども、高沢は翡に対していつかのように、「何処かで会った事が、有るんじゃなかったかな……。東京では無いかも知れないがね」等と、執こく繰り返すばかりで。吉岡の方では柳に聞こえないように「クラブ・花王という店に、今度ぜひ連れていってよ。君の桜ちゃんを見たいし、君も彼女に会いたいだろうからさ。二人で行って、盛大に騒いで楽しもう」等と言っては、柳の神経を逆撫でにしてくれているだけなのだ。

幾日も経たない内に柳は(市川もだったが)、高沢と吉岡が煙たくなってきてしまった

のである。但し、肝心の翡だけは別に嫌がる風でも無く、淡々としていて時には明るく、

「僕に似ているっていう美人の社員さんて、何ていうお名前なんですかね。その人、お元気なんですかァ？」

等と言ったりしていて。

「駄目ですよ、先生。花王は下町の下町の、その又下町の下町に在るんですから。今から行ったりしていたら、夜が明けちゃう。桜は気の良い可愛い娘ですけどね。まだほんのネンネで。先生にはきっと、面白くも何ともないでござるでしょうから。ウチのサンドラちゃんやレスリーちゃん達の方が大人で、楽しいですよ、きっと」

等と、リップサービスをしたりしているのであった。

風が、又哭いていると敏之はその夜も思って、酔いの回った瞳を上げた……。

水森紅が翡桜のアパートに行き、きちんと片付いている部屋に、正月用の松飾りを飾って。翡桜の大好物の甘い玉子焼きと、魚の照り焼きや野菜の煮物等を作って置いて帰った、次の夜。下町の綿木公園の桜の樹の下では、シモン・山田千太郎がフランシスコに看取られて天へと還っていく事になる、その同じ夜に、高沢の耳と心は、うねりを上げて散っていく、轟々とした波のような、セイレーンが歌っているような、風の音を聴いて、荒れていたのだった。

吉岡は「摩耶」の近くに車を待たせておき、其処で翡が店を出て来る時を計っていた。

ダニエルが高沢の車を停めているコインパーキングにでは無く。翡がタクシーを拾う筈の、通りの樹々の下陰で……。

店のホステス嬢達は大抵客に送って貰うか、店のマネージャーである布田に送って貰って、家迄帰れるのだが。だが、バーテンダー達の深夜の帰宅の面倒迄は、何処のクラブでもバーでも見てくれ等しない事を、吉岡は良く知っていて、「その時」を、待っていたのである……。暗い車の中で待つ吉岡の耳にも、獣が咆えているかのような、陰に籠もった風の音が狂ったように吹いて、鳴っていた。吉岡は、市川が翡の「虫除け送迎」を、ママのオリビアから言い渡されて、内心戸惑いながら張り切っている事迄は、まだ知らないでいたからである。吉岡が知らないでいる事は、もっと他にも有ったのだけれど。それは、彼の妻である花野に就いての事だった。

花野は毎年、人目に立たないが古くて由緒の有る小さなホテルで、男と会っていたのである……。そのホテルのフロントの主任は、沖敬一の昔の部下であり、沢木渉と金沢（昔も今も、沖の部下）や堀内の「仲間内」でも或った、野木であった。クリスマスの夜にTホテルのラウンジに集まり、ラウンジを閉めてからも飲み明かしていた、四人の男達の内の一人の、野木である。

野木は、花野が予約する部屋の中には、男はいない事を知っていた。その男は、その部屋の隣に決まって宿泊するのだから。「今年も」、と言い換えた方が良いのかもな……と、野木は考えて嫌な気持になる。その男と吉岡花野とは、いつでもそのような会い方をして来たからなのだ。織姫と彦星のように。一年に一度か二度程度の逢瀬……。きれいに聞こえるその逢瀬ではあっても、道ならない恋の埋み火のようなものであったとしたならば、と野木は考えていた。その恋は、美しい星の河とは呼べない澱んだ泥の川か、汚い海を渡っていく舟に似ていて、汚れているのではないのか、と。汚れた舟では、星の河は渡れない。

その「山の上ホテル」の地下駐車場には、常ならば川北大吾が運転をしている、黒くて大型の乗用車が置かれたままにされている。花野の車は目立たないように、一番奥の隅の方に停められていた。

花野は、年末から年始に掛けては必ず群馬県の地元に帰る、藤代勇介と逢うためだけに、部屋を取る。

どっしりとした厚いカーテンを下ろして、窓の下に広がる庭園の緑も、窓の上に在る凍るような空の色も閉め出して、勇介は花野を待っていた。もう良い加減に、あの女とは「切れたい」、と考えながら……。

勇介のそんな気持を察した花野は怯え、苦しみと不安から、由貴に対する嫉妬から、再来教団等という、怪し気な新興宗教にのめり込んで行ってしまったのであった。教団には思い掛け無い程に美しく、輝くばかりに神々しいような、光降という名の年齢不詳の教祖がいて、花野の悩みに応えてくれたからだった。光降は言った。

「花野。君に子供が出来なかったのは、神の思し召しだったのだよ。吉岡君と君とでは、前生からの因縁が悪過ぎるのだ。そう考えて、今の家庭はもう諦めなさい。諦めて、御亭主には好きなようにさせる方が良い。そうすれば君達の悪縁は、今生で消せるだろう。神の子の再来であるわたしを信じ、縋っていなさい。そうすれば、願い事は叶ってゆくだろう。お前の前生からの恋人は、別に居るのだ。そうだ。お前には良く解っているだろう。彼が、そうなのだ。お前とでは無く、由貴と暮らしているあの男の事だがね。心配する事は無い。その内に、全てが上手く行くようになっているからな。お前がわたしを信じてしっかりと付いて来るならば、わたしの力が彼にも及んで行くからだ。良いかね？　幸福になりたいのなら、信じる事だ……」

信じます、と花野はその時答えたのだった。光降の言葉の通りに、その内に勇介は川北を「自分の代りだから」と言って、教団に出入りをさせるようにも、なってくれるように変わった。花野が頼んだ訳でも、何でもなかったのに。勇介が長年の二人の間の習慣を破って、一種の「繋ぎ役」とでも呼びたくなるような、第三者である川北を花野の近くに寄こしてくれた事に、彼女は希望を持ってしまった。絶対に洩れてはならない秘密の筈の二人の間に、他人（幾ら人の良い、使い易い男であるとはいっても、川北は、所詮は只の私設秘書であり、赤の他人である事に変わりは無かったのだ）が、入ってきた。しかも、その「他人」は花野の近くにいつでも居てくれる。「冷め掛けている」と思っていた男の動向の逐一を花野に伝え、優しい言葉で労ってくれたりもするのだったから……。花野が、その事によって勇介の心が戻ってくれたのだと思い、光降に無条件で従っていくようになったのは、無理の無い話であったのだけれども。けれども、勇介の気持は、変わったのでは無かったのである。勇介は、自分の頭の中でしていた「声」に、従っただけなのだ。

「あの女には、もううんざりだ」と最初にその「声」は言ったのだった。冷たく、突き放した言い方で「声」は続けて言っていた。勇介自身の声で、「それ」は始まった。

　親父の奴に言われて、東京の学校なんかに来たのが、間違いの元だった。エスカレーター式の私立校に通学するために俺は、小学生の頃から田舎とこっちを、行ったり来たりだ。悪くは無かったさ。親父達の目の届かない所で、チョイとした遊びもしたし、敏之や勝男とは、悪さもかなりしたものだしな……。マズかったのは、花野とデキちまった事なんだよ。由貴との結婚話が進んでいたのに、花野の奴とデキてしまったという事だな。一度だけの遊びの積りだったと迄は、言わないが。俺は由貴と結婚をして、花野も予定通り勝男と結婚式を挙げたんだ。普通はそれで、終るだろう?「ところが、ジ・エンドにはならなかった」、とますます冷たく、今では嘲(わら)っているかのように「声」は言う。

「何と言ってもお前達はまだ若かったからな。その上、年下好みと言うよりは少女好みとでも呼びたいような勝男の相手の花野は、まだたったの十八歳だった。男だからな。唆られただろう？　それで、続けた。親友の彼女の花野と、一年もの間。お前はロクデナシだよ。そう。お前の事だ、先生。彼女は手強いぞ。あの女は、執念深くて、煩(うるさ)いぞ。黙らせてくれと頼むのなら、黙らせて遣っても良いがね。わたしの祈禱は、高価(たか)く付く。だが、あの女程に高くは付くまいよ。お前がこれから先も先生様と呼ばれたいのなら、あの女程危く、高く付くものは他にあるまい。ん？　先生……」

　勇介は、木枯しのような、狼の遠吠えのようなその冷めた脅しの「声」に、屈服させられた。そして、その「声」の命じる通りに多額の献金を川北に運ばせ……。ついでに、吉岡花野の近くにいるようにとも、命じたのだった。「声」が、誰でも良いから男を一人、花野の近くに居させるように、と命じたからなのだ。「そうすれば」、とソレは言った。

「そいつがいつかは、役に立ってくれるからな。お前の代りに、あのビッチ（メス犬）の口を封じさせてやれば良い……」

　花野の顔を見た勇介は、「それはいつなんだ？」と喚いてしまいそうになる。今夜の花野は、美しかった。その美しさは半年振りに逢う時の、飾り立てた人工的なものでは無くて、内側から発しているような、色彩の所為のようだったものだから……。

　怒りという名の色光。疑いという名前の、彩光。

　花野がその身に纏っていたのは、怖ろしい迄の恋慕の情と、それとは正反対の、あらゆる「何か」のようであったのだ。花野は疑い、憎悪の炎に焼かれていた。

信じていたのに……。花野は、心で泣いていた。あなたを信じていたのに、勇介。あなたはわたしに嘘を吐いていたの？　それともあの夜の事は皆、あの女の企みだったとでも言うのかしら？　わたし達の秘密を知っている誰かに唆されでもした、湯川沙羅と名乗っているあの生意気な女が、わたしのお母様に生き写しのような娘を何処かで見付けて来て、わたしを脅しただけ？　わたしにはもう判らないのよ、あなたが……。勇介。あなたが、解らない、わたし、光降先生を信じたわ。それなのに。今ではもう何もかもが、遠い昔の出来事のようにしか感じない。わたしは今でも本当に生きているのかさえも、もう判らないし。どうでも良い事のように、思いもする……。

「信じよ、と言っただろう、花野……。わたしの言葉を信じていなさい。その男を問い詰めて、本当の事を聞くが良い。お前達の仲を裂くのは、わたしでは無い。お前達の間を裂くのはお前の不信仰と、その男の冷めた心なのだ。だが案ずる事は無い。冷たく褪せてしまった男の心は、神の子であっても変えられはしないからな。だが案ずる事は無い。花野。お前にもまだチャンスは残されている。その男の心を取り戻し、お前のものにするチャンスは、今夜お前が問い糾す、昔に掛かっているのだからな。嘘を、許すか許さないかどうかも、お前の心に掛かっているのだ。その男を生かしておくか、殺してしまうのかも。それとも、殺してしまうのは、沙羅とあの娘の方が良いのかも知れないがね。あの二人が、お前の恋の邪魔をしているのだ。あの娘と沙羅の二人が、その男の心をお前から離したのだよ……。それだから、あの二人をわたしへの犠牲として、わたしに差し出しなさい。不信仰では無くて、信じる者となりなさい。あの二人は、穢れているからだ。花野。お前は不信に染まって、汚れてはならない。お前は穢れた者達を抹殺する事で、わたしへの忠誠の証としなさい。恐れてはならない。怯んでもならない。勿論、その男でもあの二人でも、わたしはどちらでも構いはしないがね。信仰にも恋にも、犠牲は付き物なのだから。選びなさい。それから、献げなさい……」

「汚れている方を……」と、花野の心の中の「声」は言っていた。

「汚れている方を……」と、花野自身も呟いてはいたのだけれども……。汚れているとは、一体どういう事なのだろうか。もしも、藤代勇介が嘘を吐っていて。たかが湯川沙羅と紅とかいったあんな娘の所為で、自分への心迄もが褪せてしまったのだとしたら、どうなるのだろうか。それも一種の「汚れ」なのでは、ないのかしら。それは、はっきりとした「裏切り」なのでは、ないのかしらね……。花野は涙を溜めて、勇介を見た。

二十七年前、十九歳になった花野は、長野県K町に建つ遠山家の別荘に、たった一人切りで隠れて、引き籠もっていたのである。母親の遠山花世と祖母の静音だけでは無くて、乳母だった時子迄も遠ざけて花野は、秋から冬のK町に籠もっていたのだ……。嘘を吐いて。花野は、家族達から身を隠していた。特に父親の圭一と、恋人だった勝男から……。

病弱であった母親の花世は、十代の終りを迎えた、一人娘の身を案じ続けていたのだが。

その花世の方は病室に起き伏しをしている身で、時子は、花世の世話に掛かり切りになってしまっていた冬の事である。父の圭一は多忙の身で、祖母の静音が花世の代りに、圭一の身の廻りの世話等をしていた年の出来事だった。花野は、家族達と婚約者の目から、逃れたのである……。極度の不眠症からくる「ノイローゼ」だと、遠山家の掛かり付けであった病院の院長である福田は診断し、都会の喧騒から離れて、冬のK町に有る別荘に花野が行く事にも、賛成してくれたのだが……。

花野の不眠症と「ノイローゼ」には、他に原因が有ったのだという事実は、福田には伏せられたままだった。

「妊娠五ヶ月に入っていますね」

勇介に付き添われて訪れた産婦人科医院でそう告げられた花野は、茫然としてしまっていた。妊娠した？　そんな事は、考えられないわ。だって。勇介はいつも、避妊をしてくれていた筈だもの。それに、わたしはまだ勝男とは、一度も寝たりはしていないもの……。勇介は、避妊の仕方が杜撰（ずさん）だった事を告白して、謝りはしたのだったが。それでは由貴との結婚を取り止めにして、花野と「結婚をしても良い」とは、最後迄言ってはくれなかったのである。

「問題がデカくなり過ぎるよ、花野。俺は親父に勘当をされて、親友を二人も失くしてしまう。君だってそうだろう？　君も親父さんに勘当をされて、吉岡には絶縁されるし、大学や世間の笑い者になってしまう。そうかといって、駆け落ちなんかしたってさ。一文無しでは、どうにもなるものか……」

　困ったな、なんて言わないでよ。貧しくなっても良いから何処かに逃げて、其処で親子三人、慎ましく暮らしていきたいと言ってよ、勇介。嘘でも良いのよ。嘘で、良いから。お願いよ、勇介……。けれども勇介は花野を、K町にある藤代家の別荘と同じ区画内に建つ、遠野家の別荘にと誘ったのであった。花野は大学を休校し、家族達にも勝男にも「会いに来たりしないでね。わたしの方から連絡をするから。一人になりたいの。早く治って、早く帰って来れるように、少しの間だけ、一人でいたいの」と殊勝な嘘を吐いて、K町に赴いたのだった。十月。

　避暑地の秋は早く、冬も早かった。勇介は毎週藤代家の別荘に通い、別荘から花野の下に来てくれていたのだ。大学が休みに入った十二月の下旬からはずっと、花野の傍に付き切りで居てくれて……。一月の末に花野は、ビデオで練習をしていた無痛分娩に、勇介に見守られながら挑む事になった。無謀にも……。

　花野は、薄い笑みを浮かべる。勇介を殺す？　それも良いわね、と……。二十七年前とその翌年の一月末の夜に出来なかった事を、今するの。それから、わたしも死ぬのだわ。山の上ホテルの、勇介の部屋で死ぬの。無理心中だと騒がれれば、スッとする。わたしから勇介を奪った由貴にも、わたしを蔑ろにしてきた勝男にも、思い知らせて遣れるもの……。

でもね。あの娘。あの紅という娘と、沙羅を殺してあげるのも良い。穢れている二人が組んで、わたしを死ぬ程怯えさせたのだもの。光降様が、わたしの信仰と忠誠心を疑ったりはなさらないように。勇介の心をわたしから離したという、お邪魔虫でイカサマ師の、あの二人を消してしまうというのも、良いかも知れないわ。わたし、あの紅という娘が恐かった。あの紅という娘が、嫌だった……。あの娘は、お母様に生き写しだったから。わたしがK町から帰って来た翌月に、逝ってしまわれたお母様に、そっくりだったから……。わたしは、わたしを置いて逝ってしまったお母様が憎くて、許せないのだもの。

花世は、花野にとっては遠い存在だった。病身だった花世は、可愛い我が子への愛情を十分に示せず、伝えられないままに、身罷ってしまったのだから……。病室に引き籠もってばかりいた花世の顔を、勝男ですら良く知らないでいた。勝男が知っていた花世は青白く、病み衰えていて。葬儀での花世の顔には、葬儀社の手に拠って、大幅な「修正」が施されてしまっていたのだったから……。だから、遠山花世の素顔は、勝男だけでは無くて、彼の友人の高沢と勇介も無論、知らないままだった。花世の写真は、今は薄暗い仏間の中に有る。祖父母達の写真の中に埋もれて、眠っているかのように目立たず、誰からも忘れ去られてしまっているのだ……。父の圭一の他の、誰からも。花野の乳母だった時子は他家に嫁ぎ、その後には、常代という名前の丸々としたお手伝いが、遠山家に入っている。

花野は、父親の圭一に似ている娘であったのだ。圭一は母親の静音に似ている、優し気な面立ちの男であった。気性は激しかったが、そんな所も花野は、父親の方に似ていたのだ。その圭一も、年を取った。

「何が可笑しいんだよ、花野。何だか変だぞ、お前」

久し振り。会いたかったよ、とも言わないの？　勇介。花野の胸の中には、凍えた雪嵐が吹いていた。

「別に。何でも無いわ、勇介。半年振りね。でも、今年も何とかこうして今夜も又逢えたのね。嬉しい。あなた、少し太って、とても元気そうに見える」

「見えるだけだよ、花野。国会議員なんて、神経を磨り減らすだけの仕事なんだからな……」

でも。その代りに「先生様」と呼ばれて、気分が良いのでしょう？　そのために、わたしを捨てたのですもの。堂々とそう言えば良いのに。良い気分だって、言えば良いのよ、勇介。わたしを騙して好い気分だとでも、何とでも。わたしはあなたの言う、蓮根（間抜け）では無い……。あなたが川北さんや他の人達を呼ぶレンコンと、同じ種類の女では無いのよ。

「一つ、教えて欲しい事が有るの。勇介。あの時の赤ちゃんの事なのだけど。勇花は、本当はどこが悪かったの。心臓が悪くて、死んでしまったの？　それともあの子は、勇花は本当は、死んでなんかいなかったのかしら」

「そんな昔の事を、どうして今頃訊くのかね……」

勇介は、飲んでいたブランデーのグラスの中味を揺らしながら呟いて、花野の瞳を見た。憎かった。二十六年も七年も前の話に未だに拘っていて、聞きたくもない「勇花」という名前迄持ち出してくる、花野の執こさが……。花野の瞳には、狂気が見えた。

「勇花の事なら、何度も説明しただろう？　花野」

勇介は花野を宥め、丸め込むためにブランデーを注いだグラスを手渡して、猫撫で声で囁くように言う。

「あいつは、死んだのじゃ無い。死んで、生まれてきたんだよ。つまり、死産という奴だったんだって、何度もさ……。それで良かったんだ、とも言った筈だよ、花野。あれは、不具者だったしな。生きて産まれたとしても、長くは生きられなかっただろうし、皆を不幸にするだけだったんだ。自分だけでは無くて、俺もお前も、不幸にしてしまう様な、奴だったのさ……」

あいつ？　あれ？　奴ですって？　何て人なの、勇介。少なくとも勇花は、あなたの子供だったのよ。自分の子供なのに、名前を付けるのさえ嫌がって……。その上に、あいつだのこいつだのと、ずっと思っていた訳ね。勇花じゃ無くて、花衣にしておくのだった。

例え不具であったとしても、あの子はわたしが産んだ娘ですもの。でも……。本当に花衣はわたしの娘だったの？　勇介。あの時の、無惨な苦悶で気を失ってしまっていた、わたしの子は。本当に死産で、本当に女の子だったのかしらね、勇介。あなたはわたしに勇花の、いいえ。花衣の遺体さえも、ちゃんと見せてはくれなかった。見ない方が良い、と言って、抱かせてさえもくれはしなかったのよ。

「本当の本当に、女の子だったのかしらね、勇介。それで？　あの子はどこが、どういう風に不具で死産になったと言うのか、わたしにきちんと教えてよ……」

煩（うるさ）いな、と勇介は心の中では猛り、怒り心頭だった。

何の権利が有ってこの女は、「議員様」の俺を未だに呼び捨てにしたり、偉そうな口を利いたり出来るというのだろうか。たかが年に一、二度、今では只の習慣で逢っているだけの、何だったかな？　そうだ。ビッチ（メス犬）の癖をして。こういう女をサノバビッチ（こん畜生）とでも、呼ぶんだろうな、きっと……。勇介は思った。そして、それが声に、態度にも出てしまった。

「それ程知りたいのなら、教えてやるよ、花野。あいつは、人間の赤ん坊じゃ無かったのさ。お前は化け物を産んだんだ」

「化け物ですって！　酷（ひど）いわ、勇介。あなた、何を根拠にして、自分の子供にそんな事を言えるというの」

「それなら、言ってやる。人間の足は何本だ？　花野」

「二本に決まっているじゃないの！　馬鹿にして……」

叫ぼうとし掛けた花野の顔色が、失われていった。勇介はその「時」を、見逃したりはしなかった。

「そうだよな、花野。人間だったら、足は二本だと相場は決まっているものな。だけど、あいつは。あの化け物の胴体から下はまだ、人間に成ってはいなかった。上は人間だけど、下は魚のままだったのさ。人魚なんていう、良いものじゃ無かった。半人半魚のお化けだったんだよ……。だから俺は、」

「わたしに隠れて、捨てに行ったのね。わたしには隠したままで、あの子を捨ててしまったと言うのね……」

「あの子、じゃない。勇花だよ。だから俺は、勇花の遺体を置いて来たんだ。あの辺りには、寺なんか一つも無いからな。せめて、教会の墓地にでも埋葬して貰えたら……と、思ったんだよ。野晒しになんか出来ないし、犬や猫じゃ無いんだからな。その辺に埋めて、後は知らん顔をしているなんていう事は、出来ないだろう？」

勇介は、自分の口から出てくる嘘を、恐ろしいと思いはしたのだが……。だが、これ程に突飛で、これ程に真実味のある嘘を吐けたという事には、快感を覚えてもいたのだった。

花野が泣いて。泣いている……。

「良い調子だったな、勇介。その調子で女を丸め込みたまえ。半人半魚だと？　笑えたぞ、勇介。だが、良い線を行っていた。あの赤ん坊はお前達にとっては、本物のテラス（怪物）のようだったからだがね。実際にあれはセイレーンか、オンディーヌ（水の精）のような代物だったからな。長くは、生きられまいよ。セイレーンもオンディーヌも、人間に殺されるからだ。男にかな？　それとも女になのか？　どちらにしても、あれの肉は旨いぞ。あれの骨なら、もっと旨い……」

勇介は気分が悪くなって、花野の肩を抱き寄せていた。「勇花」は、死んだのだ。真冬の、北海道の寒さよりも寒い、あのN町の教会堂の扉の前で。産着の他にはタオル一枚身に着けていなかった赤ん坊が、厳冬の夜を耐え抜けた筈等、無いのだからな……。勇介は思った。そうだ。あの時、あいつは産声さえも上げはしなかったのだ。息も細くて。車の中でも本当に、死んでいるかのようだった。

花野には、勇介の嘘が見破れなかった。見破りたくもなかったし、只、勇介の腕に抱かれていたかったのだ。そのまま時を止めて、永遠に……。勇介が花衣を、勇花を蔑ろにはしていなかったという、その一点の上に留まって、「永遠になってしまいたい」、と願っていたのだった。紅が、花世に生き写しであったという事実は、その時の花野の頭の中からは、拭い去られてしまっていたのである。どす黒い風に吹き飛ばされて、その事実が花野の疑心と共に、消し去られてしまっている事に、花野は気が付きもしなかったのだ。

「殺して遣るわ、いつか……」と、花野の心は呟いていた。あの湯川沙羅と紅という娘の二人を、殺して遣るの。汚れた女達を、光降様は、お嫌いなのですものね……と。

藤代勇介は花野と逢った翌日の昼には、川北が運転して行く車で高崎市に在る実家へと、票田でもある地元へと、帰り着いていた。

父、勇と母、涼の後ろには、妻の由貴が控えている。高沢六花と敏一と同じ年頃の二人の子供達の勇也と貴和は、もう遊びに出掛けた後だった。


花野は、新年の挨拶に廻るための用意と、勝男と二人で新年挨拶を受けるための準備を、上の空で済ませた。勝男が不在のままの、年越しになる？

だが……。年が明ければ、と花野は、歌のようにして思う。年が明ければ、祭りが来るのだ。太白光降の誕生日は、一月十五日なのだから。だから、古い方の神の子であるメシアの誕生日は、再来教団では祝われない。新しい神の子として光降が、二千有余年後のこの日本に、天から降られて来ているのだから。

そのような理由で、再来を祝って催される光降の降誕祭は、教団での最大の祭りとなるのだった。一月十四日から十五日を挟んで、十六日迄の三日間。陰暦の正月十五日の夜明けに、光降は天界から降って来たのだという。母親の名は左呂女。サロメの夫は、太白出呂衛。デロエと書いて、デロへと読ませるので、心無い人々や野次馬根性丸出しの人間達は、イエスを磔刑にしたというユダヤ国の王、ヘロデとその姪のサロメに二人を例えたりもした。そして、その子である光降をも揶揄して「ウコウコ」(愚か者)と陰では呼んだり、「イカサマ師」だとか、「山師」であるとも言われているのだそうだけれども……。けれども、光降は「そのような事は、一切気にしていない」と明言しているのであった。その上で、光降は言うのである。花野は信じた。

「わたしを昔迫害した者達が、今の世においてもわたしと父母とを迫害するのだ。それだから、あなた方も気を付けていなさい。わたしを信じる者だけが、救われる世になったのだから。信ずる者達だけが、報いを受けるのだ。報われない者にならないで、報われる者となりなさい。不信仰な者達は既に、その報いを受けている。神の子を受け入れられずに無明に生き、不幸の中で老いて死ぬという報いを、受けているのだ。不幸とは、何なのだろうか？　豊かでは無いもの。富まされていないもの。十分では無く、明るくも無く、願っても聞いては貰えない。戸を叩いても開けて貰えなく、泣いていても放っておかれる事だ。だから、信じていなさい。わたしに従っている者達は、十分な報いを受けるのだから。わたしに倣って祈り、師のみを仰いで生きなさい……」

光降の説教は、善く善く聴いていれば、神の心に逆らうものだ、と解る筈のものだった。光降は、時折は嫌々のようにして、聖書の中にある言葉を引用したりもするのだが。大半はいつも、独自の見地から末法の世の中に彼が「来た」事の意義に就いての説教をし、聖句に就いての解釈は巧妙に捩じ曲げられていて、聞く者達を惑わせた。惑わされていると いう自覚も持てないままに、教徒達と聴衆は、黒い天使を見るようにさせられていってし まうのだ。闇の王国の中に引き摺り込まれてしまう迄も無く、彼等は「真実の光である 方」の、保護の下から迷い出て、誘い込まれてしまうのだ。荒れ地へ、荒れ地へと……。 人々の善意とお互いへの愛情心を餌食としていて、「暁」と呼ばれていた頃の姿に化して 惑わす、太白の領域へと……。善男善女と、悪女、悪者の区別も無く。海の底を浚ってい く底引網の網に掛けるかのように、太白は浚っていこうとしているのだから……。勿論の 事なのだが、太白が無上の好物とし、最高の「獲物」だと欲するのは、神への愛が深い者 達のソウル（魂）そのものだけだった。

父である神、子である神、助け主であり同伴者であり識別者でもある、聖霊である神へ の、愛深い者達のソウル。キリストであるイエスの言葉の内に留まって、互いに愛し合い、 助け合って生きようと望む者達の、ソウル。いつの日にか、彼等が愛している「その人」 の下へと、天を往く鷲の翼の中へと還ろうとしている、小さな鳥でもあるソウル……。

そして。それ等の数多のソウル達を愛し、呼び求め続けて、集め……。造り主であり、 父でもあるお方の愛の園へと、あの「楽園」へと導き、連れ帰ろうと努めていられる方が 保護し、手を差し伸べられて守っている、憧れに焼かれたソウル達。

小鳥であり、船人であり、神に、その御子である方に恋をしていて。命の限り誉め歌を歌い、その心の限り、力の限り、「憧憬花（あこがればな）」の花束を捧げ続けて生きていき。遂には、自分の心も望みも、命迄も全て、神に明け渡してしまって、生きる魂。唯一つの歓びである「憧れ」そのものに昇華して「愛」の中へと、消えていこうと夢み、真摯に生きる魂の持ち主達こそが、堕ちた天使達の王、ルシフェルである「モノ」の、ジェラシー（嫉妬）の的で或ったのだった。焼ける程に、痛む程に妬んで「ソレ」は角笛を鳴らす。狩りを告げるための、不気味な鬨（とき）の声を上げ、狩り、咬むのだ。あらゆる策謀と、甘言と。脅迫と、ブリザードの大嵐によって。幻影と迷い道によって。「彼等」を痛め付けて弱らせ、毒の有る牙で咬んで、止めを刺そうとしているのだった。「咬む」ためには、追い詰めるだけでは無く、罠に掛けたり、待ち伏せをしたりも、しなければならないのだが……。「ソレ」は、どうしてそのような事迄が出来たりするのだろうか？　聞いてみれば、「ソレ」は冷笑して言う事だろう。

　神に、一番近い所に居たからな。暁の天使よ、天使長よと呼ばれていたわたしは、神に最も近い者だった（近くに居たと言うべきなのに、近い者だと言う所にルシフェルの、自らと他へのまやかしがある）からだ。何でも思い通りに出来るのが、当り前だったし、今でもそうだ（ここにもルシフェルの嘘がある）。奴の通り道なら、それは良く知っているから待ち伏せられるのさ。神に近いわたしは、神と同等に成って当然だったのに！　神に等しい者は、神のような力を持っていて、然るべきではないのかね？　わたしを見ろ。このわたしは、美しいだろう？　神の光と、わたしの光の区別が出来るかね？　出来はするまい。それなのにわたしは、地上に堕とされた。全天の王では無くて、高々この世の父という惨めな境遇に堕とされ、地と中空との間に幽閉をされてしまったのだ。だがわたしに出来ない事等、有ると思うのかね。持っていない物等、あると思うか？「狩り」等、簡単な事だよ。あの鷲に憧れている小鳥を狙う事等至極簡単で、わたしのお楽しみなのさ。格別のな……。

ルシフェルには、出来ない事が多くある。持っていないものの方が、持っている物よりもずっと多い筈であるのに、「ソレ」には、その理が解っていないのである。「ソレ」が持っている物は、非情と貪欲、傲慢であるのに対して。持っていない物は、愛と憐れみと平和と、謙遜と喜び、感謝の心と、神への誠実さであるのだから。「誠実に、忠実に……」と「ソレ」に言ってみれば、すぐに解るだろう。返ってくるのは、乾いていて恐ろしい、海鳴りよりも大きな哄笑と嘲りなのだから……。「ソレ」に就いては、鷲とその御母であるマリアと聖天使ミカエルが、全てを知っておられる筈だった。

ともあれ、行く年を惜しんで鐘が鳴り渡る。

来る年を寿いで、又、鐘は鳴らされてもいたのだが……。風嵐の轟く中で、海が鳴いている中で、鐘は鳴き。鐘の音色も鳴いて。哭いて。泣いて、消えていく……。

その年の瀬、夜は悲しみの衣で東京シティの上空を覆い隠しているかのように黒く、年の始めの初陽を乗せた車は、嵐の前触れの静けさの中を、ゆっくりと昇ろうとして、近付いてきていた。陽が昇れば、海を航く船人達の道に、確かな時の輪が、廻される筈だった。

天を往く鷲は、その大切な時に、翼の下に不穏な空気と、風の、海の道の乱れを感じ取られて嘆く。神の小さな鳥達と船人の魂に届け、と警告の声を鋭く轟かす。時という名前の海航く旅人達に……。始まりから終りの日が来る時迄はずっと、その鷲であり、白い御衣を着けた輝く方であり、神でありながらも人の子となられた方。愛に渇いて死なれる事によって、「愛」そのものに成られた「その人」が、警告を発し、告げられていた。「目を覚ましていなさい」と。そして、又言われた。「怖れる事はない。わたしだ」と。それから、こうも言われているのだった。その眼差しと同じ美しいお声と、愛そのものである御心の、平和の君が……。


「わたしはあなた方といつも共にいる」

「わたしはあなた方を見捨てて、孤児とはしない」

「だから、安心していきなさい」

と伝え、励まされている。小鳥であり子供であり、花々の中の花である船人を……。

「その人」の愛は、御父である神の愛と呼び合い、求め合われて融け合う……。二つの神愛は、一つだけの唯一つの「生きている炎」となって燃え盛り、消える事はない。世界の中心であり、世界そのものである神の「現存」を証し続けていられるあの、されこうべの丘に立つ十字架上で、永遠に。生ける愛の炎は神の子供達を呼ぶ篝火となって、熱くて酷（むご）い炎となって、燃えているのだ。唯、言葉も無く「その人」は、御傷を示して「愛」を語り掛け、呼び続ける……。御傷は開いたままにされていて、其処では塞がれる事が無い。何故ならば、と「その人」は、小鳥達と船人に、語られる事の無い言葉、パッション（熱愛）によって、叫んでいるのだ……。

「何故ならば、このわたしの傷口が、あなた方のための天への道だから。
あなた方のための、天への門となるのだから、通りなさい……」

と。その人は、又、このようにも告げて叫ばれていた。

「わたしが父を愛したように、あなた方も御父を愛しなさい。そうすれば、御父はわたしを愛するように、あなた方をも愛して共に住まわれる。わたしと父との間の完全な愛によって、あなた方をも天の御父は愛し、憐れんでいるという事をいつでも思い起こしなさい。あなた方の愛心と憧れがわたしを恋う時、あなた方はわたしと父との愛にも似て、生ける愛の炎となって、燃えるようになる。そうなれば、解る。真実と真理である聖霊が、御父とわたしと共にあなた方を照らして、あなた方には何一つ隠される事の無い時が来るのだ、という事が……。あなた方も、松明のように輝くという事が……」

と。そして、謙虚な心と愛と憧れをもって、「その人」に学び、従っていくように、と絶えず促す「声」を、小鳥達のソウルは聴くようになる。その、同じ御声が同時に、「彼等」は神のものに、「その人」のものになったのだと告げてくれる囁きも、ソウル達は聴くのだ……。

「永遠に！」とソウル達は願い、叫んで「その人」を恋い慕い、「永遠に……」と鷲の御声も答えて、神の小鳥達の胸の中に、印を押されるのだった。

冬の嵐の待ち受けている新しい年の朝まだきにも又、神と小鳥の間では絶える事無く、闇の中でもそのようにして、「歌」は一つに溶け合って、謳われていた。

恋しいあの人は　わたしのもの
わたしは　あの人のもの
ゆりの中で

群れを飼っている人のもの

どうかわたしを刻み付けて下さい
あなたの腕に　印章として
わたしの心に　印章として……
愛する方どうぞ永遠に
あなたをわたしに　わたしをあなたに
刻み付けて下さい　永遠に……

歌は、天上と地上とを繋いで歌われて、一本の橋に、美しい橋になる。このようにして、ソウル達は神の御下に還っていけるようになり、世界も又、いつの日にかは、全ての源で在った方の下へと還っていかれるようになるのだろう。
「その日、その時」が来る迄は、だから、鷲も歌うのであった。愛おしい全ての魂達のために、パッション（熱望）を込めて。

美しい乙女（魂）よ
あなたはどこに行ったのか

乙女達も歌う。
　わたしの恋しいあの人は
　どこに行ってしまったの

美しい方(かた)と共に。
　美しい乙女（小鳥）よ
　わたしの　恋しい人よ
美しい方(かた)を求めて。
　どうかわたしを刻み付けて下さい
　あなたの腕に　印章として
　わたしの心に　印章として……

神である方も求める。
　愛は死のように強く
　熱情は陰府(よみ)のように酷(むご)い
　火花を散らして燃える炎

　　美しい乙女よ
　　あなたはどこに行ったのか
　憧れは惹き合い、唯一つの歌になって昇るのだった。
　　どうかわたしを刻み付けて下さい
　　あなたの腕に　印章として
　　わたしの心に　印章として……
　　刻み付けて下さい　永遠に……と。

　神である方、人の子となられた方と、小鳥達が謳う恋の歌は熱い……。

　水森夏樹は教会堂の正面と司祭館の前を避けて、唐松荘が建てられている女子修道会の敷地の一角の中へ、落葉松の林の中へと、そっと滑り込んで行って、孤児院の男子用寝室の隅に戻った。広くて寒く、まだ薄明けの中の、共同用の寝室に。夏樹は急いでベッドの中に転げ込む。
　既にもう、夜明けを待つ鐘が小さく鳴らされる時刻に、なっていたからだった。シスター達は昨夜からずっと、ダミアン神父やコルベオ執事達と一緒に祈り、新しい年の始まりに感謝をし、祝っている筈だったのだ。聖マリアの祝日でもある一年の初めのこの特別な日が、又来てくれた事を祝い、祈りと歌とを捧げて寿いでいるのだ。夏樹達の夜を徹しての御ミサは、降誕祭と復活祭の時だけで、昨夜は免除をされていた。余りにも冷え込んでいたから、子供達には無理だろう、と。

夏樹は、そのチャンスを無駄にはしたくなかったのである。唐松荘は簡素な修道院と、教会堂の裏庭に続いている落葉松の林の中に、建てられていた。どちらの建物の側からも、孤児院の古びた、二階建ての家屋には来られるのだったが。唐松荘の子供達の方からは、勝手に修道院の中には行けないようになっている。子供達は皆、淋しがり屋で。シスター達の方は皆、自分達の日課である修練と作務に、そして孤児達のための雑用に追われていて、忙しかった。淋しがり屋で泣きたがり屋の子供達が、求めて止まなかった暖かな抱擁とか、他愛のないお喋りや、心の奥深くに届いて巣籠もっているかのような愛の温もりは、十分に与えられているとは言えない程に、忙しくて……。

神に仕えていて満たされているシスター達には、乳幼児や児童達も又、満たされている筈であるという思い込みが、まず先に有ったのだろう。思い込みと言って悪ければ、「満たされていて欲しい」という、善意からの願望が……。けれど、そのどちらであったのだとしても、子供達が禁域に入り込む等という事は、許されなかった。部外者達が一切其処に入れはしないのと同じように、ごく当り前の事として禁域には入れなかったのだ。だから子供達は、シスター達が外の畑や庭に出て来て働いている姿を見たり、声を掛けて貰うためだけに、細い丸木で作られた柵の所に、絶えず行く。其処で歌ったり、飛んだり跳ねたりして、大好きなシスター達の名前を呼ぶのだ。そうするとシスターの方も、とても暖かな顔をしてくれたり、笑ってくれたりをするので……。子供達は、その時だけは満たされて。シスター達の方では子供達の輝く瞳に「喜び」を見た、と思ってしまうのだった。それだから孤児達の世話は分担されており、公平にシスター達に負担を掛けていたのだが。それだからといって、子供達の方が楽をしているという訳では、無かったと言えた。唐松荘の子供達は年長者になると、幼い者達の面倒を見るのだ。子供が、子供の面倒を見る。その事を酷いと思うか、子供は子供同士で気楽で良いだろうと思うのかは、大人の側の勝手であったが……。子供という生き物は、食事と同じかそれ以上に、「愛情」を食べる必要が有るのだった。愛情によって、安らかに眠り。愛によって育まれて、成長をし。「自分」という名前の花を咲かせられる、類い希な生き物である彼等子供は、愛という栄養素が不足すると、窒息してしまう。息が詰まって成長は止まり、その心の中の花園は枯れてしまったり、酷く捩じ曲がったりも、してしまう。感じ易くて、繊細な心を持っている子供程、その花園の荒れ果て方は酷くなり、遂にはその子自身がその事を、自覚出来る程迄に、なってしまうのだった。夏樹は、柔らかな、傷付き易い性質を持って生まれてきた子供の一人であったのだ。そして、湯川春樹も同じように、傷付き易い子供だったのだけれども……。

傷口から出る「哀しみ」という名前の涙と膿は、人それぞれに違っていたのだった。

春樹の傷口は「外」に向かって開き易く、夏樹の傷は反対に「内側」に向かっていって、胸を刺すのだった。つまり……。学校で苛められたり嫌な思いをさせられたりする事が続くと、春樹は時々「爆発」をしてしまうのだ。その「爆発」は大抵は、一歳年下の夏樹に当る事によって、収まる事になるのだった。

感情の暴走から覚めれば春樹は後悔をして、夏樹に謝りはするのだった。心から謝りはするのだったが……。

「悪かった。もうしないから。ダミアン様には言わないで。本当に悪かったよ、夏樹。堪忍な……」

春樹のその謝罪と約束の言葉は、時が経てば忘れられ、破られる事になってしまうという事を、夏樹は既に深く学んでいたのである。春樹には悪気がある訳では無いのだが、彼の「傷口」は外側に向かって開くのだという事を、夏樹は学んで行くようになった。言う迄も無く夏樹は、それ等の出来事の一切を、誰にも告げたりしなかった。当られる方は、辛い。けれども、当っている春樹自身もそうする事によって又、傷付いている事を、夏樹は感じ取っていたものだったから……。だからといって、夏樹の受ける痛みと傷が、すぐに治った等と考えてはならない。夏樹の痛みは「内側」に向かっていって、心の中の園を傷付けたのだから。夏樹は春樹とは反対に、「内」に向かって傷口を深く開いた。

「女子の奴等は良いよな。気楽でさ。何か有ればすぐにピーピー泣いて、菜美とか菜穂や、紅に甘えるし。夜廻りにシスターが来る頃を見計らって、夜泣きをし始めるような甘えただって出来るもの。だけど。俺達はそうはいかないもん。な、夏樹……」

年長の和己と和臣はいつでも連んでいたし、もっと年上だった善樹は冷めていて、年下組にも誰にも、心を開いていなかった。ダミアン神父にも、コルベオにも。シスター達の誰にも。多分、自分自身にも……。

男子寮の出入り口と設備は一階に、女子寮の出入り口と施設は外階段を上っていった二階にあり、広くて薄暗い屋根裏部屋は、女子寮からでなければ上っていかれないような造りになっていた。

唐松荘の子供達の数は、アメーバーのように増えたり減ったりを、繰り返す。生まれた時から出ていく年迄の十八年間を其処で過ごす者達の他に、何らかの事情が有って預けられる子供達は数年で入れ替り、数ヶ月でも、入れ替る。中には保育園代りのようにして、家庭や子供本人の事情で（例えば、他の幼稚園では断られてしまっただとか、身体や精神に多少の問題が有るだとかして）、日中の数時間だけを院内で過ごしている者達さえも、居たからだったのだが……。

夏樹は、その中の一人の子供を想い出す。「ミー」と呼ばれていて、夏樹よりも八歳年上の、優しい紅と仲良しだった、一人の少女のような、少年のような子供の事を。紅とミーとは、誰にでも優しく、思い遣り深くはあったのだ。が、その二人は同じように、誰からも少し距離を取っていて、誰をもその世界の中には入れないようにしていたのだった。二人を慕い寄っていく四歳年下だった菜美と菜穂達の手を握って、ミーと紅とは言っていたものだ。

「遊んであげたいけどね。僕達と遊んでいる所をパパ（神父）に見付かると、君達迄がお説教をされてしまうんだよ」

「ごめんね。菜穂ちゃん。菜美ちゃん。シスター・テレーズはお話も歌も、とてもお上手なのよ。わたし達の代りに、アン・シャーリーやプリンセス・マーメイドのお話を、きっとしてくれるわ……」

「コルベオ様は、マリア様とヨセフ様のお話が好きだよ。幾らでもお話しして下さるからね。さあ、もう行って。ホラ……。パパが恐いお顔でこっちを見ていられるだろう？ゴー、ゴー！　行って！」

行くけど。アン・シャーリーって誰？　プリンセスは何処にいるの？　教えてよ！
海の中だよ、君達みたいにね！　アンは僕の友達で、きっと君達の友達にもなってくれる筈だよ！

それは、夏樹がまだ六歳の頃の事だった。菜穂達は十歳で、ミーと紅とは十四歳になっていた頃……。

夏樹は、男のように「僕」と言い、紅のように長い髪をしている、その「子供」を見ていた。夏樹達と同じような長袖の白シャツを着てジーンズを穿いている、少年のようであり、少女のようでもある、その「ミー」という、子供を。ミーには、時々しか会えなかったが……。

海の中って……。と、夏樹は辺りを、緑の林と青い空とを見上げて、思ったものだった。「ミー」がイカレているという噂は、本当だったのかな、と……。

夏樹はアン・シャーリーとプリンセス・マーメイドの話を、後になって読んでみた。そして、頭を入れ替えたのだった。この世界が「海の中」だと言っていたミーは別にしても、アン・シャーリーが好きなミーなら、僕は好きだな、と。「赤毛のアン」と「人魚姫」の物語の中には、夏樹の心の傷口に口づけするような、塗り薬のような「何か」が在ったからなのである。

夏樹は、こっそりとミーと紅の後に尾いて、方々を歩くようになった。禁じられていた森の中や、湖の近くを。湯川の流れに沿って開かれた林道や、沼沢地にと続いている別荘への道や、その近くの小高い丘の上への小道や、白く輝いている道の入り口近くを。先に行った二人には気付かれないように、夏樹は十分に距離を置く。足音も立てないで、それこそ息すらもしないように努めて、二人の少女の後を追いて廻って、夏樹は歩いた。ミーと紅の世界を。

そのようにして……。夏樹は自分の傷が、森と樹々に、湯川の流れる音に、湖の煌めきと緑の匂いに癒やされる事を、知るようになったのだった。その「追跡行」は、夏樹が十歳になる迄続けられ……。

そして、終った。紅が上京してまず居なくなり、その内にミーの方もいつか、森からも教会からも、夏樹の前からも消えていってしまったからである。紅がいなくなってからのミーは、父親と妹、弟と一緒に、あるいは別々に、時折りN町に来てはいたのだったけれども……。父親とミーはコルベオと少し話をし、朝の礼拝だけに出て帰る。妹と弟を伴っている時のミーは、落葉松の林を歩き、「魔の森」の入り口近くにある湖の栈橋跡等で、二人を遊ばせていたりした。妹は美しく、おしゃまな感じで良く笑い、弟はスケッチをするのに余念が無くて、森の美しさに感嘆の声を上げ続けていたものだったのに……。それも束の間の事で、ミーもいつしか姿を消していってしまった……。落葉松林と、教会から。湯川の畔の林道と、湖の栈橋跡と、丘の上から。「魔の森」の美しさと険しさと、紅との想い出の前から姿を消し、夏樹の前からも消えて、何処か遠くに行ってしまったのである。紅と同じように「東京に行った」と言うシスターもいたし、病身の父親と弟妹達と一緒に、今でもN町からはバスで三十分近くも離れた鄙びた村里で「暮らしているらしい」という噂も、聞こえて来はしたけれど。

ミーが何処でどうしているのかを、夏樹が正確に知る術は無かったのだった。ダミアン神父は何故かミーと紅を嫌っていたようだったし、コルベオは院を出ていった「子供達」の消息に就いては、先方からの了解が得られない限り、貝のように口を閉じるのだったから……。シスター達は、個人的な話を避けるようにしていた。ましてや噂話の真偽等に就いて尋ねたりすると、決まって笑われてしまうだけだったのだ。

「神様だけが御存知の事があるのよ。神様だけが、知っていられれば良い事もあるの。夏樹ちゃん。ミーと紅なら、心配要らないわ。他人（ひと）の事よりも、自分の心配をするのね……。夏樹ちゃんは神様のお気に入りかしら？　それなら、良いのよ。それだけで良いの……」

コルベオ執事とシスター達は、話を逸らせる天才だった。それなら良いよ、と夏樹は胸の中で決めていた。

自分一人だけでも、捜してみせるから。この世界が、「海の中」だと信じていたミーを。アン・シャーリーを心の友としていた、ミーと紅を。僕に森の、樹々の、風の、花々の美しさと、川の流れの豊かさを教えてくれて。湖に映る千の太陽の欠片の煌（きら）めきと、あの不思議な「歌」を、「お祈りごっこ」を、「マルタとマリアごっこ」をして、昇っていく陽にそっと手を合わせてもいた、ミーと紅。紅は、僕が十歳の年にはもう、東京に行ってしまったのだけれど。ミーは、別だもの。少なくとも僕のミーは、僕が中学生だった頃迄は、N町の近くの何処かの村里で暮らしていたのだもの……。

そして、逝った。空へと昇っていってしまったんだ。

　夏樹は山崎家の事情には詳しくなかったし、彼が想っていた「ミー」の事情に就いても、関係者達の誰からも疎外され、閉め出されてしまっていたのだけれども。

　けれどある日突然、夏樹は知らされたのだった。コルベオがそっと、耳打ちをしてくれた、そのお陰で……。

「夏樹ちゃん。君は、ミーが好きだったね。だから、教えてあげようと思って……。本当はそれもいけない、と神父様には言われているのだけれどね。ミーは、天国に旅立っていったのだよ」

「それはいつの事なの？　どうして？　だって、ミーは。だってミーはまだ、たったの二十四歳だったじゃない……」

「心臓だったそうだ、と聞いてはいるがね。詳しい事迄は、わたしも知らない。ダミアン様はミーのために今朝、葬送の御ミサを上げられたのだよ。シスター達とわたしが、参列をしていた。鐘が、鳴っていただろう？　夏樹ちゃん。あの鐘の音色に送られて、ダミアン様が立てて下さった御ミサに送られて、君のミーは美しい方の待っていて下さる御国に、帰っていった。だからね。泣いてはいけない……」

　御ミサの依頼人は、紅の知り合いの御婦人だったよ。紅は、来られなかった。ミーの訃報を聞いて、倒れてしまったそうだからね。ミーの家族達も、参列しなかった。家族で暮らした村での葬儀を希望している、という事らしいのだがね。ダミアン様はその事で、おツムを曲げられてしまっているようだ。だから、夏樹ちゃん。君はダミアン様には何も訊かない方が良い。ミーのために、祈ってあげるだけの方が良い……。

夏樹は春浅いその日に学校を休み、森へ行って泣いた。湖の桟橋の跡で泣き、その湖の上の小高い丘山の上に立っている、巨（おお）きな楓の樹の下でも、泣いたのだった。

そうすると、楓の老木は穏やかに、夏樹の涙と慟哭を和らげ、宥めて、慰めてくれさえもしたのである。楓の中から、「歌」が聴こえた。ミーと紅が好きで、夏樹も好きになってしまっていた、あの「歌」が……。大好きだったミーの声で。紅の声で。それから、聴いた事もない少女の声で、その歌は歌われ続けていったのだ。

緑の中で　乙女は歌う
わたしの恋しい人は
どこに行ってしまったの

わたしの恋しい人は
群れを飼っている人
ゆりの花の中で

群れを飼う人
あの人は
昼はどこにいるのでしょう
あの人は
夜はどこで眠っているのか……

美しい乙女よ
わたし達も一緒に
探してあげましょう
あなたの恋人は
あなたを何と言って呼ぶの

乙女は答える
これが　わたしの愛する人
これが、
わたしの慕う人と……

わたしの恋しい人は
どこに行ってしまったのか
美しい乙女よ
あなたはどこに行ったのか

恋しい人よ
あなたはどこに行ってしまったの
昼は呼び求めても
答えて下さらない
夜は黙る事を　お許しにならない

どうかわたしを刻み付けて下さい
あなたの腕に　印章として
わたしの心に　印章として……

どうかわたしを刻み付けて下さい
あなたの腕に　印章として

夏樹は泣き続けるのも忘れて、いつか「声」を聴いていた。

大きくなったね、坊や……。君は今でもこの歌と、この歌を歌っていたあの二人が好きかね？　あの二人の子供達は、何処に行ってしまったのだろうか……。わたしも、淋しいよ。君が良ければ此処で、泣きたいだけ泣くと良い。そして、帰るのだ。もうじき陽が沈んで行くからね。夜になると此処は、全く別の森になる。

「魔の森に、なるんだね？」

閉ざされた森に。魔の森では無くて、天使が守っている森に……。森を閉ざすのは、人間から森を守るためだけれどね。同時に森から人間を、特に君達のような可愛い子供を、守るためでもあるんだよ。此処から先は、とても恐い所だからね。

「その天使は、緑色の瞳をしているの？」

エメラルドの瞳の娘の事かね……。彼女の事は、何も言えない。彼女は、森の宝物だからだ。だが……。君と君の好きだった子供達が歌っていたこの歌は、森の天使が最初に歌ってくれていたものだよ。繰り返し、繰り返し……。わたし達の天使は、この歌を歌った。

「……僕、知らなかった。エンゼルがこの森にいたなんて……」

　エンゼルとは、天使の事かね。君のあの二人の子供達は森の娘を、「天使のようだ」と言っていたものだよ。もう、遠い昔の事になるがね……。あの子供達がまだほんの小さな……、そうだ。君が初めてこの森に来た時と同じ位に小さな、子供の頃の事だった……。

「ミーと紅は、そんなに昔からこの森に来ていたの？　僕と同じ位って言うと、六歳だった筈だけど……」

　そう。確かにそうだった。他にも、女の子達が良く来ていたよ。一緒にね。そして、歌っていた。「天使」の歌を……。

　ミーにとって「天使」だったと言うのなら、僕にとってもきっと「天使」なのだろう、と夏樹は思った。そして、会いたい、と痛切に望んでいたのだった。緑の瞳をしていて「デーモン」と呼ばれている、ミーと紅の「天使」に。あの美しい誉め歌は、聖書の中に有るのだから……。誉め歌を、愛歌を歌っていたという「誰か」が、デーモンなんかである筈は無い、と思われて……。

　ミーが歌っていた歌を「歌った」という天使に、夏樹は会って願いたかった。楓の、澄んだ歌声の「天使」に……。

　どうか、僕の恋しいミーに、もう一度だけでも会わせて下さいと……。僕の恋しい紅にも、会わせて下さい、と。

　夏樹は、森に通い続けた。特に、その巨（おお）きな楓の樹の下に坐るためだけに、「天使に閉ざされている」という、森に通った。初めの内は陽のある間だけ。そして、この頃では月のある夜や花明かり、雪明かりのある夜明け前にも、森に通った。長くはいられない。楓が「帰れ」と急かすから……。けれど、それ程に夏樹はミーに、ミーの「天使」に会いたかったのである。ミーの「天使」は、今では夏樹の天使にも成っているのだから。夏樹は生涯をこの森と、森を抱いているN町から、長野県から離れずに過ごして終ろう、と心に定めて生きてきたのだ。「あの日」からの、一年を……。

今夜も、というのか今朝も、ミーの天使には会えなかった、と夏樹は考えていた。でも「それでも良い」と思えるようになった、夏樹もいるのだ。懐かしくて恋しいミー達と「天使」には会えなくても、僕には楓の樹が居てくれる。あの年経た楓はまるで、僕のお祖父さんのようだ。何でも良く知っていて、何でも良く解ってくれていて……。お祖父さんと言うよりは、僕の心の友のようだよ。アンとダイアナみたいな訳にはいかないけれど。僕にとっては、マシューとマリラとギルバートを足したみたいに大切な、心の友になってしまった。ミーと「天使」が、僕を楓に、心の友に会わせてくれたのだと思う。多分、紅も。きっとね……。

そういう理由で、夏樹は感謝の祈りをそっと呟く。

僕の神様。一年の初めの夜明け前に、森に行かせてくれてありがとう。大好きな楓にも会わせてくれて、ありがとう。いつかきっと、ミーと天使にも会わせて下さい。緑の瞳をしている、僕達の天使に……。

東京シティ。下町の下町にある綿木公園の桜の下では、フランシスコが「美しい方」の夢を、浅い眠りの中で夢見ていたのだった。来る夜も来る夜も、「その方」はフランシスコに暖かな、深いお声で告げられる。

「目を覚ましていなさい。そして、待っていなさい。時が来ている。あなたの下には、懐かしかった者達が集められて来るのだ。パイロットと犬に、注意をしていなさい。四人の歌謡い達と、あなたのランドリーに注意をしていなさい。パールの息に気を付けなさい……」

フランシスコはいつも、そこで目が覚めるのだった。

パイロットと犬とは、何の事なのだろうか。あのカボチャ頭達も、一族の誰かであったのだろうか？　ランドリー・マテオ（小林平和）なら、今のところは無事だがね。もっとも彼は厄介な奴等（ゴロツキかヤクザのようだった）と、厄介な鬼ごっこでもしている様ではあったけれど。何、わたしのあのお方が、きっとランドリーを見守っていて、助けて下さる事だろうよ。

だが……。パールの息に気を付けろ？「あの方」は、何の事を言われているのだろうか。パールは、あのお方の下に行ったのだ。「ムーン」の息に、の聞き間違いでは無かったのだろうか。だけどムーンは、何処にいるのか判らない……。

けれども、「その方」はパールと言われ続けていて。ムーンに就いては、今はまだ、フランシスコに何も言われない……。

元パイロットであったノバの並木と名無しの犬には、年越しも正月も関係が無かった。只只、寒くて凍えていて。飢えてはいなかったが、それも時間の問題である事だけは、確かな話であったのに。東へ、東へ。下町へ、下町へ。都境へ、都境へと一人と一匹は流され、押されて、歩いて行っていた。春さえ早く来てくれたなら……と、暖かな陽射しを恋うて、桜花とさくらの恋歌を恋うて、流れていくのであった。

小林平和は、良く眠れる質の方だった。だから、彼は夢で呼ばれているのに、それには気が付かないでいる。さくらの恋歌に切ない程に呼ばれているのに、恋歌の意味は平和に届かなかった。その代りに彼は、不思議な夢を見て、起きるとその夢の事は忘れてしまうようになったのである……。

夢の中では平和はいつも、美しい二人の娘達と一緒にいた。黒いドレスを身に着けたムーン（ラプンツェル）と、白いドレスを着て笑む、可憐なパール（ロバの皮）と一緒に。二人の娘達は姉と妹で、仲が良かった。そして彼女達は言うのだ。口癖のように。謎のように……。

「あたし達、又会える。ヤポンの東京の、桜の樹の下で……」と。

パールはいつでも花冠を編んでいて、それを皆の頭の上に載せ、首に掛けてやっては、喜んでいた。白いドレスが好きで、れんげ畑が好きで。巨(おお)きな犬と猫が好きで。教会と、十字架の神様が好きだったパール。夢の終り。平和に向かって、涙を湛えて彼女は告げる。

「ああ。パトロ。あなたは今は何処で暮らしているの。誰かと一緒なら、良いのだけれど……。ローザとジョセはどうしたの？　フローラとリリー達とは会えたのかしら。シャニーやエド（チャド）と一緒だなんていう事は、ないでしょうね。フジシロに会えたのなら、彼がきっと見守ってくれるわ。フジシロとローラは、別の道に行ったのよ、パトロ。あたしはムーンに、まだ会えていない。あたし達、もう会えないの？　会えるわよね。この都は、広過ぎるわ。あたし達が揃い、邂逅するのには、広過ぎたのよ。とても、とても、広くて……。もう会えないの？」

さくら恋歌が、パールの姿を覆い、儚くしてしまう。

さくら　さくら
弥生の空は　見渡す限り
かすみか雲か　匂いぞいずる

いざや　いざや
見にゆかん……

答えてよ！　応えてよ！　あたしの歌に応えてよ、皆。あたしの歌に答えてよ、パトロ。答えてよ、あたしのロバの皮……。

小林平和とシャニーであった歌謡いのリョウは、歌を聴く。そして、忘れてしまうのだった。彼等のソウルは、憶えているのに。魂達を包んで、そっと運んで航く彼等船人は、「忘却」という名前の霧に、包まれてしまっていた……。夢も、さくらを恋う歌声も、一族の長であり、彼等の神の神官のムーンの事も、彼等の「船」の事も、何も憶えていず、想い出せない。吹き過ぎていった風のように、忘れ去られてしまっている想い歌は、仄かに甘いような苦いような、夢の余韻だけを今は、後に残して消えてしまうのだった。「さようなら」と言うように。別れ歌であるように……。

ムーン・ラプンツェルは、アリという名であった事さえ忘れてしまっているカトリーヌと一緒に居て、呆れられていた。

「どうでも良いけどね、クリス（クリスティーヌの略）。あんた、何だって正月三箇日に迄〝さくらさくら〟なんかを歌っているのよ。お正月には爪上げてー、とか何とかは、歌えないのかしらん。無粋だわ……」

「そんなのは歌わないわよ、カット（カトリーヌの略）。あたしはね、さくらの歌だけしか歌わないし、花は桜の花しか見ないの。此処ではね……。仕事は休みだし、カットはほろ酔いで御機嫌だし。何処かその辺でもブラブラしましょうよ」

嫌だわよう、とカットはクリスに言った。

「何であんたは、テレビもパソコンも買わないのよ。テレビが無ければお正月の特番見られないし、パソコンが無けりゃゲームも出来無いじゃないの。あんたのライバルの〝教祖様〟は、派手にテレビに出ているっていうのにさ」

「あんなの、ライバルじゃないい。あんなのとあたしを一緒くたにしないでよね、カット。あいつはデビルだよ。あいつは最悪の……最凶の、悪魔なんだからね。あんなのが映っているテレビなんかを見ていると、今にあんたも大事なタマを取られてしまうから……」

「残念でした。クリス。あたしは女だからB（バスト）はあるけど、T（タマ）は無い。それよりかさ。あいつは今では、飛ぶ鳥も落とす程の、カリスマ教祖様よ……」

「人が何と言おうと、関係無いわ。良い？　カット。あたしには解るの。唯それだけで、十分なんだからね。あいつは人殺しで、神様殺しのロクデナシなの。命が惜しかったら、近付かない事よ。ミューズのお客にしてもいけない。あいつが歩いた後には、死骸と枯れ野しか残らない。マリリンママにも、しっかり言っておいてあげた方が良いわ。あいつ自身にもあいつの手下にも、金輪際関わってはいけない、とね。あいつは、蛇なのよ……」

カトリーヌはチルチルの、思い詰めた激しい口調に呆れて、又、怯えてしまってもいたのだった。クリスの占いは、いつでも正しい。クリスの意見は、いつでも正しい……。それにしても、クリス。あんたはこれで良かったの？　ミューズの売れっ子で、満月のようだったあんたが、こんなにうら寂しいような銀座の外れで、こんなに小さな占いの館の主に収まってしまうだなんて。あのままでいればあんたはすぐにあたしを抜いて、マリリンママの後継者にだって成れていた筈なのに……。

「良かったんだよ、これで。あたしは生まれ付いての占い娘なんだから。クラブの水よりも、巷の水の方が似合っているの。人の悲しみと喜びが、分かれて引き合う道筋の水がね。恋の辻占、ジプシーの札占。何でもござれのチルチルと呼んでよ。占い娘には、ライトは要らない」

口では言わないカットの心を正確に読んでいたかのようなチルチルの言葉に、カットは驚いたりはしない。そんな時期は二人の間ではもう、とっくの昔に過ぎてしまっているのだから……。アリ・カトリーヌは、知らなかった。チルチルの、痛切で傷ましい心の中の想いと願いとを。

ねえ、カット。あたしが本当に読んでいるのは、月なのよ。あたしは、月読みの娘なの。

それからあたしは、神の娘でもあった。あの神殿の奥の奥に上がれるのは、あたし一人だけよ。神の声を聴けるのも、あたし一人だけだった。忘れてしまったのね、アリ。忘れたのなら、もう良いのよ。無理に想い出させようとは、あたしはしないから。あたし達の事は忘れて、天の国に還ってよ。あたしの星（スター）と、あたしの小星（リトルスター）が好きだった人の所に、還ってよ。「船」が来る時迄、待っている事は無いわ。待つのは辛い事だからね。会えない人達を待つのは、もっと辛い。辛いのよ……。

アリ・カトリーヌは、ふらりと立ち上がる。正月も三日になれば、街の店は何処でも開いているのだから。正月三日……。

「オーケー、チルチル。こんな所でしょぼけていないで、二人でTホテルかパレスにでも繰り出そうよ。うんとめかし込んでね。男達の度肝を、抜いてやろうよ」

「こんな所で悪かったね、カット。男は、あたしは嫌いなの。ド派手なホテルも、お店も嫌い。行くのだったら、公園の桜の下が良いな。宮城の廻りをぐるぐる歩いてみても良い。あそこには、桜が一杯有るからね」

「止めてよ、クリス。この寒空の下でお散歩なんてさ。そんなに桜が好きなら、春になってからにしなさいよ。ホテルが嫌ならその辺のカフェにでも行こう。ケーキを奢るわよ。あんたの大好きな、ブラウニケーキをね」

それなら行っても良い、と言ってチルチルは、店の外に出た。道を行く人々は明るく冴えた陽の下にいて、笑っている。チルチルはカトリーヌを通して、遠い日々を抱き締めていた。自分が「ブラウニ」と呼ばれていた日の事を……。自分を「ブラウニ・デイジー」とも呼び、笑んでいた、愛くるしい「パール・ヴェロニカ」とも呼ばれていた、姉(スター)の事を……。

パールは、あの毒蛇に気が付いているかしら。あのシャイターン（サタン）の奴に、気付いていているかしら。あたし達にとって、あいつは敵だけどね。あいつの方で忘れていてくれると良いけれど。心配よ。とても、そうとは思えないもの。ああ。パール。あんた、あいつと関わっては駄目よ。一度目は逃げられたけど、二度目は無いの。あいつは執こい蛇なんだからね。

Tホテルの喫茶室では、水森紅が一人で席っていた。紅は、待っていたのだ。メインフロントの支配人である堀内喬が携帯で「沙羅」を呼び出してあげる、と言ってくれたので。フロントの中にいる係員達を見、青褪めた面持ちをして、「沙羅」を待っていた。

その紅の様子を見ていて堀内は、思う。沙羅といい、あの紅という娘といい、何故なのか急に痩せてしまって、様子が普通で無い、と……。それなのに薊羅だけは淡々としていていつもと変わりが無く、痩せ細る等という事も、していないのだ。「何かが、変だ」と、堀内は思う。あの、仲の良かった筈の姉妹が喧嘩でもしたというのならば、沙羅だけが沈み込み勝ちで痩せてしまうというのは、納得がいかない。「それに、あの娘……」と堀内は、紅を見遣っていて、胸が痛くなってしまった。

「この子達、妹なんです。ミーと紅なんですけれど。可愛いでしょう？　主任さん。ア……。違いました。支配人」

「主任で構わないよ。沙羅。君達にとっては、俺はあの頃のままに見えるんだろうからな……。俺も、そうだ。俺にも君達は今でも、可愛い部下のままなんだよ。だから、好きなように呼ぶと良い。こちらがミー君で、こちらは紅君？　沙羅に、妹が二人もいたとはね」

「知らなかったでしょう？　宜しくお願いします、堀内さん。血は繋がってはいませんけどね。姉が大変お世話になりまして、ありがとうございました」

「感謝をしています。わたし達、今日は沙羅に呼ばれて来て。御挨拶に伺っただけなのですけど」

「いつでも歓迎するよ。仕事が仕事なだけに、沙羅は忙しくはしているけれどね。休憩時間に合わせて来てくれれば、お茶ぐらいは一緒に飲めるだろう」

礼儀正しくはあったが、声が低くて掠れていて。中性的な姿であったとしても……。その、ミーと呼ばれていた娘と紅とは、本当の姉妹のように似ていた。或る一人の娘の面影にも似通っているその二人に、堀内は心を惹かれたのだった。

それで、尋ねた。余計な事を……。

「君達も、姉妹なのかな？」

「いいえ、違います」

と沙羅が言い、紅は俯いて、

「そうです」

と同時に答えたのである。ミーが、補った。

「血は繋がっていないけど、姉妹なんですよ。沙羅は、わたしの弟妹の事と間違えただけです」

「ミーの妹と弟は、二人共大学の寮に入っているんです。とても優秀な、奨学生なのですってよ、主任さん。特に弟さんの方は秀でた絵描きさんで、妹は美人さん。それで二人共、週末にはミーに会いに家に帰って来るんですって。羨ましい話よね。ね？　紅……」

「ええ。そうね、本当に……。ミーは良い妹さんと弟さんを持っていて、幸せだと思います。心から、幸せだと……」

「その通り。安美は美人で、一寿は絵の腕前が良いんです。何の取り柄も無いわたしとは、異っていてね。二人共、わたしの宝物なんですよ。けど……。紅も僕の妹で。宝物である事には変わりがありません、堀内さん」

「コラ！　ミー。又、ボクなんて言う！　変な男言葉で話したりして、主任さんに失礼じゃないの」

「アレ。そうだったっけ。わたし、僕なんて言いました？　ヤだな。只の口癖なのに。沙羅は、すぐ怒るんですよ。済みません。僕って、愛嬌者なだけなのに」

苦笑しながらも、堀内は内心では胸を衝かれていた。自分の事を「僕」等と言い、沙羅を怒らせてその場の雰囲気を、素知らぬ顔で変えてしまった、ミー。

紅の、痛みにも似た憧れと、堀内の後悔にも似た感情を一瞬で読み取り、戯け話に変えてしまっていた、ミー。痛みと憧れを抱いている紅と、人の心の機微に敏感なミーとは二人、共に堀内に、「榀子」という名前だった娘を想い起こさせたのだった……。堀内の「榀子」も、そういう娘の一人であったのだ。そして堀内の榀子も、絹のような髪が長く、か細く痩せていて。瞳は、内からの光を湛えていて輝き、大きく美しかった。夢見ているかのように、歌っているかのように話していた、榀子……。

榀子を想わせたあの時のミーの弟が、榀子が永遠に傍にいてくれるかのような「四季」という四幅の絵を描いてくれたのだ。人の縁とは、何と。何と、……。

堀内は、離れてしまった恋人を胸に抱き締める。そして、沖と金沢と野木に、心の中で言う。

俺は、あいつを忘れたのでは無い。「忘れてくれ」、と言われたんだよ。俺は、あいつと別れたのでも無い。「別れてくれ」と言われて、離れはしたけどな。なあ、沖。金沢。野木。俺の心は、今でもあいつが持っているんだ。俺の憧れと、甘くて柔らかな夢の、全てもな。けれど。「忘れる」と約束をした。そして、いつかは「帰る」とも、約束をしたんだ。約束なんて、するものじゃないな。守れない約束なんて、するものじゃ無い。「守れない」と解っていて、お互いに誓った。心の中で……。忘れはしない。君を決して、忘れはしない。

でも。あなたはもう帰っては来られない。きっと……。

俺はあいつの望みの哀しさが、今頃になってやっと解った。「帰れない」と解って、やっと理解したんだ。榀子が俺に贈ってくれた、愛の深さと、悼みとを……。榀子を想い出させたミーという娘は、今ではもういない。紅だけが一人、取り残された。俺の恋心のように、紅という娘だけが当て処無く、取り残されたんだ。

堀内には、紅にとってのミーと、沙羅達の違いが、自分の事のように良く解っていたのであった。

沙羅が、俯くようにして堀内の前に立っていた。

「あの。済みません、主任さん。紅は……」

「今、こっちに歩いて来る所だよ、沙羅。ウラには今は、沖田と桑野が入っているからな。俺のオフィスを、使うと良い。狭いが、ウラよりはマシだろう。何か話が有るようだからね。沙羅。君、もしかして身体が悪いとか、何か困っている事があるんじゃないのか」

嫌。困っている事が有るなら沙羅達は、沖かこの俺に言って来ている筈なのだ、と堀内は考える。

例えば、柊が小学校に上がった時。そして、すぐに退校させられた時。柊を特殊学級に、と捻じ込むようにして勧められた時。樅は養護施設に入れて遣っても良いが、柊の方は駄目だと軽くいなされた時……。樅が検査や入退院を繰り返す度に、柊を一時でも受け入れてくれる所や、世話をしてくれる人を捜して、走り回っていた時にも……。沙羅と薊羅は初めから柊を、未就学児童のままでいさせたりする積りでは、決して無かった筈なのだ。だが。二人の努力と希望は、無駄に終る事になってしまった訳である。

時は行き……。まず紅が上京して来て、柊の「家庭教師」になったのだ、と聞いた。その次にはミーも加わって来て、柊には勉強とマナーを、樅のためにはマッサージ方法と意志の疎通方法等を教えたり、沙羅達にも学ばせたりしていたのだとも、聞いている。

だから、と堀内は考えていた。何かが有るのだとしても、沙羅達にでは無い。沙羅と紅だけの間に、何かが起きたか、起きつつあるのではないだろうか、と。

紅を見ている沙羅の顔は硬く、紅は思い詰めているかのように、ひと筋な瞳の色をしていた。堀内はその二人を自分のオフィスに入れて、扉を閉め掛ける……。

「薊羅。わたし、アパートに行ったの。暮れとお正月の手伝いに行ったのよ。沙羅がいたので、吃驚してしまったわ。理由も、沙羅から聞いて知っているのよ……」

「薊羅」だって？　と、堀内の足は止まってしまった。夜番の筈の薊羅が、中番に入っていた？　沙羅の振りをして、沖にも俺にも何も言わないで？　いつから。どうして……。どうして薊羅は、そんな事を……。

「でも。わたしは騙されないわよ、薊羅。沙羅は信じたようだけど、わたしは信じない。あの人を好きだなんていう嘘なんか吐いても、駄目よ。薊羅。良い？　良く聞いてね。あなたを一人では行かせないから。あんな危険な所に、一人で行かせはしないから……。行くのなら、一緒よ。わたしも一緒に、薊羅と行くから……」

「ありがとう、紅。だけどこれは、あたしと沙羅の問題なのよ。あんた迄も死にに、行く事は無いわ。あんたには、後の事を頼んでおきたかったの……」

「死ぬとは限らないでしょう。殺されるとも、限ってはいないわ、薊羅。それでも、何が起きるか、解らない」

「解っている癖に。紅、あんたもあれを見た筈よ……」

「そうね。解っている。気休めなんて言っても無駄ね、薊羅。だから……。だからわたしもはっきりと言うわ。ねえ、薊羅。あなた今、自分達だけの問題だと言ったわね。でもね。もう、違うのよ。これは、わたしの問題にもなってしまったの。わたしを止めたりしないでね。わたしも、薊羅を止めないから。沙羅にはだから、何も言わないで来た。解って、薊羅。死ぬ時は、一緒よ。生きて帰って来るのも、一緒だわ……」

「……あんたの問題って……。何なのよ、紅。あんた、ミーの所に、早く行きたいだけなんじゃないの？」

「そうかも知れないわね、薊羅。でも、そうでは無いかも知れないわ。わたし、お見合いをさせられてしまったの」

「それが、何で死にたい理由になるのよ、紅」

「今度は、断れない。断ったら、会社を辞めなくてはいけなくなるの。きっと、そうなるわ。絶対、そうなるわ……」

嘘を吐いてごめんね、薊羅。でも……。嘘では無いのかも知れないわ。わたしはもう早く「あの方」の所に行ってしまいたいの。そうして、其処で待っていたいのよ。翡桜や薊羅、あなた達もすぐに行く筈の所で。恋しい「あの人」の清い御足の下で。美しい「あの人」と、お母様のマリアの下へ、行ってしまいたいの。ああ！　お母様のマリア……。

わたしのあの女もせめて、美しい生き方をしていてくれたなら！　あの女がせめて、神様の御心に背かないような生き方を、してくれていたなら……。わたしは死にたいと迄は、考えなかった事でしょう。薊羅。あなたのためにも生きて、これからもずっと柊と樅のために、役に立っていたかった。いたかった……。それでもね。あなたを一人では死なせないというのも、本当のわたしの心なのよ。蓟羅。一人ではあなた、きっと淋しいでしょうから。一人ではあなた、恐いでしょうからね。だって「アレ」は。「アレ」は何をするのか、判らないもの。わたし達の「あの方」に、あんなに非道い事をした「アレ」は……。心配はしていないわ、蓟羅。わたし達、死んでも生きていても、「あの方」といつも一緒に居るのですもの。

堀内はドアを引き開けて、怒鳴りたかった。

「死ぬ」だの「生きる」だのって、一体何の話なんだ！　良い加減にしてくれ。死にたくても死ねない者だって、この世の中には沢山いるんだぞ！　この俺もだ、と……。だが。そうする代りに堀内は、震え出しそうになっている足で、そっとその場所から離れていこうとしたのだった。「又、嵐が来るのか……」と、堀内は思う。

荒れ狂い、吹き荒んで。叩き付けるような豪雨と雷雨に、地震に見舞われる、嵐が……。二十年前には夏に襲って来て、今度は冬の嵐として来るのだろうか。そして、奪っていくのか？　何もかもを……。俺や沖の人生からだけでは無くて、沢木の人生からでも無く……。今度は、沙羅と柊と樅から、蓟羅と紅を奪っていくと言うのか。だが一体、誰が？　何のためにだ？「危険な所」とは、何処の事なのだろうか。「冬の嵐」は、いつ襲って来るのか……。

堀内は考え、一刻も早く何かの手を打たなければ、と思ったのだった。けれど「手を打つ」とは言っても、何に対してなのだろうか。冬に来る嵐を防ぎ、薊羅と紅とを守って遣るためには、何を、どうすれば良いと言うのだろう？　堀内は、唇を噛み締める。

あの、二十年前の夏の終りの嵐の日に、永遠に失われてしまった梠子のような目に、紅と薊羅を遭わせる訳にはいかない、と……。

それで、思い付いた。沖だ。沖に「この事」を話してみよう。奴さんは妙に、頭が回るからな。俺一人で悩んでいるよりは、ずっと良いだろうという事を……。

堀内は、まだ何事かを話しているらしい二人の居るオフィスの方を、振り返る。薊羅が、尋（き）いていた。

「お見合い相手って誰なの？　紅。お見合いをさせたのは誰だと言う積り？　嘘は、聞きたくないわ」

「嘘じゃ無い。会社の偉い人になのよ。不意打ちだった。知ってさえいたら、行かなかったのに。見合い相手の人に、悪気があった訳では無いわ。それでも……。もう駄目なのよ、薊羅。わたし、返事を急かされているの。とても、とても、急がされていて……」

「偉い人、って……。まさか、紅。あの男（ひと）になのではないのでしょうね。それなら、酷（ひど）過ぎるわ……。酷過ぎる……」

「違うわ、薊羅。違うの。安心して。他の人よ。別の人」

あの男とは誰なのだ？　まさか、高沢の事ではないだろうな……。「偉い人」だと紅は言っているが、幾ら何でも真山建設工業の社長自身が、一介の社員に過ぎない娘の見合い等に、関わろうとしたりする筈は、無いだろうから。それとも、そうなのか？

堀内は素早くウラに回っていった。休憩中の沖田と桑野に、自分は「消える」と言うために……。

「沖田。桑野。休んでいる処を悪いがな。急用が出来た。俺の代りを、頼んだよ。何か有ったら、ラウンジに連絡をしてくれたまえ。沖の所にいる」

「わっかりましたァ……」

と、二人は張り合うように答えた。

「解りました」と言うんだよ、馬鹿ったれ……。と、堀内は言いたくなるが、黙って頷く。今時の若い奴等（若いといっても、奴等はもう四十歳になるというのに）ときたら、ひと言でも文句を言ったりしたら泣き出し兼ねないのだから「困ったものだ」と内心では、溜め息を吐きながら……。

フロントカウンターの中から出ようとした堀内は、馴染み客の一人に見付かり、捕まってしまった。新年の挨拶を交わしている堀内に、紅はそっと目礼をして出口の扉に向かって、帰った。薊羅も同じようにして、それでも紅の後ろ姿を見送ったまま、しばらくの間其処に、立ち尽くしていたのである。まるで、今生の名残りに耐えるかのように。愛に泣き濡れているとも言える、哀しい瞳の色で……。

堀内は薊羅の後を追っていき、従業員専用のエレベーターの前で、何とか追い付く事が出来た。二人の他にも、雑多な職種の者達が立ち、エレベーターを待つ。堀内は薊羅に、強引に近付いていった。

「ありがとうございました。あの……堀内支配人」

「何、別に。構わないさ。ところで、紅君はもう？」

「はい。他にも用事があるとかで、帰っていきました」

堀内は薊羅の瞳を覗き込んだ。瞳の中に薊羅と紅の危険か、冬の嵐の予兆が在るかのようにして。薊羅は堀内に覗き込まれて、何故なのかポッと赤くなり、頬を染めている。

「熱でも有るのか？」と堀内は気掛かりだったのだが。その本当の理由を知れば、仰天していた事だろうと思う。薊羅は自分が、沙羅に向かって吐いた嘘の事を思い出して、狼狽えてしまっていたのだから……。そうして、沖さんでも野木さんでも、金沢さんでも良かったのに、と薊羅は考えていたのである。あたしはどうして「堀内さんなの」、と沙羅に言ったりしたのかしら、と。それから、又、思う。主任さんだったのだもの。あたし達を助けてくれた、直属の上司だった人だもの。他に理由なんて、無かった筈よ……。

「ほほう、そうかね。ん？　本当にそうかね、セシリア」

薊羅は、冷たい「声」を聴いて、冷たい「何か」に触られたように感じた。それで、祈った。

わたしの神様。わたしの神様。あなたの御言葉の中に、わたしを隠し、守って下さい。沙羅と柊と樅と、紅も隠して、お守り下さい。あなたはぶどうの樹。わたし達はあなたの小枝です。か弱く、細い枝ですから、と……。

エレベーターは各階で停まっては、上っていった。薊羅の制服の内ポケットの中には、紅から手渡された封筒が入れられていて、その封筒は熱く、酷かった。

「三十万、入っているわ」

と紅は泣きそうにして言った。

「沙羅に頼まれたのは十万だったけど。それだけしか家には無かったの。薊羅。あなた、沙羅に約束したけれど、まだあそこには行っていないのですってね。沙羅が怒っていたから、わたしの所為だと言っておいたのよ。わたしがグズグズしていたからだ、って言ったの……。そうしたら、沙羅が言い出したのよ」

「アレの降誕祭には、絶対に行くようにって?」

「そう。それで……。今、手持ちが無いから十万貸してくれないかしら、って。何に使うの、って尋いたら、献金するのよ、と言った。それでね。わたしは、今日は用事が有ってTホテルに行くから、ついでに薊羅に渡しておくわ、って沙羅には言ったの。だから……。沙羅には十万だけ渡された、って言っておいてね」

薊羅は、手を出さなかった。

「受け取れないわよ、紅。沙羅が十と言ったのなら、十で良いじゃない。何で三十も、あんたが出すのよ」

「あなたのためによ、薊羅。少しでも多く献金をしておけば、少しだけでも生き延びられるチャンスが有る、と思わない？　アレは、強欲だと誰かが（翡桜が）、言っていたもの。献金の額は、少しでも多い方が良いと思ったの。でも……。それだけしか無かった。定期を解約すれば、もう少し何とかなるから。そうしたら又、そうね。十日過ぎにでも。十三日か、十四日にでも、もう一度此処に来るわね。わたしを新入りとして連れていって、献金を沢山しておけば、何とかして時間が稼げるかも知れない」

「殺されるための時間なんて引き延ばすだけ無駄だわよ。献金なんて、したくも無いわ。紅。あんたはこの件からはもう、一切手を引くと約束をしてよ。十必要だと沙羅が言ったのなら、十だけ借りるわ」

「薊羅……。あの方は聴かれているなら、きっと悲しむわ。あの方は、薊羅と沙羅を放ってはおかれない。きっと、何か良い知恵を授けて下さると思うの。それ迄の時間をお金で買えるのなら、わたしは何も、惜しくは無いわ。解ったら、受け取ってよ薊羅。姉さん。わたしの、姉さん……」

薊羅が紅から差し出されていたのは、只のお金では無くて、愛なのだった。妹としての愛と、同じ「美しい方(かた)」を憧れ慕う、小鳥同士としての、愛……。

「死に急いだりは、しないでね。姉さん。蓟羅。急ぐ事は無いわ。行くのだとしても、その時は二人一緒よ。二人一緒に、あの方の所に昇っていくの。約束よ……」

蓟羅が折れて、紅は帰っていったのだ。蓟羅の手の中に、胸の中に、火のように熱い愛を残して……。

ラウンジ階で堀内がエレベーターから降りようとした時、混み合っていたために蓟羅も誰かに押されて、箱から出ていた。そして、別れた。仮初めの恋人とも、呼べない人と……。

堀内は、ラウンジに向かって急いでいた。ホテルという巨大な架空都市には、昼も夜も無いのだ。その上、世の中が一斉に「休暇」に入るような、目出度い時期には尚の事……。けれども、嵐が……と、堀内は、胸が悪くなるように思い続けていたのである。「冬の嵐」が何処からか、襲って来ようとしていると……。

ラウンジは、予想通り混み合っていた。けれどもまだ、満杯という訳ではない。沖のラウンジが満杯になるのは、夕方から夜に掛けての、そして夜から夜半に掛けての、夜空の中にホテルが浮かんでいるような、そんな、ロマンチックな時間帯なのだから。

沖は堀内の姿を認めると、素早く「ラウンジ支配人」のネームを外して、すぐ近くにいた浅井にそれを渡していた。沖の腹心の部下である金沢に、浅井からそのネームは渡される。夜番に入っている金沢はこの日も、いつものように一時間も早く出勤して来ていたのであった。オフィスに行くか？　それとも何処かその辺で良いか？　と、沖は目顔で訊いてくる。「オフィスへ」、と言おうとし掛けた堀内の、動きが止まった。紅が、居たのだ。薊羅には「帰る」と告げて……。実際にロビーから出口の扉に向かい、帰った筈の紅が、其処に席っている。紅は俯いていて他の誰をも見ていなく、この世の者でさえ無いように、静かに其処に居たのである。

「あの席の奥の、円柱の陰になっている所に席れないかな。ホラ。あそこだよ。花の陰にもなっている……」

「ピアノ置場の前だぞ。今は生演奏をしていないから良いようなものの……。恵利君が来たら〝わたしの席ですよ〟とか何とか言って、追い出される」

「知っているさ。彼女の荷物置場兼休憩所だとか、言うんだろうけどな。今は、空いているじゃないか」

「お前さんには、呆れるね。紅ちゃんが気になるのかな……」

「そういう事だよ。解っているなら沖。あの娘に気付かれないように、大人しくしていてくれないか」

紅には見えない方から回っていって、堀内と沖はその、隠れ里のような、ラウンジの華やかさからは取り残されているような、薄暗い小さな席に着いた。盛花と円柱の陰の隙間から、紅の細い背中と長い髪と、明るくて大きな窓を見られる席に……。

堀内は沖に手短に、小さな声で説明をした。沖の顔色が曇っていって……。次には怒りの色になる。しかし、沖が最初に言ったのは、堀内への文句だったのだ。

「椙子ちゃんといい、薊羅君といい、紅ちゃんといい……。堀内、お前は厄介事の神様のお気に入りなんじゃ無いのかね？　良くもまあ、お前の周りには次々と……」

「そんな事を言っている場合じゃ無いだろうが。なあ、沖。お前だったら、どうする？　俺はもう、あの時のような想いをするのは嫌なんだ。あの夏の終りの日の、嵐の夜に起こった事のような、想いはな」

「それなら、俺だって同じだよ。だけどな、堀内。夏の嵐でも冬の嵐でも、人間の力で防げる事なんて、タカが知れているとは思わないか？　死にたがっている相手を止めるなんて。そんな事が出来ないのは、お前にも俺にも、良く解っている筈じゃ無かったのかね。神様以外には、何にも出来やしないだろうさ……」

「死にたがっている訳では無い、と思う。死ぬかも知れないとか殺されるかも、とかとは言っていたけどな。けど、誰に？　何処で、いつなんだろう？　其処に見合い話が、どうやったら絡んでなんか来れるんだ？　見合い話を断った位で会社を辞めさせられたり、死にに行きたくなったり、するものなんだろうか……」

「そんな事迄、俺に尋くなよな、堀内。そういう話なら、俺よりお前さんの方がだな……。嫌、待てよ。そういう事か。要は、相手によりけりだという話だよ、相棒。待ち人のお越しだ。話を聞かせて貰う事にしようじゃないか。後の話は、それからだ」

堀内と沖は瞳と耳だけに神経を集めるようにした。高沢敏之が憮然とした表情で、紅を見ている。

「先日は、お義母様にお招きを頂きまして。ありがとうございました」

紅の細くて沈んだ声は、漸く聞き取れるだけだったが……。

「嫌。義母の気紛れだよ。いつもの事だ。君が一人で年越しをするのは可哀想だとか何とか、言い出したのが始まりさ。君、何年か前に、お姉さんを亡くしているんだってな。ちっとも知らなかったよ。それならそうと、言ってくれないと困るじゃないか」

高沢の声の方には棘があって、声自体も大きかった。高沢はラウンジの中に、支配人の沖の姿が見えない事には、安堵を感じていたのだが……。正直な気持を言うならば、当分の間はもう「此処に来るのは真っ平御免だ」、とでも喚きたいような気持でいたのだった。

先月の二十五日に敏之は、真奈とこのホテルで待ち合わせをしていて、彼女に「サービス」をする積りで部屋をリザーブしてあった。柳には馴染み過ぎた気のしていた敏之は、真奈と久し振りに旧交を温める積りで、前日の夜から二泊の予約を、「二宮敏之」の名前でホテルに入れておいたのだ。勿論、クリスマス・イブの夜に外泊をしたりする筈は無いのだが。只、二泊の予定であればクリスマスの当日に、朝から好きなだけ部屋を使って。好きな時間に自分はチェックアウト迄、出来るからだった。真奈がその後で部屋に泊まろうと帰ろうと、それも自由であるのだ。高沢は、「二宮敏之」の名前で取っておいた部屋の支払いだけを済ませておけば、それで良いのだから……。

真奈は敏之の予想していたように、恨み言の一つも言う事も無く、大人しく部屋迄付いて来たのだった。敏之はそれを、当り前のように思ってしまった。

三十歳以上も年上の高瀬と今の真奈とでは、昔以上に不釣り合いで、真奈はさぞかし「女の秋」の淋しさを、深く味わわされている事だろうから、と……。あの日部屋に入った真奈は、それなのに心此処に在らずというような瞳と、態度をしていた。そして柳に対する嫌味を言い出したのだ。敏之に。元愛人が、今の愛人の悪口を言った。

「オリビアは、隅に置けないわね。敏之さん。あなたも気を付けていた方が、良くってよ。桑原、クワバラ……」

「柳のどこが、そんなに気に入らないんだ？　真奈。あいつは勝気だけどな。只、それだけの話だろうが。君とは違うよ。遣り手で、女っぷりも良い君に比べたら、柳なんて子供みたいなものでは無いのか」

「その子供に、手玉に取られてしまったのは誰だったのかしらね、敏之さん。その子供はおまけに今度は、良く知りもしない新入りのバーテンに、豪勢な花束なんかを毎日、届けさせているのよ。たったの二日か三日、風邪で摩耶を休んでいるだけの、ハンサムな年下のバーテンさんにね……」

「ハンサムなバーテン？　ああ。ミドリだとかいう、フザケた奴の事なのか？　あいつは、イカレているんだよ。あんな顔をしている癖に酔っ払って、君に迄何か仕掛けようとしたという話じゃないか。何をされたのだったかな……」

「口説かれたのよ。それに、襲われそうにもなった。若い子が酔った上でのおイタなんて、可愛いものだわよ。叱ったら、すぐにシュンとなって謝ったものね。もっとも少しきつく叱り過ぎてしまったらしくて……。緑は、ドロンパを決め込んでしまっていたんですけどね」

「そいつが摩耶に、又、現れたっていう事なのか？」

「そう。そうなのよ、敏之さん。その緑にオリビアは、お花をあげたり、お酒をあげたり。市川を見舞いに行かせて、御機嫌を取ったりしているらしいから。お気を付け遊ばせ、女誑しの社長さん。オリビアには、盗っ人の血が流れているかも知れませんから」

敏之は、真奈の嫌味と毒に、鼻白んでいた。

「盗っ人だとは、穏やかでは無いな。真奈。君は何か柳に、恨みでもあるのか？　良い加減な事を言って」

お前とは、初めから縁が無かった筈だろうが。真奈。「仮初めの恋も素敵だわ」と言ったのは、あれはやっぱり嘘だったのか。高瀬会長に俺達の間をバラされそうになって、慌てていたのは誰だったのかね。俺か？　それは俺も勿論、あの時は少しビビッたさ。何しろ相手は日本の経済会のドンで、チクろうとしたのは警察署長の田宮だったからな。だけどな。あれは、奴のハッタリだった。あいつの、お前への横恋慕がさせていた、只の芝居に過ぎなかったと、判ったじゃないか。結局はそれで、俺達は別れたんだ。きれいにな……。

柳との事は、別の話だよ。柳は、お前から俺を盗んだ訳じゃない。俺と、柳の気が合った。お前と別れる前に、の話だったけれどもな。それだけの事だったのさ。話を大袈裟にしたり、摩り替えたりするのは、止めにしておいてくれ……。

真奈は、敏之の質問には答えなかった。只、薄く笑って見せるだけで。敏之の傍に来るでも無く、窓の外の景色を見るというのでも無く、一人掛けの椅子に腰を下ろして、「何か」を聴いていたのだ。胸の中に吹いている風の音なのか、誰かが歌っている歌か何かを聴くように、ぼんやりと、いつ迄も椅子に席っているだけで。只、それだけであったのである。

敏之は、真奈を扱い兼ねてしまっていた。それでも……。真奈の手に、シャンパンのグラスを持たせて遣ってから、

「乾杯しないか、真奈。又、こうして二人切りで逢うようになれたんだからな。君と俺

の未来に、乾杯しようじゃないか」

と柔らかな口調で言ってみたのである。

「あなたとわたしに、未来なんて有ったの？　知らなかったわ、敏之さん。あなたには奥様と柳がいて、わたしには……」

わたしにはもう、緑が居るのよ。「翡」の方が正しいらしいけれどね。解っているわ。あの子は嘘吐っきよ。敏之さん。あなたなんかよりもずっと上手に、嘘を吐けるの。あなたなんか足下にも及ばない位上手にあの子は、優しい嘘が吐けるのよ……。オリビアもそれを見抜いたの。オリビアにはそれが、魅力だったのではないかしらね。彼女、翡を摘み喰いしようとしているんだから。わたしから、翡を盗ろうとしているのよね。だけど、今度はそうはいかない。けれど、今度はそうはさせないわ。翡は、ウチに呼び戻す積りよ、敏之さん。あの子は、オリビアには渡さない。わたしから「返せ」とは言わないわ。それでは角が立つものね……。

翡本人の口から、摩奈の方に「帰る」と言わせるの。それならオリビアだって、引き留めようが無いでしょう？　それならオリビアだって、翡を放すより仕方が無くなるわ……。良い気味だと思わないこと？　あなたの他にも翡にツバを付けようとしたりするから、こんな事になるのよ。翡には一、二ケ月の内に「帰って来るように」、とわたしが直接話を付ける。市川と気が合っているようだから、市川に話させても良いのだけどね。市川は、狸ですもの。何だったら市川も「摩奈に引き取る」と言って遣るのも良い、と思っているの。市川には、使い道が有るからね。良いバーテンダーを育てて貰うという、使い道が……。

例えばね、あの藤代咲也君なんかを、市川に再教育して貰うのも良い。幸男君は咲也に甘いから。翡と狸の市川に、あの子の教育を仕直して貰うの。翡はね、敏之さん。ああ見えても腕は確かで客あしらいも上手な、良いバーテンなのよ。その上気立てが良くて嘘が上手くて、優しくて。誰かさんには、翡の爪の垢でも飲ませて遣りたい位だわ。解る？翡が帰って来る迄は、わたしは大人しくしているわ。今度逃げられたら、捕まえられ無いでしょうから。でもねえ。あの子が帰って来たらわたしは全力で、あの子をわたしの恋人にする積り。ひと時の花でも良いの。本当の恋なら、咲いて散るのも、良いものよ。年なんて。年なんて……。

真奈の想いは、いつでもそこで止まってしまう。真奈の恋心はいつも、そこで止まってしまうのだった。

切ないなァ……と、真奈は考えて。それから、フッと笑ったのだった。咲也の名前から高沢に、「変人クラブ」の由来を説明して遣る、という約束を想い出してしまったので。それで、嬉しくなったのだ。真奈は笑った。

「わたしには、高瀬がひっ付いているんですものね。未来なんて、無いのよ。それよりも、飲みましょう。変人クラブの明日に乾杯！　あなたの未来を占ってくれる、美人占い師の晶子ちゃんにも、乾杯！」

　真奈はその「変人クラブ」のメンバーの一人、藤代咲也も又、翡を求めている事迄は知らなかったのだ。

　高沢には、真奈の気分の変わった事が、幸先の良い事のように思われた。真奈には、毒は似合わない。高沢は真奈に調子を合わせて、笑って見せた。

「乾杯しましょうよ。そう。色々な事に。会わなかった間の事や、これから先に起きるだろう、良い事だけのために。乾杯しましょう、敏之さん。あら。飲んだ振りなんかしては、駄目よ。ぐっと飲み干してくれなければ」

「余り飲み過ぎたりしたら、後のお楽しみに差し障ってしまうだろうが……。なア、もう良いだろう。真奈。キスぐらい、させろよ。それからシャワーでも浴びてさ。ベッドに入れよ。俺の身体が、恋しかっただろう？」

　恋しかったかですって？　笑わせないでよ、敏之さん。女はね。別れた男なんて、すぐに忘れてしまうものなの。去っていった男の事なんて、思い出したりもしない。捨てた男の身体が恋しい？　あなた、本物の馬鹿なのね。わたしが今この部屋に居るのは、只の腹癒せなのよ。翡のアパートで市川と鉢合わせをしていなかったらわたし、こんな所に来てはいなかった。そうよ。オリビアからあなたを取り戻すためなんかにでは無くてね。オリビアに、あなたに「誘惑されちゃった」ぐらいの事を、言ってみたかっただけなのだけど……。だけどね。やーめた……。あなたと翡を引き換えたりする事は出来ないものね。わたしは馬鹿な女だけれど。あなたなんかと寝て、翡を失う程の馬鹿にはなれない。やーめた、やーめた。キスも、嫌よ……。

「あらァ。まだ時間はたっぷりと有るじゃないの。ねぇ、敏之さん。こんな時には、陽気にいきましょ？　ラウンジに行って、カクテルを飲んでくるの。変人クラブの由来を、話して差し上げるわ。美人の晶子ちゃんにも、紹介してあげる。それはお淑やかで、愁いを含んだ美人さんなんだから……。稼ぎ時だからと言って、皆もう出て来ているのよ。普段は夜だけの子達なのに、しっかりしているでしょう？　女子大生の奈加ちゃんと、霧子ちゃんの二人美人も出て来ているわよ。あそこで飲んで、占いをして貰って。それから又、部屋に戻って来ましょう。お楽しみは、逃げないわ。昼下がりの情事に、華を持たせて下さいな……」

敏之は渋々承諾をした。真奈が変に浮かれている事は、妙に気に喰わなかったのだが……。「変人クラブ」の由来に付いては興味が有ったし、美人であるという、まだ会った事の無い占い師には、心を惹かれている事も又、確かであったものだから……。真奈はハンドバッグの他に、カシミヤのコート迄も手に持っていた。それが、敏之の癇に障ったのだ。

「コートなんか置いていけよ、真奈。すぐ帰って来るんだからさ」

「二人共コート無しでは、痛くないお腹迄探られてしまうわ。あなたはそのままで良いのよ、敏之さん。運転手付きの車が有る事は、皆さん知っている筈ですもの。でもね。わたしはしがない口入れ屋ですから。昼下がりの情事には、用心が必要だと思わない事？　女誑しの社長さんと一緒ですものね……」

ラウンジでも真奈は陽気で、良く笑っていた。笑い上戸で、陽気な絡み上戸で……。それが「おじ様殺し」という異名を取っていた真奈の真骨頂である事は、敏之も沖も、堀内でさえもが知っていた事では有ったのだが……。

「さあて……と。それではクイズといきましょうか。ねえ、元恋人さん。二十歳の奈加ちゃんと咲也君。二十代後半の霧子ちゃんと、三十八歳の幸男君。年は三十路の晶子ちゃんと掛けまして、その組み合わせを何と解きますう？　ズルは駄目よ。あなた、ズルイから……」

「止せよ、真奈。人聞きの悪い事は、言うなよな。それに……。元とは何だよ、元とは。俺達はもう、元なんかじゃないだろうが」

「タワーのお部屋に戻る迄は、元ですわよー。もう降参なんですかァ？　元さん。違った。敏之さん。あの子達を良く見てから、誰と誰がカップル同士なのか当てて下さいな。ハズしたら女誑しさんなんて、もう呼んであげませんからね。さあ、答えて。答えて―、ってば」

「止せと言っているのに、馬鹿。良いからさっさと教えてくれよ。何であいつ等が〝変人〟なのかをさ……」

真奈は、大勢の客達の間をきびきびと、スイスイと、人魚のように擦り抜けて働いている奈加と、霧子を瞳で追ってみせた。それから特設のカウンターバーの中に立って、こちらも活き活きとして働いている幸男と咲也には、ヒラヒラと手を振ったりしている。

「答えてくれなくちゃ、教えてもあげない。ト・シ・ユ・キ・さん」

敏之はそれで、感じた通りに言ったのだった。

「奈加という子と、咲也という奴。霧子という子と、幸男かな……。待てよ。三十代同士という手も、あるか」

真奈は、嬉しそうにというよりは、意地悪そうに笑い出した。その時ばかりは、陽気にでは無くて……。残念でした、と言って、漸く真奈の笑い声は止まった。「正解」は何と、二十歳の女子大生の奈加と、三十八歳のバーテンダーの幸男。それに二十八歳の霧子と、二十歳のバーテンダー兼菓子、花作りの咲也という異色のカップル同士なのだ、と真奈は教える……。

高沢は驚いて、その四人の男女達を見詰めていた。そして、納得したのだった。彼等が何故「変人クラブ」だ等という、不名誉な呼び名で呼ばれているのかを……。高沢が「彼等」に就いて知らなかった事は、他にも有ったのだが。その事々は真奈にも、誰にも知らされてはいなかったのである。それでも「彼等」は、変人と呼ばれるようになってしまった。何かが、どこかが「変わっている」という、そんな馬鹿げた理由からだけでは無くて。「年の差」というものが人目を引き付けるものならば、と真奈は考えて、泣き笑いをする。二十六歳の翡と四十六歳のわたしも、嘲笑（わら）われるのね。三十八歳の幸男と二十歳の奈加の組み合わせよりももっと意地悪く、派手に嘲笑（わら）われて、「変人」と呼ばれてしまうのね……。ああ、口惜しい。この二十年が、わたしは口惜しいわ。返してよ、戻してよ、わたしの春を、わたしに返して……。翡。翡。あんただけに、それが出来るのよ。あんただけがそれを、出来るのよ……。

真奈には高瀬が恨めしかった。三十歳以上も年上の高瀬の「女」として過ごしてきた年月には、年齢差を陰で嘲笑（わら）われて。初めて「愛おしい」と感じて恋をした翡の方は、今度は二十歳も年下の優男であるものだったから……。わたしは今迄もこれから先も、多分生涯、年に捕らわれて、年に泣いて。笑って。「時」に、仕返しされるのね。

真奈はその哀しさも口惜しさも、笑いで隠した。

悲しい時に、泣くのは嫌よ。笑って、笑って、笑って。それで、涙の味は飲み込むの。お酒の華にして、飲んでしまうのよ……。

そのようにして陽気に振る舞いながらも、真奈の心は痛み、荒んで行っていたのだった。

翡が、恋しい……。翡が恋しい。嘘吐きでも優しくて、思い遣り深い翡が。

高沢は笑っている真奈の瞳が濡れて、涙の粒が落ちるのを見た。そして、思った。笑い上戸が笑い過ぎて、泣いているのか、と。敏之には真奈が、知らない女に見えた。

ラウンジの支配人である沖敬一が、二人のテーブルに近付いて来て高沢の耳元で小さく囁いたのは、そんな時である。

「二宮様。奥様は、飲み過ごされましたようですね。宜しかったら、手前共の休憩室の方に御案内させて頂きますが……。いかがなものでしょうか」

「嫌。それには、及ばない。部屋を取っているからね。もう引き上げようと思っていたところだった……」

高沢は、真奈にも聞こえるように、はっきりと言った。真奈は案外素直に、そうだったわね、とは答えた。

「そうだったわね、敏之さん。わたしは少し飲み過ぎてしまったみたいだから、お先に部屋に戻っているわ。シャワーでも浴びれば、スッキリするでしょうから……。でもねえ、敏之さん。あなたは、晶子ちゃんに会ってくれなければ、いけないわ。言ったでしょう？晶子ちゃんは美人さんの上に、とても評判の良い占い師なの。一度、会ってみてあげて下さいな。お気に召したらあなたの会社でのイベントに、今度は晶子ちゃんも行かせますから」

「おや。こんな時にも、商売第一ですかね。奥様はしっかりしていられますね、二宮様。そうですね。晶子君にはお会いになってみても、損はしないと思われますけど……。奥様の仰る通りのきれいな人ですよ」

高沢の心が、動いた。真奈がシャワーを浴びて酔いを醒ましている間にならら、その「美人」に会ってみるのも良いのではないかな、と。敏之は真奈を先に部屋に帰す事に、同意した。

沢野晶子という占い師が居るという、「イベント特別コーナー」迄は、沖と一緒に真奈も付いて来たのだ。そして帰って行ったのだった。タワー十一階の、十七号室の方へと……。

沖は、チロリアンテープで縁取りをされた白いジプシードレスに、黒く透けた紗のヴェールを被らされて、神妙に席っている晶子を見て気の毒に思ったが、高沢はひと目で晶子を気に入ったようだった。

それで安心をして「定位置」に戻っていくと、真奈がラウンジの入り口に立っていて、彼を瞳で呼んでいるのが見えたので、行った。

沖に、真奈は言った。

「わたし、やっぱり酔い過ぎたみたいなの。気分が悪くて堪らないから、家に帰るわ。あの人には、上手く言っておいて下さらないかしら。悪いんだけど……」

「何の、それしき……」

沖は内心で「万歳」、と言ってしまう。沖と堀内は(金沢と野木もなのだが)、高沢とその友人の藤代勇介と、吉岡勝男が嫌いなのであったから……。二十年前の、あの夏の日々にもその三人組は、長野県のN町に建つ湯川リゾートホテルに滞在をしていて、派手に遊んでいた馬鹿者共であった。

「救急車を呼んだ、とでも言っておきましょうかね。それで、二宮様には、又今度と言われて、泣いていらっしゃったとか、何とかと……」

「それで良いわ。宜しくお願いしますわね、沖さん」

「今度」なんて、無いのよ。もう二度と、あの人とは無いの。でもね。そう言ってしまったら身も蓋もないし、仕事も失くなってしまうかも知れない。何といってもあの人は、心が狭くて顔は広いときているのですもの。沖さんにはその辺の事が、良く解っているみたいね。

真奈は、酔って等いなかった。沖の見送った後ろ姿の真奈の背筋は真っ直ぐに伸びていて、足取りも確かで……。フロントロビーへのエレベーターには乗らずに、地下駐車場へのエレベーターに乗って帰ったのだから。ロビーから出ていけば、沖の吐いてくれる筈の嘘が、いつ、何処で高沢に「嘘だった」とバレてしまうか、解りはしないのだ。それで真奈は、救急車輌の着けるようになっている地下へと、降りたのだ。直通のエレベーターを呼んで、人目を避けて……。

利口な女だ、と沖は感心をする。そして、自分の掌の中に残された、真奈からの、部屋のカードキーを高沢に渡すために、ラウンジの中に神妙に戻ったのであった。必要以上に、時間を置いてから……。

高沢敏之は、極めて不機嫌な顔をしていて、晶子の方も珍しく硬い表情をして、向かい合っていた。

「何か失礼でもございましたか」、と沖が尋く前に高沢は、抑えた、けれども居丈高な声音で沖に苦情を言ったものである。汚らわしい、とでも言うように。

「こんなインチキ占い師を、お宅では使っているのかね」

晶子の方でも負けてはいなかった。

「インチキなのは、そちらの方ですわ。お客様。占いをして貰おうという方が、偽名を使われるなんて……。お客様の本名は高沢様だと出ていますのに、二宮様だなんていう嘘は、困ります。それに。その、チルチルという方の言った事も、当っていますわよ。高沢様にはお子様は四人、いらっしゃる筈ですわ。確かに四人と、出ていますから……」

「俺の子供は二人だけしかいない、と何度言ったら解るんだ！　女の子一人と、男の子が一人いるだけだ」

「それは、下のお子さん達でしょう。お客様にはそのお子さん達の上に、二人の男の子がいらっしゃる筈なんです。御自分のお子さんを忘れてしまわれたのですか。それとも初めから、捨ててしまわれたのですか……」

晶子の顔色は怒りの所為で蒼白になっており、彼女の水晶球が暗い蒼に変わっているのを、沖は驚いて見ていた。水晶の色が「変化」をする等とは、聞いた事も無い……。晶子の怒りと哀しみの奥に、憎悪にも似た色が声の中に潜んでいる事と、それは関係でも有ると言うのだろうか？　高沢は哮り、

「執こいぞ、君も。いない物はいないと、何度言えば……」

「上の子はひいらぎ。下の子はもみの木。両方共、西洋ではお目出度い、魔除けの樹ですわ。五月か六月に産まれて。冬の……。クリスマスの樹の名前を、付けて貰ったのです。それなのに今は二人共、部屋の中にいる……」

「二人は部屋に閉じ込められていて、後の二人は殻に籠もっている……。しっかりしていないと、四人共駄目になっちゃうかも知れないんだからね！」

チルチルが叫んでいた言葉が、高沢の中に木霊していた。だが、覚えが無い事なのだ。身に覚えの無い事で、占い師二人に責め立てられている？　馬鹿な！

「ヒイラギとモミという名前で、閉じ込められている子供達だってか。良い加減な事を抜かしていろよ！」

大体だな。六花と敏一よりも年上だというのなら、「そいつ等」はもう十九歳か、成人

している筈だろうが！　それならこの俺が、二十八歳以下の時の子供だという事になるぞ。母親は誰なんだ？　何故その女は俺に、その事を言って来ない？　子供だってそうだろうが。二十歳にもなる「男」が二人も居ると言うのなら、とっくの昔に俺の前に現れて来ている筈なんだよ。俺は、真山建設工業の社長なんだぞ……。

「二宮様……じゃなかったですね。高沢様は、君の腕前を御覧になりたくて、わざと嘘を言われただけなんだよ、晶子君。だからね、そう怒らないでさ。でも。どうしてその事が、解っちゃったのかなァ……」

「書類が見えました。高沢というサインが有って、捺印もしてあった。このお客様の机にも、同じ高沢という名前の名札が置かれていましたわ。もっと言いましょうか、沖支配人。お子さん達は、暗い部屋で……」

「嫌。もう良いよ、晶子君。高沢様は聞きたく無いようだからね。失礼致しました。高沢社長。晶子君は、腕は良いのですが。良過ぎて、時々失敗しますようでして。お気に障りましたらお許し下さいませ。真奈奥様にはどうか、御内聞に……。ア……。そういえばですね。その真奈奥様の事なのですが。ああ、晶子君。君は少しウラにでも行って来ると良いよ。疲れただろうから、ゆっくりしておいで」

　察しの良い晶子は、又、聞き分けの良い娘でもあった。彼女は水晶球を抱えてウラに入って行き……。その後を追うようにして、霧子もウラへと入って行った。

沖は高沢に一一一七号室のカードキーを渡し、真奈は急性アルコール中毒の症状で、救急車で運ばれていった事を、話した。敏之の名前を泣きながら呼んで謝っていたと話し、真奈には自分の部下の夕子（そんな部下は、沖にはいなかった）が付き添っていったので、何も心配は要らないとも、言ったのだった。

「救急車は、何処の病院に向かったのかね？」

「さあ。それは何とも……。何しろ今日はクリスマスなものでございますのでね。診て下さる所は、少ないかも知れませんでしょうから。ですが、高沢様。あれは、大変辛いそうでございますよ。胃も腸も、水道水でザアザアと洗うそうですからね。奥様から御連絡がきても、余りお叱りにはなりませんように……」

解っているさ、そんな事。と言って高沢は、ムッツリと黙り込んだまま、ラウンジを出ていった。タワーに予約しておいた部屋は、無駄になったのだ。二泊分も……。その上イカレた占い師に、難癖を付けられて。その難癖というのが、チルチルの言っていた事と全く同じの上に、今度は「それ」に名前迄付いた。

どうなっているんだ？　と高沢は憤り、その癖、背筋が寒くなる程、薄気味が悪くて堪らなくも、なってしまっていた。部屋に戻って少しぼんやりと席っていた高沢は、コートを手にしてその部屋を出た。ダニエルに命じておいた時刻に、なろうとしていたものだかから……。

そして、遭った。高沢の顔を見て、逃げるようにして走り去っていってしまった、一人の女に遭ったのだ。何なんだ、と初めは高沢は、自分の後ろを振り返って見たものだった。誰かが(例えばヤクザかダニエルのような黒人だとか、刃物を持った子供達だとかが)、尾いて来ているのか、と考えて。だが、違っていた。誰も後ろには居なかったのだから。だから、高沢は訊いてみたのだ。通り掛かりの、ルーム係の一人に。彼女の名札は「杏」だった。

「ああ……。今走って行った人なら、椿さんだと思いますけど。何か、失礼な事でもございましたでしょうか……」

「嫌。別に、そういう訳でも無いんだがね。何処かで見た事があるような気がして……。だけどなぁ。椿なんていう女には、僕は会った事は無いと思うがね。何で彼女は僕を見て、逃げ出したりしたのかね？」

「逃げたりしませんわ。誰も、お客様から。椿はきっと携帯で呼ばれて、走って行ったのでしょう。彼女、時々ああして走り回っては、叱られているんですよ。お客様に御迷惑を掛けたのでしたら、わたしから主任に報告しておきましょうか？」

それには及ばないよ、と答えて高沢は歩み去ったのである……。「椿」と呼ばれていた「沙羅」から。「杏」と呼ばれている、「沙羅」の仕事仲間から。先夜、「摩耶」で翡の口から出てきていた「サラ」に反応し掛けた時と同じように、「椿」の面影は薄く、遠いものでしか無く……。幻のような花としてさえも、高沢は憶えていなかった。

「杏」も「椿」もコードネームである事を、高沢は知らなかった。Tホテルのルーム係達は、本名では呼ばれないのだ。少なくとも、男性客達の前では、決して本名では呼ばない事になっている。危険は、何処に転がっているか解らないものだから、という理由に拠って……。

高沢の中には、摑みたくても摑めない、捕らえたくても捕らえられない、不快で黒い澱（おり）だけが、残される事になったのであった。不満と不穏の、暗い澱みの船だけが残っていて……。高沢は、歩み去り、帰っていった。

沙羅は、青褪めた顔色をして、備品室の中にいた。

あの人だった？　あの人だった？　あの人だった？　ああ、あの人の様だったけど、判らない。あたしは怖くて、逃げてしまったんだもの。あの人、少しも変わっていないように見えたわ。でも……。予約表には、あの人の名前なんて無かった。他人の空似だったの？　解らない。薊羅、薊羅。あたしを、助けてよ。あの時のように。いつものように。あたしをどうか助けると言って。ああ。神様！　わたしの神様。教えて下さい。応えて下さい。わたしはあなたを求めて、呻いて、泣いているというのに……。太白様。あなたは、応えては下さらないのですね。あの、夏の終りの朝のようには、決して答えて下さらない。あの人は、わたしには似合わないとも、決して言っては下さらないのですね……。

胸に下げているクルスの中から、「愛しい娘よ……」と呼んでいられる、霧笛のようなお声が聴こえた？「愛しているよ、君を……」と言ってくれた人の、懐かしい声も、聴こえた気はしたけれど。遠い日の想い出は押し寄せて来てはくれず、クルスの神のお声も、もう聴こえては来なかった。後には、風の音ばかり……。後には、波の音ばかりがしていて、沙羅を泣かせた。

そうとも知らない沖達はラウンジに集まって、高沢の不首尾を笑い、晶子の占いに感嘆していたのが、その日の夜の事だったのだ。

そして……。翌日の中番から「沙羅」は入れ替り、誰も知らない間に、薊羅になっていたのであった。天の鷲の、憐れみの眼差しだけを頼みにして……。晶子の前には霧子が席っていて、気を揉んでいた。晶子には「冷やかし」の客の相手が、一番堪えるのだという事を、霧子は良く知っているから、心配で……。けれども晶子は、霧子に頼むようにして、言うのだった。

「霧ちゃん、ごめんなさいね。あなたに迄心配掛けてしまうなんて。わたし、今日は厄日みたいなのよ。少し休んでいれば、治ると思うの。ラウンジは忙しそうだったから、帰って奈加ちゃんを助けてあげてくれないかしら。わたしは大丈夫。わたしは、平気……」

わたしが一人になりたい時と、同じセリフを言うのね。晶子さん。解ったわ。わたしは行くけど、気掛かりよ。

霧子は咲也の心模様には、まだ気が付いていなかった。咲也を信じ切っている霧子を見ているのは、晶子にとっては痛いように、身を切られるように辛い事なのだ。それだから晶子は、霧子にラウンジに帰って貰ったのである。咲也の心の海の底を知った時、霧子はどうなってしまうのだろうかと思うだけで、晶子の心は泣き出してしまうものだから。

霧子は咲也に遠慮をしていて、咲也は霧子に対して、背伸びをしているようだった。それがいけなかったのか、と晶子は泣けてしまうのだ。二人の心は、あんなにも触れ合っていたものなのに、何が咲也をそれ程に、あの庭に呼んでいるのだろうか。どうして咲也は、わたし達とでは幸福になれない、と決めてしまうのかしら、と思うと悲しくて……。けれど。本当に子供は四人だったのよ……。晶子は瞳を閉じて、愁いの中に沈み込んで行く。上の、二人の男の子。龍精は、五月晴れの空に泳いでいる鯉幟と、その後に続いていた、冷たいような梅雨空を映していた。

それから、二人の嬰児の手首に付けられていた、名札を。

ひいらぎ。もみ。ヒイラギ。モミ。柊。樅。柊と樅？　まさか。まさか。まさか……。でも、ひいらぎともみの木。漢字で書けば柊と樅の木。柊ちゃんと樅ちゃん？　まさか。まさか。まさかだけれども、わたしの龍精は、嘘は吐かない。ああ。あの女の子達の顔を、もっと良く見たかったのに。龍が又、邪魔をしてしまったのよ。球にはあの子達の手しか、映さなかった。白くて細い手と、少女のようなお下げ髪と。ぼんやりとした灯りの中で赤ちゃん達を抱いて俯いていた、長めの前髪に隠されてしまっている少女達の顔しか、映して見せてくれなかったのですもの……。蒼い龍の精よ。水と風の神よ。あなたはわたしに時々、辛く当るのね。あなたが見ている全てをわたしに見せないで、あなただけの秘密にして、「彼等」を守ってしまうのね……。わたしはどうしたら、あの女の子達に近付けるの？　彼女達の秘密は、どこに隠されているの。

白く輝く閃光が龍の石の蒼を消して、一瞬走った。桜吹雪が舞っている。桜の大木が連なっている並木道と、テニスコート。葉桜の季節も行って、桜は真夏の濃緑色に並木道を染めて輝いていた。

「求めなさい。そうすれば、見付かる。けれどもあなたは、藤代咲也を守りなさい。咲也と柊と樅をあのモノから守って、この嵐を無事に過ぎ越させなさい……」

ああ。美しいお方！　美しいお方……。ひいらぎともみの木は、柊ちゃんと樅ちゃんなのですか？　あの子達の父親と母親は、どうなってしまったのでしょうか。あの嫌な男の人が父親ですか、あの子達の部屋は、このTホテルに借り上げられていると聞いたような気がしますけど、もう確かではありません。もし確かだとしても、二人の母親は判らないのです。ホテルには人が沢山いて。ホテルに勤めている人達は多くて。一号室の部屋主の名前は、龍と誰かが隠していますから。龍は、女の子達しか映してくれませんでした。まだ中学生か高校生ぐらいの、二人の少女達しか……。それに。それに、どうしたらわたしは咲也を守れるのでしょうか。柊ちゃんと樅ちゃんを、守れるのですか。咲也はヒオさんを求めてさ迷い歩き、あの教団の近くを彷徨くので、危くてなりません。緑……ヒオさんの事は、わたしの龍が隠してしまっていて……。彼が何処にいて、何をしているのかも解りません。わたしは、たった一人なのです。龍精と桜の精はいますけど……。知世ちゃんは眠っていて、目を覚まさない。桜も龍も、アレの事では、狂ったようになっていますのに。知世ちゃんは、どうしても目覚めてくれないのです。咲也を助けられるのは、わたしではありません。ヒオさんと、知世ちゃんの、二人だけです、きっと……。

「桜の娘を起こしたいのなら、わたしのクリスチナに頼んでみなさい。だが、娘よ。忘れてはならない。桜の精と龍精を動かし、制御して遣るのは、あなたの務めなのだから……。龍と桜は、誰かが止めて遣らなければ、自滅するのだ。怒りを煽られ、暴走させられて、滅んでしまう。それを防ぐのが、あなたの役目だ。それを防げればあなたの咲也も、わたしの柊と樅も、助けられるだろう……」

ああ。待って。待って下さい！　美しいお方……。

晶子は、煌めく千の波の中にいた。此処は湖？　湖の中なの？　いいえ。此処は、あのお方の住む港なのよ。「わたしのクリスチナ」ですって？　それは誰の事なのかしら。霧子ちゃんでは、無かったのですもの。霧ちゃんはわたしに、キリスト教徒では無いわ、と言った。ああ……。でも、あの桜並木には、見憶えが有った。あの見事な桜の並木道は、どこか似ていた。沢木渉さんとその恋人の少女が、幸福そうに笑って、転げるように走っていた、あの並木道に似ていた。似ていたのよ……。それでは柊ちゃんと樅ちゃんの生みの母親である人は今でも、「あそこ」にいるの？　ひいらぎともみの木とは、本当に彼等の事なのかしら。わたしには、信じられない。あの、素直で可愛らしい柊ちゃんと、殆ど寝た切りだという樅ちゃんが、あの嫌らしくて傲岸な、高沢とかいう男の人の子供達だなんていう事は……。あの子達の「ママ」の事も、龍はわたしに隠しているから。あの子達の生母である人と、あの少女達との繋がりさえも、わたしには全く判りはしないのだもの……。

晶子はアパートに帰ったら、「クリスチナ」を呼んでみようと思う。あの美しい方が「わたしのクリスチナ」と言って、名指しをしていた、その「クリスチナ」を。だけど……。それでは以前にあの方が言われていた、あの方の物であるという娘さんとは、一体、誰の事なのだろうか。フランシスコと呼ばれていた勇輝さんは、咲也を、わたし達の事を、天から見ていてくれるのか……。

そして今、高沢は周囲から目立たないようにして、周囲を睨め回しているのだった。クリスマスの日にはジプシードレス姿だった晶子は、新年になって巫女装束に姿を変えている事を、高沢は知らない。その、巫女装束姿をした晶子が、高沢の姿を遠目に見るなり、急いで身を晦ましてしまったのだという事も。晶子は高沢を避けて、素早くウラへと避難をしてしまったのである。

奈加は、テニスで鍛えた身体で元気に、溌溂として動き回っていた。霧子は帰省中で、不在であった。幸男と咲也も一応は、元気そうに働いてはいたのだが……。幸男には幸男の、咲也には咲也の心配事と哀しみが、それぞれの胸の奥深く吹き荒れていたのだ……。

真奈からはあの日の翌日に、泣き声で詫びを入れる電話が入った。けれども真奈は「この次」の約束をしようとはしなかったし、高沢の方でも真奈に対し、現を抜かしている気分にはなれなかったのである。それで真奈とはあれから、そのままの状態で留まっているのだ。あれ程漁りたかった新しい女にも、今は構っている閑は無い。高沢の夢には今になって、チルチルと晶子の声が、言葉が、繰り返す歌のように流れていて、消えてくれないのだったから。それは、不吉な歌だった。そしてそれは、黒くて形のない「何か」に似ていた。運命というよりは、厄病神か死神に似ていて。不気味で、鋭い大鎌を持っている影のように、高沢の後から尾いて来るのだ。高沢は怯え、一方では熱り立ってもいるのだった。身に憶えは本当に無いのか？　と訊かれれば、答えに詰まる自分がいる。しかし。それではどうして「その女」だか「子供」だかは、二十年かそれ以上もの間、沈黙を通しているのだろうか。超有名企業の社長に納まっている高沢に、金を要求するという訳でも無く、認知を請求しに来る事さえも、していないのだから……。高沢には、「その事」が恐ろしく、理解不能で不気味であった……。もしもそんな事態になったら……と考えると敏之は、竦み上がってしまいそうになるのだった。俺は、真山家を追われて、会社からも追われてしまうかも知れない。もしも、なのだがな。もしも、そんな事になりでもしてみろ。世間の奴等は大喜びで噂話に興じて、柳と真奈は、俺から去ってしまうかも知れない。由布は、言わずと知れた事だがな。六花と敏一に迄嘲笑われたり、責められたりするのは、堪らんだろう……。クソ。クソ。クソめ！　あんなイカレ女達のトンチキ囃子に乗せられて、踊らされているとはな。この俺が！　この俺がだぞ、クソ!!　罵り終らない内に、歌が聴こえる……。

「上の二人は部屋に閉じ込められていて、下の二人は殻に籠もっている。上はひいらぎ、もみの木で。下は雪花、敏い子よ。どうして部屋に、閉じ込められているのかな。どうして、殻に籠もっているのかな……」

六花と敏一が殻に籠もっているだって？　そんな事が有るものか。あいつ等はクリスマスからこっち、ずっと御機嫌で……。昔ヒットしたミュージカルだか何だかの中の歌を、それこそ大声で歌ったり、喚いたりしている。家中の者達を笑わせて、得意になっているんだぞ。

「それならどうして、内に籠もるの。籠もるのよ……」

そんな事迄は、知るものか。良いさ。いざとなったら俺は、そいつ等を纏めて始末してやる。殺すのかだって？　馬鹿な。そんな事迄は、しないさ。要は、この世の中は金なんだろうが。金で駄目な事なんてあるか？　無いだろう。それでも駄目な時には、それなりの手を打てば良い。それなりに有効な手は、幾らでもあるからな。例えば、脅しだ。それから例えば、抱き込みかな？　ヤクザにも弁護士にも、金が物を言ってくれる世の中だ。俺は簡単には、引き下がらないぞ……。

敏之の過敏になっている神経は、すぐに由布と風子に、真山浩一と珠子に迄知られてしまうようになった。浩一と珠子は、沈み込み勝ちになっている由布が、可愛かっただけなのだ。年が明けてしまえば真山家（という事は、高沢の方にもなのだが）には、年始のための客達が、押し寄せて来てしまう。

年末の挨拶客よりも、ずっと多くの客達が……。それで二人は大晦日の夜に、ごく親しい者達だけを招いて、内輪だけの年越しパーティーを催したのだった。由布のために……。嫁いだ由貴は勇介と子供達と共に、高崎の方に帰って行っていて、婚家を離れられない。それでも二人の急な誘いに、敏之の友人の吉岡勝男と、浩一の友人の隅田清志夫妻に、珠子の妹の琴絵、その夫の白浜正が参加してくれる事に決まった。隅田夫妻は彼等の孫である志緒美と孝志の二人を、連れて来てくれるとも言ったのだ。志緒美と孝志は三十代前半の、おっとりとした娘と青年だったので、浩一達は喜んだ。そして、喜んだついでに水森紅も招いて「孝志君に会わせてみたらどうかしら」、と珠子が言い出した……。

　珠子は、紅に対して由布が抱いているらしい複雑な感情を察知し、胸を痛めた事が有ったのだ。だから由布のためにはその夜、紅を招いてやって。見合いの真似事でもしてみたらどうかしら、と考えてしまったのである。紅が孝志に気に入られるのなら、紅のためにも喜ばしい事だし。もしも二人の気が合わなくても、紅が「見合い話に応じた」という事実は由布の心を和らげてくれる事だろう、と無意識に計算しての事である。

　紅は珠子からの誘いの電話に、訝りながらも応じてしまった。薊羅の決心の固さを知ってしまった紅は、薊羅と一緒に柊と樅を前にして、四人で年越しの夜を過ごす事には気後れがしていたし、翡桜とは前日の夕刻迄共に過ごして、別れていたからである。

　翡桜は大晦日の夜半迄は「摩耶」に出勤しているが、仕事が終ったらその足で、そのまま市川に送られて、「家に帰る」と言っていたので……。養親達が待っていてくれる水穂家に帰って、その家で年を越しその家で新年を迎える積りでいるのだと、翡桜は紅に告げていたのだ。それは済まなさそうに、肩を落として。

「ごめんよ、紅桜。こんな時だからね。本当は、君と一緒に居てあげたいのだけれど……。母さんと父さんが、僕を待っているんだ。薬も切れそうになっているしね。僕は、一度はあの家に帰らないといけないの。ごめん……」

待って。待って。待ち疲れる程に、待っていてくれるのでしょう？　翡桜。わたしにだって解るわ。言われなくても、解っているわ。やっと巡り会えたというあなたに、どんなに御両親達が会いたがっているのか解る。それ程大切なあなたの身体が治らない事を、どれ程悲しんでいられるかも、良く解っているのよ。とても、とても良く解っているの。だって、わたしも同じ気持でいるのですもの。わたしもその人達と同じ、気持なんですもの。ああ、翡桜。あなた、又酷く無理をしている。あなた、又凄く、無茶をしている。だって、ほら。あなたの顔色が……。顔が、百合のように白くて、胸を押さえているあなたの身体は、震えているわ……。

「そんな瞳をして僕を見ないでくれないかな、紅桜。僕、何処にも行けなくなってしまうじゃないか。薊羅が中番に入ってしまったのなら君は、あそこにはもう、行かれない。沙羅の誘いで、柊達をアレの礼拝所に連れていく気持になんか、なってはいけないのだからね。それに、夜には薊羅と、柊と樅達だけにしてあげなければ、ならないし。薊羅は、柊達と別れるような事になるかも知れないと、不安な気持でいるだろうからね。何も起きないとは誰にも言えない事だから……。そうなると、紅。君にとっては初めての、たった一人切りの年末と年始になってしまうだろう。僕は、君が心配でならないんだよ。いっその事、紅。君も一緒に水穂家に、連れていきたい程の気持でいるのだけど。だけど……」

嘘なんかでは無いよ、僕の紅桜。出来る事なら、僕はそうしたい。安美と一寿の事なら、心配はしていない。二人はいつも一緒だから。けれども、君は違うんだ。たった一人の孤独の船で君を航かせるのは、可哀想だよ。たった一人で年を越させて、年を迎えさせるのは、可哀想だもの。紅桜。紅桜。君は傷付いていて、まだ血を流している。君は傷付けられていてまだ、泣いている。泣いている……。僕に隠れて。誰からも、隠れて、君は……。

「泣いてなんかいないわよ。嫌な翡桜。あなた、わたしがまだ甘ったれの、小学生のように見えるのね」

「ヤだな。紅桜ってば。又、僕の心を読んでいたなんて。そんな事をしていると、淋しくて怒れる男のダニエルにも、今にきっと……」

「もう嫌われているから、御心配無く……」

「アレ。そうだったの？　嫌な紅桜。君とダニエルは、良い友達になれると思っていたのに。教えてくれなかったなんて、ズルイよ、紅。紅。辛かったんだね。ちっとも知らなくて、ごめんよ。君は……。君は、あの人の事だけでも、もう十分に辛いのに。やっぱり僕、此処に君と居ようかな。水穂の家には、行くけどね。泊まらないで帰って来て、君と年迎えをした方が良さそうだ」

「良くないわ、翡桜。あなたは、御両親達と一緒に居てあげないと、駄目よ。わたしなら、平気だから。もうあの人の事も、気にしていない。一人で年を越すのも、新鮮で良いわ。誰かさんが帰って来てくれる時を待っているのは、もっと良いかも知れないでしょう？」
紅。紅。そうやって嘘ばっかり言っていると、胸の中に穴が開いてしまうんだよ。そうしてね。その穴は塞がらないで、どんどん大きく開いていってしまうようになる……。だけど。仕方の無い事なんだね、紅桜。僕がそうだったように、君も風穴を、血の穴を抱いて生きているのだから、今ではね。今だけでは無くて多分これからも。君と僕は「あの方」のように、血を流しながら生きる定めなんだよ。薊羅のように。沙羅のように。先人（さきびと）達のように。

紅は翡桜に、薊羅の決心は伝えていた。けれど……。薊羅一人だけを行かせられはしない、と思い始めていた、自分の心は、隠してしまうしか無かった。

大切で。大切で。哀しい程に愛している人には、言ってはならない。来年の春にも二人一緒に、桜の樹の下を尋ね歩こうと誓った人には、言ってはいけない。

翡桜は、紅の心模様の中にある「影」を感じ取っていた。けれども「それ」が何であるのかは、解らなくて……。それで翡桜は紅のフレンテ（額）に額を付けて、言う。

「ねえ、紅。僕の帰って来られるのは多分、三日の午後遅くか、夜になってしまうと思う。検査を受けるように、ときっと言われてしまうからね。それでね。四日の夜からは又、お仕事に行く事になると思うよ。それでも君は、僕を待っていてくれるよね。ヤケを起こして、ヤケ酒なんかを飲んでは駄目だよ。良い子にして、ちゃんと待っていてくれないと……」

「ヤだわ、翡桜ったら！　わたしがヤケ酒？　あなたじゃあるまいし。そんな事は出来ないって、解っている癖に」

「アレ。酷（ひど）いお言葉なんだね、紅桜。それでは僕はまるで、ウワバミのように人には聞こえるよ」

「カルバドスなんかを飲んでいるじゃないの。あれは、強いお酒なのよ。わたし、調べたの。お酒飲みさん」

「アレマ。それこそ酷（ひど）いよ、妹。カルバドスは気付けのためと、亡き父と母の想い出のためのものだ、と知っていてのそのお言葉は、酷いな。妹のものとは、思えない……」

「妹よ。兄さん。わたしは、あなただけの妹よ。あなただけ。唯、あなただけ……。翡桜、知っているでしょう？」

「知っているよ。知っている。妹。紅桜。僕の、エンジェル。僕の事を忘れないで。何が有っても、憶えていて……」

翡桜にはそれだけしか言えなかったし、紅にもそれで十分だった。十分過ぎる程に、十分だったのに……。

でも、あの夜のパーティーが、潮の流れを変えてしまった。

あの夜のお見合い話が、船の針路も、決めてしまった。

わたしは、知らなかったのよ。知らなかったからこそ、行ったのに……。「あれ」は、わたしを追うためのブリザードのようだった。「あれ」はわたしを死なせるための、止めのようなものだった。ああ、翡桜。許してね。わたしは、希望を失ってしまいそうなの。一番大切な物を、失くしてしまいそうになっていて。怖いのよ。怖いのよ……。

隅田孝志と志緒美は、ひと目で紅を気に入った。今の時代からは取り残されたような、今の時代には遅れて来たような、清楚で慎ましやかな紅が、好きになってしまったのである。紅を挟んでソファに席った孝志と志緒美の楽し気な様子を、祖父母である清志と詩麻は瞳を細めて眺めてもいて……。その五人を見ていた浩一と珠子、白浜正と琴絵の四人の眼差しも、暖かな、満足気なものになっており、和やかだった。

若い人達同士で、あんなに打解けていて楽しそうにしている……。由布は紅と孝志を見ていて、心の中の氷が少しずつ溶けてゆくような気になった。

暖かそうで、幸福そうで……。そこには由布の求めていた憧れが、形になって席り、話しているかのようだとも思い、ときめいた……。孝志と志緒美は紅の気を引きたくて、上気をした顔で冗談を言い、紅は静かに笑んでいる。

夫の浮気相手なんかでは、無かったのね。紅さん。あなた、本当にきれいだわ。両親達が言っていたように、物静かだけど暖かで、穏やかな瞳をしていたのね。疑ったりしてごめんなさいね。でもね。それは敏之の所為だったの。敏之が深夜にあなたを車に乗せて来たり、あなたを見る瞳が変に熱っぽかったりしたものだから……。ああ、違っていて良かったわ。あなたは、父と母のお気に入りだったけれど、わたしには遠慮勝ちで。わたし達、殆どお話しらしいお話しを、今迄した事も無かったのですものね……。

六花と敏一は、母親の心が和らぎ、和んでいる事を敏感に感じ取っていて、嬉しくなった。

それでもこの部屋の中には、大好きな「ガリバー」は居ないのだ。この部屋の中には、慕わしいダニーパパは居てくれない。誰も、彼を招いてくれようとは、しなかったから。誰も、彼の事を少しも気にしていないから。誰も。誰一人も。十年もこの家に居てくれるダニーを、気に掛けてもいない。十年も二人が「心のパパ」として慕っているダニーを、パーティーに招びもしていない……。ダニエル・ガリバーも招んでよ、ママ。ダニエル・ガリバーはもう、家族の一人じゃないの？　お祖父様。お祖母様。ダニーを招んでよ。招んでよ！

叫び出す代りに、雪の花の六花と敏一は歌ったのである。それは、ロンドンミュージカルの傑作、ザ・ファントム・ジ・オペラの中からの「シンク・オブ・ミー」と、レ・ミゼラブルからの「ワン・デイ・モア」という、美しくて切ないような、愛の歌だった。六花と敏一は英語の成績は良かったので、発音はしっかりしていたし、歌心を込めた歌声は、甘やかに伸びていくのだった。

木の間隠れに見えている、ダニエルの部屋の明るい窓の中にも……。ダニエルは、二人の歌う声を聴いた。それで彼の「小人達」が、彼からの細やかな贈り物を喜んで受け取ってくれた事を知って、胸の中に灯を点す。闇を縫って、伝う微かな歌声を耳にした途端にダニエルは、部屋の窓を開け放ってしまっていた。木の間越しの影絵の中に本邸の、リビングの窓の明かりがチラチラと瞬いているのが見えて……。その窓から「小人達」の叫び声も、聴こえて来るのだった。

「白いシクラメンは、わたしのお気に入り！」

「黄色いカクタスが、僕のお気に入り！」

「何を喚いているんだ。二人共！　良い加減に、もう、窓を閉めろよ。幾ら暖房が効き過ぎたと言っても、もう寒くて堪らなくなっているぞ」

「ハーイ。パパ。お星様、お休みなさあい！」

「僕達のお星様、お休みなさーい。良い夢をね！」

「全く。何を浮かれているんだか……。君ね、風子。まさか未成年にも、年越し酒を飲ませたりしたんじゃないだろうな」

「とんでもございませんよ、敏之様。六花様も敏一様も、お客様が沢山いらして下さっていて、お嬉しいのでしょう。由布お嬢様も、今夜はお元気そうでございますですしね。お若い方達が三人もいらっしゃるのも、お二人には珍しくて、楽しいのでございましょう」

「そうでしょうね、風子。でもねえ。六花も敏一も浮かれ過ぎですよ。皆さんが驚いていらっしゃるわ。ねえ、紅さん。紅さんもそう思いましたでしょう？」

由布の言葉に、紅はほんのりと笑んでから、言った。

「いいえ、ちっとも。姉弟仲（きょうだい）が良くて、羨ましいと思いますわ、奥様。六花ちゃんも敏一君も、いつの間にか大人になってしまっていて……。ミュージカルの中のアリアを、あんなに見事に歌えるなんて、凄いです。可愛いシクラメンさんと、カクタスさん。素敵な歌をありがとう。お星様もきっと喜んで、今夜は幸福に光って、幸福に眠れる事でしょうね……」

紅の言葉は、六花と敏一の栄誉と喜びになった。

二人の祖父母の、浩一と珠子にも。母親の由布にも。紅を好きになってしまっていた孝志と志緒美や、彼等の祖父母達にも。琴絵と正夫婦にも……。

紅はけれども、その部屋の中にダニエル・アブラハムの姿が無いのに、気が付いていた。六花と敏一が、わざわざ窓を開け放ち「何処か」に向かって、歌った事にも。

この子達はきっと、あの人を好きなのね。わたしが傷付けてしまった、ダニエルを……。ああ。優しくて、繊細なあなた達。いつ迄もどうか、そのままでいてね。いつ迄もどうか、曇りのない瞳で「星」を見てあげて……。

紅が、いつになく言葉数が多かったのには、そういう理由があったのだけれども。けれども浩一と珠子達には勿論、高沢敏之にもそのような様子の紅を見るのは、初めての事だったものだから……。それで彼等は、喜んでいた。このお見合いは、成功だったと。

ダニエルは紅が招かれて来ている事を、知らなかった。しかも、「見合い」のために呼ばれて、来ている事等は。

ダニエル・アブラハムは一人で部屋にいて、一人で彼なりの、彼にしか出来ない、彼のために準備が進められていた夜を、過ごしていた。特別な、一生に一度か二度在るか無いだろう、運命の曲がり角を曲がるための夜を……。

勇二はまだ、N町のビジネスホテルから帰って来てはいなかった。勇二の達子は、アナスタシアの花束と、「ロミオとジュリエット」のDVDは喜んで受け取ったそうなのだが……。故郷の親達と勇二の間で、心が揺れ動き続けているらしくて憐れである、と勇二は報告をしてきているのだ。達子には、年老いた祖父母達と、年老いつつある両親を、見捨てられないのだと言う。二十年前には捨てて来た田舎と、家族達を……。

ダニエルは勇二に「達子の本心を訊けよ」、と言って遣った。故郷と恋人の両方は、手に入れられないのだ。どちらかを選んで、どちらかを捨てるか。どちらも選ばないで、新しい道を探すのか。達子にはその答えは解っている筈なのだから、とダニエルは感じられた。勇二に助けを求めるかのように、「この恋を実らせて」と頼むかのようにして、一本の電話をしてきたという達子には、もう答えは解っていて……。

勇二は執こく「写真を見てくれたか」と尋ねてきたけれども、ダニエルは只、「今、見ている」とだけ言っておいたのだった。本当は、まだ一枚もそんな物は、見ていない。見る積りではいたし、約束も破る積りは無かったのだが。今のダニエルは、写真を見ないで他のものを見ていた。

「写真」は静かに、出番が来る時を待っている。花吹雪。花嵐。花の爆薬でダニエルを吹き飛ばし、粉々にする時を、黙って待っているのであった……。

「今晩は。遅くなってしまって、済みませんね」

風子に伴われてリビングに入って来た吉岡勝男を認めると、紅の顔から血の気が引いていった。

「遅かったじゃないか。今頃迄、何をしていたんだよ、お前……」

高沢が文句を言うと、吉岡はムッとする。

「例のバーに行っていたんだよ。今夜こそは奴さんを捕まえてやろうと思ってさ。捕まえたら、一目散に此処に連れて来る積りでいたんだがな。あいつには、神通力でも有るのかね？　今宵は早退けでござると市川の奴がほざいたのが、つい先刻だった。俺が尋く迄は黙っていろ、とでも言っておいたみたいにな……」

「そんな馬鹿な事が、あるものか。あいつは只のイカレ頭なだけだよ。市川の気が回らなかっただけだろう」

「あいつって誰の事ですの？　吉岡先生」

「イカレ頭っていうのは、どういう事ですかね、敏之さん」

志緒美と孝志は、吉岡勝男とも無論知り合いだった。

吉岡は、志緒美と孝志にニヤリとして見せる。それから、その二人の間で俯いている紅を、見付けた。

「おやおや。これはこれは……。偶然というのは、恐ろしいものだな、敏之」

「あなた。何の事ですの？　紅さんが、どうかしましたの」

敏之は由布に対して、鷹揚に構えて教えてやった。

「こいつの行き付けのバーになんだがな。水森君に良く似ている、バーテンがいるんだよ」

「そうそう。超・優男で、ドハンサムなバーテン君なんだがね。そいつがイカレているの何の、って……。だからさ。今晩此処に引っ張って来たら、パーティーがぐっと盛り上がると思っていたんだけどな。残念無念。でもな。その代りに水森君に会えるとはね。ねえ、水森君。君、ロクデナシのお兄さんがいるんじゃないの？　女にしても良いような、お兄さんが……」

「酔っていらっしゃるのですね、吉岡さん。紅さんには、お兄さんはいませんのよ。それも、ロクデナシだなんて……」

「嫌。お義母さん。それは吉岡が言った訳じゃないですよ。本人が、自分でそう言っただけです。ロクデナシじゃあ、無かったか……。ドラ息子。そうだ、ドラ息子だと言ったんですよ。あいつは確か、何と言ったかな、名前は……。名前もフザケていて、女のようだった」

「翡。井沢翡と言っていましたけど、怪しいものです。何せ、可愛い顔をしている癖に、空っ惚け方に年季が入っていましてね。カメレオンみたいな奴ですよ」

「それでは、紅さんとは正反対のタイプですわね。勝男さん」

由布に、そういう事になりますな、と答えた吉岡の声の中に紅は、黒く澱んだ滓のような物を感じていた。闇くて、汚い物。口には出せないような、澱のような物を……。翡桜は、こんな人達の相手を毎晩しているのだわ。紅は堪らなくなって、息を吸う。もう此処には居られない。もう、此処にはいたくない。いたくない……。

遅くなったのでもう帰ります、と言った紅を、皆は何故なのか熱心に引き止めようとしたのであった。特に孝志と志緒美の姉弟と、彼等の祖父母の清志と詩麻の四人共が……。それに、浩一と珠子、由布と敏之も。年に一、二度真山達に、時候の挨拶に「呼ばれて」訪れていただけの紅は、由布とは距離を置くようにしていたし、六花と敏一とも、余り言葉を交わした記憶が無かった。彼等は学校に行っていて留守であったり、遊びに行っていたり、由布と風子の傍に居たりしていて。その二人が紅に抱いていた感情に、染められていたから……。けれど。その夜の六花と敏一はもう、自分の瞳で見て、考えられる年頃に育っていたのだ。それで二人も紅に残って貰いたい、と甘えて言い張った。

「年越しの夜の鐘を、一緒に聞きましょうよ、お姉様」

「そうだよ。それから、新年のお祝いをしていってよ」

ねえ。ねえ。お姉様。ねえってば、紅お姉様……。

「ごめんなさいね。六花ちゃん。敏一君。お姉さんもそうしたかったのだけど……。こんなに沢山の人と過ごしたのはわたし、初めてなの。いつもは一人で、静かにしているだけなのよ。それでね……。酔ってしまったみたいなの。皆さんの暖かさに、酔ってしまったのよ。お外を歩いて大通り迄行って、酔いを醒ましてから、家に帰りたいの。シクラメンとカクタスを、想っていくわ……」

それなら仕方が無いわね。でも、哀しそうなお姉様。

それなら、仕方が無いけど。けど、寂しそうなお姉様。

「人に酔う」って、哀しい事なの？「暖かさに酔う」って、寂しい事なの？　お姉様。紅お姉様。顔が白いよ……。

「泣かせるような事を言ってくれるねえ、水森君。だけどさ。俺が来た途端に〝帰る〟は無いだろう。もう少し、居てくれたまえよ。孝志君が可哀想じゃないか。塩ナメクジみたいになってしまっているぞ」

「塩ナメクジとは酷いなァ……。吉岡先生には敵いませんね、全く。せめて敦忠とでも、言って下さいよ」

「何だ。君も見掛けによらず、はっきり言うんだな」

浩一の言葉に、紅は俯いた。そして、思った。嫌だわ。何だか厚かましい。良い人だと思っていたのに。詠み人に託けて、わたしの心を弄んで。傷付けるのは、止めて……。

紅は、歌にも通じている翡桜から、歌を学んでいた。

逢い見ての後の心にくらぶれば
昔は物を思わざりけり
昔は、物を、思わざりけり……。紅は、微笑んで見せてから、立ち上がっていた。物を思わない時程、良い時は無いのよ、孝志さん。あなたには、解らないでしょうけど。そういうものなの。わたしは、昔が懐かしい。物等思わなかった頃の、昔が懐かしい。恋なんていう言葉を、そんなに簡単に口にしないでね。好きなんていう言葉を、そんなに気軽に使わないでね。わたしのような女は、あなた方には珍獣のようだったの？　会って間も無い人からそんな事を言われて、喜ぶようなお手軽で、気楽な女に見えたのですか。わたしに恋は、似合わないの。気軽な恋は、もっと似合わない。わたしは古風で。深手を負っている、鹿のようです……。

何と言っても紅の心が変わらない事を悟ると、珠子は溜め息交じりに、言ったのだった。

「仕方が無いわね。泊まっていって頂く積りでしたのに。吉岡さん、あなたが悪いのですよ。無神経な事を仰るから。でもね、紅さん。外は寒いですし、娘さんの夜歩きは危のうございますよ。ハイヤーでも呼ばせますから、少し待っていて下さいな。孝志さん達もウチの者達も、皆、お酒を飲んでしまっていますからね。送って行って差し上げたくても、車を出せはしませんもの」

「ミスター・ダニエルがいるじゃないの。お祖母様」

「そうだよ、お祖父様。ミスター・ダニエルは、飲んでいない」

「飲んではいないだろうけどね。ミスター・ダニエルは、彼はもう寝(やす)んでしまっているか、ゆっくりと寛いでいる事だろう。年末年始の休みの夜中迄も仕事をさせるのは、ルール違反だよ」

六花と敏一は、済まなさそうに紅を見た。紅は、その二人には瞳だけで「ありがとうね」、と伝えた。ミスター・アブラハムはわたしに怒っているから、送ってなんかくれないの。わたしが傷付けたから、駄目なのよ。

「わたしが送っていきますわ。お母様。わたしは今夜はまだ、ひと口も飲んでいませんから。紅さんには、わたしからきちんとお話ししておきますから、御心配無くてよ、孝志さん。皆様はどうぞ、もっと召し上がっていらして下さいな。六花と敏一は、もう寝る時間ですよ。風子。この子達を部屋に下がらせてあげて……」

嫌よ、お母様。わたしも、僕も、お母様と一緒に紅お姉様を送って行く。送っていかせてよ、お母様。

「駄目ですよ、六花。敏一。お母様はね、大事なお話をしないといけないの。紅さんにとっては大切な、良いお話をしないとね……。だから、お母様の邪魔をしないで。その代りに此処で、お母様を待っていても宜しくてよ。それなら文句は、無いでしょう？」

涙の数だけ鐘は鳴ったのだろうか？　もう鳴り終ったのだろうか。百八つの鐘の音は、まだ続いていたのだろうか？　教会の、御ミサの鐘の音は、歌っていたのか……。新しい年を祝って。その年の守りと祝福を、神と、神の子の御母のマリアに願って……。もう、解らない。

紅は、由布から今夜は、「見合い」のための夜でもあった事を、聞かされたのであった。知らないでいたのは、紅一人だけで。吉岡の他には、紅一人だけで……。孝志は決して軽はずみな事を口走った訳では無かった事を、思い知らされて泣く羽目にも、なったのだ。十二月三十一日の深夜か、新しい年の新しい時刻か。その話が、紅の運命を決めてしまった。それを決めさせたのはやはり、嵐だったのか？

由布は車を出しに行く前に、隅田孝志と祖父の清志の二人に（それは、隅田詩麻と志緒美を含んだ四人に、という事だろう）、懇ろに頼まれて来ているのだとも、紅に言った。

隅田家側としては、明日にでも紅の、色良い返事を欲しいのだ、という話も……。清志夫妻も孝志本人と志緒美も、紅は「見合い」を承知の上で、真山家に出向いて来ているのだ、と思い込んでしまっていた所為である。そしてそれは、白浜正と琴絵も同じで……。恐ろしい事に、真山浩一と高沢敏之、由布と風子さえもが同じであったのだ。珠子の「発案」は、どこでどう間違えられたのか、拗れてしまったのかは解らなかったのだが。とにかく。その「縁談」は、略式ではあったが、正式の顔合わせとして一同の、賛意の下に行われたのだという事だった。珠子本人もいつの間にか、そのように思い込んでしまっていたという事実を、誰が説明出来るのだろうか。悪意のある「何モノ」かの唆しが、そこにはあったのだとしたら？　邪悪でずる賢い「モノ」の、作為が、そこには働いていたのだとしたならば、どうなのだろうか……。黒い風は紅の船に、逆風となって吹き付けて来ていた。

水森紅という娘は「ソレ」の、思い通りにはならない。湯川蓟羅という娘は逆に、「ソレ」の思い通りにさせると見せ掛けながらも、捨て身で「ソレ」に立ち向かっていこうとしているのだ。「ソレ」には、紅と蓟羅が邪魔であった。そうではありながらも「ソレ」は、紅と蓟羅が欲しかったし、翡桜と沙羅は尚、手に入れたいと思っていた。二十年前の、あの夏の終りの日の早暁に、「美しい方」を見て信じた、特別な子供達が、「ソレ」は欲しい。喉から手が出る程に欲しくて、憎んでもいたのである。「ソレ」に抵抗をし、挑み、無視をして、避け……。遣り過ごそうとしているソウル達が、憎くてならない。せっかく手に入れ掛けていた沙羅を遠ざけ、「ソレ」から奪い返そうとさえしているソウル達と、その「美しい方」が、憎くて、憎くて、堪らなかったのだ。

「孝志君はね、赴任先のミラノから休暇で帰って来たばかりなの。一月の末には又、イタリアに帰らなければならないそうなのよ。その前に、婚約だけでもしておきたいとの事だったわ。本当は、あなたさえ良ければ、その時にはミラノに同行して欲しい位、気に入ったという事でしたけどね。あなたにも都合が有るでしょうけど、考えてみて頂けないかしら。釣書の事なら、気にしなくても宜しいのよ。あなたの身上書は母が預かった時に、良く覚えていましたからね。隅田さんも全て、御承知の上なの……」

それは、「あの時」の身上書の事ですか？　真山建設工業に入社が決まった時に、コルベオさんに書いて貰った「手紙」と、履歴書の事でしょうか。戸籍を提出する代りに、コルベオさんがいつも書いている「保証書」と、コルベオさんと山崎真一さんが保証人になってくれている、履歴書の事なのですね。あれは半分本当で、半分は嘘なの。履歴書は、本物よ。両親の欄の氏名を除けば、ですけれど。「保証書」も本物に近いけれど、「手紙」は嘘に近いものなの。コルベオさんは、いつも真剣に「あれ」を書いているのです。必要な子供達のためになら、真剣に、真実に近い嘘を書けるの。全部の子供達に、そうしている訳では無いけれど。わたしの時には、そうして貰いました。ダミアン神父様には、内緒の事だけど。コルベオさんは頼まれると、断れないのです。わたしのような子供達の頼みを、断れないのです。

　ダミアン神父の実兄が真山浩一である等とは、紅は考えてみた事も無かった。それ等の一切はコルベオの胸の中に収い込まれていて、ダミアンもコルベオの嘘と真を知らないでいる。神と、あの「美しい方」である天を往く御子と、コルベオのみが承知している誠と嘘が、流されていってしまったのだとしたら……。

　コルベオの誠があの黒い「モノ」に迄、利用されてしまったりしたら、彼はどうなってしまうのだろうか、と怖れ掛けて紅は、それを止めた。彼の誠は、「あの方」が知っていて下さるのだから。彼の嘘と誠は「あの方」とわたし達への、愛でしか無いのだから。「愛」は、誠から出た嘘も、嘘から出てくる誠も許して、抱き取って下さる事でしょう。わたしと翡桜も、薊羅と沙羅も、その「愛」の中へと還っていくのだわ。今はどんなに辛くて、苦しくても。「愛」に還っていけば、全ては輝く……。

「わたしは何処にも行けません、奥様。済みませんけれど。このお話は、無かった事にして頂けませんか」

「断ると言うの？　どうして？　紅さん。あなたの御両親はもう、亡くなられていらっしゃるのでしょう。それなら。反対する人もいられない、と思うけど……」

「姉達がいますわ。上の姉二人はきっと、反対するでしょう。わたしのすぐ上の姉が逝ってしまって間も無いというのに、末っ子のわたしがミラノに行ってしまうなんて。

きっと、淋しくなると言って、反対しますわ」

「あなたのお姉様が？　亡くなられていたなんて。高沢はそんな事はひと言も、言っていませんわよ……」

由布は紅の本当を、嘘だと思った。そして、疑った。紅という娘と敏之との間を、もう一度……。

「社長はお忙しい方ですもの。秘書の家族の不幸の話迄は、一々憶えてはいられないと思います。でも。もしかしたら、お母様の珠子さんが……」

「それでしたら母は、そう言いましたでしょう。紅……水森さん。だったら、どうしてお見合いをしたりなさったのかしら。真面目に結婚を考えていらっしゃる孝志さんに、悪いという事は考えませんでしたの。会って、気を引いておいてから、お断りしたいだなんて……。それにね。こう言っては、何ですけど。このお話はあなたには勿体無い程の、良いお話だと思うの。華菱（はなびし）物産の隅田清志さんの所の、御次男さんとの縁談なのですもの。お断りするなんて、どうかしているわ。お姉様達だって、反対なんてなさらないでしょう。理由が有りませんもの。妹の幸せにケチを付ける人なんて、いませんでしょう？　あなた達、お似合いだったわ。羨ましい位に、お似合いだった」

もう一度、良く考えてみてから、お返事をして下さいな。お姉様達には、高沢から話をさせて頂いても良いのよ。隅田さんには、わたしからお伝えしておきますから。少しだけ、落ち着いて考えたいと言っていました、って。その間に心を決めて頂戴ね。間に立った両親の立場というものも、ある事ですし。お返事は、早い方が宜しいのよ……。

「お断りは、出来ないという事でしょうか」

「お姉様が亡くなられた、というだけではね。それは、お気の毒な事でしたけれど。災い転じて福となす、という言葉もありますでしょう？　あなたが結婚なされば、お姉様達も得心する事でしょう」

由布は、一歩も引く気持にはなれなかった。紅さえ片付けてしまえれば、夫の腰も少しは落ち着くのではないか、と信じてでもいるように。そのためになら本当に、敏之と自分とで紅の姉達に「会いに行っても良い」、と強く思う程に……。

「わたし、本当に何も伺っていなかったのです」

「それは何度もお聞きしましたけど。あなたが忘れてしまったかどうか、したのでしょう。それともあなたは、わたしの両親の方に落ち度でも有ったと言いたいのかしらね。そうなの？　水森さん。恐い人ね」

「いいえ、そんな事は……」

紅は詰まった。自分が「何か」の巧妙な罠に掛けられた事を、感じ取っていた……。

その「何か」は悪賢くて、紅の逃げ道を断とうとしているのだ。そして、その「何か」は悪質で、紅の目的と仕事をも、断とうとしているのだった。紅の仕事は、目的のためのものでしか、無いのだから……。その仕事を、奪われてしまうかも知れない。こんなに、簡単に。こんなに、汚い遣り方で……。

　紅はそう思うだけでもう、背筋が、心が凍えるのを抑えられなかった。わたしには、しなければならない事が有ったのよ。わたしには、翡桜のようにしなければならない事が、有ったのに。それを、こんな事で駄目にする訳にはいかないわ。それを、こんな形で失う訳には、いかないのよ……。でも。でも、この話は、わたしの所で止めなければいけない。この話は、わたし以外の誰にも、詳しく知られてはならない。そうよ……。薊羅と沙羅には、害は及ばせられない。薊羅と沙羅とを、高沢夫妻に会わせるなんていう事は、出来はしないもの。それは、出来ない事なのに。この黒い罠は、わたしに「それ」をさせようと、企んでいるのね。高沢夫妻と、薊羅達を会わせて。

　二人と二人を、潰そうとしている。ぺしゃんこに潰して跡形も無く、皆を消そうとでも、しているみたい。皆の息の根を、止めてしまおうとでも、しているみたい。

ああ。翡桜。わたしは、どうしたら良いのかしら？

教えて下さい。わたしの神よ。美しいお方よ、どうぞ教えて。そして、わたし達を救けて下さい……。

「姉達に、相談したいのですけれど……」

紅の唇は、震えて……。その細い声も、震えていた。

「姉達は、十五日にならなければ、帰国しません。今は二人共休暇を利用して、巡礼の旅に行っているのです。亡くなった姉の魂を、慰めるためにですけど……」

由布はその紅の言葉も、嘘だと思った。嘘ではあっても、真実でもある、その言葉を……。

「ミー」が逝ってしまった時に、薊羅と沙羅は泣きながら、紅に言っていたものなのだ。何度も。何度も。

「ミーのために、ルルドに行きたかったわ。ルルドに行って、あの泉の水を頂いて来たかった。それよりも、出来る事ならルルドにミーを、連れて行きたかったわ。あんたもよ、紅。あんたもミーと同じで、心臓が悪いんだからね。それに。それに……。柊と樅も連れて、皆でルルドに巡礼に行きたかった。マリア様の泉の水に沙羅とあたしとで、あんた達と柊と樅を、浸してあげたかったのよ。夢だと解っていても、そうしてあげたかったのに。だけど、もうミーは居ないのよね。あの方の国に、行ってしまった。あの美しい方のお傍に、昇っていってしまったわ」

もう、帰っては来ない。もう、還っては来られない……。

それから半年もしない内に沙羅は、再来教団に惹かれるようになっていってしまい、薊羅は沙羅のソウルのために嘆いて、祈るようになったのだ。

流れのほとりに
植えられた木は
ときが巡り来れば実を結び
葉も　しおれる事がありません

お救い下さい　美しい方（かた）
わたし達の神よ
命の木である方よ
あなたの枝である者の一人を助けて下さい
わたし達はあなたの小枝、小枝の小さな花……

「そんな話を信じろと言うの？　水森さん。外国に巡礼に行くなんていう話は、聞いた事も無いですわよ。その奇特なお姉様達は、何と仰るのかしらね、お名前は？　わたしは母からは聞きませんでしたの」

「……椿。椿と紫ですわ。由布奥様……」

「ツバキとムラサキ？　それで末っ子のあなたはベニさんなのですか。良い加減な御両親が、いるものですわね」

いいえ。とても良い両親でしたわ、奥様。わたしのママは聖マリア様とシスター・マルトで、わたしのパパは天上の神様と、フランシスコ神父様でしたから。わたしはそれだけで、幸せだったものでした。つい、この間迄は……。つい先日迄は、わたし、幸せでした……。

「こうして二人でお話ししていても、埒が明きませんわね、水森さん。わたしは帰りますけど、隅田さん達にはどうにも言えないですわ。あなたは只、少し迷っていらっしゃるみたいでしたとだけ、お伝えしておきますから。明日の夜にでも高沢か、わたしに電話をして下さいな。良く考えて、良いお返事を必ずね……」

紅は、走り去っていってしまった由布の棘を、思い出す。

真山家のリビングルームでは、吉岡が珠子から叱られていた。珠子には、吉岡の失言が気に障ったのだ。

「困りますわね、吉岡さん。あなたがあんな事を言われるから、紅さんは帰ってしまわれたのですよ」

「そう言われましても。何の事やら、さっぱりですね。わたしはお叱りを受けるような事を、言いましたかね」

「女にしても良いようなお兄さんがいないか、とか何とか仰っていましたでしょう？紅さんにはね、御家族のお話は禁物ですのよ。特に、御姉妹の事は禁句になっておりますの。紅さんは、お姉さんの一人を亡くされたばかりですからね。ねえ、敏之さん」

「そんな話は聞いていませんよ」

そう言いたいところを、高沢はぐっと堪えたのだった。そんな事を言ってしまったら、自分の無能を嘲笑われるだけだ。

「そうでしたね、お義母さん。嫌、吉岡。お前の方が悪かったんだよ。水森君は確かに、姉君を亡くしていたじゃないか。ほら。二、三年前に……ほら、さ……」

そいつは、ミーとかいう女の事かよ、敏之。この裏切り者め。俺はお前の嘘のために、犠牲にされるのか？　ほら、ほらとか何とか、抜かしているんじゃねえよ……。

「ほう。そうだったんですか、珠子さん。浩一、それを先に教えておいてくれないと、困るじゃないかね。それでは今は、あの紅さんは、四人姉妹では無くて、三人姉妹だけになってしまっているという事か……」

「お若いのに、お気の毒な娘さんですわね。でも……。どうして紅さんのお姉さんは亡くなってしまわれたりしたんですの？　珠子さん。浩一さん。あの子のお姉さんなら、やはりまだお若かったでしょうに」

「そのお姉さん一人だけが、生まれ付き身体が弱かったそうですの。それで、とうとういけなくなってしまって。最後は、心臓らしかったそうですわ。お気の毒に」

「それでは、身体が弱いのは、遺伝という訳では無いのだね、浩一。孝志の嫁さんには、子供をバンバン産んで貰いたいものでね。虚弱な娘さんなら、幾ら人柄が良いとは言っても……」

「お祖母様、お祖父様。孝志が気に入った娘さんなら、それで宜しいじゃありませんか。それに、わたしもあの人が好きですわ。ねえ、敏之さん。紅さんは、会社ではどうですの？　お身体は弱くていらっしゃる？」

「無遅刻、無欠勤組ですよ。その上、妙に、人に好かれる。今迄残っていたのが、不思議な位ですけどね」

ほら、お聴きになったでしょう？　心配無くてよ、お祖父様。

志緒美と孝志の笑顔を他所に、高沢は酒を呷っていた。その敏之に倣って、吉岡勝男も酒を飲み。飲んで、飲まれて。由布の帰宅にも、気付かないでいたのだ。

逃げられない紅は、追い詰められていた。高沢の声迄遠く聴こえる……。

「それで君、返事は？　ウチの奴は先方に、ミラノに同行するのは無理かも知れないが、今月中には婚約出来ますでしょう、と伝えたばかりなのにだな。その日の夜には君から、やっぱり止めます、という電話が来たんだぞ。元旦の夜にそんな御託を聞かされる身にもなってくれよ。考えは、変わったんだろうな」

紅は唇を噛み締めて、俯いているしか無い……。どう言えば解って貰えるのだろうか。

一体どうすればこの狐罠のような、残酷な罠から、逃げられるのだろうか……。由布は、紅の言い分の反対を、先方に伝えてしまった。それが紅のためだと信じての事なのか、他に理由が有るのかすらも、紅にはもう解らなかったし、解る術も無い。紅は断崖の上に立たされていて、一人だけだった。

　何度翡桜に連絡し、助けを求めようとしたのかは、「あの方」だけが知っておられる事である。けれどもその度に紅が、焼かれるような心根で、それを断ち切ってきたのかも……。紅は翡桜に、これ迄以上の心配と負担を掛けたくは無かった。そうでなくても、と紅は思う。

　翡桜の身体は、ますます悪くなってきていて……。翡桜の心臓は、いつ又駄目になってしまうのかも、解らないのだもの、と……。翡桜ならばきっと、この苦境から助け出してくれると、解ってはいても。翡桜ならば必ず、すぐにでも紅の所に駆け付けて来てくれる筈だ、と良く解っているからこそ……。紅は、翡桜の不在の方を選んで、耐えているのだ。

　ああ。だから尚、と紅は心の中で詫びていた。わたしは薊羅に、今の真山建設工業の社長の名前を、「あの朝」、教えるべきでは無かったのね。あの、クリスマスの朝に。緑(あお)いアナスタシアの花に埋もれて泣いていた薊羅に、社長の名前を教えるべきでは無かったの……。薊羅が、堀内さんや沖さんと、実のお父さんの名前と居所迄記して、わたしに託そうとしたりするものだから。「後の事は頼んだわよ」という事は、薊羅に何かが起きるのだと悟って。とても怖くて。とても、心配だった。それで。それで……。わたしは、つい言ってしまったのよ。何かが起きてしまってからでは、遅過ぎるのだもの。薊であって甘紫でも在ったあなただけには、と思って。言ってしまった。現在の真山建設工業会社の社長の名前を、告げてしまっていたの……。でも、薊羅。あなたは沙羅に、その事を教えなかったのね。沙羅は、まだ何も知らないままでいたもの。それで、わたしは解ったのよ。薊羅。あなたはもう「彼」を、当てにしていない。あなたはもう「彼」から、自由になっているのだと……。余計な事を言ってしまって、ごめんなさいね。わたし、あの時にはまだ立ち直れていなかった。吹き荒れている嵐は、今でもわたしを泣かせているけれど。あの時にはわたし、悪夢の中にいて、溺れそうだったの。翡桜はね、それは上手に、それは愛を込めて、わたしを慰めてくれたのよ。それでもわたしは、血を流していたみたい。言うべきではない事を、言ってしまう位に、酷く……。あなた達はこのホテルで、何度か「彼」を見ていたかも知れないのに。わざわざわたしは、「彼」の間近にいる秘書である事迄、あなたに教えて傷付けたのね。お見合いの話で、あなたの顔色が変わってしまう程。あなたの中の時間を、巻き戻すような真似をしてしまった。悪かったわ。薊羅。どうかわたしを許してね。あなた達の時間は、もう戻さない。けれどね、薊羅。柊と樅の時間は、あなた達を超えて、長いのよ。あなたと沙羅の命よりも、二人の命はずっと長いの。わたしは、そのためにあの会社に入ったわ。翡桜が、フランシスコ様を捜し、さくらの一族の手掛かりも得ようとして、藤代事務所に入ったように……。でも、駄目だった。どちらも無駄になってしまったわ。翡桜は「あの時」からはもう、あそこには行かれなくなってしまったし、わたしは罠に嵌って、逃げられそうも無い。狐罠に嵌った狐は、死ぬより他に道は無いのよ。「アレ」の罠に掛かったわたしは、あなたと同じ道を行くのだとしても。翡桜を、巻き添えにしたくは無いの。薊羅。あなたが沙羅達を「アレ」から守りたいように、わたしも翡桜だけは、「アレ」から守りたいと思うから……。でも。でも、本当の所はわたし、解ってはいないの。わたしは本当に、「アレ」の罠に掛かってしまったのかしら？「アレ」は、わたしの事等、知らない筈なのですもの。わたしは悪夢の続きを見ているだけで。悪夢の霧の中を、さ迷っているだけで……。「アレ」や、狐罠なんて、悪い冗談に思われる……。

「冗談なものかね、ロザリア。わたしは本気だよ」

紅は真っ青になって、高沢の口元を見詰めていた。気力だけでは無くて、身体中の力迄も失われてゆくようだ。このホテルに「来い」と言ったのは、高沢では無かったのだろうか？　今、自分の前にいるこの人は、誰なの……。

「嫌、悪かった。すまんな。今のは、俺じゃない。俺の声で喋っていたが、俺じゃないんだ」

「でも……。ロザリア、ってわたしの事を……」

その名前を知っているのは。知っているのは、僅かな人だけ……。

「君の事じゃない。ミューズに新しく入った娘の名前だよ。藤代の奴のお気に入りでね。つい、あいつの口真似をして喋ってしまっただけなんだ。どうしてかな……」

どうしてなのか、と敏之は訝り、ムカムカとしていた。

どうして俺は、近寄りたくも無いホテルのラウンジに「来るように」、と紅に言ったりしたのだろうか。まだ年始の客達が訪問して来ているというのに、どうして俺は、自分だけ口実を設けて、あの屋敷から出掛けて来るような事を、してしまったのか……。高々、紅の返事を聞くためだけになんだぞ。変じゃないか。

「変なものか。お前はあの家にいるのに飽きて、クサクサとしていただろうが。だから、出して遣ったのだがな。どうした？　此処はお前の気に入らないかね。女は、どうだ？　お前の目の前にいる女は、どうかな。見合いを断った理由は、訊いたかね？　見合いを断ると言うなら、男がいるのだよ。男がいないのだとしたら、お前にとってはチャンス到来だ。口説いてみたら、どうかね。その娘の骨の骨は、旨いぞ。紫と椿が旨そうだったようにな。その娘の肉は、旨い……」

「何なんだ、こいつは……」と、高沢は思った。そして、又思う。紫と椿？　紫と椿とは一体、どの店の女だったのだろうか、と……。高沢は、曖昧な表情をして、紅を見た。紅の骨の骨と肉が旨いとは、本当なのだろうか。そもそも、骨の骨とは何なのだ？　肉なら紅には、余り無い。

「訊いてみる事だな。骨の中の骨に。肉の中の肉に、訊いてみたまえ。そのためにはまず、その娘を物にしろ！」

高沢は、音を立てて唾を飲み込んでいた。真奈よりも柳よりも、チルチルや晶子よりも、紅が欲しい……。

紅はまだ、高沢の口元を見詰めていた。藤代勇介の「お気に入り」なんていう話は、嘘八百であったのに。それとも紅は、藤代の奴に気でも有るのか、と敏之は思って、機嫌が悪くなり掛けてしまう。

それにしても……。紅の顔色は、何と青い事だろう。

「考えは、変わっていません。有難いお話なのに、申し訳ないとは思いますけれど。お断りして頂けないでしょうか。わたし、お見合いだとは思ってもいなくて……」

「それは無いだろう、紅君。皆、君のために良かれと思って、進めた事なんだ。それとも君は、孝志君では不足なのかね。あの、華菱物産の御曹子なんだぞ、彼は。次男では無くて、跡取りの方だったら良かったのかな？　余り欲張るものでは無いぞ」

華菱物産って……。あの、華菱物産？　天下の華菱物産の次男との縁談を、紅は断った？　それも、「死にたいぐらいに」強く。拒絶反応よりは、過剰反応みたいだ。

「どうしてなんだろうな」、と堀内と沖は暗澹とした。紅の気持が、解らない。解らないといえば、薊羅の気持の方も、まるで見当も付かないのだった。薊羅と沙羅が、誰にも気付かれないように、こっそりと入れ替っていて。その当の薊羅は死ぬためになのだか殺されるためだかに、何処かに行こうとしているなんて。まるで、悪い夢か映画でも見ているみたいだ。そもそも。薊羅の「好きな人」とは、一体誰の事なのだろうか。紅は、それを嘘だと決め付けているようだけれども。そうとばかりは言えないだろう。沙羅は、馬鹿では無いのだから……。

薊羅の哀しみと、その悲しい迄の嘘の恋人にされた堀内は、沖と一緒になって首を傾けていた。

しかもだよ、と堀内は、沖の耳の近くで声を潜める。

薊羅君と紅君は、あのバカ殿様を「あの人」と呼ぶ程、奴さんと近しかったとはな。俺には今でもその事が、信じられない気分だよ……。

奴の事とは、限らないだろうが。堀内、良く考えてもみろよな。華菱程では無いが、奴さんの会社だってドデカい物なんだぞ。紅ちゃんの上司に当る奴なんて、掃いて捨てる程いるのに決まっている。

……。それは、そうには違わないけどなあ……。それじゃ。薊羅君の言う「あの人」とは、奴さん以外の誰なんだ？

知るものか。「そいつ」よりも今は、奴さんの方が先だ。だって薊羅君は、そいつに怒っていたんだろう？

　そうみたいだった。確かにな……。それにしても、驚きだ。紅君も、エライ奴に目を付けられたものだなあ……。あのバカ君に、縁談を持ち込まれるなんて。そりゃあ、断ったら会社には、居辛くなるのに決まっている。居辛いどころか、即刻、首にでもされ兼ねないぜ、堀内。あいつは独裁者で、その上にバカが付いているんだからな。紅ちゃんで無くても、死にたくなるさ。

「それとも何かな。君が孝志君との縁談を断る理由は、別に有るのかね？　君が姉さんを亡くしているという言い訳の他に、口には出来ないような……」

　全く。執こい男だねえ、奴は。なあ、堀内よ……。

　全くだ。ああ執こくては紅君は堪らないだろうに。

　堀内と沖には、高沢の紅への追及が酷く思えた。

　紅の沈黙は続いていて……。それから紅は、答える。まるで、この世界の終りに立ち会っているかのように、諦めた声をして。まるで、今、死に掛けているかのように、幽かな沈んだ声と、口調で……。

「確かに……。仰る通りですわ。社長さん。本当は……。本当は、わたしには好きな人が居ます」

　高沢は、フン、と鼻で嘲笑って、荒い声を出す。

「最後には、やっぱりそれかね、紅。生憎だがな。俺は、その手は喰わんよ。俺には、その手は通じないという事だ。紅。君、何人の男にそう言って泣かせた？　俺が承知しているだけでも、四人はいる筈だがね。俺の会社の中だけで、四人もだ。外では、何人の男にそう言ったんだかな。だがな、紅。弓原や清水達の報告では、君には男の気配のオの字も無い、という事だったんだ。吉岡の奴もそう言っていたし、俺にも女を見る目ぐらいは、有るさ。紅はまだ、本物の男を知らないんじゃないのかね？　それなら、俺が教えてやっても良いぞ」

　何て事を言うんだよ、アンポンタン。あのバカ殿は、とうとうオツムに来たのかね。自分で見合いをさせた娘に迄、ちょっかいを出そうとするなんて。クソだ……。

　同感だがな、沖。俺は、それ程驚かないよ。驚いているのは、奴の言葉遣いの方にだね。水森君から始まって、紅君、紅と、呼び捨てになっている。まるで、自分の女の一人のように紅君を扱っていて、不快だよ。

　そうだよな。薊羅君の「あの人」とかが、奴さんでは無い事を祈るべきだね。幾らあのバカ様がバカで、このホテルの常連ではあってもだよ。ホテルは広いし、此処の部屋係は忙しい。偽名で宿泊する奴の正体になんて、気が付けと言われても、無理だろうけどさ。

　堀内と沖は、紅の身体がユラリと揺れるのを、見た。

「嘘ではありません。本当に、わたしには好きな人が……」

「だったら、そいつの名前を言ってみたまえ。言えはしないだろう、紅。そいつと君とは、ちゃんとした交際をしているのかね。きちんとした約束を、しているのかね？　俺の質問に答えられない事は、解っているんだ。紅、君の事なら何でも俺は、知っているんだよ。ロザリア・ローズ。諦めて、言う事を聞きたまえ。わたしの遣り方に従う事だな……」

高沢は洞ろな瞳の中から、もう一対の瞳で紅を見ているかのような顔をしていた。その瞳はだから、狐火のように燃えていて、紅を脅かす。

「あなたは誰なの？　わたしを気安く呼ばないで……」

「何を言っているんだ、紅。社長の俺が、解らないのか。そんな芝居をしても、無駄な事だよ。さあ、言いたまえ。君には将来を約束した相手等、いないんだろう」

堀内と沖は、高沢のその言葉に、我慢が出来なかった。

二十年前の、あの夏の終りの日々に、一人の少女が死のうとしたのも、言いたくは無い事を言わされ、したくはない事を「しろ」と、無理強いされたためであったのだ。堀内と沖は、その事を忘れていなかった。

「人間ってね。言いたく無い事を言わされる位なら、死んだ方がマシだと思える、唯一つの生き物なんですよ……」

遠い日からの木霊のような声が、堀内と沖の胸の中に、鮮やかに蘇る。あの言葉は、真実だった。椙子を想って言われた、あの言葉は……。

椙子。椙子。君もあのようにして、責め立てられていたんだろうな……。堀内の心に、炎が燃え上がる。

「もう我慢がならない。ここ迄だよ、沖。俺はあの馬鹿から、紅君を助け出しに、行って来る……」

何があったにしても、嫌がっている相手に脅迫擬きの強制を仕掛けるなんて、下の下の馬鹿だ……。

「待てよ、堀内。そいつは、俺の仕事だからな。俺に任せてくれ。お前は紅ちゃんを連れて、ウラにでも行けよ」

確かな約束を、して頂いた。けれど、「その時」がいつかは、誰にも解らない。どんなに憧れている人であっても、「その人」の名前は、誰にも言えない。言えない。「あの方」があの朝、誰にも言ってはならない、とわたし達に言われたのですもの……。

「わたし……。わたしの好きな人は……。好きな、人は……」

絶望という名前の黒い手が、紅の気力を奪い去る。紅はゆっくりと、静かに、椅子の中に頽れていった。沖は、その紅の身体を上手に支えて、高沢に言う。

「お連れ様は、お加減が悪いようでございますね。高沢様。御無理はいけません。手前共の医務室にお連れするか、又、救急車をお呼びするか、致しましょう」

「救急車だって？　何も君、そんな大袈裟な事をしなくても。何、ちょっとした貧血か何かだよ。水でも飲めば、すぐに治るさ。それに、今は取り込み中でだね、」

高沢の言葉に構わず沖は、低く、ゆっくりと言った。

「そうなのでしょうが、お名に傷が付きますでしょう。もう、皆様の注意を引かれてしまっていますからね。宜しかったら高沢様を、目立たないように非常扉の方に御案内致しますが……。お勘定はどうか、フロントの方でなさっていらして下さい。お連れ様とは後日、ゆっくりと又、当ラウンジでお過ごしになって下さいませ」

高沢は、夢から覚めたような顔付きをしていた。秘かにラウンジの中を眺め回して、不機嫌になる。

クソ。どいつもこいつも、俺を見ている。どうしてだ。俺は只、秘書の紅と……。嫌。水森君と、話していただけだというのに。見合いの話を、していただけだぞ……。

騒めいているラウンジの中。好奇心に溢れている瞳。高沢は閉口したが、若い娘が失神状態で椅子の中に頽れていっているのだ。近くにいる者達の興味を引いてしまうのは、仕方の無い出来事だった。高沢は沖に導かれて、手近な非常用扉から外に出ていった。沖は素早く、内鍵を回してしまう。

ざまあごらん遊ばせだ。これで奴さんは、確実に迷子になるだろう。何しろこの非常口から先は、タワー棟にも旧ホテル棟にも通じていて、その上移動手段は、階段だけしか無いのだからな。西も東も判らないバカ殿が、ロビーに辿り着けるのはいつになる事やら、という事さ。非常口と言っても色々あって、此処はメンテナンス専用の、蜘蛛の巣城といった所なんだよ……。沖はそのまま、ウラに廻っていく。

紅は堀内に抱えられるようにして、ラウンジのウラに連れて行かれていて。其処で、静かに横たえられていた。巫女装束姿の晶子が、心配そうに紅を覗いている。紅の口元には、堀内の差し出して遣っている冷たい水の入れられたカップが宛てがわれていたが、紅は泣いているだけだった。紅の閉じられている瞳からは、静かに涙が零れ続けていて、堀内と沖の胸を抉った。昔、榀子という娘も、このようにして泣いていた。昔、榀子は堀内と沖の腕の中で、いつ迄も黙って、只、泣いていた……。

晶子は自分の抱いている水晶球が、紅の上でその色を変え、蒼く、白く光っているのに気が付いた。その蒼の色は冷たく、エメラルドの瞳の少女が警告をしに来てくれた時のようだった。その白は暖かくて、あの、美しいお方が来られた時のようだった……。

晶子は堀内達には気付かれないように、静かに後退りしていって、仮眠用ベッドを隠しているカーテンの陰に隠れた。龍が、晶子を呼んでいたから……。

今度は何なの？　龍精。心の声に、龍は映した。

水晶球の中に、再来教団の教祖の姿が現れて、消されて。湯川柊と樅の兄弟の顔が、浮かんで消えた。凄愴な迄の蒼の色は、そこで消えていき……。今度は眩しい程の白い光の中に、湖が見える。湖の岸辺近くには、古い桟橋跡が映されていた。その、沈んでいる橋の向こう、丘の上には一人の美しい若い男が坐り、遠くを見ている。

　これは？　これは！　これは、緑？　ヒオ、ヒオさんなのね。

　晶子が翡桜を認識した途端に、龍は絵姿を消してしまった。その光さえも消して、石に戻った。

　酷いわ、龍精。あなたは此の所、わたしに意地悪ばかりするのね。龍の守り女に、意地悪をするなんて……。そんな事をして、何が面白いの？　何でなのかを、教えてよ。わたしの龍よ、応えてよ。

　龍精は晶子の叫びに、反応しなかった。まるで、映すべき物は全て映した、とでもいうように……。

「あの時と、同じだわ……」

　と、晶子は身震いをする。龍が嫌っている、美しい、けれども「暗黒から来た」という男の後に、柊と樅が映し出されていた時と。そして……。白い光の中には、あれ程に咲也が捜し求め、晶子自身も龍に尋ねてきた、ヒオが坐っていたのだ。最後に晶子が見たのは、白いツルバラが咲いている家だったのだけれども。その家にどんな意味が在るのか迄は、龍は映さず、応えてくれない。

　晶子は堀内達に介抱されている、紅という名前らしい娘が横たえられている、ソファの方を見た。紅は極度の緊張と睡眠不足から解放されて、力を使い果たしたかのように、短い眠りの中に引き込まれていっていた。紅の哀しい涙を、後に残して……。

晶子は紅も、「魔物」に狙われているのだと感じた。柊と樅と同じように。久留里荘の皆と、同じように。紅という娘は柊達と、何か関係が有るのだろうか。ああ、それよりも……。と、晶子は龍の石を抱き締めて、思う。あの紅という娘さんは、わたし達の探し求めていたヒオさんの、知り合いだったのね。知り合いというよりも、彼女は彼の「心の友」か「恋人」なのでは、ないのかしら。ええ、そうよ。きっと、そうだわ。そうでなければ龍が、どうして「今だけ」、ヒオさんの姿を映して見せてくれたりしたかの、説明が付かない。あれ程尋ねた時には、彼を隠し続けていた癖に。咲也のためでも、わたしのためでも、龍は彼を隠していて、知らない振りを決め込んでいたのに……。晶子は龍精の、紅に対する好意的な態度を不思議に思った。悪ぶっていたヒオが、あの「美しい方」の光のような、白い光の中に坐っていた事も……。ヒオは、「光」の側にいるのだ。龍が、光の側の近くにいるように。そして、紅も。紅という娘もきっと、光の中にいて、ヒオと親和をしているのでは、ないのだろうか。ヒオと、連れ立ち……。

「紅ちゃんの相手の男を、作って遣らないといけないな」

沖の抑えた、低い声が聞こえてきていた。

「本当に、好きな男がいるかも知れないじゃないか。まあな……。いざとなったら、金沢にでも頼んでやれよ」

「奴さん、思っていた以上にタコ野郎だったからな。金沢なら見掛けよりも肝っ玉が据わってきたし、沢木には負けるが、男前にはなってきたしな。何よりも金沢は俺達と同じで、紅ちゃんが好きだよ」

「そいつが一番、肝心な話だからな。紅君が気が付いたら、尋いてみると良いだろう。けどな、沖。それでも、問題の半分も片付かないだろう」

「そうだったな、堀内。だけどなァ……。只、危険な所だと言われてもだな。危い所なんて、何処にでも在るだろうが……。其処に、死にに行く？　謎々みたいで、解らんな」

「……死にに行くのじゃ無くて、其処に行ったら死ぬかも知れないとか、殺されるかも知れないだとかと、穏やかでは無い事を言い合っていたんだよ。それが何処なのかは、全然解らない。解っているのは紅君が、死ぬ時は一緒だと〝沙羅〟君に言っていた、という事だけなのだからな……」

「沙羅」では無くて「薊羅」君の方なんだろうが……。

沖の目付きに頷いて、堀内は苦笑した。二十年近くも経っているのに、自分達には未だに二人の区別が付かないでいるのだ。二人の方で、意識的にそうしているのだとは、言っても。沙羅と薊羅に「二人袴」を勧めた堀内と沖迄もが、未だに二人の区別が付かない……。二人の子供達が幼かった頃には、まだそれ程では無かった筈なのに。時が行くのに連れて、沙羅と薊羅は「一人」に成ってしまうようになった。完全に。同僚達ばかりでは無く、堀内と沖さえも、薊羅が欺ける程迄に、完璧に……。

「二人の行き先も判らない以上、誰かをどちらかに張り付けておくしか、手は無いのだろうが。ホテルの身元調査員の中に、誰かいないかな？　堀内」

「いる事はいるが、沙羅君達にとっては、それこそ危険が大き過ぎるよ、沖。下手をすればあの娘達の、命取りになってしまうだろうからな。紅君に張り付けるというのも、マズイだろうさ。紅君はあのバカ殿の会社の社員で、ウチの子じゃないからね」

晶子には、紅の行き先が解った。そのためにこそ龍精は、晶子に、「あの男」だか「魔物」だかの顔を映して、見せてくれたのだという事が……。

「沙羅」と呼ばれている女の事は、晶子には良くは判らない。もどかしい程に、泣きたい程に、その女の事を良く知っているような、気はしていても……。沙羅。沙羅。沙羅……。晶子は「沙羅」を知っているような気がするのに、彼女に就いては何も、思い出せなかったのだ……。

堀内と沖は、私立探偵ではどうだろう、だとか、ミスター・アブラハムは難しいだろうか、とかと小声で熱心に何かの策を練っていたけれど。けれど晶子は、ほんの少しだけは、彼等の役に立てるかも知れない。彼等が、晶子を信じてくれるなら……。

「紅さんの行き先なら、わたしに心当りが有るのですけど。場所だけは解りますけど、いつ、どんな時にその娘さんが其処に行くのか迄は、判っていません。多分、今月の十五日を挟んだ三日間の内の、前の方の日に。十三日か、十四日か。十五日当日なのか……」

沖と堀内は驚いて、カーテンの陰から出ていった晶子を見た。晶子の胸には、水晶球が抱かれていて、その球は微かに青い光を放っている。沖はクリスマスの午後に、晶子が高沢と対峙していた時の事を、思い出していた。その時にも、あの石だか球だかは、蒼い色をしていて……。晶子の方は高沢に対して、一歩も引いていなかったのだ。沖の顔色を見ていた堀内も、思い出す。クリスマスの夜に、沖から聞いた話の全てを……。

晶子は、望んでいた通りのものを、手に入れられた。紅という娘と、青い龍が棲んでいる石のお陰で。あの魔教で最大の祭りが一月に催されるという事は、晶子は既に調べてあった。晶子なりの方法に頼る事で……。

晶子は、緑であったヒオと親しいらしい紅が、再来教団に、「沙羅」と行く時をそれとなく見張れ、その魔教と教祖の動向も見張れる位置に、付けたのである。支配人達の公認の下で。晶子は咲也も傍に置き、守ってやる事が出来る。

堀内と沖は、目を覚ました紅を、晶子に送らせた後で、晶子と咲也とは全く関係の無い「特別仕事人」の用意が必要である事を、話し合ったのだった。占い師の晶子の話がもし本当であるのなら、相手は巨大な新興宗教の、悪辣教祖であるという事になるのだ……。晶子と咲也の二人だけでは紅は守れても、薊羅迄は守りきれないのではないか？　堀内と沖の心配は唯、その一点に有ったから。

晶子は、紅を支えるようにして、ホテルの車の後部座席に並んでいた。紅は瞳を伏せていても、どこかが暖かかった。青褪めて、泣き腫らしたような顔をしていても、それでも何かが暖かいのだった。

晶子は、思った。これで咲也の失恋は決まったのね、と。紅のような娘を恋人に持っているのが、ゲイであるのかさえも判然としないヒオではあったのだけど、解った。煌めく湖の上、小高い丘に坐っていた美しいヒオ。彼は、家族と白いツルバラの咲いていた家に居るのだろうか。それとも、これから先のいつかに、その家に行くのか……。紅さんに尾いていけば、判る事だわ。紅さんは咲也とわたしをヒオさんの所に、きっと連れて行ってくれるのに違いないから。龍が見せてくれない彼の本当の姿を、この人がきっと、咲也に見させて、目を覚まさせてくれる。

晶子はヒオと同じに、まだ姿を現してくれない、美しい方の「クリスチナ」を想っていた。

それから、もう一人の男の事をも……。小林平和という名前の、「楓」の年若い主であるその男に就いての占いを、由利子に依頼されていた晶子は、その日から「楓」には行かなくなっていた。答えが出ていなくて、それで行かない訳では無い。その答えは怖ろしくて、哀しくて。理解したくなくて行けなくなってしまったのだ……。

小林は今夜も、綿木公園のホームレスであるフジさんと、彼の歌謡い達のために炊き出しに行こうと考えていて、出掛ける準備を少しずつしていた。世間様が一斉に休みに入っているこんな時にこそ、彼等は小林と、小林が持っていく食料を当てにしている筈だったから……。今夜も風は、遠鳴りのように低く、高く吹き過ぎて荒れて、哭くのだろうか。今夜も夢は、桜の花を、アーモンドの花を彼に見させて。今夜も歌が彼に、

「偲び人、思い人、慕い人を見付けてよ。偲び歌、思い歌、慕い歌を歌ってよ。さくらの民よ、応えてよ。さくらの民よ、あたしは此処にいる。あたしは此処に来て、生きて、歌って、待っている……」

と、切なく呼ぶのだろうか。小林の夢の奥深く、彼自身さえもが知らない「旅」の記憶庫の中には、愛する人が静かに眠って、彼を待っている。白いドレスを着けて、れんげの畑で待っているのだ。パトロである小林に会うために。それから、別れを言うために……。

勇二は結果的にではあったが、達子の見合い話を、見事に御破算にしてしまう事に成功していた。勇二がN町に居坐っていて、達子の帰郷を足止めにしたので……。達子は故郷に帰れず、家族全員と見合い相手と、関係者達の不興を買ってしまう事になったからなのだ……。

「もう、良か！　もう、帰ってなん来るな！　うん（お前）はやっぱりい、不孝者じゃったけんな。よお解ったで、もう良かよ！　わし等ん事は、忘れてしまい（しまえ）たい」

達子は母親の荒い言葉に、故郷を捨てると決心した夜の事を想い出していた。男達は漁に出て酒を飲み、賭け事と女遊びの自慢話に興じている。酒を飲まず、賭け事もしないで、身を慎む者達は、「半端モン」と呼ばれて、除け者にされてしまうのだ。漁師町の女達も、男に負けてはいなかった。女達は海に潜り、海女として名を売るのだ。男を養い、金を稼ぎ、素肌に透ける布を巻いて、女の身体を見せ付ける。肌や身体を見られる事に抵抗する女と娘達は、「お高モン」と呼ばれて、侮りと嘲笑の的にされるのだった。声高な笑い声と荒さが、評判の全てになる町、故郷……。達子は十五歳の春には其処を出ようと決めて、十八を迎える年に、それを実行したのである。行く先は、海の無い所が良い。山や森に囲まれていて、女も男も言葉少なく、穏やかに暮らしている所ならば、何処でも良い……。十八歳の達子の願いは、一つだけ叶えられたのだった。すなわち、長野県のN町には海は無く山と森は深くて、達子を喜ばせてはくれたのだけれども……。けれども、叶えられた願いは只一つだけだったのだ。N町で達子は、地獄を見た。

「人間なんて、皆同じさァ。あち（私）は、男も女も、よう好かんとよ。好くのは生きモンと、樹と森だけたいね。あちと同じようなモン達は、生きるのも辛か……」

達子の嘆きを聴いていたのは、湯川の流れと、巨木揃いの桜の並木道。そして、千の波を抱いている小さな湖。達子はその湖に、酷たらしかった夏の終りの、嵐の後になってから、時々行くようになっていった。湖には泥流と土砂に呑まれた者達の、亡霊や狐火や、緑の瞳をした「魔物」が出る、と言われていたので……。達子は、生臭いような男と女達（つまりは、職場の同僚達）を避けて、物言わぬ者達を友として、生きてきたのである……。

達子は、溜め息を吐く。

「こんでもう、あちは自由たいね。おまけに、たったの一人切りたい。あんちゃ（あんた）は気が済んどろうけど。あんちゃのお陰で、あちは一生、行かず後家とうよ。そんこんも、身から出た錆たいね。あーあ。辛かとよ。悲しかともあるち、さばさばもしちょる……」

標準語で話してくれよォ、達子。お前は怒ると、すぐそれなんだからな。俺には解らないと解っている癖に。本当に気だけは強いんだもの、敵わないや。それなら何で俺に、報せてきたりしたんだよ、ポケ……。

達子の恋心を勇二は知らない。あの夏の、短い日々に達子は、アルバイト学生の勇二を見詰めていた……。そして、それから又、十五年以上も経ってから、達子は勇二に巡り逢えたのだ。達子にとっては再会で、勇二にとっては初対面に等しいような、出会いでも……。

ダニエル・アブラハムは、明かりを消した部屋のベッドの中で、幽けく静かなマリアの声を聴いていた。

「嘘では無いわ。ダニー。皆、本当に有った事なの。わたしは、わたしの神様にお会いしたのよ。あの方はわたしを愛してくれていました。だから、わたしも愛したの。この命よりも、命そのものである方を。全ての愛の源である方を、愛したのよ……。マリア・アブラハムは、神のものになったの。あなたもよ、ダニー。あなたにも神は呼び掛けていられるわ。愛している、と日毎夜毎に言われて、あなたの愛が目を覚ます時を、待っているのよ……」

ああ、止めてくれ。マリア……。マリア、マリア。それなら何故神は、アビシニアでの悪を見過ごしにしたのだ？　何故神は、ナオミとフリージャとサミーを海賊船に売らせて、逃げようとしたナオミ達を殺させた？　何故神は、バール教授と奴等の仲間達を罰せずに、野放しにしているままなんだ？　何故神は、不正に富を得ている奴や、女狂いの男達にはしたい放題にさせていて。何故神は、紅のような娘が貶（おとし）められるままに、侮られるままに、しておかれるのだろうか……。

神などいない、と信じていたかったよ、マリア。そうだとも……。その方がずっと楽だったんだ。何も考えないでも、生きていけるからな。マリア。あんたが壊れていると思っていた時の方が、俺にはまだマシだったのだと、今になって解った。神は、いるのか？　それともいないのか。そんな質問に付き合うよりは、いないと思っていた時の方が、ずっと良かった。どうしてか、だなんて尋かなくても解るだろう？　マリア。マリア……。あんたはどんな風にして、この世の中の悪や不条理や闇と、決着を付けたんだい？　神が、もしもいるのだと仮定したとしてもだよ。それだけでは、昏迷と極悪の存在の、説明は付かない。それなのに、マリア。あんたは、信じられたと言うのかい？　狂いもしないで、神を信じたと……。

「その通りよ、ダニー。わたしは信じたわ。唯、信じて、愛すれば良かったの。答えは、後から解るものだから。ああ、愛するダニー。あなたにももう、解っているでしょう」

解りたくない。俺は解りたくないし、俺のままでいたいんだ。マリア。マリア。俺はだけど、もう帰れない。たった数日前迄の俺に、もう帰れないと解っていて、それが怖ろしい。あの一枚のＤＶＤは、俺を変えてしまったからね。俺の中の「何か」を変えて。俺の中に「何か」が、住み付いてしまったような気持がする……。

それでな、マリア。「そいつ」が俺にコンタクト（接触）した途端に、可笑しな電話が掛かってきたんだ。紅が泣いているから、「手を貸せ」だとかいう、イカレた電話だったよ。もちろん俺は、俺に構うなと奴には言ってやった。紅の恋人なら恋人らしく、自分の女の面倒ぐらいはきちんと見ろよな、とも奴には言ってやったんだ。あの男が紅の、「好きな人」だったのだろうな。あいつは紅を、「紅ちゃん」と呼んでいた。「紅ちゃんが泣かされているので、助けが欲しい」と俺に言ったんだ。紅を好きで、好きで。忘れられない、この俺に。

「青木の奴にも、そう言ってやれよ」と、俺は言った。青木はまだ紅に、花束なんかを押し付けていたよ。仕事納めの夜に、皆と別れた紅の所に行って、こっそりとだけどな……。だけど。電話野郎は、俺に執着している。紅を泣かせているのは高沢で、俺は高沢のドライバーだからなんだとさ。高沢は今日は、Tホテルに一人で行っただけだった。一人で行って、一人で帰って来たんだよ。もっとも、待ち時間は恐ろしい程、長かったけどな。女と会うとは言っていなかったし、会ってもいない筈なんだ。電話野郎は、嘘を言っているんだよ。紅の恋人は、イカレている嘘吐きで。紅を信じてやらないで、社長との仲をダウト（疑う）してでも、いるようだった。俺は電話を切ったよ、マリア。だけど。俺に住み付いてしまった「何か」が言うんだ。そいつに会って、「話を聞け」と言うんだよ。俺は会いたく無いのに「会え」と言う……。

「そのお方の言う通りにして頂戴、ダニー。あなたの心はもう、あのお方のものになっているのよ。あなたがわたし達のためにと見てくれた、あの映画の中で磔刑にされた方のものに、なっているの……」

確かに。確かに俺は、「パッション（受難）」の中の、パッション（熱情）に圧倒されていた。「彼」の熱情と愛と、神への忠誠に打たれて。「彼」の痛苦と愛憐に打たれて、あのDVDを何度も、何度も見た。そして、泣いた。理由も無いのに、泣いたんだよ、マリア。だけど、それだけだ。本当に、それだけだったんだ……。

真奈と柳は年末迄には既に、お互いにお互いがライバルである事を、本能的に悟ってしまっていたのだった。

柳は「摩耶」を自分の物にして、市川の代りに翡をチーフバーテンダーに仕立て、バー「翡翠」をオープンしたいと考えていたし、真奈は高瀬と別れられないのなら、翡を手元に置いて離すまい、と決めていたから……。

真奈と柳は、翡が帰らない安アパートの前で鉢合わせをし、互いの手の中にあるカードは、隠し合ったのである……。柳も真奈も古狐である故に、翡が欲しかった。惚けているようで、繊細な心の持ち主の、翡が必要だったのだ……。翡桜は、淋しい女や男達の心に響く、澄んだ鐘の音か、彼等の心を惹き付ける磁石のようではあったのだ。けれど……。生来の性格と容姿と行いが、翡桜に与えていたその特性を考えに入れても、柳と真奈の「翡」への傾き方は、常軌を逸して余り有るものに、思われる程だった。運命の悪戯なのか、何かもっと別の意志が働いた上での事なのかは、当の柳と真奈にも解らない事であった……。只、翡桜ならば、きっとこのように言うのだろう。

「こうなると思っていた。そうならなければ良いと願い、祈っていたのに……。それでもこうなると、解っていた……」

翡の眠りは浅く、短くて。その見る夢は、甘い囁きと歌と、悲痛な呼び声に満たされて、終りが無い。

「可愛いあたしのロバの皮。ロバの皮の耳には、何が在るの？　桜か、アーモンドか。アーモンドの赤い蕾には恋の想い出が。桜の蕾には、恋の予感が……」

あの赤い印はもう無いんだよ、ムーン。ムーン。ごめんよ。愛しい月。ムーン・ラプンツェル。あれは、危険だったから。とても、危険だったから、消すしか無かったの……。

さくら　さくら
弥生の空は　見渡す限り
かすみか雲か　匂いぞいずる
いざや　いざや　見にゆかん……

ああ。又、ムーンがさくら歌を歌って皆を呼んでいる。又、ムーンはさくら歌の中にいて、皆のソウルに言っている。言っている……。目を覚ましてよ、覚ましてよ。そして想い出すのよ、この歌と桜を。桜の樹の下に集う約束でヤポンに向かった事を忘れないで、と。

でもね、ムーン。ラプンツェル。君は一体今、何処にいるのだろうか。「それ」を教えてくれないと。「それ」に答えてくれないと。僕だけでは無くて、誰も君に会いには行けない。誰もムーンに、会えないままになる。フランシスコ神父様とは、もう会えたの、ムーン……。

「応えてよ！　答えてよ！　あたしの歌に応えてよ、スター・パール。偲び花、思い花、慕い花は、何処に咲いていてくれるの？　あたしは此処に来たのよ。此処にいて、生きて、歌って、あんたを探している。あんたが来るのを待っているのよ、ロバの皮……。あたしはムーン。デイジーの花を忘れたの？　ブラウニの事も、忘れたの。パール……」

翡桜は泣きながら、夢の中で呟いていた。

変だよ。何だか解らないけど、こんなのは可笑しい。ムーン。ムーン。僕の、ラプンツェル。君は「本当に」、死んでしまったの？　父さんと母さんは、君は「もう逝った」と僕に告げたけど。それならどうしてラプンツェルは、今でもロバの皮を「待っている」なんて、言うのだろうか。此処にいて、生きて、歌っている等と、言うのだろうか。「此処」って、何処なの？　ラプンツェル。僕達は君は、事故で「逝った」とばかり、思っていたけれど。それは、間違いだったのかな？　何かが、どこかが、狂い出しているみたいだよ。ねえ、ムーン。僕はライロとジョイから聞いた事を、悲しみの余りに、紅に話してしまった。悲しみの余りに、薊羅にも話したかった位だよ。薊羅と僕は、ある秘密のために繋がっているからね。沙羅と紅が、もう一つの秘密で繋がっていたように。ああ。ムーン。ムーン。君に会いたい。会いたいよ……。君は今、どうしているの？　日本には着けたのに逝ってしまったと思われている君は、本当はどうしているのだろうか……。


ムーンであったチルチルの夢の中では、ロバの皮が言う。

「わたし達、又会える。ヤポンの東京シティの、桜の樹の下で。そうだったわね？　ラプンツェル。愛しているわ」

「愛している。愛している。愛している……」

チルチルは、歌う。

「愛していた。愛していない。愛していた」

沙羅と薊羅の双樹も歌った。

「愛している。愛している。でも、もう解らない……」

薊羅は別れた恋人を、まだ愛していたのだろうか。

沙羅は、離れてしまった「美しい方（かた）」を、想い出せるのか……。薊羅の夢は恋人の上にでは無くて、今は柊と樅の上に在る。その「影」として生きてきた姉の、沙羅の上に在る。

沙羅の苦悩は、日毎に増していた。あの夜、白い山茶花の花影の中に消えていってしまった、暖かな「何か」を、優しく慎ましやかだった、懐かしいような「誰か」を、想い出したくて……。

太白先生は、美しくて立派で。病人達を沢山癒やして下さっているけど。あたしは、柊と樅も「治す」と言って下さった先生を信じ、崇めてきたけれど。先生はまだ、あたしの柊と樅を教団に呼んではくれないでいる。あたしが捧げる献金の額では無くて、あたしの信仰が「弱いからだ」、と先生は言われたそうだけど。親の信仰心が、子供への憐れみに迄、差を付けさせると言うのかしら……。これ迄は何故か、当り前だと思ってきた。けれど、本当にそうなの？　あたしの神様の太白先生は、神々しいように光り輝いている方なのに。あたしは、温もりを与えて頂いたという、憶えが無いの。あの、美しいお方は暖かな、陽溜まりのようなお声と心で、あたし達に話し掛けられたものなのに……。太白先生はあたしに、そのようには話されない。先生はあたしに、心と心で、愛と愛とで話されなかった。太白先生はもう、あたしがお気に召さなくなったのかしら？　あたしがもう、十七歳の女の子では無くなってしまったから。あたしがもう、あの夏の終りの日の朝のように、純真では無くなってしまったから。あたし達はあの朝、「お泊まり会」を特別に許して頂いていて。ミーは、紅の隣で眠って、起きたわ。それこそ特別で、十七年間にたった一度切りの「お泊まり会」だった。ミーのお父さんが安美ちゃんと一寿ちゃんを連れて、遠縁の誰かの結婚式に招ばれて行ったから。ミーは具合いが悪くて、遠出は出来なかった。それで。コルベオ執事さんが上手に、ダミアン神父様とシスター・マルトに執り成してくれたから、ミーは泊まれたの。あの日の朝の事は、忘れられないわ。決して、決して忘れはしないのに。太白様はあたしに、あの時のように話して下さらないのよね。胸が、痛いわ。胸が、苦しい。あたしは一体、どうなってしまったの？　あの、白い山茶花の花があたしに、「目を覚ませ」と言ったようにさえ、感じてきてしまうなんて。あたしは目覚めているけど、眠ってもいるの？　あたしはあの花の下で一体、本当は「何」を見て、感じたのかしら……。

沙羅の苦悩と痛みは、薊羅へと伝わっていった。紅の悲痛と呻きが、翡桜に伝わっているように……。

沙羅のソウルの救いと守りを願って、薊羅は祈っていた。紅の傷付けられた心とソウルの嘆きのために、翡桜が祈っているのと同じように。心を込めて、熱く、酷(むご)く。沙羅と薊羅は、夜の海の中から、鷲に救けを求めて祈る。紅と翡桜も夜である荒野の中から天に、美しい鷲に救けを求めて、祈っているのだった。

翡桜の中には、さくら歌が泣いていて。翡桜の外でも、愛歌が哭(な)いて、歌っているのだった。おチビと黄菊と白菊が、翡桜の、紅の、薊羅と沙羅の嘆きと苦しみに、恋歌を共に歌って、泣いている……。

わたしの恋しい人は
群れを飼っている人
ゆりの花の中で
群れを飼う人
あの人は
昼はどこにいるのでしょう
あの人は
夜はどこで眠っているのか

わたしの恋しい人は
どこに行ってしまったの
愛は死のように強く
熱情は陰府（よみ）のように酷（むご）い
火花を散らして燃える炎

どうかわたしを刻み付けて下さい
あなたの腕に　印章として
わたしの心に　印章として……

訪れて来ている冬の嵐の先触れはまず、影のようであった三人に気付かれ、打ち掛かってきてもいたのであった……。
おチビと黄菊と白菊は、翡桜の枕辺から、そっと離れていった。おチビ達にはおチビ達の、切望があるのだ。

わたし達の心が無垢でまっすぐなら
その事がわたし達を守ってくれるでしょう

神よ守って下さい
あなたを避け所とするわたし達を
ぶどうとりんごで養い、力づけて下さい

この園（心）に咲く花とその結ぶ実が
あなたの香りに染まり、見事になるように
わたし達全てを守り、ぶどうの幹に隠して下さい

おチビ達は祈る。恋しくてならない「その人」に……。
荒れ狂う嵐が、間近に来ている。荒れ狂う波は船人達の海路を失わせ、凍て付く風が、
暗い大海原を吹き荒れていこうとして、力を解き放つ……。天の鷲に盾突く者の手先達が、
近付いて来ている。
白い衣を着た方は、その者達よりも更に高く、速く天を翔けて往った……。

著者プロフィール

坂口 麻里亜（さかぐち まりあ）

長野県上田市に生まれる。
長野県上田染谷丘高等学校卒業。
在学中より小説、シナリオ、自由詩の執筆多数。

【作品（小説）】
・君知るや（文芸社 2022年）
・竜の眷属
・恋の形見に
【『二千五百年宇宙の旅』シリーズ小説】
・二千五百年地球(テラ)への旅（鳥影社 2020年）
・カモン・ベイビー
・チョンジン（憧憬）【本書】
・もう一度会いたい　今はもういない君へ（文芸社 2021年）
・ラプンツェルとロバの皮
・亜麻色の髪のおチビ
・酔いどれかぐや姫
・ゴースト・ストーリー
【関連シリーズ小説】
・桜・桜
・夏の終り
・閉ざされた森
【詩集】
・ぶどう樹
・アレルヤ
・死せる娘の歌
・スタンド・バイ・ミー

カバーイラスト
イラスト協力会社／株式会社ラポール イラスト事業部

チョンジン（憧憬(あこがれ)）　中巻

——花王双樹と沙羅双樹——

2023年12月15日　初版第１刷発行

著　者　坂口 麻里亜
発行者　瓜谷 綱延
発行所　株式会社文芸社
〒160-0022　東京都新宿区新宿1－10－1
電話　03-5369-3060（代表）
03-5369-2299（販売）

印刷所　株式会社暁印刷

ISBN978-4-286-26072-3